天使の爪（下）

新装版

大沢在昌

角川文庫
22372

午前十一時、アスカのデスクにおかれた内線電話が鳴った。

「昼飯をいっしょに食わないか」

芦田《あしだ》だった。

「いいんですか」

「そっちの監視は、アパートと中目黒以外の外出先だ。中目黒にいる限りは監視できない」

「アパートの電話を盗聴されていました」

「知っている。外事は特別部隊を編成している。公安総務からも人を借りているようだ」

公安総務は、警察内のスパイ狩りをおこなうセクションだ。盗聴、尾行、監視の専門集団で、実態は同じ警視庁内でもほとんど知られていない。

「公安総務が……」

「表向きは君が麻薬取締官という、同じ司法警察職員だからということらしいが、実際

4

は元警官であることが理由だ」

「芦田さん――」

「何だ」

「新しい携帯電話の番号を教えます」

アスカはその朝、ブルックからうけとったものとは別に、プリペイド式の携帯電話を購入していた。携帯電話を三機もつことになるがやむをえない。芦田に知らせたのは、プリペイド式の番号だった。ブルックから渡された電話がＣＩＡによる、監視、盗聴対象になる可能性は高い。携帯電話は受信可能である間、最寄りのアンテナに対し微弱電波を発信しつづけている。それによって所在位置が特定されるのだ。

「了解。古芳《ふるよし》には？」

「まだです」

「私の方から知らせておこうか」

「お願いします」

「中目黒にいてくれ。これから向かう」

芦田はいって、電話を切った。アスカはためらい、部長の永野《ながの》に内線をかけた。

「芦田さんがこれからこちらにこられます」

一瞬間をおき、

「そうか」

とだけ、永野はいった。アスカは息を吸いこんだ。

「芦田さんは、今のあたしにとって、数少ない、本庁の味方です。でも今のあたしの上司は永野部長です。こそこそ会っている、とは思われたくありません」

永野の声に苦笑が交じった。

「心配するな。芦田はちゃんと私にも仁義を切ってきた。これから神崎《かんざき》に会いにいくがかまわないか、と。君を見張っている連中の目がないのはここだけだそうだ」

アスカはほっと息を吐いた。

「それと北陸から問い合わせの返事が届いている」

「北陸？」

訊《き》き返し、思いだした。六本木《ろっぽんぎ》で逮捕したイラン人、アランことモハムド・メヘディの指紋を送り、資料がないかを問い合わせていたのだった。「タンゴ」襲撃の前なので忘れていた。

「とりにきたまえ」

「しかしあたしは、いいえ、麻薬取締部は捜査から外されています」

「そうだな。じゃあこうしよう。届いた資料を芦田警視長を通して警視庁に渡すのが君の仕事だ。退屈なメッセンジャーという役割だが――」

「承知しました」

アスカは答え、立ちあがった。

十二時少し前に、芦田が麻薬取締部にやってきた。芦田は公用車ではなく、電車を使って現われた。

二人は永野が用意してくれた資料とともに会議室に閉じこもった。

「永野はあきらめたようだ。君が簡単に手を引くタマではないと気づいて」

芦田はいった。アスカは資料を広げた。

「六本木で仁王《におう》とあたしが逮捕したイラン人について、北陸の麻取に調査を依頼していたんです。それが――」

芦田がさえぎった。

「その前に。チェチェン人が襲われた。今朝早く、荻窪《おぎくぼ》のマンションだ。五名が死亡したが、うち二名が白人、二名が寺尾《てらお》神谷《かみや》会の組員だった」

「あとの一名は？」

「運悪く、帰宅したところをロビーで犯人と鉢合わせた住人だ。三名が拳銃《けんじゅう》弾による射殺。二名が刺殺だ。使用されたのは九ミリマカロフ弾。ロシア製マカロフ、あるいはその中国製コピーの五九式といわれるオートマチック拳銃だ。銃声を聞いた人間はいない。そのマンションの部屋は、寺尾神谷会のフロント系不動産屋が賃貸しているものだった。室内には、四挺《ちょう》のトカレフ拳銃があったが、いずれも発砲されていない。ロビーのオートロックが破壊され、部屋のチェーンロックは切断されていた。入口近くにいた二名の組員がまず刺殺され、奥の二名が射殺されている。犯人は白人二名の片耳を切りとってもち去った。威《おど》しか、ある種のサインか、理由は不明だ」

「殺された二名の氏名は？」

「まだわかっていない。パスポート、財布類を奪われている。だがおそらく誘拐されたエミールの仲間だろう」

アスカは頷《うなず》いた。

「手際がよく、おそらく数分のうちに犯行を終えたと思われる」

芦田はいった。

「あいつらです」

「あいつら？」

「『タンゴ』にきた二人」

アスカがいうと、芦田は息を吸いこんだ。

「彼らはすでに国外に脱出している可能性が高いと、捜査本部は見ている。それに偽札を取り戻すだけなら、チェチェン人リーダーのエミールを押さえただけで充分だろう。なぜ殺す必要があるのだ？」

アスカは考えこんだ。

「――耳を切りとっているとおっしゃいましたか」

芦田は頷き、携えてきたバッグを開いた。

「捜一には貸しのある人間がいる」

二枚の写真をとりだした。二人の白人の被害者がそれぞれ写っている。ひとりは金髪で、ひとりは赤茶の髪をしていた。金髪の男は額から上をほとんど失っている。赤茶の髪の方は、胸と頭にそれぞれ被弾していた。二人とも片方の耳をすっぱりと切られている。

「切断は生前ですか、死後ですか」

「二人とも抵抗のあとがまったくないところを見ると、死後と考えられる」

「拷問のためではありませんね」

「襲撃はごく短時間におこなわれたようだ。まず入口に近い部屋で仮眠をとっていた寺尾神谷会の組員二人が、ナイフで首を切られて絶命し、それから奥で寝ていた両名が射殺された。侵入は殺害を目的としておこなわれ、ほしは二名の耳といっしょに部屋にあったと覚しい白人二名の財布などを持ち去った」

「携帯電話は？」

芦田は首をふった。

「ない。これも奪われたと見るべきだろう。ほしの目的が、マル害の身許《みもと》を隠すことだったのか、情報だったのかはわからない。おそらく情報だろう」

携帯電話のメモリーや交信記録は、捜査には重要な手がかりとなる。

「手口から見て、ほしは明らかにプロだ。それも一名ではない」

「エミールを拉致《らち》した連中と同一犯だとすれば、耳を切りとったのは、エミールに見せるためだとは思いませんか」

「エミールに見せる？」

　アスカは頷いた。

「犯人の目的は一千万ドルでしょう。エミールを『タンゴ』から殺さずに連れだしたことを考えればそれは明らかです。ただエミールが簡単に金を渡すとは考えられない。なぜなら一千万ドルの隠し場所を教えれば、即座に殺されてしまう可能性が高いからです。であるなら、エミールと強い絆《きずな》がある、チェチェン人の仲間、この中には従弟《いとこ》も含まれるという情報もあります、を殺害し、証拠を持ち帰ることで、動揺を与えようとしたのかもしれない」

「そんな危険を冒すよりエミールを拷問にかけた方が早いのじゃないか」

「エミールもひと筋縄ではいかない男です。林漢桃《リンハンタオ》の手下を皆殺しにしたのは、おそらくエミールとそのグループです。拷問で簡単に口を割るとは思えません。それに医療設備のない場所で激しい拷問をしていたら、エミールを殺してしまう可能性もあります。エミールたちチェチェン人は、同胞愛が強いと聞きました。仲間を殺されつづけるのは、本人への拷問よりはるかに残酷なプレッシャーとなるのではないでしょうか」

「逆によけい腹を立て、口を閉ざすということもあると思うが――？」

「チェチェン人グループの中には、エミールの妹がいます。襲撃者の手が妹に及ぶのを、エミールも恐れると思います」

「なるほど」

芦田はつぶやいた。

「だが、なぜ襲撃者は、この二人のチェチェン人の居どころをつかんだのだろう」

「『タンゴ』の件も含め、それをずっと考えていました。今日、わかりました」

アスカは静かにいった。

「何だ」

アスカは東海北陸地区麻薬取締部から届いた調査報告を広げた。

「それをさっき申しあげようとしていました。あたしと仁王が六本木で逮捕したイラン人、通称アランことモハムド・メヘディの記録です。これによるとメヘディは、富山で中古自動車の販売を手がけていました。新潟港などに入港するロシア船の乗組員が顧客です。メヘディの会社で中古車を買うロシア人は直接、金を支払うことはせず、同じく富山にある『ナホトカ・コーポレーション』という会社から自動車代金を振込ませていました。『ナホトカ・コーポレーション』は、海産物を主に扱う貿易商で、社長は徳吉《とくよし》という日本人です。徳吉は富山県警の情報によれば、寺尾神谷会の準構です」

準構とは、準構成員のことだ。アスカはつづけた。

「『ナホトカ・コーポレーション』の設立は今から七年前ですが、それ以前の徳吉は、東京で中古車販売店をやっていました。ですが八年前、『ナホトカ・コーポレーション』を設立する一年前に会社を倒産させています。『ナホトカ・コーポレーション』の資本金は二千万円。その金を徳吉がどう工面したか」

「寺尾神谷会か」

アスカは首をふった。

「この当時、寺尾神谷会はそれほど大きな組織ではありませんでした。徳吉への資金援助は難しかったと思います」

「ではどこだ」

「それに対する答もここにあります。『ナホトカ・コーポレーション』は、自社でもロシア人相手の中古車販売を手がけていますが、ウラジオストックのロシア商社向けにパンフレットを配っています。これは四年前に配ったパンフレットのコピーですが、ここに在日ロシア大使館員の推薦文が載っています」

アスカはロシア語の文章を示した。

「この推薦文を書いた人物は、二等書記官のミハイル・セミョーノフ。あたしのアパートに監視装置をしかけていた、元ＫＧＢ《カーゲーベー》、現在のＳＶＲ《エスヴェーエル》のエージェントです」

芦田は目をみひらいた。

「すると『ナホトカ・コーポレーション』の資本金をだしたのは、ロシア情報機関ということか」

アスカは頷いた。

「本来の目的が何であったかはわかりませんが、ロシアの情報機関は、寺尾神谷会の準構であった徳吉に資金を与え、富山に商社を開業させました。徳吉が暴力団とつながりがあったことは偶然ではなく、日本国内での情報工作にそのパイプが使えると踏んだからでしょう。一方、メヘディはメヘディで、ダビドキンの紹介でエミールらチェチェン人グループと知り合い、ロシア語が堪能な『ナホトカ・コーポレーション』の社員をガイド役として彼らにつけました。もちろん狙いは、エミールが所持する一千万ドルにありました。ところが、エミールのもつ一千万ドルを追う、もうひとつのグループ、ロシア政府の工作員も『ナホトカ・コーポレーション』とつながりがあったのです。したがって、寺尾神谷会がエミールとそのグループをどこにかくまおうと、居場所は工作員たちに筒抜けだったというわけです」

　芦田はあきれたように首をふった。

「この二等書記官が元ＫＧＢというのは、確かな情報だろうな」

「ＣＩＡからうけとったものです。あたしのアパートで逮捕後、彼は国外退去になり、本国に戻りました。現在はＳＶＲに勤務しているようすです」

　芦田の目がわずかに鋭くなった。

「君はＣＩＡに協力者がいるのか」

「あたしはあたし自身を守るため、今の仕事を通じて知り合ったＣＩＡと情報の交換をおこなっています」

「公安も驚くだろう──」

アスカは首をふった。

「公安にこの襲撃者は絶対逮捕できません」

「君はまだあきらめていないのだな」

「あきらめるとかあきらめないという問題ではありません。襲撃者はあたしの名を知っていました。それに彼らを操っている機関が、あたしの生活をのぞき見していたんです。さらにもうひとつ──」

アスカは息を吸いこんだ。

「コワルスキー博士が来日しています。博士の滞在費用を負担しているのはＳＶＲです」

芦田は無表情になった。

「ＳＶＲがあたしに対し関心をもっていることと、一千万ドルを回収しようとしていることは、別の問題です。それはまちがいありません。しかし根がひとつである以上、あたしが無関心でいるのは不可能です。たとえあたしが何もしなくても、向こうの方からやってきます」

芦田はしばらく無言だった。アスカの渡した書類を見つめていたが、やがてぽつりといった。

「ＳＶＲの関心の理由は、君の手術か」

「それ以外に何がありますか」

芦田は目を閉じた。

「コワルスキー博士は君に接触してきたのか」

「安野《あんの》先生を通じて会いたいといってきました。でもあたしには公安の監視がついており、とうてい会える状態ではありませんでした」

「滞在場所は？」

アスカは新宿のホテルの名と部屋番号を告げた。

「博士を拘束する」

芦田は短くいった。

「ＳＶＲとの関係を話してもらおう」

「もうひとつ」

アスカはいった。

「何だ」

「博士はあたしのリハビリに対し、強い興味を抱いているようでした」

「リハビリ？」

「これは私に協力してくれているＣＩＡの人間の意見ですが、リハビリに興味を抱くということは、あたしにつづく脳移植手術が近々おこなわれるか、あるいはおこなわれたのではないか、と」

芦田は驚愕《きょうがく》の表情になった。

「君はＣＩＡに自分の秘密を教えたのか」

アスカは頷《うなず》いた。

「警視庁が秘密を守ることと、あたしを守ることとは、必ずしも一致しません」

芦田は携帯電話をとりだした。本庁にかけたようだ。

「芦田だ。今からいうホテルの『二八三〇』号室に滞在している外国人男性を確保してほしい。おそらく旅券法違反でひっかけられる筈《はず》だ――」

指示を下した。電話を切り、アスカを見た。

「博士は合法的な手段でアメリカ合衆国を出国していない。使用しているパスポートは偽造だろう。情報機関が脳移植手術に関与しているとなると、大変なことになる……」

「一千万ドルどころではないでしょうね」

アスカはつぶやいた。芦田は首をふった。

「いっておくが、ＣＩＡだって例外ではないぞ」

「わかっています。情報機関に正義の味方なんていません。その点では、本庁公安部もいっしょでしょう」

芦田は苦笑した。

「君は強くなった……」

「河野《こうの》明日香《あすか》だった頃、あたしは体力に自信がありました。でも神崎アスカとなった今、体ではなく、頭で戦わなくてはいけないと思っています」

「CIAはいずれ本腰をいれてくる。そうなったら、公安の連中も壁にぶちあたるだろうな」

芦田の携帯が鳴った。応《こた》えた芦田は、相手の言葉に耳を傾け、ご苦労さんとだけ答え、切った。

「博士は昨夜遅くチェックアウトしたそうだ。君を尾行してきた公安の存在に気づいたのだろう」

「でもこれで二度と接触してこないとは思えません。あたしも博士に会って話を訊《き》く必要があります。もしかすると襲撃者は、あたしに関する情報を、直接博士から得ていた可能性もあります」

「そうだな。我々はありえないと考えていたが、一千万ドルの回収と君の秘密を入手しようとしている工作員は同一かもしれん」

アスカは芦田を見つめた。

「その件でお願いがあります」

「何だ」

「北海道警の高橋《たかはし》という人に連絡をとっていただきたいのです。高橋さんはロシアマフィアに詳しく、あたしと仁王に貴重な情報を提供してくれました。その高橋さんの口からあたしは、『ヴォールク』という言葉を聞きました。ロシア語で『狼』という意味だそうです。『タンゴ』を襲撃し、あとからきた東洋系の男を、あとからきた白人の大男が『ヴォールク』と呼ぶのを聞きました。このふたつに関連性がないかを調べていただきたいのです。あたしが直接連絡をとれば、今の状況では高橋さんに迷惑をかけてしまうかもしれません」

「その、高橋という道警の人間が口にした『ヴォールク』というのは、何に関してだ？」

「ロシアマフィアのニューウェーブで、そういう人物がいたというのです。旧来のしきたり、仁義とかそういったものを無視して暴れ回っていたようです。ただし、すでに射殺されている、ということでしたが」

「つまり『狼』という通り名の殺し屋か何かだったと？」

　アスカは頷いた。

「ロシア内務省に問い合わせるのは危険だと思います。ＳＶＲに伝わる可能性がありますから。でも高橋さんなら、何か調べられるかもしれません」

「道警の高橋だな」

　アスカは高橋のフルネームを教えた。芦田はそれをメモし、訊《たず》ねた。

「もしコワルスキー博士が接触を求めてきたら、知らせてくれるな」

「状況によると思います。博士はあたしにとって命の恩人でもあります。今のあたしの状況と博士にどんなつながりがあるのか、それ次第です」

「神崎――」

　芦田は絶句した。

「もし博士があたしを拘束し、もうしたか、これからしようとしている手術のための材料にするつもりなら、それは願い下げです。しかし、本当にあたしと同じような患者のための知識を必要としているのなら、できる限りのことはしたい……」

芦田は唇を強くひき結んでいた。

「もちろんＳＶＲがからんでいる以上、手術が純粋に人道的なものであるとは思えない。協力はします。ただ、今のあたしは、警視庁とは別の意志をもっている。それだけは、芦田さんにも理解しておいていただきたいんです」

「わかっている」

芦田は頷いた。

「あのときのように、本庁に敵のスパイがいるわけではない。だが、誰も彼もを信用することができないという点では、君の状況は同じだ」

「あるいはもっと悪いかもしれない」

アスカはいって芦田を見た。

「少なくともあのとき、あたしは警察に逮捕されるという可能性を考えずに行動ができましたから」

「それは――」

芦田は否定しかけ、黙った。

「あたしが今もっているのと同じだけの情報を本庁公安が握ったら、必ずあたしを拘束しようとするでしょう。それは決してあたしを守るためではなく、自分たちの立場や、彼らがいうところの〝国益〟を守るために。でもあたしは彼らに何かをしてもらったことなど一度もない。それなのに彼らがあたしに対して何かする〝権利〟があると考えるなら、それはまちがっている。あたしにはあたしを守る〝権利〟があるし、そのために警視庁公安部以外の情報機関と取引したとしても、そのことを責められるいわれはありません」

「それは認める。だが君の手術は〝国費〟によっておこなわれた。私がいうのもおかしいが、そのことを彼らがもちだしてきたら？」

　アスカは芦田の目を見た。

「あたしがその手術を望みましたか？　あるいは神崎はつみが――？　手術の目的は、あたしたちの生命を救うことではなかった。警視庁内部にいる『クライン』のスパイを暴くための罠《わな》のエサを作りだすことだった。あたしはそれをうけいれ、あのとき警視庁は目的を達した。貸し借りは消えた筈です」

　芦田は沈黙した。

　アスカはつづけた。

「誤解しないで下さい。あたしは警視庁すべてを敵視しているわけではありません。ことに芦田さんは今でも味方だと信じています。でも今のあたしを、芦田さんはかばうことができない。部下じゃないから。またかばおうとすれば、芦田さんが苦しくなる。あたしはあたしの戦い方を見つける他ないんです」

「もし単独で博士と接触し、ＳＶＲが君を誘拐するようなことになったらどうする？私は何の支援もできない」

「そのときはあたしは、あたしが一番信頼する人にバックアップを頼みます」

「それが彼を失職させる結果になってもか」

「あたしが彼の失職を恐れ、彼があたしを失う結果になったら、彼は絶対にあたしを許さない」

芦田は小さく頷いた。

「――もちろん、簡単に彼をひっぱりだせるとは思っていません。あたしが支援を頼むとすれば、それは本当に必要なときです」

「わかった」

芦田はいって軽く目を閉じた。

「君たちの行動を規制できる人間は、どこにも存在しない。もししようとすれば、君は、手に入るあらゆる道具を使ってはね返してくる。そういうことだな」

「そうです」

「私は勘ちがいをしていたようだ。もう君は、かつての部下の明日香ではない。対等の存在、互いに協力しあわなければならない関係というわけだ」

「はい」

アスカは頷《うなず》いた。芦田は目を開いた。

「芦田さんが協力して下さる限り、あたしは必要な情報をお渡しします。でも芦田さんの指示通りに動くとは限りません」

芦田は軽いため息を吐いた。

「君と私のこの合意事項を、警察の他の幹部が理解してくれるとは思えんな。だが私もできる限り、君との関係を損なわない状況を作っていこう」

「お願いします」

48

「お土産だ、エミール」

彼はいって、エミールの前の床に、ふたつの耳を並べた。目かくしを外され、それを見おろしたエミールの表情はかわらなかった。

「何だ、これは」

「見ての通り、耳さ。約束したろう」

エミールは薄笑いを浮かべた。すぐに殺される心配はないと知って、ふてぶてしさをとり戻したようだ。

彼はミドヴィエーチを見やった。ミドヴィエーチが〝現場〟で撮ったインスタントカメラの写真をとりだした。

「ニコライとカリーナ、だったな」

エミールにもよく見えるようにかざした。

エミールの目が広がった。

「よくおねんねしていた。日本人のボディガードも二人いた。そいつらの耳はもらってこなかったが、別に必要なかったろう？」

彼はいった。

エミールは無言のまま目を細めた。憎しみと殺意がこもっている。

「殺したいか、俺たちのことを」

彼は微笑み、手をのばした。エミールの髪をなでてやる。

「お前たちチェチェンスカヤは、恨みを忘れない、そうだろう？」

エミールはまだ黙っていた。

「立派だよ。だがそいつも仲間がいてのことだ」

いって、彼は拳銃《けんじゅう》を抜いた。マカロフの撃鉄を起こし、銃口をエミールの耳たぶに這《は》わせた。

「今、俺が引き金をひく。バン！　お前は死ぬ。この写真の二人と同じだ。だが、お前にかわって俺たちに恨みを晴らす人間はいない。わかるか？　二人の恨みを、お前は晴らせる。もし自由になり、もし俺たちの居どころをつきとめ、もしその手に銃かナイフがあれば。しかし今お前が死んだら、誰が恨みを晴らす？」

「ふざけるな。俺たちは〝兄弟〟がたくさんいるんだ」

「わかっているさ。どうやってこの二人の居どころを我々がつきとめたと思っている？」

彼がいうと、エミールの目にわずかだが、不安がよぎった。

「死んだこの二人はまだ幸せだったかもしれない。特にこっち、あとで殺された方だ。ニコライ？　カリーナ？　どっちだ？」

　エミールは答えなかった。

「まあいい。金髪の方は、眠っているうちに死んだ。もうひとりは、銃に手をのばしたところを俺に撃たれた。つまり、自分が殺されるということがわかっていたんだ。そのときのこいつの頭の中を想像できるか？」

　彼はエミールの目をのぞきこんだ。

「まず混乱だろう。バン、バン！　隣で寝ていた相棒が撃たれた。襲撃だ、急いで銃をとれ。だが間に合わない。撃たれる、殺される、バン！　痛い、すごく痛い、死にそうだ、助けてくれ！　バン！　ああ、死ぬ。自分は死んでいく、殺されるんだ……」

　彼はエミールの額に銃口をあてがった。

「だが思う。俺たちはチェチェンスカヤだ。この恨みはきっと誰かが晴らす。そうだ、エミールがいる。俺たちの頼れる兄貴、エミールならきっと仕返しをしてくれる――」

　エミールは目をみひらき、銃と銃を握る彼を見つめている。

「ものすごい痛みの中で、きっと死ぬ直前の一瞬、そんなことを考えたかもしれん。今の医学は進んでいるんだ。もしかしたら世界のどこかで、死人の脳味噌《みそ》から、そいつが最期の瞬間何を考えていたかわかる機械が発明されているかもしれない。そうすると、お前のことを考えて死んでいったというのが映しだされたりしてな」

エミールは顎《あご》をそらした。

「お前にはまだ仲間がいる。そいつらの居場所もすべてわかっている。それを順番に殺していく。全員が最期にお前のことを考えるだろう。エミール、頼む、エミール、お願い、敵《かたき》をとって、とな。残るのは、お前ひとりだ」

彼はくり返した。

「お前、ひとり。全員の願いを、全員の恨みを、お前ひとりがうけとめる。チェチェンスカヤの誇りにかけて、お前がそれを晴らさなければならない」

言葉を切った。

「だが、できない。最後に残ったお前だけはわかっているからだ。望みをたくされたお前、全員の恨みをうけとめたお前、そのお前が死ぬとき、すべては終わる。消えてしまう。お前は、誰にも頼めない。俺の恨みを晴らしてくれ、とは。寂しいだろうな。全員に期待され、全員の恨みをうけとめ、だがお前自身の恨みは誰にも晴らしてもらえずに死んでいくんだ」

エミールの顔は蒼白《そうはく》だった。歯をくいしばっている。

彼は指を立てた。

「そうだ、こうしよう。このあと、お前の仲間をひとり殺《や》るたびに、エミールに伝言はないかと訊《き》いてやろう。それを届けてやる」

「――地獄に落ちろ」

エミールが吐きだした。

「そりゃ落ちるさ。だがお前の方が先だ。お前もこれまでさんざん人殺しをやってきてわかっている筈《はず》だ。先に殺された奴が負けなんだ。お前は負ける」

彼は告げた。

「誰にも恨みを晴らしてもらえず、仲間の恨みを晴らしてやることもできずに死んでいくんだ。俺より先に」

49

アパートの郵便受けにその封筒は入っていた。だが郵便で配達されたものでないことはひと目でわかった。

アスカは部屋に入ると、トイレにこもった。セミョーノフの一件以来、アパートにいても監視を意識せざるをえない。特にアパートの電話が公安によって盗聴されているとわかってからはなおさらだ。

トイレなら、この狭い空間に、マイクもカメラも隠されていないことがわかる。

封筒を開いた。パソコンで打たれた文字の並ぶ紙片が一枚、入っていた。

親愛なるアスカへ
この手紙は、信頼する日本人の友だちに代筆してもらったものだ。聡明《そうめい》な君は気づいていると思うが、君は監視されている。それが何を目的にしているものか私にはわからないが、君の安全を考えての行為ではないようだ。

君と会って話をしたい。君から得られる情報によって、救われる生命があることを私は確信している。ただし、君と私の双方に慎重な行動が求められる。

この手紙を読み、私の願いに応《こた》えられるようなら、次の番号に、公衆電話から連絡をしてほしい。

読後、この手紙は処分すること。

愛と尊敬をこめて。　コワルスキー　MD

番号は携帯電話ではなかった。アスカは暗記し、手紙を細かくちぎって、トイレに流した。

トイレをでると、衣服を着替えた。ジーンズにトレーナーというふだん着でアパートをでる。

近くの商店街に徒歩で向かった。監視者の目の前で公衆電話を使えば、どこかに秘密の連絡をしていると教えてやるようなものだ。

商店街で夕食用の惣菜《そうざい》を買い、アパートに戻った。ひとりで夕食をすませる。

監視者の目が届かない公衆電話。

アスカが知る限り、それは一ヵ所しか思い浮かばない。

麻薬取締部の中にある公衆電話だ。芦田もいっていたが、公安も同じ司法機関である、麻薬取締部の建物内部までは、監視の刑事を送りこむことはできない。

明日、出勤したらこの番号にかけてみよう。

アスカは不意にひとりぼっちを実感した。この手紙のことを、誰にも相談できない。

芦田にはああいったが、仁王にバックアップを頼むとしても、それはよほどのときに限られる。

〝対等〟であるためには、あくまでも自分ひとりで問題に対処する覚悟を定めていなければならないのだ。

唇をかんだ。

撃ちあったり、殴りあったりするばかりが〝戦い〟ではない。

これもまた、自分にとっての、ひとつの〝戦い〟だ。

「もしもし……」

「お待ち下さい、おつなぎします」

ひどく事務的な口調の女性の声が告げ、回線が切りかわる電子音がアスカの耳に響いた。記されていた番号は、どこかの会社か事務所の代表番号のようだった。だが、オペレータらしき女は、かけてきたアスカを誰何《すいか》することは何一つなかった。

「ハロー」

数秒後英語の声が応えた。アスカは英語で告げた。

「アスカといいますが……」

「アスカ、本当にアスカなのかね。よかった、君から連絡をもらえるかどうか、気に病んでいたんだ」

「コワルスキー博士ですか」

「その通り。君の元気な声をこうして耳にでき、私ほど喜んでいる人間はいない筈だよ」

「その節は、たいへんお世話になりました」

「もう遠い昔のことだ。それに君にはほとんど記憶がないと思うが――?」

「その通りです」

アスカは答えた。

「つまり私にとっては再会だが、君にとっては初対面の出会いが、二人に待っている」

コワルスキーの声は快活で落ちついていた。偽者ならば別だが、脅迫や監禁をされているようすは感じられない。

「ホテルにも連絡をとったのです。けれど博士はチェックアウトをされたあとでした」

「それについては、会って話をしよう」

「あの――」

「何かね、アスカ」

「おっしゃる通り、あたしには博士にお会いしたという記憶がありません。どうやったら、博士が本人であるという確認がとれるのでしょうか」

「簡単なことだよ。ドクター・アンノが私といっしょにいる。それならば、君もわかる筈だ」

　アスカはそっと息を吐いた。安野には政治的な背景がない。コワルスキーとＳＶＲの本当の目的を知らずに利用されている可能性はあっても、別人をコワルスキーだとアスカに偽ることはないだろう。

「わかりました。どうすればよいのですか」

「手紙にも書いたように、君は監視されている。監視者の目が届くところで私たちが会うのは、あまり賢明とはいえない。以前の君の上司だったミスター・アシダは、私と君の関係をなるべく人に知られたくないと努力していたようだからね」

「はい」

「幸い、私には理解者でもあり協力者でもある人がいる。その人を君のもとにさし向ける。君はその人を私だと思って、指示にしたがってほしい。我々二人の幸福な関係のためにも、これは必要なことだ」

「それはかまいませんが、その人が誰かを傷つけたりすることはないのでしょうね」

アスカは確認した。万一、ＳＶＲのエージェントが公安の追跡をふりきるために暴力を行使するようなことにでもなれば、アスカにも容疑がかかりかねない。

「そんな心配はもちろん無用だ、アスカ。私の仕事は人の命を救うことであって、傷つけることではない」

驚いたようにコワルスキーは答えた。

「私はただ、君と私が必要のないトラブルに巻きこまれるのを避けたいだけなのだよ」

そういいつつも、コワルスキーは、アスカが監視をうけている理由を訊《たず》ねようとしなかった。それがアスカに対する配慮なのか、当然の状況とうけとめているからなのか、どちらなのだろう。

「君の仕事は何時に終わるのかね」

「五時です」

「それなら六時に、以前私が泊まっていたホテルのロビーにきてもらえるだろうか。迎えの者が君を見つける」

「六時ですね」

「大丈夫。誰も傷つかない。私を信頼しなさい。君の今を作った私を」

コワルスキーはいった。

50

コワルスキーのために用意されたのは、ホテルから車で二十分ほど走ったところにある一軒家だった。高台の住宅地にあり、東京の水準で考えるなら、相当高額と思われる家が建ち並んでいる。「メジロ」という地名を教えられたが、コワルスキーにとってはさほど意味はなかった。

建物は、木造の古いヨーロッパスタイルで日本の民家とはいってもあまり違和感は感じられない。

ふだんは使われていないようすで、家具であるテーブルや椅子には、透明のビニールシートがかけられていた。どうやらそこは、ロシア政府が日本国内にもつ「セーフハウス」の一軒のようだった。

そこまでの準備を、ニーナやボリスがしたことは、コワルスキーの自尊心をくすぐった。ロシア政府は、コワルスキーを重要な人間だと考えているのだ。

建物は二階建てで、一階の広間以外に五つの部屋を備えていた。コワルスキーは、ニーナとともにそこで寝泊まりすることになった。食事の世話をするのもニーナの仕事だった。ニーナの料理の腕は、完璧《かんぺき》とまではいえないが、ハンバーガーなどのファストフードで飢えを満たすよりは、はるかにましといえた。

建物には二人の他に、ロシア語を話す日本人がいて、洗いものをしたり、ベッドの仕度などをおこなっている。日本人は命令をうけているのか、コワルスキーとはいっさい会話を交わそうとはしなかった。目が合えば黙って頭を下げるだけだ。その仕草は、古いハリウッド映画に登場した、東洋人の〝召使〟を思わせた。

家には古い電話があったが、それが鳴ったのは一度きりだった。ニーナは持ち歩いている携帯電話で外部との連絡をとっていた。

古い電話が鳴ったとき、コワルスキーはアスカの声を聞くことができたのだ。最初にニーナがうけ応え、ロシア語で相手の言葉に同意した後、コワルスキーに受話器をさしだした。

「彼女です」

ハロー、と彼がいうと、アスカが名乗った。

それからの会話は、ニーナと打ち合わせていた通りに運んだ。アスカは、ボリスが連れてくることになっていた。ボリスは、この建物にいる〝召使〟のような東洋人の部下を何人も抱えていて、必要となれば彼らを手足のように使うらしい。ニーナの話では、それらの部下には完璧な日本語を喋《しゃべ》るが、日本人でない者も交じっているのだという。

ＳＶＲは以前は、日本人のフリーエージェントをパートタイムで雇うこともあったらしいが、この任務に関しては、日本国内で活動している優秀な人間だけを注ぎこんでいるといい、そのこともコワルスキーの自尊心を満足させた。

アスカと話した日の夕方には、アンノも到着した。アンノはボリスの部下が迎えにいった。ニーナは、コワルスキーとアンノ、そしてアスカのための夕食の準備におわれている。再会を祝すささやかな晩餐《ばんさん》会を催す予定なのだ。ボリスとニーナが列席することはない。だが三人の会話は、すべてVTRにおさめられることになる。

　食事をする広間には、リモートコントロールでズームアップもできるテレビカメラが三台設置されていることを、前もってコワルスキーはニーナに知らされていた。

「博士たちがわたしの手料理を召しあがっているあいだ、わたしたちは二階のコントロールルームからそのようすを拝見させていただきます」

　ニーナはいたずらっぽく笑っていった。

「それならいっしょに食事をすればいいじゃないか」

　コワルスキーがいうと、ニーナは首をふった。

「ミス・アスカは、日本政府の司法職員です。外国大使館員であるわたしたちとの食事は、公務員の活動について規定した、日本の法律に触れる可能性があります。これ以上、彼女の立場を悪化させるのは望ましいことではありません」

「彼女がなぜ、同じ日本の警察によって監視されているのか、わかったのかね」

「いいえ。ですが、数日前、彼女の所属する機関のエージェントが撃ち合いで命を落とすという事件があったようです。あるいはそのことが関係しているのかもしれません」

　コワルスキーは首を傾げた。

「私が聞いた話では、彼女は捜査活動にかかわっていない、ということだったが」

「いえ。それは古い情報です。現在は、彼女は銃を携行するような任務に携わっています」

　コワルスキーは驚いた。

「銃を？　彼女が？」

　ニーナは頷《うなず》いた。

「はい。彼女の所属する機関は決して大きいわけではなく、欠員がでたことによって、彼女が現場に駆りだされた可能性もありますが……」

「何ということだ……」

　コワルスキーはつぶやいた。突然、不安がこみあげてきた。その不安は、ハンという実体を伴っていた。トウキョウという大都会では、その可能性は決して高いとはいえないが、ハンとアスカが出会ってしまう危険が、アスカの〝現場配属〟によって増したかもしれない。

　アスカにハンのことを告げる気はまるでなかった。だが、あの男がこの街を徘徊《はいかい》しているかと思うと、何の警告も発さずにいるのは賢明とはいえないような気がした。

　ハンには、発作的な暴力衝動があり、しかもその暴力は、常人のふるうレベルをはるかに上回っている。衝動の引き金となるのが〝妹〟という存在で、したがって暴力そのものがアスカに向けられる可能性は低いものの、アスカの周辺に対してはどう行動するのか予測がつかない。

さらにそのハンは、アスカを〝求めている〟節がある。それは手術の後遺症ではないが、手術そのものが、ドナーとレシピエントであった二人の男がもつ、妹への希求本能といったようなものを増幅させた可能性はあった。

モスクワを離れる際、その懸念を、コワルスキーはソコロフに伝えていた。ハンによるセミョーノフへの攻撃行動を目撃したソコロフならば理解できると思ったからだ。

だがソコロフは現在までのところ、それに何の対策も施していないように見えた。ハンが日本に入国して以来、どこで何をやっているか、コワルスキーには見当もつかなかった。

アンノがやってくると、コワルスキーは、アスカへの〝問診〟の準備にとりかかった。アスカの英語能力がかなり高いことはアンノから聞いてもいたし、ここにかけてきた電話でも証明された。

となると、アンノの存在がなくても、アスカと意思の疎通をはかることができる。アンノの必要性は、コワルスキー自身の身許《みもと》保証のみだ。したがって食事がすんだら、アンノにはすみやかに退場してもらう。コワルスキーが本当に知りたい情報は、決してアンノの前ではアスカに口にしてほしくなかった。

アンノは大切な友人だが、彼と同じ医師だ。脳移植者のリハビリテーションに関する秘密を分けあうことはできない。そのときがきたら、いささか礼を失するやり方かもしれないが、ボリスによってアンノを連れだしてもらう手筈《てはず》になっていた。

「コワルスキー博士、驚きましたよ。いくら企業秘密を守るためとはいえ、目隠しをしろといわれたのですから。ロシアでは相当、産業スパイが跋扈《ばっこ》しているようですね」

やってきたアンノは口を開くなり、いった。コワルスキーは頷いた。

「そうなんです。私もつい最近知ったのですが、急速に資本主義化が進んだせいで、企業間のモラル意識というものが、非常に低いようなのです。私をバックアップしてくれている企業は、医療技術の分野においては、ロシアでは最先端にあるところなのです。したがって、国外で活動するときですら、スパイの目を気にしなければならないらしい」

「この日本でも、ですか」

「アンノ博士、私たちが今日これから会うアスカは、多くの医学者や関連する企業にとっては、いわば歩く〝財宝〟といってもいい、あなた自身は、アスカを診察するという幸運に恵まれたため、それに気づいていないのかもしれないが」

コワルスキーが告げると、アンノは口ごもった。

「――そうかもしれません。ただ私はオダ博士とちがい、手術に立ち会ったわけではないので、もっぱら興味の対象は、現在の彼女の健康状態にあったのです」

野心のない男だ、とコワルスキーは思った。もっともだからこそ、アスカの〝秘密〟は保たれてきたのだろうが。

「アンノ博士、あなたをこれ以上、困惑させるのは、同じ医師としてフェアではないかもしれない。正直にいいましょう。私はアスカをロシアに連れて帰りたいのです」

アンノの目が広がった。

「彼女の身に起きた〝奇跡〟が何であったのかを、短時間のインタビューでつきとめるのは困難だと思います。だから、時間をかけじっくりと、彼女を診察したい。残念ながら、日本では私が自由に使える、それに適した医療施設もないので」

「しかし、彼女は公務員です。簡単には国外にはでられない」

「もちろん。だからすぐにとはいわないが、なるべく早くに長期の休暇をとってもらいたいと願っています。またそれによって生じる、彼女の経済上その他の損失の補償も考えています。もちろん――」

アンノが何かをいいかけたので、コワルスキーは声を高くした。

「彼女の意思を最優先します。それは確かです」

アンノは小さく頷いた。

「この問題であなたをトラブルに巻きこむのは、私の本意ではない。したがって、私の紹介役を終えたら、お帰りになってかまわない。また先ほどの社員がお送りする筈です」

「博士！」

アンノはさすがに驚き、傷ついたような表情になった。

「あなたを守るためです」

コワルスキーはきっぱりといった。

「産業スパイが、我々の秘密を狙っている。万一、インタビューに同席し、その後何らかの形で、秘密がライバル企業に伝わったということにでもなったら、アンノ博士、あなたに対し、莫大《ばくだい》な損害賠償を請求する裁判がおこされるかもしれない。そうした災厄の芽は、未然につみとるべきでしょう」

アンノは呆然《ぼうぜん》としたように彼を見つめた。だがやがて、わずかに首をうなだれ、頷いた。

「コワルスキー博士、あなたはきっと、我々日本の医師が想像もできないような、激しい企業間競争の現場を経験していらっしゃるのでしょう。わかりました。おっしゃる通り、私はインタビューの場には遠慮させていただきます。設問に対して、協力させていただくだけで……」

コワルスキーは頷いた。

「ありがとう、ドクター・アンノ。あなたの理解と協力を心から感謝します」

二人のやりとりは、当然、別室にいるボリスとニーナの耳にも届いていたろう。アンノはそれと知らず、永遠に家に帰れなくなる危機を回避したのだ。

午後六時五十分。アスカが家に到着した。コワルスキーはアンノとともに、玄関まで彼女を出迎えた。

ボリスの部下が運転するワゴンから降り立ったアスカは、指示されてアイマスクをつけていた。だが当惑しているようすもなく、ワゴンの屋根に手をおき、まっすぐに立っている。淡いブラウンのパンツスーツ姿だ。

「ようこそ、アスカ。もうマスクをとってもかまわない」

コワルスキーは告げた。アスカが言葉にしたがい、隠されていた美しい瞳《ひとみ》が、彼とアンノに向けられた。

「初めまして、アスカ」

彼は手をさしだした。アスカは瞬《まばた》きし、彼のうしろに立つアンノの表情を素早く観察したあとで、その手を握った。

「初めまして、コワルスキー博士。お会いできてとても光栄です」

映像で見るよりも、はるかに知的で意志の強さを感じさせる。目隠しをされ、ここまで連れてこられたことに対しても、不快感は示さなかった。

「ひどく芝居じみた方法をとってしまって申しわけない。ドクター・アンノにも今説明していたのだが、私の研究をサポートしてくれている企業は、産業スパイの目をひどく気にしていてね。それに君自身の立場のためでもある」

コワルスキーはいって、アスカに目配せした。アスカが日本の警察によって監視されていることをアンノが知れば、再びショックをうけるだろう。

「理解できますとも。今晩は、アンノセンセイ」

アスカは頷き、いった。アンノが挨拶《あいさつ》に応《こた》えた。

「さっ、夕食の仕度ができている。まず、食事をしながら話そうじゃないか」

コワルスキーは二人をうながした。家に入ったアスカは一瞬、物珍しげにあたりを見回した。

「ここは、その企業が産業スパイ対策のために用意してくれたのだよ」

アスカの口元に皮肉げな笑みが浮かんだ。

「ずいぶん用意のいい会社なんですね」

「ロシア経済は混迷の中にあるが、中には豊富な資金力と高い先見性をもった企業も存在する。近い将来、ロシア企業というよりは、多国籍企業として知られるようになるだろうね」

コワルスキーはいって、広間へと案内した。すでに〝召使〟の手によって、テーブルには食器と前菜が並べられている。

コワルスキーはアスカのために椅子を引いてやった。

「こんな日は、シャンペンで乾杯をしたいところだが、アルコールは脳細胞には〝天敵〟だ。ミネラルウォーターで我慢しよう」

それぞれの手の届くところにミネラルウォーターのボトルが用意されている。水を注いだグラスを三人は手にした。

「ドクター・コワルスキー」

アスカが口を開いた。

「何かね」

「乾杯の前に、まず感謝の気持をお伝えしておきます。博士がいらっしゃらなければ、今ここにこうしているあたしは存在しませんでした。博士は、ひとりの女の心と、ひとりの女の体の、生命の恩人です」

「ありがとう」

アスカは首をふった。

「ですが、同時に失われた、もうひとりの女の心とひとりの女の体もあります。それを惜しむ気持を、あたしは生き返って以来、かたときも忘れたことはありません。もしできるなら、ここに二人の女としてすわっていたかった」

コワルスキーは感動を覚えた。なんと素晴らしい女性なのか。同時にこのような女性を作りだした自分に、強い誇りを感じた。

「君の気持はわかる。いつか、そう遠くない未来、同じ状況におかれた二人の人間が、両方の生命をとり戻すことができるよう、医学者としての努力をこれからもつづけていくことを、ここに私は誓おう」

コワルスキーは水を口に含んだ。これまでに飲んだいかなる酒よりも、自分を酔わせる味がした。

「さて――」

ナイフとフォークを手にとり、コワルスキーはいった。前菜は、キャビアを中心とした、ロシア料理の冷菜だ。

「食事のあいだは、医学的なことではなく、アスカ、君のこの何年間かの生活ぶりについて聞かせてもらいたい。いったいどのようにして、今のその健康を身につけ、社会のために役立てているかを――」

アスカは一瞬意外そうな顔になり、かたわらにすわるアンノを見た。

「そんな話からでよろしいのですか。アンノセンセイから聞いたところでは、博士はあたしのリハビリテーションに強い興味をおもちだったようですが」

アンノはうつむいていた。

「順をおって時間をさかのぼろうじゃないか。まずは近頃の君の暮らしぶり、それから徐々に、あの手術に近づいていく。どうかね？　時間はあるのだろう？」

「かまいませんが……」

アスカは頷《うなず》いた。非常に落ちついていた。その落ちつきぶりに、彼はふと不安を覚えた。もしかするとアスカは、彼が考えている以上に、彼の目的について知っているのではないだろうか。

料理の皿が〝召使〟の手によって、ワゴンにのせられ次々と運ばれてきた。コワルスキーはアスカの話に耳を傾けながら、その食事ぶりも観察していた。

アスカは完全な健康体のように見えた。下品なほどの旺盛《おうせい》さはないが、選《え》り好みすることなく、料理を口に運んでいる。

アスカの話に、さほど目新しい内容はなかった。オダとアンノ、そしてソコロフから示された監視記録などから想像していた内容と大きなくいちがいはない。さすがに仕事についてくわしくは話さなかったが、彼女が麻薬取締官に〝転職〟後、アメリカに留学していたという事実は、彼を驚かせた。

移植手術後、アスカは運動機能を完全に回復しただけでなく、学習、記憶機能も完全回復したのだ。

「後遺症についてはどうかね？　オダの話では、悪臭を鼻の奥に感じると発作が起きるという事態があったらしいが」

アスカは首をふった。

「一年くらい薬をいただいていたせいもありますが、発作の回数はどんどん減ってきて、この二、三年は一度も起こっていません」

「すばらしい。では現在、日常生活で不便を感じるようなことはまったくないと？」

「肉体的には……そうですね」

アスカは考え、頷いた。

「精神的には、あるのかね」

アスカの表情がわずかにかげった。

「それは……ないとはいいきれません。まずあたしは手術によって、コウノ・アスカであった時代の人間関係をすべて失いました。あたしの意識はコウノ・アスカですが、コウノ・アスカを知っていた人は、あたしをそうとは認識しません。手術そのものの保秘という側面はありますが、あたしにとっては初対面でない人が、あたしを初対面と認識し、かつコウノ・アスカに対して示したのとはちがう態度で接してくる。このことは、正直いって苦痛でした。したがって以前の職場であった警察を辞めることは、あたしには、不可避だったと思います」

「君の手術を知る人の反応はどうだった？」

「手術そのものがおこなわれたことを知っていても、コウノ・アスカを知らない人に関しては、この問題は生じません。コウノ・アスカを知っていて、尚《なお》かつ手術がおこなわれたことを知っている人は……」

　アスカはいい淀《よど》んだ。

「何人くらい、いるのかね」

「現在は、四、五名、だと思います。ほとんどが警察官で、その事実を知る権利をもつ立場にある人たちです」

「その人たちとの関係は難しい？」

　アスカはデザートのアイスクリームをすくうスプーンの手を止めた。

「うまくいえないのですが、やはりあたしはかつてのあたしではなくなっているかもしれません。ただそれが手術による変化なのか、手術を含めた経験による変化なのか、あたしにはわかりません。ただいえるのは、コウノ・アスカをよく知っていて、あたしのこの外見に惑わされず、コウノ・アスカとして接してくれようとした人たちも、その変化にはとまどいを感じている、ということです」

「それはつまり、君の個性が変化した、ということかね。外見ではなく、内面の――」

アスカは頷いた。

「そうだと思います。ですが、あたしだけが、あたしの性格だけが変化したと考えるのはちがうと思います。博士は今、個性という言葉をお使いになりましたが、そこには内面的な要素だけでなく、外見的な要素も加わります。つまり、あたしの外見が変化したことにより、コウノ・アスカとしてあたしに接しようとする人の対応も微妙に変化せざるをえなくなる。そしてその変化をうけて対応するあたしがさらに変化する、といった循環が人間関係に生まれ、互いの違和感につながったのではないでしょうか」

「非常に論理的な判断だ」

「言葉で表わせば。しかし、現実的に親しい人間とのあいだでそれが起こるのは、苦痛です」

コワルスキーは咳《せき》ばらいした。そろそろアンノをこの場から外すべきときがきていた。だが、質問をつづけずにはいられなかった。

「それはつまり、手術の事実を知る人の中に、君にとって特別な存在である人間が含まれていたということだね」

「はい。コウノ・アスカであったときの婚約者がいました」

フルヨシだ。

「その人物との関係がうまくいかなくなったと？」

「以前のようにはいかなくなりました。あたしは、彼が示す愛情表現を素直にうけいれられなくなったのです」

アスカの頬がわずかに赤らんだ。潮どきだった。コワルスキーはアンノに目配せした。

アンノが口を開いた。

「神崎さん、申しわけないが、私はここで失礼する。病院で仕事が残っているのだ。あとはゆっくり、コワルスキー博士と話しあってくれ」

アスカは一瞬驚いたような顔をした。コワルスキーは立ちあがり、手をさしだした。

「アンノ博士、協力を心から感謝する。あなたのおかげでこうして、彼女と再会の場をもつことができた」

アンノは複雑な表情で彼の手を握った。

「帰り道のことは心配なく。きたとき同様、スタッフがお送りする。玄関まで送らないのを許してくれたまえ。私には、今、彼女と話す時間が非常に貴重なのだ」

51

安野が何かいいたげな表情をしていることにアスカは気づいていた。そしてわずかに怯《おび》えてもいる。

脅迫され、ここに連れてこられたわけではないだろう。だが、この退席のタイミングは、明らかに前もってとり決められていたものだ。

ただ、仁王との関係を安野の前で口にするのは、アスカにとっても苦痛だった。コワルスキーは〝恩人〟ではあるが、今後会う可能性が低い人間だ。定期検診で顔を合わせる安野とはちがう。

そういった点では、安野の退席は、アスカをほっとさせた。と同時に、身がひきしまるような緊張を感じた。

これからが本番だ。化かし合いの第二幕が上がった。

安野が広間を出ていき、いれちがいにコーヒーが運ばれてきた。カップの数はふたつ。やはり、そうだ。残るのが二人と、食事の用意をするスタッフも知っていた。

コワルスキーは、両掌《てのひら》をぴったりと重ねあわせ、まるで祈りをささげるように顎《あご》の下においた。淡いブルーの瞳《ひとみ》が、その顔の中で不釣り合いに大きく、どうかすると狂気を感じるときがある。その瞳が、食事をしているあいだもかたときも自分からそらされなかったことを、アスカは感じていた。

仕立てのよい濃紺のスーツにネクタイをしめ、全体に清潔感と自信が漂っている。おそらくその自信の存在が、狂気を〝そこはかとない〟ていどにとどめているのだろう。

「中断してしまった話をつづけよう。グッドパートナーであった人の愛情表現を、君がうけいれられなくなった理由とは？」

　グッドパートナー？　婚約者だったと認めるための表現か。それとも仕事でもパートナーであったことをひっかけた、二重の意味か。もしそうなら、コワルスキーは、セミョーノフからの監視報告を受けとる立場にあったにちがいない。

　だがアスカは気にしないふりをして答えた。

「奇妙ですがそれは、ジェラシイでした。あたしの心が、あたしの今のこの体に対して、嫉妬《しっと》したのです。彼があたしに触れ、性的な欲望を抱くとき、あたしはまるで彼が他の女に欲情しているかのように感じてしまったのです」

　コワルスキーは深々と頷いた。

「なるほど」

「その結果――あたしたちは何度か、克服しようとしたのですけれど――あたしたちの性的関係はうまくいかなくなりました。特に彼が、あたしに対する思いやりから、そうした愛情表現を控えるようになり、それを今度はあたしが不満に感じる、といった調子で」

「それはかなり苦痛だったろう。双方にとって……」

　アスカは頷いた。

「ですが今は仕事が互いに忙しくなり、その問題をおきざりにしています」

「質問だが、アスカはその男性との関係を今後も持続したいと望んでいるのかね」

きっぱりといった。

「望んでいます。彼以外の男性と性行為をもつことは考えられないし、まして将来をともに過すことなど、思いもよりません。ですから、これはあたし自身が解決しなければならない問題なのです」

コワルスキーはほっと息を吐き、目を閉じた。

「君のその強さ、いいかえれば、生存本能といってもよい、は、元来、備わっていたものなのかね。コウノ・アスカの心に」

「生存本能？」

「そうだ。新しい体と折り合いをつけ、新しい人生をよりよく生きようとする、それはもはや、生存本能といってもよいものだよ」

アスカは考えた。

「――以前のあたしは、肉体的に恵まれた人間でした。それは、美しさとはちがいます。正直にいって、美しさだけで比較するなら、今の方が優れている、と思います。ですがそれを口にするのは、奇妙かもしれませんが、あたしにとってはつらいことです。肉体的に恵まれていた、というのは、警官としての戦闘能力が高かったことをさしています。今よりも背が高く、体重も重く、そして多くの筋肉をもっていました。長年、訓練をうけてきた筋肉です。その筋肉であたしは多くの犯罪者をつかまえてきました。ですが、今のあたしにそれはない……」

「トレーニングは？」

「限界があります。人間には体質があり、特に女性の場合は、戦闘力を高めるための筋肉は、ある限界を超えてはつきません。今のこの体は、戦闘に向いている体質ではないのです。トレーニングを重ねた結果、あたしはそれを知りました」

　コワルスキーは目を細め、見つめている。

「特に武術の場合、小さな子供の頃からの反復訓練が重要です。この体はもちろんそんな訓練をうけていなかった。それどころか――」

　アスカは沈黙した。仁王と自分しか知らない、あの苦しみを思いだしたのだ。

「それどころか？」

　コワルスキーが促した。

「ある薬物の依存症でした」

　コワルスキーが目をみひらいた。身をのりだしてくる。

「それは本当かね」

　アスカは頷《うなず》いた。

「博士は、あたしともうひとりの女性、つまりこの体の本来の持主であったハツミの関係についてご存じでしたか」

「君が警察官であり、その女性、ハツミの護衛をつとめていた、ということしか知らない」

「ハツミは、『クライン』と呼ばれた麻薬組織のボスの愛人でした。しかしその関係を終わらせようと考え、警察に保護を求めてきたのです。ボスの愛人であったハツミは、当然、組織について多くの知識をもっていました。それが警察に伝わるのを恐れたボスが殺し屋をさしむけ、ハツミと護衛していたあたしの二人が撃たれたのです」

「その場に他の警官はいなかったのかね」

アスカは首をふった。

「いませんでした。『クライン』は、警察の内部にもスパイをもっていました。あたしの上司だったアシダは、公にハツミを保護しようとすれば、スパイからハツミの居場所が『クライン』に伝わると考え、あたしだけを送りこんだのです。けれども情報はやはり洩《も》れていて、あたしたちは襲撃をうけた」

「その結果があの傷だったのだね」

「はい」

「で、ハツミが依存していた薬物というのは何だったのだ」

「『クライン』が独自に生産して、販売していた合成の覚醒《かくせい》剤で、『アフター・バーナー』と呼ばれているものでした」

「『アフター・バーナー』？」

初めて聞く名のようだった。コワルスキーは首を傾げた。

「服用すると、知覚が過敏になり、自分の運動能力が一気に向上したと錯覚します。多幸感を伴うのも特徴で、肉体的な禁断症状はありませんが、精神的な依存性は非常に高くなる薬物でした」

「たとえば近年、問題になっているＭＤＭＡと似ているかね」

「ＭＤＭＡより、はるかに感情のテンションは高くなり、短時間で効果が切れます。コカインを原料にしたクラックに近いと思います」

「当然、脳神経に作用するものだね」

「そうです。『クライン』が壊滅し、生産工場は閉鎖されたので、現在はまったく市場にでまわっていません。こうした非合法薬物としては珍しく、根絶に成功した例といえます」

コワルスキーは苦笑した。

「いかにも麻薬捜査官らしい発言だ。ところで、ハツミだが、その『アフター・バーナー』をどのていど摂取していたのだろう」

アスカは首をふった。

「わかりません。ただハツミは、『クライン』のボスとの愛人関係を長期間、およそ九年にわたってつづけていました。おそらくその間は、毎日に近く、摂取していたのではないかと思います」

「九年間、毎日薬物を？」

コワルスキーの目が広がった。

「もしそうであるなら、彼女の脳はひどくダメージをうけていた筈《はず》だ。いや、脳だけでなく内臓も……」

「薬物は、アルコールと同じで、人によって耐性に差があります。連日飲酒をつづけても、内臓にさほどのダメージをうけない人間と、うける人間がいるように。内臓に関する限り、ハツミは大丈夫でした。あるいは、『クライン』のボスとの関係を清算しようと考え始めたのは、かなり前からで、そのために『アフター・バーナー』の摂取を控えていたのかもしれません」

その可能性はかなり高い、とアスカは思っていた。はつみのことを深く知る機会は与えられなかったが、君国《きみくに》のもとを逃げだそうと決意するためには、かなりの時間がかかった筈だ。

君国との別離には、まず死の危険があり、たとえそれを乗り越えたとしても、「アフター・バーナー」を断つことが含まれていた。そこまで決意した以上、はつみは、「アフター・バーナー」の摂取を、逃げだすかなり前から減らしていた筈だ。

なぜなら「アフター・バーナー」は、君国とのセックスには欠かせないものだったからだ。君国が「アフター・バーナー」に酔ったはつみとのセックスを好んだことは、自分の体の苦い記憶として残っている。

それを思うと、不意にアスカは涙がこぼれそうになった。

「どうしたのかね」

「今、ふと、ハツミのことを考えたんです。彼女は、ボスとの関係に疲れ、そこから逃げだしたいと願っていた。最初はきっと、不可能だと思い、前よりももっと『アフター・バーナー』に依存したのではないでしょうか。仕事に苦痛を感じる売春婦が、薬物で自分をごまかしてセックスするように、『アフター・バーナー』で苦痛を消して、ボスの愛人をつづけていた。しかしそんな生活にも耐えられなくなり、死の危険をおかしてまで、『アフター・バーナー』ともボスとも、関係を断つのを決心した。きっと、とても恐ろしく、孤独で、勇気のいることだった。そんな彼女に、あたしはやさしくできなかった。彼女が弱々しく、きれいであることに対し、軽蔑《けいべつ》と嫉妬の両方を感じたんです」

　どれほどつらかったろう、はつみ。決死の覚悟を決め、君国のもとを逃げだしてきたというのに、迎えに現われた刑事は、やさしい言葉をかけるわけでもなく、むしろいらだたしげにふるまった。そして、その覚悟も報われることなく、はつみは死んだ。

「自分を責めるのはやめなさい。聞いている限り、そのように極端な状況で、君がハツミという女性を理解するのは不可能だったように、私には思えるよ」

　コワルスキーはいった。

「それに、失ったのは、ハツミだけではない。君もまた肉体を犠牲にしたのだ」

　アスカは鼻をすすり、答えた。

「そうだとしても、あたしはハツミに感謝しなければなりません。彼女が『アフター・

バーナー』の深刻な依存症ではなかったおかげで、今こうして生きていられるのですから」

　コワルスキーはアスカの顔を見つめていた。しばらく無言だったが、口を開いた。

「その『アフター・バーナー』についてだが、化学構造式を知ることはできるかな」

「なぜです」

　不審を感じ、アスカは訊《たず》ねた。「アフター・バーナー」は、根絶された。そしてそのために、アスカ自身も含め、多くの犠牲がはらわれた。

「誤解をしないでくれたまえ。私はドラッグの類《たぐい》にはまったく興味がない。脳医学者として、当然、忌避してもいる。だが、その『アフター・バーナー』こそが、君に起こった〝奇跡〟の謎を解く鍵《かぎ》かもしれないと考えているのだよ」

「〝奇跡〟ですか……」

　コワルスキーは重々しく頷いた。

「君の脳と肉体は、ごく短い期間を除くと、まるで拒否反応の兆候を示すことなく融和した。これは本来なら考えられないほど低い確率での、ドナーとレシピエントの相性のよさを証明している。私は長い間、それをずっと偶然のなせる業だと考えてきた。だが今の君の話を聞いていて、考えがかわった。君の脳とハツミの肉体の融和には、演出者がいたのだ。それが『アフター・バーナー』なのだよ」

「そんな」

アスカは目をみひらいた。

「『アフター・バーナー』にそんな力があるのですか」

「だからそれは、『アフター・バーナー』の化学構造式を研究してみなければわからないが、充分に考えられることだと思う」

アスカはコワルスキーを見つめた。ひどく興奮している。

「化学構造式は、手に入るのかね？」

「たぶん……。現在のあたしの職場なら、『アフター・バーナー』に関する化学的な資料はそろっていると思います。ですが博士――」

「何かね？」

「化学構造式をお教えするのなら、ひとつおうかがいしたいことがあります」

コワルスキーは我にかえったようだ。急に醒《さ》めた表情になってアスカを見返した。

言葉を待っている。

「あたしはアンノセンセイから、博士があたしのリハビリテーションに強い興味をおもちだとうかがいました」

「その通りだよ、アスカ」

「それが今いわれた、〝奇跡〟の理由を知ることだったとするなら、博士は、あたし以外にも〝患者〟をもっているとうけとめてよいのですか」

コワルスキーは無言だった。

「ごく近い未来、あるいは、過去に……」

コワルスキーが深々と息を吸いこむのをアスカは見た。

「博士……」

「今は、まだ答えられない、アスカ。君が『アフター・バーナー』に関する知識を提供してくれるのなら、その質問に答えてもよいと私は思っている」

「それは肯定したのと同じです」

「――そうかもしれない。すまないが、ちょっと失礼する。電話を一本かけなければならないことを思いだした」

いって、不意にコワルスキーは立ちあがった。

「数分で戻る。考えておいてくれたまえ」

52

コワルスキーは急いで二階にあがった。「計画」を変更することをニーナとボリスに告げなければならない。

二階の〝書斎〟の前にコワルスキーが立つと、待っていたかのようにドアが開かれた。そこは偽装されたモニター室だった。邸内の五ヵ所にしかけられたテレビカメラの映像がうつるモニターが並び、ビデオデッキとテープレコーダーの両方が動いている。本来なら映像はデジタル処理されディスクにおさめられる時代だが、ＳＶＲにはまだそこまで設備投資をおこなえる財力がないようだ。

　あるいはここが東京ではなく、ニューヨークやロンドンなら、すでにそういう設備が整っているのかもしれない。

　ドアを開けたのはボリスだった。

「うかがいましたよ、博士。私たちもその『アフター・バーナー』という薬物にはたいへん興味があります」

　コワルスキーの背後でドアを閉め、ボリスはいった。並んだモニターのひとつに、テーブルについたアスカが映っている。

「私は『ＮＴＦ《ニューロトロフィック・ファクター》』という薬品を開発した。だが『アフター・バーナー』は、その『ＮＴＦ』を上回る効果をもつ可能性がある」

　ボリスは頷《うなず》くと腕組みをして、すわっているニーナをふりかえった。

「当初の計画では、ミス・アスカには、今夜を最後に、所在をくらましてもらうつもりでした。しかしそれをしたら、『アフター・バーナー』の化学構造式が手に入らなくなる」

　ニーナは無言でボリスとコワルスキーを見比べた。

「もし『アフター・バーナー』に、私が考えているような効果があるとすれば、それはとてつもなく大きな発見だ。絶対に化学構造式は手に入れなければならない」

コワルスキーはいった。ニーナが口を開いた。

「博士のお気持はわかります。ですがアスカはすでに、大きな疑いを抱いています。別の脳移植手術の存在について博士に質問したのが、その表われです。その状態で彼女をこの家からでていかせるのは、危険ではありませんか」

「確かに彼女は、手術の存在を確信している。だがそのことで私が告発されたり、身柄を拘束されるわけではない。彼女が私を逮捕するとでもいうのかね？」

ニーナは苦笑した。

「もちろんそんなことは考えておりません。ただご理解いただきたいのですが、ミス・アスカの身柄も、わたしたちにとっては重要な目的なのです」

コワルスキーは頷いた。

「わかっている、わかっているとも。しかしまだこの段階では、彼女が私や君たちの行動に何らかの支障を与えるという理由は何もない。今日、彼女を帰し、何日かあとでまた会ったとしても、何の不都合もない。確かに彼女は麻薬捜査官だが、君らの仕事とは何のかかわりもない筈《はず》だ。ちがうかね？」

ニーナはボリスを見た。ボリスは腕組みをつづけている。

「――それが一概にそうともいえない事態があるのです」

「何？　いったいどういうことだ」

コワルスキーは不安になった。

ボリスは腕組みを解いた。

「だが、まあそれはよいとしましょう。問題は、彼女がその『アフター・バーナー』という薬物の化学構造式をすんなりと渡してくれるかどうかです」

「博士がお認めになった通り、彼女は、自分以外の患者の存在を確信しています。それについての知識を博士に求めた場合、何とお答えになりますか？」

ニーナが訊ねた。

「それについては……。真実を教えるわけにはいかないだろうな」

「博士、彼女の本質が捜査官であることをお忘れになってはいけません。あいまいな説明や、その場逃れの嘘は、かえって不審を抱かせるでしょう。そうなれば、彼女は化学構造式をエサに真実をすべて話すよう、迫ってくるかもしれない。このモニターから観察しているだけでも、彼女がかなりタフなネゴシエイターであることはわかるのです」

ボリスが首をふった。

「では、どうしろと……？」

「彼女があるていど納得するだけの情報を提供する他ありません。そのためには、情報を、今夜と次の機会の二段階に分けて与えるのです。次の機会に化学構造式をもってくるように告げ、その際に強硬な手段をとります」

「強硬な手段？」

「彼女を誘拐するのです」

「傷つけるのではないだろうな」

「もちろん、そんな気はありません。死体をモスクワにもち帰ったところで喜ばれないでしょうから。理想をいえば、彼女には自発的に我々の研究に協力をしていただきたい。次回は当然そのことを提案してみるべきでしょう。強硬策は、それがうまくいかなかったときの話で」

「つまりハンの話で彼女の気を惹《ひ》き、化学構造式を渡すように説得する。そして化学構造式を手に入れたら、今度はロシアにきて研究に参加するのを頼み、断られた場合は誘拐する、そういうことかね」

「おっしゃる通りです」

コワルスキーは息を吐いた。

「私は俳優ではない。確かに嘘をつくのに慣れてはいないが、ハンのことをどこまで話せばよい？」

「この国にいることは秘密にした方がよいでしょう。それと彼の本性についても」

「本性……」

「あの男は、冷徹な殺し屋です。昨夜も五人の命を奪った」

ボリスは告げた。

「君らはそんな仕事をさせるために、あの男をこの国に連れてきたのか」

「必要に伴う犠牲です。彼の任務は、我が国の財産をとり戻すことにあります」

コワルスキーは気づいた。ソコロフは、この先も自分に脳移植手術をおこなわせる気なのだ。脳移植手術によって再生した人間たちは、すべてロシアのために活動する工作員として使われる。その意味では、ハンは〝実験〟に過ぎなかった。ハンに課せられたのは、実験動物の運動能力を検証するための試験だ。

「『アフター・バーナー』は必要です。それがこの先のあなたの研究を必ず手助けする」

ボリスは念を押すようにいった。

「――わかった」

コワルスキーは低い声で答えた。自分がこの先、どれだけの数の脳移植手術を成功させようと、その功績が世界に認められることはない、と気づいたのだった。

報酬は与えられるだろう。設備も、必要な試験体も。

だが脳医学の歴史に、コワルスキーの名が刻まれることは決してない。

コワルスキーは自分のあさはかさを思い知った。確かに自分には、天才的な技術と頭脳が備わっている。しかし、その技術と頭脳を、もはや自分の満足心のために使うことはできないのだ。

ソコロフとその部下に逆らうことはできない。逆らえば、ソコロフは自分を、猛犬にエサを投げ与えるように、ハンに投げ与えるだろう。

名声でも地位でもなく、暴力と恐怖で自分は支配されるのだ。

自分よりはるかに頭脳で劣る人間たちに。

それは屈辱だった。

だがその屈辱をはね返せるだけの勇気は、コワルスキーにはなかった。

53

コワルスキー博士が戻ってきたとき、その緊張にアスカは気づき、自らも緊張した。交渉相手の緊張が思わぬ事態をひき起こすことを、アスカはクワンティコの訓練で教えられていた。

犯罪者との交渉の場において、だが。

「待たせてしまってすまなかった」

詫《わ》びの言葉を口にしながら、コワルスキーはテーブルについた。

「本社に報告しなければならない案件があったのを思いだしてね。医師といっても、実態は、契約に縛られたビジネスマンと同じなのだよ」

コワルスキーはぎこちない笑みを浮かべた。

「アメリカにいたときには考えられないような援助をうけているが、それだけに彼らは見返りを求める」

「そうでしょうね」

アスカは頷いてみせた。その言葉だけは信じることができた。

「その際に、君からの質問について彼らにおうかがいをたててみた。私の契約には守秘義務も含まれているのだ」

「どうなりました」

「あるていどならば、という許可をもらったよ」

「聞かせて下さい」

アスカはコワルスキーの目を見つめ、いった。嘘をつくなら、それを見抜く自信があると、相手に思わせなければならない。その態度によって相手は嘘をつきにくくなり、またついても、明らかにそうと判断できる変化を示す。

「手術についてだが、君の考えは正しい。私は、日本にくる少し前、ロシアで手術をおこなった。患者は、事故にあったロシアの軍人だった」

嘘その一。患者の正体はおそらくちがう。だがアスカはあえてそれを指摘せずにいた。

「二人とも、ですか」

コワルスキーは素早く頷《うなず》いた。

「そうだ。そして今回は、君のときとは異なった手術法を用いた」

嘘をついた直後、人はそれをカバーするために、自分のよく知る事実を話したがる。話題の転換はそれが理由だ。

「君とハツミの手術において、私は脳の全摘出をおこなった。が今回の手術において、それをせず、移植は最小限にとどめた」

「最小限？」

「大脳、部位でいうならば前頭葉と側頭葉の移植だけにとどめ、小脳はそのままにした」

「なぜですか」

「人間の人格、記憶と自己制御は、側頭葉と前頭葉がつかさどる。移植しなかった小脳にあるのは運動能力だ。つまり今回の手術では、人格転移だけを目的に移植をおこなった」

「博士は先ほど、患者は事故にあった、とおっしゃいました。ですが、あたしが『なぜですか』と訊《き》くと、手術の目的についてお答えになった。通常、手術の目的というのは、患者の生命を救うことである筈《はず》です。あたしが『なぜですか』とうかがったとき、答として想像していたこともそれでした。たとえば大脳だけを移植し、小脳を残したのであれば、大脳は損傷していたけれども、小脳は無傷だったから、そういう返事になった筈です。しかし博士の答は、『人格転移だけを目的に手術をおこなった』。つまり、患者が事故にあったというのは事実ではなく、初めから脳移植そのものを目的とした手術だった、そう判断してよろしいのですね」

　コワルスキーは言葉を失った。質問の意味をとりちがえていたことに気づき、虚を衝《つ》かれたようだ。

「いや……、私の説明が悪かったのだ。事故にあったというのは一名の方だけで、もう一名は脳腫瘍《しゅよう》をわずらっていた。二名とも、と答えたのは、私の誤りだ」

明らかに嘘とわかった。だがアスカはそれをさらには追及しなかった。

「二名は手術に同意したのですか」

「一名は同意した。だがもうひとり、脳腫瘍患者に意識はなかった。二人は身寄りもおらず、私は彼らの上官の許可を得て、手術をおこなった」

「その二人の名を教えて下さい」

「それはできない」

コワルスキーは首をふった。

「患者のプライバシーを明かすことはできない。君もわかってくれる筈だ」

「わかりました」

アスカは頷いた。

「で、その患者は今、どこにいるのですか」

「もちろん、ロシアの病院だ。リハビリテーションの過程にある」

「順調に進んでいるのですか」

コワルスキーは少し元気をとり戻した。

「その話をしたかったのだ。今回、私は脳を、そっくりとりかえるという手術ではなく、そこにある小脳と、新たに移植した大脳を融合させるという試みをおこなった。この融合を促進させるために、『NTF』、ニューロトロフィック・ファクターという、神経細胞の再生を手助けする薬剤を開発した。おおむね『NTF』は効果をあげているようだが、もしかすると君から聞いた『アフター・バーナー』の方がはるかに優れているかもしれない」

「患者に何か問題が？」

　コワルスキーは咳《せき》ばらいをした。

「問題というほどではないが、本来は存在しない筈の記憶をもっている」

「存在しない筈の記憶？」

「つまり切除した側頭葉にあった記憶を、患者はもっており、それによってときおり混乱をするのだ」

「博士」

　アスカはコワルスキーの目を見つめた。

「人間の心は機械ではありません。ある部分をとり外したからといって、そこに備わっていたものがすべて失われるとお考えなら、それはまちがっています。人間の記憶とは、脳だけでなく、手足や目、耳、五感すべてにあるものだと思います」

　コワルスキーは首をふった。その目に少し自信が戻っていた。

「それは幻視のようなものだ」

「幻視？」

「事故や手術で、手足を失った人間が、そこに存在していない手足に、痛みや痒《かゆ》みを感じる。ある種の錯覚だ」

「錯覚ではありません」

アスカは力をこめていった。

「あたしはあたしにない筈の記憶を、匂いや景色から感じたことがあります。失われたハツミの記憶です」

「それはデジャ・ビュのようなものであって、事実の記憶とは認めがたい。脳はときおり、とてつもないいたずらをする」

「しかし――」

「いいかね、アスカ」

コワルスキーは語気を強めた。話題が専門分野に移り、明らかに優位に立てたと感じているようだ。

「君も麻薬捜査官なら、ドラッグ依存症の連中を相手にすることがあるだろう。彼らは、見てもいない怪物に怯《おび》え、聞こえてもいない声に支配される。だが、決してその言葉は嘘ではないのだよ。彼らの心、すなわち脳がドラッグに侵され、存在しない映像や音波を、彼らの目や耳に〝情報〟として伝える。だからといって、君は怪物の存在は信じない。ちがうかね？」

「確かにその通りです」

「それと同じなのだ。君が記憶と信じているものは、変調をきたした脳が一瞬作りだした、あやまった信号に過ぎない」

「わかりました。しかしそうであるなら、さほど心配する必要はない、ということになります。博士の新しい患者が示している混乱についても――」

「もちろんだ」

　コワルスキーはしかたなく、といった調子で頷いた。

「だが彼が、軍人として元の職場に復帰することを考えれば、そうしたある種の記憶障害は、彼の職務を制限するかもしれない」

「どんな類《たぐい》の記憶障害なのですか」

　コワルスキーはアスカを見つめた。いいたい言葉が喉《のど》もとにまでこみあげている、そんな表情だった。

　しかし首をふった。

「今、それを君に話すわけにはいかない」

「なぜです？」

「本社の許可がないからだ」

　茶番は終わりにしましょう、そう叫びたいのをアスカはこらえた。コワルスキーがくり返す〝本社〟とは、ＳＶＲのことに他ならない。

　だがそれを口にすれば、自分が安全にここをでていけるという保証は失われる。

「今夜は時間がない。次に君と会うときまでに、もっと実情を話す許可を得ておこう。君も、その患者のために『アフター・バーナー』の資料を手に入れておいてほしい」

「確約はできません。職務上の秘密に関係しますので……」

「君のためなのだ」

コワルスキーはいった。何を馬鹿な、とアスカは思った。だがその目を見たとき、コワルスキーが真剣であることを悟った。

嘘をいっていない。

「なぜですか」

コワルスキーは首をふった。

「それも話すことはできない」

そして腕時計を見た。

「さっ、今夜はもう充分に遅くなった。君を送らせなければならない。次に会うときも、我々は慎重な接触をはからなければ――」

コワルスキーに促され、アスカは立ちあがった。

「博士――」

「君が現在、微妙な立場にあることは承知している。次に会うときは、そこから救いだせるような提案をするつもりだ。だからどうか、私の願いを踏みにじらないでほしい」

コワルスキーはアスカの目を見つめ、いった。そこにあるのは、今夜のこの会談を無事に終わらせたい、という願いだった。つまり、コワルスキーにはすべての事態を把握する権限が、もはやないのだ。

コワルスキーは取引を強制されている。背後にいる人間たちは「アフター・バーナー」を求め、引きかえる材料として、新たな移植患者の情報をアスカに提示するよう、コワルスキーに命じたのだ。

「わかりました。連絡をお待ちします」

今後は取引が、重要な情報獲得手段となるだろう。相手がその気なら、自分もリングに上がるまでだ。

アスカは頷《うなず》いていった。

54

きたときと同じように目かくしをされ、アスカは車に乗りこんだ。四十分間の走行時間も、きたときとほぼ同じだ。それは、夕方と深夜という、都内の交通事情の変化を考えれば、明らかに〝回り道〟をしている事実を示している。

ラッシュ時に四十分かかる距離は、深夜ならその半分の時間で移動できる。新宿と、今夜の会見場となった洋館は、おそらく車で二十分とかからない距離にちがいない。運転手も当然、アスカがそれを見抜くとわかっていた筈《はず》だ。いわばこれは手続きのようなものだ。

アスカは新宿から終電に近い地下鉄に乗りこみ、帰宅の途についた。

「アフター・バーナー」。根絶に文字通り命をかけた。あの忌わしいドラッグが、自分を〝救った〟特効薬だとは、にわかにはアスカには信じられなかった。

もしそれが真実なら、自分は「アフター・バーナー」の化学構造式を、コワルスキーに渡すべきなのだろうか。

脳移植に、倫理的な問題が存在し、それが解決しない限り、たとえ特効薬であったとしても渡すべきではない、という考え方はある。

だが、自身が脳移植手術によって生存しているアスカにとっては、その考え方はさほど意味をもたない。

自分はそれによって死を免れたのだ。そんな人間が、倫理的な問題があるから同じ手術をすべきではない、などとはとうてい、いえない。

乾杯のときにああはいったが、手術がなければ、自分とはつみ、二人の命はともに失われていた。たとえひとつでも、そしてそれまでの人生をともに歩んだ肉体を失ったとしても、救われた命があることは、否定しようのない事実だ。

脳移植によって、自分は生かされた。新しい肉体は、アスカにとって完璧《かんぺき》なものでは決してなく、むしろさまざまな悩みをもたらしてはいるが、それでも〝死〟よりは、はるかにましである。

死んでしまいたいと思い詰めたことも確かにあった。人間関係、特に仁王との恋愛問題は、いまだに解決がつかずにいる。しかし、脳移植の経験がなくても、死にたくなるほどの苦悩に直面する人間だってたくさんいる。

いや、人生とは、もともとそういう代物なのだ。悩みや絶望、人によって対象はちがっても、恐怖や苦痛と無縁な人生などありえない。

それらと戦い、ときには勝ち、ときには負ける。その形が人によって異なるだけだ。

したがって、今のアスカは、脳移植を否定する立場では決していられない。

ただし。

手術の目的が、患者の生命を救うものである限り、だ。

コワルスキーは嘘をついた。患者の正体に関するくだりは、明らかな嘘で、アスカがそれに気づいたことも、コワルスキーには伝わっていた。

何のための嘘だったのか。

手術の目的を隠すため。それ以外にはない。そうでなければ、患者に関する情報を、取引の材料にしようとはしなかったろう。

つまり手術は、患者の生命を救うためではない目的のもとにおこなわれたのだ。

脳移植は、外見は以前と寸分かわらないのに、まったくの別人格をもった人間を作りだす。いかなる整形手術よりも完璧に人間の身許《みもと》を変え、どんな洗脳よりも確実な人格の変化をもたらす。

誰よりもその効果を求める人間がいるとすれば、それは犯罪者に他ならない。

「アフター・バーナー」を、そんな目的のために渡してしまってよいのか。

さらにいうなら「アフター・バーナー」のもつ、もうひとつの特性、本来の生産目的であった、強力な覚醒《かくせい》作用の問題もある。

「クライン」の崩壊とともに「アフター・バーナー」は根絶された。ドラッグの歴史は、人類の歴史だ。史上において、違法な麻薬、覚醒剤が根絶されたというのは稀有《けう》な例なのだ。それが証拠に、どれほど新しい麻薬、覚醒剤が作りだされようと、阿片《アヘン》、ヘロイン、コカインは、決して闇社会の市場から消えさっていない。

はやり、すたりはあっても、薬物そのものが姿を消したことなど、かつてなかった。

その唯一といってよい例外、「アフター・バーナー」が、復活してしまう危険がある。

脳移植による唯一の生存者だと、今夜まで信じていたアスカに、脳移植の倫理性について問題を提起する権利は、確かにない。だが、その根絶にいくら命をかけたからといって、「アフター・バーナー」を復活させる権利も、また、ないのだ。

復活させれば、人類に対する犯罪となるだろう。

しかし、犯罪ではなく救命が目的としておこなわれる脳移植手術に、それが有効であるならば、協力を拒むことも、公平とはいえない。

少なくとも自分は、その〝恩恵〟をこうむったのだ。

アスカは、混みあった地下鉄の窓に映る、自分の姿に目をすえ、迷っていた。

仁王に会いたい。仁王なら、この問いに何と答えるだろうか。

この問題に関する知識と経験をもつ仁王は、決して無関係な第三者とはいえない。だからこそ、その意見を知りたかった。

自宅に戻るまでの間、アスカはずっとそれを考えつづけていた。

翌日、麻薬取締部に、アスカを訪ねてきた人物がいた。ＤＥＡ《連邦麻薬取締局》の東京駐在員である日系アメリカ人、ロナルド・タケイとＣＩＡのブルックだった。ブルックは、タケイのアシスタントという肩書きで、平然と麻薬取締部を訪れた。

タケイは、永野と大林《おおばやし》とともに部長室に入り、ブルックがアスカと会議室にこもった。この面談に関する〝リクエスト〟が、きのうのうちに麻薬取締部にアメリカ大使館からでていたことを、アスカは知らされた。

「ハイ、アスカ」

にこにこと笑うブルックに、

「アシスタント、ね」

アスカは腕組みしていった。ブルックは肩をすくめた。

「仕方がないです。お姫さまから連絡はないし、ＣＩＡの僕が、堂々とアスカさんの〝カイシャ〟にいくわけにはいきません。問い合わせの身分証を発行してもらうために、僕はロニーに借りを作りましたよ。ワシントンに知らせず、パートタイムのエージェントを雇ってもらったという件で」

ワシントンには、旧麻薬取締官事務所が創立の際、その組織をモデルにしたといわれるDEAの本部がある。

「彼にあたしの手術のことを話したの？」

アスカはブルックを見つめた。ブルックは首をふった。

「とんでもない。ロニーは、僕がアスカさんに『クビッタケ』だと信じています。嘘ではありませんけど。だから、僕は職務上の権限を、恋愛のために行使していると思われている。つまり『セクハラオヤジ』です」

「馬鹿ね」

アスカは吹きだした。だがすぐ笑いを消していった。

「コワルスキー博士に会ったわ」

ブルックの顔が真剣になった。

「本当ですか」

アスカは手紙に始まる接触の一部始終を告げた。ただし、「アフター・バーナー」のくだりは伏せた。SVRだけでなくCIAまでもが「アフター・バーナー」の特効性を知れば、どうなるか予測もつかない。

「なんて危険な真似をするんです」

聞き終えたブルックはいった。

「アスカさんが無事に帰ってこられたのが不思議です」

「博士は、あなたが考えた通り、脳移植手術をすでにおこなっていた。だからその患者のために、あたしのリハビリ情報を欲しがっていたのよ」

「患者について何かいいましたか」

「二人とも軍人といっていたけれど、嘘だと思う。この次に会うとき、たぶんもっと情報をひきだせるわ」

「アスカさん」

　ブルックはアスカの目を見た。

「この次はないよ。この次は、アスカさんがつかまえられるとき」

「つかまえられる？」

「アスカさんは、リハビリの情報を材料に取引しているつもりでいる。ちがいますか」

「その通りよ」

「でもあなたは気づいてない。一番の材料は、あなた自身。ＳＶＲはあなたをロシアに連れてさえいけば、何の取引もしなくてすむ」

「確かにそうかもしれない。コワルスキー博士は、誰かにコントロールされている感じだったわ」

　ブルックはため息をつき、アタッシェケースから一枚の写真をとりだした。望遠レンズで撮影されたものとわかる、荒い粒子をしている。

「この男に、会いましたか」

　大柄の白人で、スーツにサングラスをかけている。

アスカは首をふった。

「こちらでの名は、ボリス・ニキフォロフ。あなたが逮捕した、ジョーンズこと、ドミトリ・ダビドキンのウラジオストック時代の管理官です」

「ＫＧＢ？」

「そう。今はＳＶＲで、ロシア大使館に勤務している。ボリスは、ウラジオストックにいた頃、商社マンでした。日本から車や電化製品を輸入する商社です。ボリスのつとめる商社は、富山にある日本の商社相手に海産物の輸出業務もおこなっていて、その会社は――」

「『ナホトカ・コーポレーション』」

アスカはいった。ブルックの目が大きく広がり、つづいてにっこりと笑った。

「その通り」

「『ナホトカ・コーポレーション』は、寺尾神谷会のフロントよ」

「フロント？」

「企業舎弟」

ブルックは頷《うなず》いた。

「なるほど、そうなると、いろいろわかってきました。先日、チェチェン人が、荻窪のマンションで射殺されましたが――」

「寺尾神谷会の保護下にあったにもかかわらず、襲われた。いっしょにいた組員も二人、殺されたわ。チェチェン人の居どころに関する情報が『ナホトカ・コーポレーション』を通じてこのボリスに伝わり、ボリスが殺し屋を派遣した」

アスカの言葉にブルックは再び頷いた。

「まさにおっしゃる通りです。寺尾神谷会の動きは、ＳＶＲに筒抜けになっている」

「するとボリスが『タンゴ』襲撃もしかけたことになる」

「そうでしょう。しかし彼を逮捕することはできない。セミョーノフと同じで、外交官特権がありますからね」

「ボリスを監視すれば、殺し屋の居どころが割れるわ」

「そうなります。それどころか、アスカさん、あなたはボリスと同じ家にいた可能性もあります」

「コワルスキー博士と会ったときね」

「ええ。おそらくコワルスキーは、ボリスの管理下にあるでしょう。僕はコワルスキーの〝救出〟作戦を、ラングレー（ＣＩＡ本部）に提案してみようと思っています」

「〝救出〟？」

「我が国の優秀な頭脳が、ロシア政府の道具とされ、働かされている。今、ラングレーは、ロシアの核科学者などが、中東や中国に〝輸出〟されるのを問題視していますが、アメリカの科学者が〝密輸〟されていたことの方がはるかに問題だ。そう思いませんか」

「つまり博士を誘拐するということね」

「アスカさんだから打ち明けています。あなたのギブアンドテイクを、僕は信じていますから」

アスカはブルックを冷たく見すえた。

「博士はすでにロシアで手術をおこなっているわ。それも、救命のためではなく、おそらく実験のために。あなたたちも同じことをさせるの？」

ブルックの表情はかわらなかった。

「それは僕が考えることではありません。でも〝敵〟が新しい兵器を開発したら、それと同じ兵器を備えるのは、戦略の基本です」

「脳移植は兵器なの？」

「アスカさんはちがうといい切れますか」

アスカは沈黙した。

「人を傷つけ、施設を破壊するばかりが兵器ではありません。もしロシアに限らず、どこの国であっても、脳移植手術を、情報収集や破壊工作の手段に導入したことが明らかになれば、それだけでこれまでのセキュリティチェックの方法が無効化されてしまいます。安全という問題を、軍隊や情報機関、いや、あらゆる産業が、根本から考え直さなくてはならなくなる。指紋も声紋も、網膜も、身許《みもと》確認の手段として機能しなくなるのですから。従来のシステムがうける経済的な打撃だけで、すでにはかり知れないものがあります」

「――手術がおこなわれたのなら、ＳＶＲはすでにそのノウハウも入手しているわね」

「そう。ですから、コワルスキーを排除しても、何の安全保障にもならない」

ブルックは、博士の暗殺まで手段のひとつと考えていたのだ。アスカは胸が重くなるのを感じた。

「むしろＳＶＲが得たのと同じノウハウを我々も入手しなければならないのです」

「そのときは、あたしの体も、あなたたちにとって価値が生まれる」

ブルックは頷いた。

「ちがうのは、アスカさんによる肉体の提供は、アスカさんの意志によるものだという点です。新宿で、アスカさんはそう、取引を申しでました。あのときの言葉を僕は信じていますよ」

アスカは息を深々と吸いこんだ。自分は諜報戦のまっただなかにいるのだ。片方は向こうからやってきた。もう片方は、自分がひき寄せた。

だからといって、ひき寄せた方に正義があるわけではなく、ブルック個人はあるていどは信じられるとしても、ＣＩＡという組織はまるで信頼できない。

「気持はわかります」

ブルックは神妙な顔でいった。

「でも安心して下さい。僕たちはアスカさんを実験動物のようには決して扱わないと誓います」

「生きたまま解剖される心配はしなくていいってわけ？　嬉《うれ》しくて涙がでるわ」

　ブルックは微笑んだ。

「僕があなたを大好きなのは、そのタフネスです。あなたはびっくりするほどきれいで、繊細なハートをもっているのに、ときどき海兵隊《マリーン》でも逃げだすようなタフネスを見せてくれる」

　アスカは苦笑した。ブルックにはわからないだろう。美しさも繊細さも、神崎アスカとなってから得たものだ。元のアスカは、河野明日香は、身も心もタフな女だった。

　だがそうだろうか。

　アスカはふと思った。自分は、はつみの体になってしまったことで、明日香の強さを、事実以上に〝伝説化〟してしまっているのではないか。

　――明日香なら勝てた
　――明日香なら、こんなこと簡単にできた
　そういい聞かせ、過去の自分を美化しているのではないか。

　人の心など、簡単にかわるものではない。外見はともかく、心がもつ弱さや繊細さは、もともと河野明日香にもあったもので、だが明日香は「強い明日香」であるために、そうした感覚を心の奥底に押しこめ、存在しないかのようにふるまってきたのではないか。

　自分は、いったいどんな人間だったのだろうか。

　アスカは不意に考えこまずにはいられなかった。

美しさと強さは共存しない、と多くの人が考えている。かつての明日香は、自分は「女の美」には無縁な人間だと思っていた。この場合の「女の美」とは、男たちの目を楽しませ、心を惹《ひ》きつける類《たぐい》のものだ。

だからこそ強さにこだわった。男おんな、あるいはオカマ、と罵《ののし》られることには慣れていた。

たいていの男には負けない、男に助けを求めるなどまっぴらご免だ、そう信じこんできた。

その気持をかえたのが仁王だった。仁王は、そんな明日香を大切に思ってくれた。女として扱ってくれた。それよりも何より、仁王は明日香より強かった。

自分より強い男と出会ったことで、明日香は初めて、素直な女になれたのだ。弱い姿を見せたり、駄々をこねたり、甘えたりできる相手を、初めて見つけた。

だがそれができたということは、もともとの河野明日香の中にも、そうした部分が存在していた事実を証明している。

たまたま相手に恵まれなかっただけなのだ。

もし自分が最初から自分より強い男と出会っていたら、あの性格はもっと素直だったのかもしれない。

今のアスカは、かつての明日香のように強くはない。だからこそ人の弱さにも気づくし、自分の弱さも知っている。素直という意味では、かつてよりはるかに素直になっている。

だが一方で、ずるくもなった。駆け引きをしたり、自分のもつ力を利用する方法も覚えた。

ブルックに対し取引をもちかけたのもその表われだ。ブルックが自分に好意を抱いていることを知っていて、事態に巻きこんだ。

もちろんブルックもプロの工作員だ。好意だけで動く筈《はず》はない。そこで今度は、自分の肉体という情報をエサに、ブルックとＣＩＡを釣っている。

こうしたやり方は、かつての自分なら唾棄《だき》すべきものと感じたかもしれなかった。だからこそ、自分は自分にいいわけをしている。

――昔の明日香は強かった。今のアスカは弱いから、ずるい手を使うのもしかたないのだ、と。

だが、ずるさも弱さも、もともと自分の中にあったものだ。それを押しこめていたか、平気で外に向け示せるようになったか、の、ちがいだけではないのか。

もしそうなら、仁王と自分の感情のすれちがいは、まるで無意味だったことになる。問題のすべては自分の中にあって、それは自分の心の変化が原因なのだと考えていた。だが、仁王と対している限りにおいては、自分の弱さ、ずるさは何もかわっていない。仁王の前では、もともと自分は「女」だったのだから。

気づいていなかったのは自分だけだ。仁王から見れば、外見はともかく、心は昔のままだった筈だ。

アスカの混乱と悩みは、仁王には不思議なものと映ったろう。仁王はずっと〝かわらないアスカ〟を愛してくれていたのだから。

だが仁王はいらだちもせず、待った。アスカが自分の心と折り合いをつけるのを。アスカの心の無意味な空転が止まるのを。

今も待っている。

無性に仁王が恋しかった。会って、自分の愚かさに気づいたことを告げたかった。

だがそれはできない。


「どうしました、アスカさん」

ブルックが怪訝《けげん》そうにアスカの顔をのぞきこんでいた。

「別に。何でもない」

アスカは首をふった。気持を素早く切りかえる。

「それでどうやって博士を誘拐するの？」

「アスカさんの協力が不可欠です。ラングレーの許可がでれば、ですが」

「ＣＩＡは、博士に興味をもたないかもしれないというの？」

「そうではありません」

ブルックは首をふった。

「報告が届けば、すぐにラングレーは博士の〝救出〟を進めるよう、命じてくるでしょう。必要ならサポートのための人間も送ってくる筈です。許可が必要になるのは、作戦にアスカさんの協力を得る点です。ラングレーはあなたに万一の事態が生じるのを恐れ、一日も早くアメリカにくるよう、求めるかもしれない。必要なら日本の政府にも、あなたを〝出張〟させる圧力をかけて」

アスカは首をふった。

「あたしはまだどこにもいかない。博士のおこなった手術の結果を知らない。それを知っているのは、博士か、ＳＶＲの人間だけよ」

ブルックはわずかに眉《まゆ》をひそめた。

「アスカさんにとって、コワルスキーの患者が何者であるかが、そんなに重要なのですか？」

「ええ」

アスカは短く答えた。

「あなたには理解できないかもしれないけれど、とても重要なことなの」

「なぜ？」

アスカは息を吐いた。

「うまく説明できない。おそらく一番の理由は、あたしがその患者に生きのびてほしいと願っていることだと思う。あたしは生きのびた。それは博士の手術の力だけではなく、いろいろな偶然が重なったせいだった。その偶然を、新しい患者にも与えてあげなければいけない。それがあたしの義務だと思うの」

　ブルックは首をふった。

「理解できません。アスカさんは、その患者に会ったこともない。なのに運命的な義務を感じる、そういうのですか」

「そうね。そうなるかな」

「自分の安全よりもそちらを優先させたいと？」

　アスカはブルックを見やり、皮肉げな笑みを浮かべた。

「ＣＩＡにすべてを任せることが、あたしの安全につながると、本気でいうつもり？」

　ブルックは苦笑した。

「確かに。僕の負けです。僕はアスカさんの安全を願っているが、それはラングレーが考える安全とは、少しちがいますね」

「正直ね。そういうブルが好きよ」

「やめて下さい。期待は失望の原因です」

「それで誘拐の方法を話して」

　ブルックはとまどったように首をふり、口を開いた。

「アスカさんの考え通り、コワルスキーはＳＶＲの管理下にある。おそらくボリスとイサドラ・ペトロフがコントロールしているでしょう」

「イサドラ？」

「女性のエージェントです。大使館ではニーナ・モイセーエフと名乗っています。先日アスカさんと会った新宿のホテルにも現われた。金髪で、たいへんな美女ですよ。僕がジェイムズ・ボンドなら、彼女と恋をしていたでしょう」

「大使館にいるＳＶＲはその二人なの？」

「他にもいますが、このプロジェクトは、本部と直結している。この二人が中心メンバーと考えてまちがいありません。我々は互いの選手名鑑をもっているので。そう、その他にチェチェン人を始末した殺し屋がいます」

「二人よ。あたしの知っている限り。東洋系の男と、熊のような大男」

　ブルックはかみしめるようにいった。

「その殺し屋の任務は、例の一千万ドルの回収でしょう。一千万の偽ドルも重要でしたが、このプロジェクトに比べたら、たいしたものではなくなった」

「殺し屋はまだチェチェン人のすべてを殺したわけではない。目的がエミールへの圧力なら、またやるわ。それを食い止めたい」

　ブルックは手を広げた。

「分けて考えるべきです。コワルスキーを〝救出〟するのと、殺しを止めるのは、別々の問題ですから」

「元はひとつよ」

「ただ、コワルスキーが殺し屋と行動を共にしているわけではない。また殺し屋はともかく、ボリスやイサドラには外交官特権がある。彼らをチェチェン人殺しの共犯で捕えるのは無理です」

「殺し屋なら？」

「アスカさん、彼らの世界では、殺し屋は消耗品だ。たとえ捕えても、別の殺し屋がやってくるだけです」

「そうかもしれない。でも捕えたいの。あの二人は、あたしの仲間を殺したのよ」

　ブルックは何かをいいかけ、口を閉じた。

「それともＦＢＩにいたときはあったチーム愛は、ＣＩＡに移ったらあなたから消えてしまった？」

　アスカは厳しい口調でいった。

「そんなことはありません。しかし、殺し屋が当然大使館にいるわけはないし、二人の居どころをつきとめるのは簡単ではありません」

「じゃあどうやって博士を誘拐しようと考えていたの？」

「次にアスカさんと会うときを狙って」

「ＳＶＲの二人はどうするの？」

「やり方は二通りあります。ひとつは、日本の警察を使って排除する方法。この排除というのは文字通りの意味で、決して血なまぐさい意味ではありません。警視庁公安部が、旅券法違反の容疑でコワルスキーを逮捕する。いっしょにいる二人は不逮捕特権で免れるでしょうが、コワルスキーの逮捕を止めることはできない。その後、警視庁からコワルスキーをもらいうける」

「もうひとつのやり方は？」

「我々が直接、手を下す。この場合、二人は抵抗するでしょう。ただし、日本の警察とのややこしい政治的な交渉はしないですむ」

「犯罪をおかすわけね」

「ＦＢＩとＣＩＡの一番のちがいを教えましょうか。ＦＢＩは、いついかなるときも自分が立っている場所の法律に縛られる。ＣＩＡはいついかなるときも、合衆国の利益に縛られる」

「つまり国益のためなら、法律などいくらおかしてもかまわない。ましてそれが日本の法律なら、よけいにかまわない、ということ？」

「確かに。法律はいくらおかしてもかまわない。ただしそれが絶対にばれてはいけない」

「あたしにばれているわ」

「アスカさんは別です。それともアスカさんは僕を逮捕しますか」

「場合によっては」

平然とアスカはいった。ブルックは笑顔になった。

「きっとそういうと思いました。わかりました。警視庁を使いましょう」

「駄目よ」

　ブルックの目が丸くなった。

「駄目？　今、駄目といいましたか」

「いったわ。警視庁は駄目。もし博士を警視庁が捕えたら、警視庁は、博士をＣＩＡには渡さない」

「なぜです？」

「博士があたしにおこなった手術には、警視庁の主要な機密事項がかかわっているの。あたしの秘密じゃないわよ。警視庁の秘密」

「だったらどうなるのです？」

「たぶん博士の希望が優先される。博士はロシア大使館に駆けこみ、正式な亡命を訴えるでしょう」

「そうなったら最悪です」

「あたしが博士を説得する。アメリカに戻るよう」

「そんなことができるとは思えません」

「博士は今の状況に疑問を感じている。もしかすると不安も。そこを突けば、気持がかわるかもしれない。特にボリスが殺し屋を使っていることがわかれば、自分も殺されると思って不思議はない。手術のノウハウはすでにＳＶＲに伝わっているのだから」

　ブルックは考えこんだ。

「それともうひとつ。博士はあたしにとっては命の恩人なの。その人を、罠《わな》にはめるような手は使いたくない」

「博士が拒否したら？」

「そのときはしかたない。あなたたちのやり方をとるわ」

「賛成できませんね。事態をより複雑化させてしまいそうだ」

「どれほど複雑になったとしても、脳移植をうけた人間の心ほどじゃないわ」

「僕が心配しているのは、説得に時間がかかった場合、今度はＳＶＲがコワルスキーの排除を検討し始めるのではないかということです」

「博士を殺すかもしれない、というのね」

　ブルックは頷《うなず》いた。

「ＳＶＲはあくまでも、脳移植の技術を自分たちだけのものとしておきたい。博士が合衆国に帰れば、その価値は半減します。それにボリスは有能な殺し屋をすぐにさし向けられる立場にいる」

「そうなったら、殺し屋を逮捕するわ」

「簡単にいきますか。日本の警察の協力を得られないのですよ」

「事前に殺し屋の動きをおさえておけばいい。そうすれば、殺し屋を警察に任せることができる」

　アスカはブルックを見つめた。

「殺し屋に関する情報を集めるのは、ＣＩＡならお手のものの筈《はず》よね」

ブルックは息を吐き、首をふった。

「アスカさん、あなたは『オニ』のような人だ。ＣＩＡを、自分の思い通りに動かそうとしている」

「お願い、ブル。あたしの知っていることはすべて提供するわ」

ブルックは何かをいいかけ、止めた。計画の可能性を頭の中で検討しているようだ。

「仲間を殺した連中を、このまま野放しにはしておけない。それにこの殺し屋を逮捕することは、あたしたちの作戦にも有利に働くのよ」

「先ほどもいいましたが、殺し屋というのは消耗品です。逮捕されても補充が可能なんです。ボリスはいざとなれば取引のある、やくざを使ってくるかもしれない」

「やくざなんかには指一本触れさせないわ」

アスカは首をふった。

「問題は、あの二人よ。あの二人をおさえれば、ＳＶＲは簡単に身動きができなくなる。あたしにはそんな気がするの」

「アスカさんの勘ですか」

「ええ。『タンゴ』を襲った奴らは、直後に国外逃亡するだろうと、警察は考えていた。でもそうはせず、チェチェン人を襲撃している。あの二人はただの殺し屋ではなく、一千万ドルを回収するように命じられた工作員だわ。ひとりがあたしの顔と名を知っていたことから見ても、使い捨ての消耗品とはちがって、あるていど情報を与えられる立場にいると判断できる。もしその二人をおさえたら、ボリスは動きがとれなくなる。博士をおいて帰国せざるをえなくなる立場に追いこめるかもしれない。見捨てられたと博士が思えば、あたしの説得も効力をもつわ」

「ボリスは帰国する際、当然、博士を同行しようとするでしょう」

「外交官特権は、博士にはない。切迫した状況下では、行動を共にはできないわ」

「つまり、そんな事態を演出する、と？」

　アスカは頷いた。

「もしあの二人がつかまれば、警察がボリスに関心を抱いていると思わせることができる。実際に自供したかどうかは関係なく、ね。そういう工作は、お手のものでしょう？」

　公安警察を装わせたエージェントを、ボリスの周辺に張りつかせればよいのだ。ボリスは尻《しり》に火がついたと勘ちがいし、急いで帰国するだろう。

「アスカさん、あなたはＣＩＡだけじゃなく、ＳＶＲや日本の警察まで手玉にとろうとしています」

「できないこと？」

　ブルックは息を吐いた。

「作戦として見た場合、不可能ではないと思います。ただし人員の調達も含め、ラングレーの許可なしではとうてい進められませんが――」

「あたしはＣＩＡに金銭的な報酬は要求しない。この作戦を実行してくれることが、あたしにとっての報酬よ」

ブルックはあきれたような顔になった。

「本気ですか。アスカさんは何百万ドルというボーナスをラングレーに、見返りとして要求できるのですよ」

「お金はほしくない。もしほしいものがあるとしたら――」

考えた。ひとつだけ、あった。

「何です？」

ブルックの顔は真剣だった。

「あなたががっかりするもの」

アスカは答えた。

55

ブルックがＤＥＡの駐在員と立ち去ると、アスカは部長の永野を訪ねた。麻薬取締部では、退院した大林によって、内部調査が始まっていた。それは警視庁の要請によるものだったが、「タンゴ」襲撃が、麻薬取締部からの情報漏洩が原因でないことはすでに明らかになっている。寺尾神谷会のフロントである「ナホトカ・コーポレーション」を通じて、情報が流れていたのだ。

「君のお客も帰ったのか」

永野の言葉にアスカは頷いた。

「はい」

「CIAだそうだな」

さすがに永野の表情は硬かった。

「そうです。元FBIで、クワンティコで訓練をうけていたときに知りあいました」

「CIAも関心をもっているということか」

「中心は、偽ドルから移っていますが」

アスカが答えると、永野は小さく頷いた。

「芦田から少し聞いた。君を手術したドクターが来日しているそうだな。ロシアの情報機関がスポンサーとなって」

「はい。きのう、そのドクターとあたしは会ってきました。ドクターはロシアでも別の脳移植手術をおこなっていて、その患者のリハビリのために、あたしの話をどうしても聞きたいというのです」

アスカはコワルスキーとのやりとりを永野に話した。特に「アフター・バーナー」に、移植患者の拒否反応を抑える効果があるとコワルスキーが考えていることを告げると、永野の表情がかわった。

「『アフター・バーナー』に？」

「そうです。博士はあたしに、『アフター・バーナー』の化学構造式を提供してほしいと頼みました」

「それは……」

永野はいって口をつぐんだ。

「冷静に考えれば、応《こた》えられない依頼だと思います。たとえ治療目的とはいえ、化学構造式を渡せば、根絶した『アフター・バーナー』を復活させてしまう危険があります。まして博士の背後にＳＶＲが控えているとなると、なおさらできない相談です」

それを聞くと、永野はほっとしたように頷いた。

「そう思っていてくれるならいい。確かにここには『アフター・バーナー』の資料があるが、その持ちだしを許可することはとうていできない」

「ですが取引に応じるような素振りはしなければならないと思います」

「なぜかね」

「ＣＩＡもコワルスキー博士の身柄をほしがっています。あたしは情報を提供してもらうのとひきかえに、彼らに協力することにしました」

「何の情報だ」

「あたしの身の安全と、『タンゴ』を襲った殺し屋に関する情報です。ＣＩＡは、ＳＶＲが入手した脳移植手術に関するノウハウをほしがっています。そのために、博士の技術とあたしのこの体が不可欠です」

永野の目が広がった。

「本気で君は、自分を材料に取引する気なのか」

「必要であれば。ただし、あたし自身は提供できても、『アフター・バーナー』に関しては別です」

永野の目が厳しさをおびた。

「もしコワルスキー博士の身柄をＣＩＡが手に入れれば、今度はＣＩＡが『アフター・バーナー』を要求してくるだろう」

「ＤＥＡにもデータはそろっていると思いますが、そのものとなると、ここと警察の科警研くらいにしか存在しません」

押収された「アフター・バーナー」の大半は、当然のことだが焼却などの処分をされている。だが微量とはいえ、サンプルも残されている。それがあるのは、麻薬取締部と警察の科学警察研究所だけだ。「アフター・バーナー」は、日本で爆発的な流行を見せ、アメリカ本土に上陸する前に、「クライン」壊滅によって姿を消したからだ。

「政治的な話になるな」

永野は低い声でいった。ＣＩＡがコワルスキー博士の身柄を入手後、日本にある「アフター・バーナー」のサンプルを外交チャンネルを通じて求めてくる可能性はおおいにあった。

「ことドラッグに関する限り、ＣＩＡだって決してきれいな組織ではありません」

アスカがいうと永野は頷《うなず》いた。国際社会における非合法な武器取引に、現金についで決済手段として使われているのが麻薬だった。ことに、マネーロンダリングに関する国際的な規制が強まる方向にある現在、現金以上に、麻薬が〝通貨〟としての価値を増してくる可能性は高い。

ＣＩＡに限らず、情報機関は、自国の利益を守るため、さまざまな国の武力勢力に武器や資金の提供をおこなっている。極端な場合は、ひとつの国の政府と反政府勢力の双方に〝援助〟をしていることすらあるのだ。その国で政変がおこり、為政者がかわっても、アメリカ合衆国の利益を損なう事態が発生しないようにする保険だ。こうした〝援助〟は、武器、あるいは武器を購入するための現金、現金にかわる麻薬でおこなわれるのが通例だった。

自国内においては麻薬の撲滅に血眼になる政府が、他国に対しては、通貨として麻薬を使用する――麻薬犯罪と対峙《たいじ》する捜査官のほぼ全員が直面する、国際政治の矛盾だ。

「ＣＩＡは『アフター・バーナー』を、別の目的のために使う？」

「将来的に可能性がないとはいいきれません。『アフター・バーナー』は、いったん流行すれば、はかり知れない換金性をもつ薬物となります」

永野は息を吐いた。

「確かに化学式は、ＤＥＡもすでにもっています。ＣＩＡはアメリカ国内で調達できるでしょう。しかし量産するには、やはりサンプルが必要になると思います。もし外交チャンネルを通じて、政府にその提供を求めてきたら、渡さざるをえなくなる。そうは思いませんか」

「治療目的だという大義を掲げられたら、断われないだろうな」

　アスカは下を向いた。

「実はその問題について、あたし自身も気持が決まっていません。もし今後も、医療目的で、脳移植手術がおこなわれるなら、『アフター・バーナー』の提供を拒むべきではないような気がしますし……」

「アメリカという国、そして宗教的なその環境を考えた場合、医療目的で脳移植手術がおこなわれるとは考えにくい。おそらく倫理的には決して許されないだろう。手術がおこなわれるとすれば、やはりそれは戦略的な目的がある秘密工作のためだ」

　永野はいった。

「部長もそう思われますか」

「脳移植手術が生むのは、完璧《かんぺき》な偽装を身につけたスパイだ。情報機関なら、どこでも欲しがるし、同時にそうした技術を手に入れたことを、決して公開しない。ＣＩＡであろうとＳＶＲであろうと、その体質は同じだな」

　アスカは顔を上げた。

「もしそうであるならば――」

「そうであるなら？」

「サンプルは破棄されるべきです。かりに『アフター・バーナー』が、脳移植者に使われないとしても、ＣＩＡが別の使いみちを見つけたら、サンプルを提供した者は人類への犯罪をおかしたことになる」

永野は黙りこんだ。

「部長をひとりの人間として、お話ししています。厚生労働省からの指示が下ったときには、サンプルの提供は拒めません」

「だが君は、ＣＩＡがサンプルをほしがるような形へ、今回の事件をもちこもうとしている」

「そうです。だからこそ、危険を感じているんです」

すべては自分がしかけた。ＣＩＡを手玉にとれるとは決して思っていない。だがその協力を得て、「タンゴ」を襲撃した奴らを逮捕することはできるかもしれない。エサとしての自分がいて、その先に「アフター・バーナー」がある。

自分は渡せても、「アフター・バーナー」を渡すことは許されない。

考えた上での決断だった。しかし麻薬取締部に保管されている「アフター・バーナー」のサンプルを無断で破棄することはできない。部長である、永野の協力は必要だった。

「警察にあるぶんはどうする？」

永野が訊《たず》ねた。

「芦田さんに頼みます」

永野は頷いた。そしてしばらく黙りこくっていたがいった。

「えらく大きな問題に巻き込まれたものだな」

「部長には本当に申しわけなく思います。あたしという人間を預かっていただいた上に、こんな大変なことに麻取全体を巻きこむことになってしまって……」

「だが一番大変なのは、君自身だ、ちがうか？」

アスカは涙がこぼれそうになった。

「でも、自分自身のことですから」

アスカを見つめていた永野はふと、目をそらした。つぶやくようにいった。

「官僚として私は失格だな」

今後のアスカの行動によっては、アスカだけでなく、永野にも、公務員としての刑事責任が発生する可能性があった。アスカは厳しく叱責《しっせき》され、場合によっては退職を勧告されてもおかしくはない。警視庁ならば、まちがいなく、そうなっていたろう。

だが永野は、いっさいそういう言葉は口にしなかった。自己保身よりも、部下の立場、犯罪との対決を優先させている。

「状況を見定め、私にできる限りのことはしよう。これからは一歩一歩が綱渡りだ。もし君が足を踏み外しても、手をさしのべてやることはできんかもしれん。どうか、慎重な行動をとるように、な」

　アスカは深々と頷いた。

「感謝します。部長にはご迷惑ばかりおかけしているというのに」

「君のためだけじゃない」

　永野は答えた。

「大切な部員の命を奪った人間を、私も決して許すことができないのだよ」

56

　芦田に番号を知らせたプリペイド式の携帯電話が鳴ったのは、夕刻になり、アスカが帰宅の準備を始めたときだった。

「――はい」

「俺だ」

　懐しい、ぶっきら棒な声が耳に流れこんだ。古芳だった。

「仁王――」

「芦田さんからこの番号を聞いた。ついでに、お前に知らせるよう、情報も預かっている。北海道の件だ」

　古芳はいった。「ヴォールク」に関する問い合わせにちがいない。

「どうすればいい？」

「俺はとにかく、お前は公安の監視対象になっている。そこらでおち合うというわけにはいかないだろう」

「あんたのクビが飛ぶわ」

「クビなんかどうでもいいが、公安に周りをうろつかれたのじゃ、飯だってゆっくり食えない。横浜まででてこられるか」

「簡単よ。中目黒からは東横《とうよこ》線で一本だもの」

「寿町《ことぶきちょう》の『ロアン』を覚えているか」

「まだあるの？」

アスカは驚いていった。「ロアン」は覚醒《かくせい》剤の密売をおこなっていたスナックで、二人が保安二課にいた当時、神奈川県警の摘発からマスターを助けてやったことがあった。マスターは、古芳の情報源《エス》だったのだ。

「ああ。九時にそこにきてくれ。あそこなら、公安のお供がついてきても大丈夫だ」

「ロアン」は隣接する雑居ビルとの間に、隠し通路があるのだった。覚醒剤を買いにくる客を、警察の監視にひっかからずに出入りさせるための通路だ。

「わかったわ」

「俺は先に正面からいっている」

「あとで会いましょう」

アスカはいって、電話を切った。胸が弾むのを抑えられなかった。

七時になるのを待って、アスカは麻薬取締部をでた。中目黒から東横線に乗りこみ、終点の桜木町《さくらぎちょう》でＪＲに乗りかえる。公安刑事と覚しい人間が二名、尾行についた。石川町《いしかわちょう》でＪＲを降りると、尾行は四人に増えていた。アスカが〝動く〟と踏んで、急《きゅう》遽《きょ》応援を要請したのだろう。

待ち合わせにはまだ時間がある。アスカは寿町とは線路をはさんだ向かいにある中華街に足を運んだ。

路上で売る肉饅頭《まんじゅう》を買い、かじりながら土産物店を冷やかす。中華街は道が狭く、そこに人と車が流れこむため、いつも賑《にぎ》わっている印象があった。赤や金などの派手な色を使った料理店が軒を並べる歩道には、独特の食材の匂いが漂っている。

人波をくぐりながら、尾行を確認した。西門から入った中華街を東門から抜け、通りかかったタクシーの空車に手をあげる。ワンメーターの距離だが、尾行をまくには充分だった。

寿町の雑居ビル前でタクシーを降りたアスカは、まっすぐ中に入った。一階のエレベータホールの横に扉があり、そこをくぐると公衆便所のある通路で、さらにその奥に「ロアン」の厨房《ちゅうぼう》とつながった扉があるのだ。

最初の扉をくぐったアスカは通路を進んだ。アンモニア臭のこもった通路は、並んだトイレの扉の先で直角に折れている。そこを曲がると、若い男が二人、すわりこんでいた。

二人はおそらく見張りなのだろう。金髪に染めた頭、耳にいくつも入れたピアス、ナイロン製のぶかぶかのスポーツウエアを着て、中華街で買いこんできたらしい弁当を地べたで食べている。二人とも二十そこそこといった感じだ。

アスカはまっすぐ二人に近づいた。二人は動くようすがなかった。

「通してくれない？」

二人はまるで野良猫でも見るような目でアスカを見た。

「あん？」

「奥にいきたいのよ」

「表、まわんなよ」

ひとりが首を傾けた。

「そこからいきたいの。『ロアン』のマスターとは知り合いなんだけど」

アスカはいった。ひとりがにっと笑った。見事に前歯が溶けている。

「そう？　俺らはだちじゃねえんだ」

「どういうこと？」

「ごちゃごちゃいってねえで、表に回れや！」

もうひとりが大きな声をだした。ようすがおかしい。この二人が「ロアン」での商売を円滑にいかせるための見張りなら、いつまでもとおせんぼをする筈《はず》がない。

「待ってよ」

アスカは腰に手をあてた。

「あなたたち、『ロアン』のマスターとは関係がないわけ？」

「ねえよ。俺らは、ここを誰も通さねえためにいるんだよ」

最初の男が答えた。

「よけいなこと喋《しゃべ》んじゃねえ」

相棒が咎《とが》めた。

アスカはため息をついた。どうやら「ロアン」は、地元の組とトラブルを抱えているらしい。地元の組は、「ロアン」の商売を邪魔するために、二人をここに送った。客の出入りを妨害するのが目的なのだ。

「どうあっても通してくれないわけ？」

アスカはきた道をふり返った。追ってきた公安部員は、タクシーのナンバーからアスカの行先を照会しているだろう。表に回れば再び彼らに発見される可能性があった。

「おばさん、頭、悪いんじゃねえの」

立ちあがり、アスカにのしかかるように男はいった。

「おばさん!?」

アスカは訊《き》き返した。そして男のスニーカーの爪先に思いきり踵《かかと》を叩《たた》きつけた。

男は呻《うめ》いて前かがみになった。その顎《あご》を膝《ひざ》でつきあげる。ぎゃっという悲鳴と、もうひとりの叫び声が重なった。アスカはショルダーバッグを肩からすべらせた。革製で、底に鉄板が入っている。

「何すんだ、この野郎！」

「あんたたちの口のきき方が気に入らないだけよ」

「ふざけやがって、婆《ばば》あ」

バタフライナイフをヒップポケットからひき抜いた。だが開く前に、アスカが振ったバッグの底がその手首に命中した。ナイフが飛び、男は手首を抱えこんだ。顎を蹴《け》られた男は床にへたりこんでいる。

「ごめんね、食事の邪魔をして」

アスカはいって、開いた道を通り、「ロアン」の裏口の扉をくぐった。

厨房には、以前から働いているフィリピン人のコックがいた。入ってきたアスカを見て目を丸くする。外の騒ぎは聞こえていなかったようだ。

背中で扉を閉め、アスカはにっこり笑った。

「ごめんね。マスターと約束があってきたの」

コックは肩をすくめ、目で店の正面を示した。

「マスター、あっちよ」

アスカは頷《うなず》き、厨房を通り抜けた。

「ロアン」は、八人がすわれるカウンターと、四人がけのボックスが五セットおかれた内装だった。大きな観葉植物の鉢がそこここにおかれ、客どうしの視線をさえぎっている。照明はひどく暗く、かたことの英語、タガログ語、日本語がとびかっていた。マスターをのぞくすべての従業員がフィリピン人なのだ。

　カウンターに古芳がいた。ビールを手酌で飲んでいる。その姿を見た瞬間、アスカは胸が熱くなるのを感じた。何ヵ月も会っていなかったように思える。

　古芳の前に、カウンターをはさんでマスターがいた。六十を前にした、元ゲイボーイで、細身のパンツに紫色のシルクのシャツを着けている。

「あら、べっぴんさん。明日香ちゃんが化けてでるわよ」

　マスターがいった。昔の二人を知る者は、河野明日香は殉職したのだと信じている。

「奴の妹さ」

　古芳がいった。アスカが明日香について詳しいのを不審がられないように、ときどき二人はそういう嘘をつくことがあった。

　マスターは目を丸くした。

「嘘！　義理の妹さんなの？」

「実の妹です」

　アスカはいって笑みを浮かべた。

「姉がお世話になりました」

「お世話なんて……。さんざん恐い思いはさせられたけど。へえ、あの勇ましいお姐《ねえ》さんに、こんな美人の妹さんがいたなんて――」

アスカは首をふった。古芳の隣に腰をおろす。古芳は咳《せき》ばらいした。

「マスター、悪いんだが」

「わかってるわよ。どうぞごゆっくり」

マスターはいって、二人の前を離れた。このマスターが助けられる前から、古芳に気があるらしいことをアスカは気づいていた。久しぶりに古芳が訪れ、喜んだのもつかのま、アスカが現われたので、見るからにおもしろくなさそうだ。不機嫌そうに腕を組んでいる。

「怒らせちゃったみたい」

「何が」

「マスターよ」

古芳はちらりと見やり、首をひねった。

「なんでかな」

目の前におかれた、つまみのオリーブに手をのばす。アスカは苦笑した。

「地元の組ともめてるの？」

「どうやらそうらしい。しゃぶの売をやめたのが、よそに乗りかえたと疑われているというんだ」

「それで」

「何かあったのか」

「例の通路にガラの悪いお兄ちゃんが二人いて、通せんぼしていたのよ」

古芳はアスカを見た。

「仁王に助《すけ》っ人《と》を頼むまでもなかったわ」

「無茶すんな。騒ぎを起こしたら、警察がすっ飛んでくるぞ。尾行はどうだった？」

「何人かいたみたいだけど、とりあえずはまいた。でも今頃はこのあたりをうろうろしている筈よ」

アスカはいって、煙草をくわえた古芳におかれたライターで火をつけてやった。

「コワルスキー博士に会ったわ」

芦田から話は聞かされていたらしい。古芳は、驚いたようすもなく、

「どうだった？」

と、訊《たず》ねた。アスカは「アフター・バーナー」と、それが果たしたらしい役割について、手短に話した。

「何だと」

古芳は低い声でつぶやき、無言になった。

「博士は『アフター・バーナー』を欲しがっている。でも渡すわけにはいかない。ただＳＶＲには渡さなくとも、ＣＩＡには渡さなければいけなくなるかもしれない」

「ブルか」

「彼は役に立ってくれているわ。あたしとひきかえだけど……」

「本当にCIAに、自分を売る気なのか」

「あの二人組の殺し屋をつかまえられるなら」

アスカが答えると、古芳は口をつぐみ、アスカを見つめた。

「ずるくなったといいたいのでしょう」

アスカはその目を見返し、いった。

「いや」

古芳は目をそらした。

「お前は、生きのびるためには、どんな手段でも使う権利がある」

「ちがうわ。あとで話すけど、あたしは何もかかわってない。少なくとも、あんたに対しては」

アスカがいうと、古芳は驚いたような表情を浮かべた。

「それはいったいどういうことだ」

「あとで。道警からの情報を聞かせて」

アスカは首をふった。古芳は上着から手帳をとりだした。

「高橋さんは、わざわざモスクワ市警まで問い合わせてくれたらしい」

アスカは頷き、古芳の前のビールのグラスに手をのばした。ひと口だけ、喉《のど》を湿らせる。冷たいビールが心地よかった。

「おい、酒はやめろよ」

「ひと口だけよ。つづけて」

「『ヴォールク』は、ロシア語で『狼』、そしてその渾名《あだな》の殺し屋は確かに実在した。ロシア人で、『熊』という渾名のグルジアの元軍人と行動を共にしていたそうだ」

「『熊』……」

　アスカは「タンゴ」にあとから現われた大男を思いだしていた。

「そうだ。『狼』の年齢は四十歳。シベリア出身の白人で、殺しの腕と相手を選ばないことには定評があった。暗黒街のボスだろうが、皆が復讐《ふくしゅう》を恐れるチェチェン人だろうが、依頼があれば、平気で殺したらしい。だが、半年前、内務省の武装警察に追いつめられ、射殺された」

「相棒の『熊』は？」

「行方不明だそうだ。『狼』の死は、現地のマスコミでは、かなり大きく扱われた」

　アスカは息を吐いた。

「あの男は、東洋系だった。『狼』なんて、いかにもマフィアが通り名で使いたがりそうだ。元祖が死んだので、二代目を名乗っていたのかもしれん」

「相棒だけは初代で？」

　古芳はアスカの顔を見つめた。

「『狼』をあたしが撃ったとき、あとから助けにやってきた大男は、いかにも『熊』という名前が似合いそうだった」

「俺たち日本人から見れば、外国人の大半は大男だ」

アスカは黙った。確かに古芳のいう通りだ。あの大男が『熊』であったと断定できる材料は何もない。

「二人の写真だが、向こうの技術レベルの問題もあって、送られてきたものは、潰《つぶ》れてしまっていて役に立たないらしい。ちゃんとしたのが見たけりゃ、モスクワにいくしかない」

アスカは頷いた。たとえ大男が『熊』であるとしても、最初の男、アスカの名を知っていた東洋人が、『狼』である筈《はず》がなかった。人種がちがう。本物の『狼』は射殺されている。別人という答しか、そこにはない。

「それに、だ。『狼』も『熊』も、フリーランスの殺し屋だ。工作員じゃない」

「本庁は二人を追っているの？　まだ」

「追ってはいる。だが国外にすでに逃亡したとの判断が優勢だ。職務執行中の司法警察職員を殺害したのだからな。いつまでも日本国内にとどまっちゃいないだろう」

「荻窪であった、チェチェン人殺しは？」

「関連性は調べているが、凶器もちがうし、同一犯と考える証拠は今のところでちゃいない」

「あたしは同じだと思う。エミールをさらった二人組は、偽ドルのありかを吐かせるために、エミールの仲間を殺しつづけているのよ」

「その考えは芦田さんから聞いた。寺尾神谷会がロシアとつながっていて、チェチェンマフィアの情報が流れているというのは、俺もありうると思う。だがあの二人組が今も日本にいて、殺しをつづけているというのはどうかな」

　古芳は小さく首をふった。

「『タンゴ』を襲ったのもプロ、荻窪のマンションでチェチェン人を殺したのもプロよ。腕のたつロシアの工作員が、そう何人も東京にいるとは思えない」

「本庁は、寺尾神谷会から情報が流れたとは考えていない。あくまでも麻取からでたという線でいる。そうである限り、寺尾神谷会は組員を殺された被害者だ。荻窪のマンションでチェチェン人が殺された事件《ヤマ》については、ロシアマフィアどうしの内部抗争ととらえる向きが多い」

　アスカは唇をかんだ。巨大組織である警視庁は、管内で起こった事件のひとつひとつを、それぞれ独立した捜査本部で捜査する。そこで集められた情報を集積し、関連性があるかないかの判断をするのは、刑事部のごくひと握りのトップたちだ。そのトップたちの頭に、関連づけようという知恵がなければ、すべてはばらばらの事件として処理される。知恵とはつまり確かな証拠であり、犯人を逮捕後、起訴にもちこめるという目算がなりたつかどうかという条件に縛られている。

　逮捕しても、起訴、有罪にもちこめなければ、捜査員の苦労は無駄になる——その考え方がある限り、事件が広域化すればするほど検挙率が下がるのはさけられないのだ。

「見こみ捜査はさける――それが上の金科玉条だ」

古芳はビールをグラスに注ぎ足していった。

「たぶんこのままじゃ、『タンゴ』を襲ったほしにはいきつけないだろう」

そのとき、「ロアン」の扉が開かれた。店内の会話が急に途切れ、二人は背後をふりかえった。

五人のやくざが入口に立ちはだかっていた。そのうちのひとりは、アスカがナイフを叩《たた》き落としたチンピラだった。

「あら、ひさしぶりじゃない、井谷《いたに》さん」

マスターがカウンターをでて、いった。

「なあに？　お酒を飲みにきたの？　別のことをするのだったら、お断わりよ」

井谷と呼ばれたのは、先頭に立っているやくざだった。青白い肌をして、髪を長くのばし、うなじのところで束ねている。細身の体を黒いスーツで包んで、切れ長の目をじっとアスカに向けていた。

「あれか」

マスターを無視して、井谷はいった。手首をかばったチンピラが頷《うなず》いた。

「お前ら、外にいろ」

井谷は告げ、カウンターにつかつかと歩みよってきた。アスカと古芳のかたわらに立ち、いった。

「お話し中、申しわけないのですがね。そちらのお姐《ねえ》さんにちょっとうかがいたいことがあるんですよ」

「なあに？」

アスカは目で古芳を制し、訊ねた。

「俺は、二木《にき》興業の井谷って者です。ついさっき、うちの若い衆がお姐さんにこっぴどく痛めつけられたといってきた。別にからかったわけでもない。ただ道ばたで飯を食ってたって理由だけでね。どういうことですか」

井谷には、古芳の正体の見当がついていたのだろう。険悪な目つきだが、言葉だけはへりくだっていた。

「通してって頼んだのに、通してくれなかった」

「それだけですか」

「おばさんと呼んだわ、あたしのことを」

井谷の口がぽかんと開いた。

「やるのか」

古芳が訊ねた。まるで力のこもっていない口調だった。

井谷は顎《あご》をひき、古芳を見た。

「そちらさんは？」

「このお姐さんの連れだ。あんたのとこの若い衆は、人の恋路を邪魔した」

井谷は目をそらした。

「この店じゃ、しゃぶはもう扱ってない。なのにあんたたちは、マスターがよそにくらがえしたと思って、嫌がらせをしている。威力業務妨害といって、立派な犯罪だわ。あたしたちは用心棒をやりにきたの。頼まれたわけじゃないけれど」

「桜田門《さくらだもん》、ですか」

低い声で井谷は訊ねた。

「ちがうわ。いったでしょ。ただの用心棒」

井谷は首をふった。

「冗談はよして下さい。俺らがその気になったとたん、手錠《ワッパ》はめようって算段ですか」

「そんな気はないね。俺たちはここで静かに話をしたいだけだ」

古芳がいった。

「わからねえ……。こんな美人の婦警さんが県警にいるなんて話は聞いてねえ。だが桜田門なら、縄張りちがいだ。ただの用心棒ってのなら、俺らのやり方でケリをつけさせてもらう」

「どれがいい？」

古芳はいって、静かにストゥールを降り、井谷を見おろした。

「ここじゃ店に迷惑がかかる。外にいこうか、何なら」

「一一〇番するわよ！」

　マスターが叫んだ。

「いいのよ、マスター」

　アスカは止めた。神奈川県警がきたら、厄介なことになる。

　井谷は不思議そうに、古芳とアスカ、それにマスターを見比べた。しばらく黙っていたが、やがてがっくりと肩を落とした。

「わかりましたよ。ひき退《さが》ります」

「この店への嫌がらせもやめるわね」

　アスカは念を押した。

「嫌がらせをしていたわけじゃないんで。マスターの話が本物かどうかを確かめようとしていただけなんですよ」

「本物だ。もしマスターがまたしゃぶを売るようなことがあったら、俺がかわりに腕か足を折っておく」

　古芳が応じた。井谷は小さく頷いた。

「そうですか。ならお言葉を信じることにして、ここは失礼します」

　頭を下げた。

「お邪魔しました」

　踵《きびす》を返し、店をでていった。店内に、ほっとしたような空気が流れた。

「あっさり帰ったわね」

アスカはつぶやいた。マスターが首をふった。

「あいつはそんなタマじゃない。絶対何かしかけてくる。二人とも早く帰った方がいいわ」

「もし何かあるのなら、いた方がいい」

アスカはいった。

「大丈夫。うちの店には正面きって手をだしちゃこないから。井谷は県警ともつながってるの。だから自分があげられるような危ない真似はしない。県警が内偵をしかけたときも、あたし止まりで、自分には絶対、累が及ばないように、知り合いの刑事に根回しをしていたのだから」

アスカは頷いた。それがわかっていたからこそ、二人はこのマスターを救ってやったのだった。だがマスターは、目の前にいるアスカを、当の恩人の片割れとは知らない。

「県警か……」

古芳がつぶやいた。その言葉が終わらないうちに、「ロアン」の扉が開かれた。マスターがはっと息を呑《の》んだ。

濃紺のスーツを着て、髪を短く刈ったメタルフレームの眼鏡の男が入口に立ち、店内を見渡した。その目が古芳で止まった。

「また、お前か」

男は苦々しげに吐きだした。そしてアスカに目を移した。

「今度の相方は、えらくまたべっぴんだな。そうか、あのおかまみてえのは、死んだのだっけ」

神奈川県警の小野《おの》上《うえ》という刑事だった。手首には金のロレックスがはまっている。二木興業からのつけ届けに決まっていた。

「口に気をつけなさいよ！」

マスターが咎《とが》めた。

「この人はあの明日香ちゃんの妹なのよ」

小野上の目が丸くなった。

「妹だぁ？」

「ずいぶんと早いおでましだな。井谷からご注進があったのか」

古芳がいった。小野上の表情が一変した。

「やかましい！　ちょっとツラ貸せや」

「断わる。ただ、酒を飲んでいただけで連行されるいわれはない」

「ふざけんな！　お前、管轄外だろうが。人の縄張り荒しといて、理屈ほざくんじゃねえ」

小野上は歩みよってきた。古芳に顔を寄せ、低い声でいった。

「きれいな姐ちゃんといっしょだからって、カッコつけてんじゃねえぞ。桜田門にかけあって、手前のこと一生浮かびあがれねえようにしてやるからな」

「そちらこそ、公務執行妨害の現行犯で逮捕されてもいいのですか」

アスカはいった。

「何？」

小野上がアスカをふりかえった。アスカは手帳を提示した。

「関東信越厚生局麻薬取締部の神崎取締官です。古芳巡査部長には、情報提供をうけていました。捜査妨害をうけたことを正式に抗議しますので、所属部署と階級を」

小野上の顔が青ざめた。

「な、なんで麻取がでてくるんだよ」

「投書がありました。神奈川県警の一部警察官が、覚醒《かくせい》剤を扱っている暴力団員と癒着している疑いがある、と。そこで真偽を確かめるために内偵をおこなっていたのです。何か、不審な点でもあるのでしょうか」

小野上は唇をかんだ。

「手前、俺を罠《わな》にハメたつもりか」

「いったろう。酒を飲んでいただけだと。邪魔しにきたのはそっちだ」

小野上は後退《あとずさ》った。

「覚えてろよ――」

「待ちなさい！　所属部署と階級！」

「知りたきゃ、この野郎から聞けやっ」

小野上は怒鳴った。「ロアン」の扉を蹴《け》るようにしてでていく。

古芳は立ちあがった。

「でよう」

この騒ぎが、あたりを捜している警視庁公安部の刑事たちの目につかない筈《はず》はなかった。

「先にでて。あたしはあとから裏口を使う」

「わかった。気をつけろ。二木興業が待ち伏せているかもしれん」

古芳は頷《うなず》いた。

「本当に麻薬Gメンなの？」

古芳がでていくと、マスターが目を丸くしていった。

「本当です。でも、今日はこれで失礼します」

アスカは微笑み、立ちあがった。

「裏口を使わせていただいてよろしいですか？」

「どうぞ、どうぞ」

「ロアン」の厨房《ちゅうぼう》を抜け、裏口から通路にでた。通路の角を曲がったところで、アスカは足を止めた。尾行をまいた筈の公安刑事が待ちかまえていたからだった。

「神崎取締官――」

見覚えのある刑事がいった。

「何でしょう」

男は手帳を提示した。

「警視庁公安部、公安総務課の田丸《たまる》と申します。本庁までご同行願えますか」

居丈高な小野上とはまるで異なる、冷ややかな口調だった。

「任意でしたら、お断わりします。あたしは警視庁公安部に逮捕されるような覚えはありません」

「警察官職務執行法違反の疑いで、先ほど古芳和正《かずまさ》巡査部長の身柄を拘束しました。その参考人ということではいかがでしょうか」

アスカの背筋が冷たくなった。仁王がつかまった――。

「古芳巡査部長は、本来の職務を逸脱し、また庁外に洩《も》らしてはならない情報を、あなたに渡した疑いがもたれています。その件について、お話をうかがいたいのです」

アスカは目を閉じ、開いた。これで自分も仁王も、仕事を失うことになる。戸根《とね》警視やその他の警察庁幹部は、大喜びで二人のクビをはねるだろう。永野部長もかばいきれないにちがいない。

田丸の表情はあくまで冷静だった。

「形勢逆転だな、おい」

小野上が通路の入口に立ち、いやらしい笑みを口もとに浮かべていた。アスカは唇をかんだ。

　腐っているとはいえ、小野上は刑事だ。「ロアン」の周辺を捜索している公安総務の尾行部隊とその目的に気づいたのだろう。

「野郎は終わりだな、これで」

　いって、小野上は唾《つば》を吐いた。

「刑事のくせに、麻取の情報源《エス》だったのだからよ」

「だったらあんたも終わりにしてやる。神奈川県警に汚職刑事がいるって、警視庁に訴えて」

「なんだと、このアマ！」

　小野上がつかみかかろうとした。それを、おとなしげな風貌《ふうぼう》の田丸が肩でブロックした。

「小野上さん！　ご協力には感謝します。ですがこの場は、我々に預けて下さい」

　小野上は田丸をにらんだ。

「お前らここがどこの縄張りだか、わかってるんだろうな」

「もちろんです。必要なら、本庁総務課長から、県警公安の方に連絡していただきますが――？」

　同じ警察官であっても、警視庁は東京都、神奈川県警は神奈川県の地方公務員で、立場はまるでちがう。だが公安部門の課長クラスとなると、国家公務員であり、根はひとつだ。警視庁と神奈川県警の関係が良好でないといっても、それは刑事部門の現場レベルの話だった。公安の上層部になれば、所属する自治体警察とは無関係に、公安幹部というグループに属しているといってよい。したがって、刑事部の末端である小野上など簡単に弾《はじ》きとばされる。警視庁だろうが神奈川県警だろうが、警察本部の〝政治〟を仕切っているのは、公安部門に属する国家公務員たちなのだ。

「威《おど》してんのか、手前」

　小野上の顔が赤くなった。だがその口調に力はなかった。

「ご心配なく。我々の任務は古芳巡査部長と神崎取締官の関係立証であって、それ以外の目的はありません。小野上さんも今日の件はお忘れになって結構です」

　小野上はいまいましげに田丸をにらんだが、何もいわなかった。

「では、いきましょうか」

　田丸は涼しげにアスカをうながした。

57

　アスカと古芳は別べつに移送された。警視庁本庁舎に到着したのは、午前零時近くだった。

「申しわけありませんが、今夜はこちらにお泊まりいただきます。事情聴取は明朝からということで」

田丸は告げた。さすがに留置場に入れられることはなかったものの、女性警官の監視つきで、警視庁の仮眠室をあてがわれた。

古芳はどうしているのだろうか。あるいは古芳は、自分よりひどい待遇をうけているかもしれない。

だがたとえそうであっても、今のアスカにはどうすることもできなかった。今度ばかりは、芦田や永野に救いを求めるわけにもいかない。下手をすれば、容疑は二人にも飛び火し、彼らの身分を危うくする。

いや、下手をしなくても——。

かつてはいく度も身を横たえた仮眠室のベッドの中でアスカは歯をくいしばった。

永野に、監督責任が及ぶことは、逃れられそうもなかった。

ほとんどまんじりともできないまま一夜が明け、午前八時から、アスカの事情聴取が始まった。

事情聴取を担当したのは、前回の海老原《えびはら》や西沢《にしざわ》といった外事一課の人間ではなく、田丸、そして田丸の上司であると名乗った森口《もりぐち》という、公安総務課の人間だった。それはつまり、古芳の「警察官としての犯罪」に対して、捜査の焦点が絞りこまれたことを意味していた。

「あなたは神奈川県警の小野上巡査部長に対し、『捜査情報の提供をうけていた』といわれたそうですが、それは事実にちがいありませんか」

「『捜査情報』ではなく、ただの『情報提供』です」

「では、『捜査妨害』という言葉を使われたことは？」

「それはまちがいありません」

「今朝、永野部長に、関東の麻薬取締部が、神奈川県警と暴力団との、覚醒剤取引をめぐる癒着を捜査しているという事実があるかどうかを問い合わせました。部長は、そういう捜査があったことは知らない、と返答されましたが、それについては、どう説明されますか」

「捜査はまだ初動段階で、部長に報告をあげるレベルのものではありませんでした。ですが、小野上巡査部長は、危険を感じ、あたしと古芳巡査部長の面談を妨害しにきたのだと思います」

「つまり、あなたは単独で、その案件の捜査を開始されていた？」

「そうです」

「その情報提供者に、古芳巡査部長を選ばれたのは、なぜですか」

「古芳さんが以前、二木興業の覚醒《かくせい》剤捜査を手がけられたことがあると、お聞きしていたので……」

「彼は警視庁の人間で、神奈川県警の人間ではありません。それなのに、横浜の二木興業を――？」

「二木興業から覚醒剤を購入していた、東京在住者を逮捕したことがあるそうです」

「なるほど。その窓口が『ロアン』だった、というわけですね」

田丸は、神奈川県警からの情報も得ているようだ。

「それについては、あたしは詳しくは聞いていません」

認めれば、「ロアン」のマスターが逮捕されかねない。アスカは首をふった。

「そうですか。まあ、いいでしょう。我々の担当は、覚醒剤事犯ではありませんから」

田丸はあっさりひきさがった。

「神崎さんは、戸根警視が古芳巡査部長に対し、あなたとの接触を禁じていたことをご存じですか？」

「知りません。それはなぜですか」

「麻薬取締部からロシアマフィアに対して、情報漏洩《ろうえい》の疑いがあったからだと聞いています」

「事実無根です」

「それを確かめるために、我々は活動をしていたのですよ」

やりとりを聞いていた森口が口を開いた。でっぷりと太り、とうてい現場警察官には見えない体つきをしている。だが肉のついた頬の上に光る目に、異様な鋭さがあった。

「つまり戸根警視の指示をうけていた、ということですか」

森口が首をふった。

「我々に指示を下せるのは、直接の上司である公安総務課長と公安部長だけです。やや、特殊なセクションでしてね」

警察の中の警察。あるいは、警察をスパイする警察、といいかえてもよい。公安総務は、そのものが謎めいたセクションだった。現役時代の明日香ですら、公安総務については何も知らなかった。

「では、公安総務は、ロシアマフィアにつながるスパイを捜していたということですか」

「簡単にいえばそうです」

「古芳巡査部長とあたしがそうだと？」

「そうは決めつける気はありません。ただ、古芳巡査部長が命令違反をおかしたのは事実です。新宿の喫茶店襲撃事件以降、彼の所属は、目黒署の特捜本部になっている。つまり、戸根警視は直属の上司です」

「公安総務に捜査を命令できるのは、課長と公安部長だけだとおっしゃいましたね。どちらだったのですか」

「何が、ですか？」

「あたしたちを捜査対象者にすると決められた方です」

田丸と森口は顔を見合わせた。

「それはお答えできません」

「なぜですか。その人によって、あたしと古芳さんは職を逐《お》われようとしているのです。何ら落ち度がないというのに」

　森口は首をふった。

「それはちがいます。公安総務は、あなたや古芳巡査部長に対して、何ら含むところはない」

「ではなぜですか」

　二人は沈黙した。やがて田丸が口を開いた。

「あなたが、ロシア情報機関の人間と接触している、という疑いがあります」

「証拠は？」

「我々、公安総務がこの件を担当してからはありません」

「では、以前は？」

「監視に失敗したという報告があるだけです、外事課による」

　森口は吐息とともにいった。アスカは不安になった。ＳＶＲとの接触について、公安が疑いを抱いていたであろうことは想像できていた。だがその〝手札〟を、なぜ今、田丸は明らかにしたのだろう。確かな証拠、たとえば写真や録音テープを握ってもいないのに。

　アスカは首をふった。

「理解できません。おっしゃることが」

間があった。森口がいった。

「警視庁による証拠の入手はない、と私はいいたかったのです」

「では誰が証拠を手に入れたのですか」

「ＣＩＡが」

アスカは目をみひらいた。

「どういうことですか？」

「公安部は、ＣＩＡからの警告をうけました。日本の麻薬取締官が、ＳＶＲとの接触をおこない、重要な機密を洩《も》らしている疑いがある、と」

「そんな――」

アスカは言葉に詰まった。ブルックが裏切ったというのか。

「ＣＩＡの誰からの情報です？」

「もちろん申しあげることはできませんし、ＣＩＡも確たる情報を握っているわけではないようです。しかし彼らがわざわざ虚偽の警告をおこなってくるとは思えない」

ブルックなのか。もしブルックだとすれば、なぜだ。ＣＩＡは、アスカの秘密を必要としていない、協力を拒んできた、ということになる。

アスカは動揺を隠せなかった。田丸と森口の二人の目にもそれは明らかだ。

追いつめられたことをアスカは感じた。ＣＩＡからの不意打ちをうけては、自分の容疑を晴らす術《すべ》はない。理由はともかく、アスカがＳＶＲに関係する人間と接触したのは、まぎれもない事実だ。

「お考えになって下さい。少し時間を設けますので」

森口がいった。〝落とし〟の手だ、とわかった。容疑者を動揺させる事実をつきつけ、覚悟を決めさせるための、〝間〟を与える。ただひたすら追いつめるだけでは、石のように黙らせてしまう可能性があるからだ。

同時に、公安総務の目標が、古芳ではなく自分にあったことにアスカは気づいていた。公安はやはり、最初からロシアのスパイとして、自分をマークしていたのだ。結果、アスカは、飛んで火に入る夏の虫のように、彼らの手に落ちた。

二人の刑事は立ちあがった。無言で取調室をでていく。

ひとり残されたアスカは、たとえようのない寂しさの中にとり残された。

58

次の標的であるチェチェン人の料理に彼とミドヴィエーチはとりかかった。それは、ニコライとカリーナのときよりはるかに簡単だった。ユーリとアンドレの二人は、なぜか身を隠すこともなく、表を出歩いていたからだ。

ボリスから入った情報では、二人は保護されていた日本のヤクザと仲たがいをした、ということだった。

それも頷《うなず》ける。不寝番までいっしょにいた高層マンションで、ニコライとカリーナは殺された。ヤクザを信用できない、と考えて当然だ。自分の身は自分で守るしかない、というわけだ。

ユーリとアンドレを見つけたのは、「ロッポンギ」という名の盛り場だった。東京中で、最も多くの「ガイジン」が集まるという、きらびやかな街だ。

この街には、ロシア人だけでなく、アメリカ人やイギリス人、アフリカからきた黒人たちも多くいた。ユーリとアンドレは、そういった連中とつながりがあり、あるイラン人の経営するレストランに、ウェイターとしてもぐりこんでいたのだった。

レストランの閉店後、彼とミドヴィエーチは、そこを襲うことにした。ユーリとアンドレは、その店の奥をねぐらにしていた。もうひとり、ナイジェリア人もそこに寝泊まりしている。

レストランは、ロッポンギの目抜き通りのビルの地下にあった。午後十一時まで営業をしていて、零時になると、階段の入口のシャッターを降ろす。だがその後も、ビルのエレベータを使って地下とはいききできるのだ。

ボリスから得た情報では、ユーリとアンドレは、レストランの閉店後、地上にでてきて、ロシア人の集まるパブやイラン人が路上で売る串《くし》焼きの屋台周辺をうろついている、ということだった。

彼とミドヴィエーチは、午前二時になるのを待って、そのビルの地下に向かった。

エレベータを降りると、空になった酒壜《びん》が積みあげられた店の裏口にでた。香辛料のきつい匂いが鼻にさしこむ。

二人は、ロッポンギに遊びにやってきた他の「ガイジン」とかわらない、ラフな服装だった。革のジャケットにジーンズを着け、目出し帽はかぶっていない。

空き壜を転がさないように注意して、店内に入った。キッチンだった。明りのついた空間には、さらに強い香辛料の匂いが充満している。

そこに誰もいないことを確認して、ミドヴィエーチが携えていたスポーツバッグを料理テーブルの上においた。二人は中の品、防弾ベスト、スコーピオン、マカロフ、を手早く身に着けた。ナイフだけは、もともと腰のケースにさしこんでいる。

キッチンを抜けると、ホールへとつながる狭い通路だった。明りは消されている。

ユーリとアンドレがいるなら、この先、客が飲食をするホールだろう、とボリスから渡された見取図をもとに、彼とミドヴィエーチは見当をつけていた。

ホールの入口と通路は、ぶあついカーテンで仕切られている。

カーテンの向こうから光が洩れ、話し声が聞こえていた。彼は指先の合図で、ミドヴィエーチを立ち止まらせた。スコーピオンの安全装置を外し、カーテンににじり寄った。

聞こえてきたのは、彼の知らない言語だった。英語でも日本語でもなく、もちろんロシア語でもない。

しばらく待って、カーテンの向こう側にいるのが二人の人間であることを確認した。

二人とも男だ。

ミドヴィエーチに再び合図を送り、彼はカーテンをくぐった。安物の木のテーブルと椅子が並べられたホールに、二人の男がいた。

ワインの壜とグラスを並べ、話しこんでいる。ユーリとアンドレではない。二人とも、漆黒の肌をしていた。

二人の黒人は、銃をもった彼の出現に仰天した表情を浮かべた。ほの暗い店内で、彼らのみひらいた白眼が光った。

「友だちを迎えにきた」

彼は、待っているあいだに頭で組みたてていた英語を喋《しゃべ》った。

「ユーリとアンドレ」

黒人のひとりは、濃いグリーンのスーツを着けていた。もうひとりは、麻のような生地でできたシャツにスラックスをはいている。

二人は彼の英語がわからなかったのか、激しく瞬《まばた》きをした。

「ユーリとアンドレ」

彼はもう一度くり返した。

シャツを着た男が口を開いた。

「いない。でかけている」

「いつ帰ってくる?」

彼の問いに男は首をふった。

「知らない」

彼はスコーピオンの引き金を絞った。短い連射を二人の体に叩《たた》きこんだ。地下なので、銃声が外に洩れる気づかいはない。

二人は椅子を転げ落ちた。

ミドヴィエーチがカーテンをくぐって現われた。血を流し、床に横たわる黒人を無表情に見おろした。

「こいつらは？」

「知らん。おそらくボリスのいっていたナイジェリア人だろう。仲間を呼んで、店の酒をくすねていたようだ」

「チェチェン人はどこだ」

「でかけているようだ。待っていれば、帰ってくるだろう」

ミドヴィエーチは頷くと、死体がさっきまで腰かけていた椅子をひきよせた。テーブルの上のワインをつかみ、ラッパ呑《の》みする。

「じゃあ、待とう」

それから三時間後、もう、外が明るくなろうかという時間になって、ようやくユーリとアンドレは戻ってきた。二人はすっかりできあがっているようすで、エレベータを降りたときから、声高なロシア語のやりとりを交わしていた。

彼は両足を、のせていた椅子から降ろした。ミドヴィエーチはさっきからうつらうつらしていたが、今は目を覚ましている。

カーテンがさっと開かれた。酔っぱらった二人の男がホールに入ってくる。先頭の男が、スコーピオンを向ける彼に気づき、立ち止まった。あとの男がその背中にぶつかりそうになって大声をたてた。

「おっと。ユーリ、何だよ」

ユーリと呼ばれた男は目を大きくみひらいていた。顎《あご》ヒゲを細長くのばしている。まくりあげたシャツの袖《そで》から、びっしりとタトゥの入った両腕がのぞいていた。

「なるほど。お前がユーリか」

彼はいった。

「誰だ、お前」

ユーリは訊《たず》ねた。カーテンのすぐ内側には、スコーピオンをかまえたミドヴィエーチがはりつくように立っている。

「エミールの友人だ。ユーリとアンドレを迎えにきた」

ユーリの背後にいた男がくるりと踵《きびす》を返した。通路を戻って逃げようとする。ミドヴィエーチがカーテンごしにスコーピオンの掃射を加えた。カーテンが大きくふくらみ、男の倒れる音が響いた。

「今のがアンドレか」

彼の問いにユーリは答えなかった。張り裂けそうなほど目を大きくみひらき、彼を見つめている。

「耳を」

彼はミドヴィエーチに告げた。ミドヴィエーチは頷き、ユーリを彼の方へと押しやってカーテンの向こうへと消えた。

「すわれ」

彼は命じた。ユーリは深呼吸すると、椅子に腰をおろした。その口が動いた。

「俺たちはチェチェンスカヤだ。こんな真似をしてただですむと思うなよ」

彼は頷《うなず》いた。

「知っているとも。ところで一千万ドルはどこにある？」

「俺が知る筈《はず》がないだろう。知っていたとしても、死んでも貴様なんかには教えない」

「なるほど。たいしたものだ」

ミドヴィエーチがカーテンの向こうから戻ってくるのを見て、彼は合図を送った。スタンガンがユーリの首すじにあてがわれた。五十万ボルトの電撃に、ユーリは体を硬直させた。

「お前の仲間に会わせてやる」

彼はいった。

「チェチェンスカヤの結束がどのていどのものか、見せてもらおう」

59

一時間以上、アスカはひとりぼっちだった。森口と田丸はでていったきり、戻ってくる気配がない。

堂々巡りの思考の果てにいきついたのは、ブルックが自分を裏切った、という答だった。あるいはブルックにその気がなかったとしても、CIAの組織の論理がそうさせたのかもしれない。

だが、アスカをスパイに仕立てあげて、CIAに何の得があるのか。アスカは自発的な協力を申しでていたのだ。なのにそれを拒絶するような行動をCIAはとった。

現行の刑法では、スパイ行為をおこなったとの立証ができたとしても、アスカを重罪に問うことはできない。せいぜいアスカがうける処分は懲戒免職であり、実刑に処せられる可能性は限りなく低い。古芳の処分も同様だろう。二人はロシア側から金品を受けとったことはなく、また見返りとして、何らかの情報を提供したという事実もない。でっちあげでもおこなわない限り、裁判で有罪にするのも難しい。

すべて、混乱の原因は、CIAの「裏切り」にある。

気持がじょじょに落ちついてくると、アスカはそう思うようになった。

二時間後、ようやく森口と田丸が戻ってきた。

「気持は決まりましたか？」

森口が訊ねた。

「お話しする前に、お願いがあります」

「弁護士でしたら、このあと呼んでもかまいません。我々に気持を話していただいたら」

アスカは首をふった。

「アメリカ大使館のロドニー・ブルックという人間に連絡をとってほしいんです」

「ロドニー・ブルック？」

初めて聞く名のように、森口はつぶやいた。もちろんその筈はない。警視庁公安部は、在日ＣＩＡとは密接なつながりをもっている。アスカは頷いた。

「そうです。彼はＣＩＡです。ご存じでしたか」

「聞いたことはあるような気がします。しかし――」

「彼に、あたしの現状を話して下さい。ＣＩＡの警告によって、スパイの疑いをかけられていると」

「いいですか。我々はＣＩＡの警告をもとに、あなたを捜査対象者にしていたと申しあげた筈です」

「では、その警告はブルックからもたらされたのですか」

「それはお答えできない。ですが、ＣＩＡは巨大な組織だ。そのブルック氏のあずかり知らぬところで警告がもたらされたとしても、不思議はないでしょう」

「あたしと彼は情報交換をおこなっていました。もしあたしにスパイ容疑がかかるなら、ブルックも無事ではすみません」

「それはＣＩＡの問題であって、我々の関知するところではない。我々は、ＣＩＡの内部にまで捜査の幅を広げる気はありませんから」

「ＣＩＡからの警告は鵜呑《うの》みにするくせに、ＣＩＡに対して警告を流すのはしたくないということですか」

　田丸がいった。

「我々は警察だが、ＣＩＡはちがいます」

「そんなことをいっているのじゃない。あたしがスパイではないと証明できる人間が、ＣＩＡにもいる、といっているんです」

　本当にそうなのか。裏切った張本人がブルックだったら、当然そんなわけにはいかない。

　森口が首をふった。

「警告はあくまで非公式な形でおこなわれた。確たる情報があるわけではないらしいと申しあげた筈です」

「確たる情報があるわけではないのに、あたしはこうして取調をうけている。それについてはどう説明するんです？」

「それは、古芳巡査部長が、あなたと明らかに服務規程に反する接触をおこなっていたからです」

「すると容疑は、あたしにではなくて、古芳さんにあったことになります」

田丸の顔が真剣味をおびた。

「いいですか。我々は、ことを大げさにしたくはない。だからこそ動いているのです。ロシアスパイの問題なら、外事一課の管轄だ。外事一課が動いていたら、あなたはとうに逮捕されている。もしここで我々がＣＩＡに連絡をとったら、問題は公になる。それでもいいのですか。あなただけではない。永野部長や芦田さんにも、場合によっては責任が及ぶことになる」

卑怯《ひきょう》な威《おど》しだった。身内に迷惑をかけたくないという、日本人、あるいは公務員の弱みにつけこむ手口だ。同時にアスカは気づいた。

「つまり、ＣＩＡからのその警告は、外事一課にではなく、公安総務課に直接もたらされたということね。そうでなければ、当然、外事一課が動いている」

「どうとろうとあなたの勝手だ」

「あたしは何も恐くない。やましいことはありませんから。ロドニー・ブルックに連絡をとって下さい。あたしはロシアのスパイではありません」

「強情だな」

田丸がつぶやいた。

「ＣＩＡの一エージェントが本気であんたを弁護してくれると信じているのか」

「弁護じゃない。事実を明らかにするだけ。あなた方の欲しいのは、あたしの供述調書と麻薬取締部への辞職願。でもそれを渡す気はないわ」

森口と田丸の目が険しくなった。図星のようだ。

「いいでしょう。そこまでいうなら、アメリカ大使館に連絡をとってみます。ただし、あなたの世話になった人たちの顔に泥をぬることになっても、それはあなたの責任だ」

森口が顎をそらせた。

「はっきりいっておきます。これは罠《わな》よ」

田丸が首をふった。

「あんたを罠にかけて、ＣＩＡに何の得があるんだ」

アスカは答えなかった。その答は、自分にも見つからない。だがブルックが本当に裏切ったのかどうかを知るには、この方法しかない。

「そのブルックさんが回答を拒否してきたらどうする？　そのときのことは考えているのだろうな」

田丸の皮肉めいた言葉にアスカは答えなかった。

もしそうなったら。

自分は本当に孤立無援になる。永野部長、芦田双方にも、より大きな責任を負わせ、二度と顔向けはできなくなるだろう。

だが、それは決してアスカ本人の責任ではないのだ。アスカの立場をそうおとしいれるべく画策した人物の責任だ。

それはいったい誰なのか。

明らかになるまでは、自分は一歩も退かない。アスカは決心した。

60

「やあ、エミール。今日は友人を連れてきたぞ」

彼はいい、ミドヴィエーチが荷物のように、抱えてきたユーリの体を床に投げだした。

ユーリの口にはガムテープが貼られ、うしろ手に手錠をかけてある。

危険にはちがいなかったが、仕事を少しでも早く終わらせるためには、チェチェン人の仲間を使うのが必要だった。

ユーリは少し前に意識をとり戻していた。

目をみひらき、床に倒れたまま、吊《つ》るされたエミールを見上げている。

「それとこれが、招待できなかったアンドレの形見だ」

耳を投げた。ニコライとカリーナの耳は床に放置されたままで、今は黒く変色し腐臭を放っている。

「残りは三人だな。ワシリ、ビクトル、そしてサーシャだ」

「くたばれ」

かすれた声でエミールがいった。食事をほとんどとろうとしないので、頬がげっそりとこけている。

彼はひざを折ると、ユーリの口からガムテープをはがした。

「リーダーとの再会だ。嬉《うれ》しいか」

ユーリは無言で唇をわななかせた。

「一千万ドルのありかだが、お前は知らないといっていたな。このエミールなら知っている。そうだろう」

「知るか」

彼はマカロフをひき抜いた。

「知らないお前に用はない。ここで今、頭をぶち抜いてもいい。だがお前のためにエミールが口を割れば、そうはならない」

ユーリの目が動いた。吊るされたエミールと彼を見比べた。

「だまされるな。どうせ俺たちは殺される」

エミールはかすれ声をたてた。

「確かにそうだろう、ふつうならな」

彼はいった。粗末なパイプ式の椅子をひきよせ馬乗りになると、床の上のユーリと手錠をして吊るしたエミールを交互に見た。

「お前たちはチェチェンスカヤだ。血の復讐《クラヴナヤ・ミエスチ》は、何よりも優先される」

「早く殺せ」

低い声でエミールはいった。その目はユーリを見おろしている。

「あわてるなよ」

彼は笑った。

「殺すのは簡単だ。俺たちがプロだってことは、わかっているだろ」

「お前らはロシアの犬だ。金をくわえて戻らなけりゃ、エサにもありつけない」

彼はエミールに向け、身をのりだした。

「俺は犬じゃない。狼なんだよ」

「ふざけるな」

「本当さ。『狼』を知らないのか。モスクワでお前たちチェチェンスカヤの大物を消したこともある」

　エミールの目が彼を見つめた。

「『狼』はロシア人だった。お前のようなカレイスキーじゃない」

「入れかわったのさ」

彼は人さし指を立てた。

「すごいだろう。最新の整形外科手術は、ここまで外見をかえられるんだ」

脳移植手術だったと話してもどうせ信用はされない。

「嘘だ。お前は騙りだ」

「嘘じゃないさ。俺の隣には『熊』がいる。『狼』と『熊』。誰もが恐れたプロの殺し屋だ」

ユーリの目が動いた。少し離れたところに無言で立つミドヴィエーチを見た。

「俺は『熊』の知り合いに会ったことがある。グルジア軍で奴といっしょだったといっていた……」

「歩兵第一大隊」

ミドヴィエーチが低い声でいった。

「レドフスキー」

「そのとき、『狼』の本名を聞いた。セルゲイ……セルゲイ……」

彼はあとをひきとった。

「ただしその名の男は死んだ。昔の俺とそっくりの顔に手術された身代わりがな」

「……どういうことだ」

エミールの顔に表情がよみがえっていた。

「つまり俺は、ロシア政府の犬なんかじゃないってことだ。『狼』と『熊』は、いつだって自由だった。政府のために、お前たちチェチェンスカヤを殺すことはない」

「じゃあなぜ仲間を殺した」

「俺たちがプロだってことを、お前たちに信じてもらうためだ」

「それに何の意味がある？」

「俺たちのクライアントはロシア政府だ。今までのところは、な。だがお前たちしだいでは、それを裏切ってもかまわない」

「ふざけるな」

エミールはつぶやいた。

「金を手に入れるための与太だ」

「金はあと、いくら残っている？　エミール」

彼は訊《たず》ねた。

「八百万か？　それとも七百万？」

エミールは答えなかった。彼はユーリを見た。

「それくらいならお前も知ってるな」

「何だよ、それがどうしたっていうんだ」

ユーリは怯《おび》えた声をだした。

「答えるんじゃない。どうせ罠だ」

エミールがいった。彼は首をふった。

「頭を使えよ。いったろう。お前たちを殺すのは簡単だ。特にユーリ、金のありかを知らないお前には、何の価値もない。なのに俺は今、こうやってお前と話をしている」

ユーリの目を見つめた。そして待った。

「――七百万ドル」

ユーリが答えた。

「三百万はどうした？」

「イラン人と中国人にだまされた」

彼は首をふった。

「敵はとったか」

せいぜい三十万ドルだろう。三百万もの大金をバラまけば、ロシア大使館の耳にも入っている筈《はず》だ。

「とった。中国人は皆殺しにしてやった」

ユーリは胸をはった。

「いいだろう。五百万、よこせ」

彼は片手を広げた。

「そうすればお前たちを解放してやる。ロシア政府には、お前たちが半分つかってしまっていて、回収できなかったということにしよう」

ユーリはさっとエミールを見た。

「嘘だ」

エミールが首をふった。

「エミール」

　彼は立ちあがった。

「頭を使え、エミール。お前を威《おど》すだけなら、ニコライやカリーナと同じように、ここにいるユーリも殺せばすんだことだ。なぜ俺がわざわざこいつを連れてきたと思う？」

　エミールは瞬《まばた》きした。

「金のありかはお前しか知らない。俺たちはここをでていってもいい。ユーリに教えておけ。そしてユーリが五百万ドルを俺たちに届ける。そうしたらお前も自由だ」

「――信じられるか」

「意地をはるなよ。サーシャが死んでもいいのか？　お前の大切な妹だ。いっておくが、サーシャを消すときは、ニコライやカリーナ、アンドレのようにはいかないぞ。わかっているだろう？」

　蒼白《そうはく》だったエミールの顔がさらに白くなった。

「お前たちは逃げられない。どこに隠れようと、居どころは俺たちに筒抜けなんだ。俺たちと取引をしろ。俺たちは政府の犬じゃない。金なんて全額とり返さなくてかまわないんだ。どうせ偽札だ」

　エミールの目は鋭かった。射込むように彼の目を見つめてくる。

　やがてエミールがいった。

「お前は本当に『狼』なのか。あの殺し屋の『狼』なのか」

　彼はにやりと笑った。

「俺は幽霊さ。『狼』の幽霊だ」

61

アスカにとって再び長い時間が過ぎていった。だがひとりでいることじたいは、もう苦痛ではなくなっていた。不安なのは、田丸と森口が本当にアメリカ大使館に連絡をとっているかどうかだった。一定の時間をおき、

「回答を拒否された」

と嘘を伝えるだけで、アスカの気持を揺さぶることもできるのだ。そうなっても、アスカには真偽を見極める術《すべ》がない。

またたとえ大使館に連絡をとったとしても、ブルックが裏切りの張本人であれば、何も答はかわらない。あるいはそうでないとしても、本部の方針が「アスカの切り捨て」であれば、やはりそれまでだ。

もはや、ただの意地でしかないのかもしれない。警視庁による問い合わせは、ブルックを含めた在日ＣＩＡの何人かに、ちくりと良心の痛みを感じさせるにとどまるだろう。

――アスカ、すまない

心の中でブルックがそうつぶやいて終わり、アスカと古芳は、身分を奪われる。

アスカは目を閉じた。やはり軽率だったのか。コワルスキーと会ったことが、今こう

して自分を追い詰めている。そもそもの原因を作ったのは、確かに自分自身だ。

　弱気になりかけていた。

　取調室のドアが開いた。森口の体が戸口を塞《ふさ》いでいる。森口は奇妙な表情を浮かべていた。

「――回答はありましたか」

　アスカはいった。

　森口が体を動かした。その背後から、ころころと太った小柄な白人が姿を現わした。

「ブル！」

「お姫さま……」

　ブルックはいって、首をふった。

「なんてことだ、お姫さま……」

　そして森口をふりかえった。

「すぐに彼女を解放して下さい」

　森口は苦りきった顔でアスカを見つめている。

「どういうこと？」

「冷戦時代のセコいトリックですよ、お姫さま」

　アスカには意味がわからなかった。ブルックは、アスカの向かいの椅子をひきよせ、腰をおろした。

「さあ、ミスター森口もすわって下さい」

森口は不承ぶしょうといった表情ですわった。いきなりブルックは話し始めた。

「ＫＧＢは、警視庁とＣＩＡのフレンドシップをとても煙たがっていました。日本には白人が少なくて、ロシア人のスパイは、警視庁に簡単に見抜かれる。そこで非常に頭の切れる、あるＫＧＢが、巧妙な作戦を立てたのです」

ブルックは森口とアスカを見やった。

「それは、警視庁の公安部がとても強いセクショナリズムに支配されていることを逆手にとった作戦でした。優秀なインフォーマーは、決してよそには教えない。警視庁のあるセクションが、親切な情報提供者をＣＩＡの内部に得たとする。彼はＣＩＡの内部情報をどんどん流してくれる。見返りは、警視庁がつかんでいるロシアスパイの情報です。ときどきは、そのロシアスパイに関する正確な情報も、そのＣＩＡは流してくれた」

正確なに力をこめて、ブルックはいった。

「ところが、その情報のでどころがどこであるか、警視庁の内部でも、厳重な秘密とされ、インフォーマーであるＣＩＡの正体は決して明らかにされない」

まだ意味がわからず、アスカはブルックの顔を見つめた。

「あるとき、ＦＢＩがそれに気づいた。ＦＢＩ、つまりそのときの僕です。ＣＩＡにリクルートされる前の僕。同盟国とはいえ、外国警察の警視庁に情報を流しているＣＩＡ

がいる。これはＦＢＩ的には犯罪です。そこで捜査を始めました。目的はもちろんそのＣＩＡの正体をつきとめ、逮捕すること」

「で、どうなったの？」

ブルックはゆっくりと首をふり、微笑んだ。

「親切なＣＩＡは架空の人物でした。その架空の人物をたぐっていったＦＢＩは、ＫＧＢにいきついたのです。それはソコロフという、とても優秀なＫＧＢの若い将校が作りあげた作戦の産物でした」

アスカは目をみひらいた。

「それを知ったＦＢＩは捜査から手をひきました。警視庁に教えたかって？　とんでもない。いつか使えるカードを、必要もないときに切ってどうするのです？　そしてＫＧＢは解体され、それきりになりました。偽のＣＩＡインフォーマーを警視庁が得ていたことなど、誰もが忘れてしまった……」

アスカは森口を見た。

「じゃああたしがロシアスパイと接触していると警告してきたのは――」

森口は顔をそむけた。

「ぶざまな話だ」

吐きだすようにいった。

「公安総務は、ＫＧＢに内通した疑いのある警視庁警察官の情報をその人物から以前、得たことがあった。だがしばらく、その人物からの接触はなかった」

「そんな人物の存在じたいが怪しいことなど、外事一課や二課と協議すれば、すぐに明らかになったでしょう。ですが、セクショナリズムの壁が、その古くて怪しいパイプを存続させていたのです」

　ブルックがいった。

「でも、何のために……。あたしがいいたいのは、ＫＧＢ、じゃなくて、ＳＶＲが何のためにそんなでたらめな情報を流したのかってこと」

「お姫さま！　簡単なことじゃないですか。あなたがナルコ・エージェントをクビになったら、いくところはどこにもない。ロシアを除いてね」

「つまりあたしがコワルスキー博士の誘いにのりやすくするために――？」

「ソコロフなら、やるでしょう。セミョーノフことシェヴェルキンは、ソコロフの部下でしたから。要するにソコロフは、コワルスキー博士とボリス・ニキフォロフの側面援護をモスクワからしたわけです」

　アスカは体から力が抜けるのを感じた。自分はＣＩＡに裏切られていたわけではなかったのだ。ただ間抜けな公安総務が、ＳＶＲの偽情報に踊らされていただけで。

「まあ、この件に関しては、見て見ぬフリをしていた僕にも責任がないとはいいきれませんが……」

　怒りがこみあげてきた。アスカが息を吸いこむのを見て、ブルックは手を広げた。

「待って、待って。怒らないで、アスカさん。こうやってあなたの無実を証明しにきたのだし、前に頼まれた件についても、ちゃんと公安部長に申し入れをしてきたのですから」

「頼まれた件？」

「そう。僕をがっかりさせること。仁王さんを復活させる計画」

　アスカは目を丸くした。

「本当に？」

「ええ。ラングレーと警視庁のオエライさんは仲が良いですからね。今回の作戦には彼がどうしても必要だと上申したら、許可が降りました」

　アスカが頼んだのは、ＣＩＡの〝圧力〟で、古芳を戸根警視の下から外すことだった。

「ガイアツが一番きくとアスカさんがいった通り、古芳さんをあなたのガードに戻しました」

　アスカは目を閉じた。

「ブル、ありがとう」

　ブルックは我にかえったように森口を見た。

「とにかく、僕の話はここまで。あとは森口さん、アスカさんと話し合って下さい」

　ブルックが取調室をでていくと、森口は苦り切った口調でいった。

「状況についてはそういうことです。ご迷惑をおかけした点は、遺憾に思っています」

アスカは森口を見つめた。いってやりたいことは山ほどある。だが多少勇み足だったとはいえ、私怨《しえん》や私欲のために公安総務は動いたわけではない。初めアスカは、戸根警視による嫌がらせの可能性を疑っていた。だが、公安総務は、目黒警察署にある捜査本部とは無関係にアスカをマークしていたのだ。その理由となった情報がでたらめであったことを、他国の情報機関員から教えられ、森口を始めとする公安総務課の人間は屈辱にさらされているにちがいなかった。

　もし自分が今も警視庁の人間であったら、この屈辱はさらに大きなものになっただろう――アスカは思った。よりにもよって、警視庁が外国のスパイに欺かれていた事実を、別の外国スパイによって知らされたのだ。

　そのきっかけを作ったのが、同じ司法警察職員とはいえ、麻薬取締官であったのは、まだ森口たちにとっては〝救い〟だ。もし、警視庁警察官に向けた疑惑が原因であったなら、森口らは屈辱だけでなく、強い憎しみをアスカに対し感じたにちがいない。アスカは、日本警察へのＣＩＡの影響力を駆使して、疑いを晴らしたのだ。それは、見かけ上は、対等な同盟国でありながら、警視庁がアメリカ情報機関の影からは決して脱しえない事実を証明している。そのことを再認識させたアスカが、無実であったとはいえ、好ましい人間である筈《はず》はなかった。

　過ちは過ちであるとしても、この森口は自分に対し、ひどく嫌な気持を抱いているだろう、とアスカは思った。

ＣＩＡとアスカのコネクション、ひいてはブルックとアスカの個人的な関係に対し、臆測《おくそく》をめぐらせているにちがいなかった。

　アスカは息を吸いこんだ。

「すんだことです。こんなやり方でしか、自分への疑いを晴らせなかったあたしにも責任はあります」

　アスカはいった。森口がそむけていた顔をアスカに向けた。わずかに驚きの表情がにじんでいる。

「あたしの経歴については、調べたのでしょう？」

「元警視庁警察官ということでしたが、該当する記録はなかった。我々が疑いを強めたのもそれが一番の理由です。いいわけになりますが……」

　森口は低い声でいった。

「記録はあります。しかしそれは高度な機密に属していて、簡単には調べられません。外事一課長なら、今は知っていますが――」

　アスカは答えた。しかし公安総務が前もって、アスカへの内偵を他セクションの責任者に告げることなど考えられなかった。

　森口はあいまいに頷《うなず》いた。

「教訓としておきます」

　その目に強い疑念と憤りがあった。

「あたしは——」

いって、アスカは息を吐いた。

「自分が誰なのかを、簡単に話すことはできないんです。話せば、その相手が困るだけです」

森口は無言だった。細めた目でアスカを見つめていたが、やがて口を開いた。

「あなたにどんな秘密があるかは知りませんが、それがいつも切り札になるとは限らない。命とりになることだってある」

「そんなことはわかっています」

アスカは立ちあがった。

「あたしは何年も、自分自身のこの問題と闘ってきました。誰よりも、この秘密があたし自身にとっての敵なんです。そのことをあなたに教えてあげられないのが残念です。失礼します」

森口は小さく頷いた。アスカの胸に小さな痛みが生まれた。森口に、理解も同情も求めていたわけではない。だがなぜか、森口を言葉でつき放したとき、アスカは警視庁という組織全体を、自分がつき放してしまったような気持になったのだった。

とっくに縁が切れていた筈なのに。

決して味方ではないとわかっていた筈なのに。

アスカは口を強くひき結び、取調室をでていった。

62

「公安総務は孤立した部門だ。所属している人間は、強い自負心と責任感をもっている。今回の件は、そんな連中にひどく痛い思いをさせただろうな」

　芦田がいった。麻布《あざぶ》台《だい》にある会員制のレストランの個室にアスカはいた。そこには、芦田とブルック、そして古芳もいた。ブルックが用意したのだった。つまりは、ＣＩＡ御用達《ごようたし》というわけだ。

「あたしはこれで完全に警視庁を敵に回してしまいました。芦田さんと仁王も、あたしのせいで厳しい立場にたたされるかもしれない――」

　アスカはいった。

「しかたがない。もともとは警視庁の内部にあった問題だ。中西《なかにし》警視正の一件を外に洩《も》らすまいとしたことが、君の秘密を生み、すべての原因となっている」

　古芳は今日付で、目黒署の特別捜査本部から、芦田の下への復帰を命じられていた。ＣＩＡからの強い働きかけがあったことを、人事二課長は認めなかったが、不満と不快を露《あら》わにしていたと、芦田は話した。

「クビにならずにすんだのは、あんたのお陰だ。感謝している」

　うっそりと古芳がいった。ブルックは首をふった。

「すべてはアスカさんです。アスカさんの申し出を、僕はラングレーに伝えました。半信半疑だったラングレーも、コワルスキー博士に関する資料と最近のSVRの動きがつながったと見るや、本気になったようです。アスカさんを手に入れられるなら、できる限りの協力をしろ、との『オスミツキ』をもらいました」

「アスカ、お前、本気で――」

古芳はいいかけ、口を閉じた。

「日本をしばらく離れるのも、悪いアイデアじゃないと思うの。もちろん、事件が片づいてからよ。それに、手術のことがこれだけ知れ渡った以上、いずれどこかとは組まなけりゃならない。天使なんてどこにもいないかもしれないけれど、それならせめて気心の知れた悪魔と組みたいわ」

アスカは微笑んだ。

「悪魔はひどい。それをいうなら、『ウオ心あればミズ心』といって下さい」

ブルックが口を尖《とが》らせた。そして真剣な表情になって古芳を見た。

「仁王さん、僕を信じて下さい。アスカさんに悲しい思いは決してさせません」

「ブル、その前に、例の二人組の殺し屋の件よ」

アスカはいった。芦田が口を開いた。

「それについてだが、六本木の『テヘラン』というレストランで、昨夜殺しがあった。二名のナイジェリア人と一名のチェチェン人と見られる白人が射殺され、同じレストランに住みこんでいたチェチェン人一名が行方不明だ。殺されたチェチェン人の身許《みもと》はまだ判明していないが、片耳が切りとられていた。荻窪のマンションで起こった殺しと同じ手口だった」

「エミールの仲間ですね」

芦田は頷いた。

「チェチェン人狩りがつづいていると見てよいだろう」

「旧ＫＧＢが、極東地区で使っていた、フリーの殺し屋のリストを、ラングレーからとりよせました」

ブルックがいって、テーブルにおいていたノートパソコンを開いた。

「もちろん完璧《かんぺき》とはいいませんし、この中には逮捕されたり、死亡した人間も含まれています」

七人の顔写真が液晶画面に映しだされた。白人、黒人、東洋系が混じっている。それを古芳とアスカはのぞきこんだ。ブルックが画面を動かし、ひとりひとりのクローズアップに切りかえた。次々にスクロールさせる。

「いない」

アスカは首をふり、古芳を見た。古芳も首をふった。

「やはりね。期待はしていませんでした。ＫＧＢが解体されたとき、最もネットワークの損壊が大きかったのが、実は極東地区なのです。我々は、ＳＶＲは極東地域における、信頼のおけるフリーランスをほとんど失ったと見ていました」

「つまりそれだけ弱体化した、と――？」

芦田の問いにブルックは頷いた。

「SVRは優秀な新人を極東に投入する必要に迫られていたのです」

「あの二人がそうなのか」

古芳が訊《たず》ねた。

「おそらく。アスカさん、この写真を見て下さい」

パソコンを操作し、ブルックは別の白人のクローズアップを呼びだした。金髪で澄んだ青い目をしている。

アスカは首をふった。

「知らないわ」

「シベリア出身の殺し屋で、セルゲイ・レドフスキーという人物です。非常に腕が立ち、冷酷で、依頼さえあればどんな相手でも殺すというので、ロシア暗黒街では恐れられていました。その彼についた渾名《あだな》が『ヴォールク』。狼です」

アスカはブルックの顔を見つめた。

「ヴォールク……」

「そう。ただし、この男は六ヵ月前に死亡しています」

「警官隊に射殺された」

古芳がいった。

「ええ。ご存じでしたか」

古芳は頷いた。ブルックは驚いたようすもなくつづけた。

「この『ヴォールク』に相棒がいました。『ミドヴィエーチ』つまり熊という渾名のグルジア人で、この男の方は、行方がわかっていません」

「その熊の写真はあるの？」

「グルジア軍時代の古いものを、今、手に入れるよう動いているところです」

「『タンゴ』を襲撃したのは、日本人ではないかもしれないが東洋人ではあった。少なくとも、ロシア人ではありえない」

芦田はいった。

「芦田さん、ロシア人の中にも東洋人はいますよ」

「ハナコがそうだったわ。カレイスキー系だとジョーンズがいっていた」

「ええ。もちろん中国人である可能性もありますが、彼らがＳＶＲサイドで動いていることを考えると、『タンゴ』を襲った男は、カレイスキー系のロシア人だったと判断するべきでしょう」

ブルックは頷《うなず》いた。その手が再び、パソコンにのびた。

「そこで――」

別の画面にかわった。今度は東洋系の男ばかりの顔写真が並んでいる。

「これはどうですか」

「この男だわ」

　アスカは即座にひとりを指さした。ブルックがアイコンを合わせ、クリックした。

「アレクサンドル・ハン。イルクーツク地方出身――」

「何者なの？」

「カレイスキー系のマフィアです。主な活動地域はモスクワでした」

「でした？」

「この一年間、消息を絶っているのです」

「まちがいない。この男よ。この男が『ヴォールク』と呼ばれていたの」

「ハンに殺人の前歴はありません。もちろん、殺人容疑で逮捕されていない、というだけですが」

「アレクサンドル・ハン……」

　アスカはつぶやいた。

「その写真のコピーをもらえるだろうか。六本木の事件での訊《き》きこみに使いたい」

　芦田がいった。

「出どころを内緒にしてくださるのなら」

　ブルックは頷いた。

「このハンとＳＶＲの接点は？」

古芳が訊ねた。

「ありません。こちらのデータによれば、ハンは新興マフィアのメンバーで、売りだし中ではあったものの、ＳＶＲがリクルートしたがるほどの腕前をもっていたかどうかは不明です」

「それはカレイスキー系マフィアのリストなの？」

アスカの問いにブルックは頷いた。

「そうです。もちろんこのリストに名前と写真が載っている以上、ハンがそれなりの大物であったことは確かでしょうが。レドフスキーほどの危険人物ではありません」

「東洋系なら日本でも目立たないと考えて、リクルートしたのかもしれん」

芦田がいった。

「一年間の消息不明は、訓練期間だったとも考えられるわ」

アスカはいった。

「この男にも、狼という渾名があったのかもしれない。あるいはコードネームか何かで」

「そうですね」

だがブルックは納得していない表情だった。

「どうしたの、ブル。何か気になるみたいだけど」

「ソコロフという男のことを考えていたんです。今回の事件の元締。アスカさんをはめ、ボリスを操っているＳＶＲの高官です」

「それが何か？」

「ソコロフは、ＳＶＲの内部でも将来を嘱望されている人物です。非常に頭が切れて野心家でもある」

アスカはブルックを見つめた。

「今回のもともとのきっかけは何でしたか？　偽ドルです。グルジアで奪われた一千万ドル」

「そうよ」

「確かに一千万ドルといえば大金です。ここにいる全員のサラリーの一生ぶんです」

「何がいいたいの、ブル」

「あくまでも偽札だ。しかもそれを作ったのがロシア政府なら、また作ればいい。原版はあるのだから」

古芳がいった。ブルックが大きく頷いた。

「そうなんです。仁王さん。これが真札ならば、ＳＶＲが必死になって取り返そうというのもわかります。ですが、作られた偽札なんです。またいくらでも作ることができる。そんなもののために、ソコロフともあろう男が、次々と殺人を犯させているのが、僕には納得できないのです。もし二人組の殺し屋に関係して、ボリスやイサドラといった優秀なエージェントまで失うことになったら、そちらの損害の方が大きい」

「じゃあ何のためだと？」

アスカは訊ねた。

「わかりません。殺し屋は確かに動いていて、彼らがＳＶＲからの情報をもとに標的を仕止めていることはまちがいありません。しかしそれが偽ドルを回収するだけが目的だとすれば、ツジツマが合わないのです」

「見せしめということは考えられない？　マフィアがあまりにやりすぎて、政府の金まで奪った。ましてチェチェンとロシアは対立しているわ」

　アスカの言葉にブルックは首をふった。

「ロシア国内ならそれもあるでしょう。でも日本では……。日本人には、ロシア人とチェチェン人の区別すらつかない人が大半だ」

「確かにその通りだ」

　古芳もいった。

「ソコロフはアスカのアパートも監視させていた。狙いは別にあるのかもしれない」

「すべての鍵《かぎ》は、コワルスキー博士が握っています。僕はＦＢＩのコネを使って、このアレクサンドル・ハンについて調べてみることにします。通常の犯罪者に関してなら、ＦＢＩとロシア保安部隊は、今は密接な情報交換をおこなえるようになったのです。ロシアマフィアは、アメリカにもたくさん進出していますからね」

「ロシアマフィアとＳＶＲの間に、何か特別なつながりがあるのかもしれん」

　芦田がぽつりといって、ブルックを見た。

「情報機関と犯罪組織が関係を保ってきたという実例は、歴史上いくつもある」

ブルックは目をそらし、頷いた。

「おっしゃる通りです。ロシアだけに限りません。我が国にもそれはあった……。いや、今でもあるでしょう。特に民族系の犯罪組織は特殊な情報ネットワークをもっている。組織に入りこみ、そのネットワークを活用できれば驚くほど簡単に、高度な機密情報を手に入れることができます。しかも武器のブラックマーケットや、麻薬組織を使った代金決済の動向を知ることで、さまざまな国の軍事状況や政変の可能性を探りだせます。武器と麻薬は、世界中のあらゆる犯罪組織の一番の資金源ですからね」

「それだけじゃないわ。ブラックマーケットに商品である武器を〝国策〟で供給している国もある。先進国と呼ばれる国家の大部分が、表か裏、あるいはその両方を通じて武器を輸出して大きな利益を得ているのよ。片方で喧嘩《けんか》をやめなさいと叱りながら、もう片方でその喧嘩に使う道具を売りつけているのだわ」

アスカは厳しい口調でいった。

「それに最も深くかかわっているのが、情報機関よ」

ブルックは演技か本気か、悲しげな表情を浮かべた。

「アスカさん、僕はＦＢＩとして、日本のナルコ・エージェンシーと協力していたとき、地球上から違法ドラッグが消えてなくなる日は決してこない、というゲンジツを知りました。ＣＩＡになった今、戦争も決してなくならない、ということを知ったのです。なぜならどちらも莫大《ばくだい》な金を生む。そしてその金を欲しがっているのは、ハリウッド製の映画に登場するような、血も涙もない犯罪組織のボスなんかではない」

　言葉を切り、アスカ、芦田、古芳の顔を見渡した。

「その金が最後にいきつくのは、国家なんです。ここにいる全員にサラリーを払っている国家。僕たちが忠誠を尽くすことを宣誓し、守るために命をかけることを要求されている、国家。麻薬や戦争は、いくつもの国の国益を生みだしている。国という形が、この世界からなくならない限り、麻薬も戦争も決してなくなることはないのです」

63

　麻布台のレストランをでたアスカと古芳は、アスカのアパートに向かった。少なくとも公安の監視を恐れる必要はなくなった。二人が行動をともにしたという事実が、古芳のクビを危うくする可能性はない。

「泊まっていって、今日は」

　部屋に入るとアスカはいった。古芳は無言でアスカを見つめた。

「話したいこともあるし、それに何より、いっしょにいたい」

「――わかった」

　アスカの部屋には、かなり前に買いそろえた古芳の着替えもあった。新しい下着やふだん着となるスウェットウエアなどもある。それらを古芳のために用意しながら、アスカはふと嬉《うれ》しさがこみあげるのを感じた。

「はい」

　さしだすと古芳が照れくさそうにうけとった。

「久しぶりだね、うちに泊まるの」

　ぶっきら棒に古芳は頷《うなず》いた。

「ああ。最後がいつだったかも覚えてない」

　自分もふだん着に着替え、コーヒーを用意したアスカは、リビングの床で膝《ひざ》を抱えた。

「妙だよね。あたしたちがこうやっていっしょに時間を過すようになってから、もう何年もたってる。あたしは……河野明日香だったときからまるでかわってないところもあって、あんたとこうしているのがどっかであたり前のように感じてる自分と、ちがうちがうっていっている自分の両方をずっともて余してた。ただ、こうやって二人きりでいると、昔とまるで同じで、外の世界でいろんなことが起こってても、それは何にも関係ないって気がしてきちゃう。何がいいたいのかな。自分でもわかんなくなっちゃったよ」

　古芳は専用のマグカップからコーヒーをすすり、煙草に火をつけた。黙っていたが、やがていった。

「お前は、いつだって、俺には特別な人間だった。河野明日香であったときも、今も、それはかわっていない。ただ、特別の意味がいろんな形にかわったのは事実だ」

「それがあたしには疑問だった。あんたが河野明日香を大切にしてくれていたのはもちろんわかっていたし、神崎アスカになっても大切にしてくれたのも事実だよ。でも、こんなにかわってしまったあたしを、昔と同じようには扱える筈《はず》がないんだって、ずっと心の中で思ってた――」

何かをいいかけた古芳を制し、アスカは言葉をつづけた。

「もし、今のあたしを大切に思ってくれるなら、それは別のあたしを愛したからで、そのことに今度はかわっていない昔のあたしがヤキモチを焼いたんだ。昔のあたしは、河野明日香だけをあんたに愛して欲しくて、神崎アスカを愛するのが許せなかった」

「――それはわかっていたさ」

古芳の言葉にアスカは頷いた。

「わかっていることもわかってた。それに、そんなこと、あんたにはどうしようもないことだっていうのも。だってそうじゃない。あんたが河野明日香を愛しつづけるなら、別の一部は納得しない。あんたを失うのは耐えられないって思うあたしも、ここにはいるのだから。だから全部はあたしの問題だ、あたしが何とかしなきゃいけないんだって……」

「それがまたお前を苦しめてる」

アスカは息を吐いた。

「単純だけど複雑、そんな感じだよね。でもこのあいだ、ふっと気づいたんだ」

古芳は真剣な顔でアスカを見つめている。

「あたしはかわった。それはまぎれもない事実だって。姿形だけじゃなく、心もかわった。昔よりズルくなったし、粘り強くもなれた。やっぱりいろんな経験をしたし、これからもするだろう。そしてそこからは逃げられない。あたしがどんなに嫌だと思っても、それは向こうからやってくる——」

アスカは息を吸いこんだ。

「襲いかかってくる、っていうのが正しいくらいに。だからそのためにも、あたしはかわらなきゃいけない。いつまでも昔の河野明日香をひきずり、そのためにうじうじしていたら、襲いかかってくるものにやられてしまう。押し潰《つぶ》され、ばらばらにされてしまう」

古芳は真剣な表情のまま頷いた。

「だから、かわる。かわって、生きのびられる人間になる」

「その通りだ。俺は、お前のような人間を知らない。お前のように、過酷な運命にさらされた人間を知らない。単に不幸だとか不遇だというのとはちがう。お前には、悲しんだり嘆いたりする時間すら、あのとき以来ほとんど与えられなかった。もしふつうの人間だったら、いや、俺だったらどうしたろう。何度も考えた。自殺したくなるだろう。頭が変になってしまうだろう。いつも思う答はそんなものでしかなかった。そのどちらでもなく、生き抜いてきたお前、そして戦って、戦いつづけてるお前を、俺は今、尊敬している。本当のことだ。そして尊敬する以上、俺にできる最大限をしたい。だが誤解しないでくれ。俺は、義務感や同情で、お前のそばにいたわけじゃない。心の底から、お前のそばにいたい、そう感じたからいたんだ。そのことがもしお前を苦しめたというのなら、どうすればいい？　教えてくれ」

古芳の顔に苦しみがにじんでいた。

「ちがう」

アスカはあわてて首をふった。

「ちがうよ、仁王。あたしは、あたしがあんたの重荷になってるかもしれないって思ったことはあっても、あんたを重荷だなんて感じたことはない」

「本当か」

アスカは頷いた。

「あたしたちの関係について悩んだのは確かだよ。でもそれをなくしてしまえばいい、とか、それよりあんたがいなくなった方が楽になる、なんて考えたことは一度もない！」

古芳は深々と息を吸いこんだ。アスカはつづけた。

「あたしはかわったし、これからもかわるだろうと思う。でもね、ずっと前からかわってないものもあるってことに、気づいた。それをいいたかったんだよ」

「何だ、それは」

「それはね、あたしはずっと昔から、あんたには、仁王にだけは甘えていられるっていうこと。あたしの体が今よりもっと強かった河野明日香のとき、体は弱くなったけどもしかしたら心はうんと強くなった神崎アスカのとき、かわらず、ずっとずっと、自分より強い人、大きい人として、甘えてこられたのは、あんたしかいなかった」

古芳が瞬《まばた》きした。当惑したようにいった。

「俺は……俺は、喜んでいいのか」

「わかんないよ、そんなの。それはもしかしたら、あんたにとってすごく不幸で、重荷になることかもしれないのだから……。でも、あたしは、あんただけは、自分より強いってことを信じてきた。背中を、あんたにだけは預けられる。たとえあんたが警察をやめようと、どんな立場になろうと、あんただけは信じられる。ひょっとすると――」

アスカは言葉を捜した。

「ひょっとすると、それが、あたしにとって一番必要な人が誰なのかを教えてくれている。どんなにあたしの心が強くなったって、昔よりきれいになって、ブルを始めとして、あたしのことを心配してくれる人が増えたって、あたしが守ってほしいと思う人は、ひとりしかいない。わかる？　あたしはひとりで生きていけるなんて思ってない。いつでも守ってほしいとは思わないし、守るっていうのは別に、あたしのかわりに誰かと戦うってことだけをさしているのでもない。そこにいる、声が聞ける、いつでもあたしのことを心の片隅においていてくれる――それも守るってことだよ。そうして、それをしてほしいと、あたしが願う人がいるとしたら、仁王、あんたしかいない。かわった、そして、かわっていくあたしでも、あんたがそうしてくれるのなら、ずっと守ってほしい。いい？」

古芳の笑みを、アスカは本当に久しぶりに見るような気がした。古芳はアスカの目を見つめ、微笑んでいた。

「いいとも。俺はずっとお前を守る。命にかえても、お前を守る」

古芳の笑いを見るのも久しぶりなら、その厚い胸に抱かれるのも久しぶりだった。アスカは、自分の心地よさ、肉体が与える幸福を素直に表わした。叫び、しがみつき、全身の痙攣《けいれん》を伴った歓《よろこ》びを、古芳の体にも伝わらせた。

セックスをこれほど求め、これほどセックスから幸せを与えられたのも、久しぶりのことだった。かつてとはちがう自分の体、君国の愛人として、長い時間をかけて開発され、貪欲《どんよく》に一度の交わりから限りない歓びを得ようとする体を、アスカは恥じなかった。隠さなかった。もっと、もっと、と求め、達するときはそれを口にし、あ、また、またたよとすすり泣いた。おかしくなりそうな不安と、それでも止まらない歓びへの欲望を仁王にぶつけた。

違和感をもったとしても、仁王はそれを口にすることはなかった。強く太い腕でアスカを抱きしめ、さらにそれを上回る力で、アスカを貫いた。

それが終わったとき、アスカは確かに、二人の間に絆《きずな》が生まれたことを実感できた。

かわった自分、かわっていく自分を、仁王は愛してくれるという確信を得、そしてその仁王を失わないですんだ安堵《あんど》に、泣きたくなるほどの幸せを味わった。セックスの歓びがもたらす幸福感がこれほど大きいものだと、河野明日香は知らなかった。

「自分の体に感謝しなくちゃ」

仁王の体にしがみつき、アスカは囁《ささや》いた。

古芳が目をみはった。言葉とは裏腹にアスカが泣いていたからだった。

「なぜ泣くんだ」

「あたしは、あたしが一番大切な人に、こうして幸福にしてもらえた」

アスカはいって古芳の腕に唇を押しつけた。涙と古芳の汗が、唇に塩辛い。

「でも、この体をくれた彼女は、あたしのような幸せを、一度でも味わったことがあったのかな……」

古芳の腕が動いた。軽々とアスカの体を抱きよせ、強い力で抱きしめた。アスカは逆らわず、古芳の体のくぼみにぴったりと自分の体を押しつけた。

古芳は無言だった。

ありがとう。

アスカは心の中でつぶやいた。ありがとう、はつみ。あんたのくれたこの体が、今日あたしに教えてくれた幸福を、あたしはずっと大切にするよ。あたしのそばに仁王がいる限り。あたしはあんたのぶんもがんばって幸せになる。この体の歓びを、あんたもきっと嬉《うれ》しく感じていてくれるんだろうから。

64

エミールはどこかで彼をだしぬこうと考えるにちがいなかった。だがそれは彼にはどうでもよいことだった。

エミールに取引をもちかけたのには、もうひとつ目的があった。

アスカだ。彼の〝妹〟と彼を結びつける役割を、エミールには果たしてもらわなければならない。この問題についてだけは、彼は、ボリスのもつ情報力をあてにはできないのだ。

彼はミドヴィエーチとともに部屋をでて、エミールとユーリに相談する時間を与えてやった。

約束の十分が過ぎ、彼が部屋に戻るとエミールがいった。

「五百万ドルをそっちに渡す。ただし金は一ヵ所においてあるわけじゃない。いくつかに分けて隠してある。ユーリに、二百万ドルの隠し場所を今、教えた。ユーリが二百万ドルをとってきたら俺を解放しろ。そうしたら、別の金のありかにお前たちを連れていく」

「なるほど」

彼は微笑んだ。ユーリがいった。

「金を渡しても俺たちが殺されないという保証はどこにもないのだからな」

少し元気をとり戻している。ミドヴィエーチが嘲笑《あざわら》うようにいった。

「こいつが二百万ドルを持ち逃げしないという保証もない」

「俺はチェチェンスカヤだ！　決して仲間を裏切ったりはしない」

ユーリが憤然とした表情になった。

「どう思う、エミール」

彼はエミールを見た。

「俺たちはすでにお前の仲間を三人も殺している。確かに金を手に入れたら、お前とこのユーリを消すかもしれん。それを考えると、逃げだしたくなっても不思議はない」

「——俺は仲間を信じる」

エミールは平静を装っているように見えた。

人間とは弱いものだ、と彼は思った。さらわれてここにひとりで閉じこめられていたとき、エミールは絶望し、死を恐れない勇気をもっていた。だがこうして仲間と再会し、生きのびられるかもしれないという希望が与えられると、かえってその心に不安や猜疑《さいぎ》心が芽生えてくる。

「あたり前だ、俺は必ず金を届ける」

彼はミドヴィエーチに合図を送った。部屋を外している間に決めておいたことだった。

ミドヴィエーチがユーリに歩みよった。その肩をつかんだ。

「こい」

「どこへ連れていくんだ」

たちまちユーリの顔が不安げにかわった。

「いいからこい。大丈夫だ。今殺したりはしない」

ユーリを立たせ、部屋の外へと連れだした。扉が閉まると、彼はエミールのもとへ歩みよった。腐ったふたつの耳を踏まないように用心する。

エミールは無言で彼を見つめた。

「俺が整形した一番の理由を教えてやる。お前たちチェチェンスカヤがうるさくなったからだ。モスクワで俺は、お前たちの仲間を殺した。お前たちは、ロシアの掟《おきて》は平気で無視するくせに、自分たちの掟には忠実だからな」

「ロシア人はクズだ」

彼の視線をうけとめ、エミールは静かにいった。

「俺たちは誇り高い民族だ。ロシア人の掟など認めない」

「立派だ。だが俺のような『幽霊』になると、どんな民族の掟にも縛られん」

「お前が『狼』なら、そのカレイスキーの顔の下にはロシア人が隠れている」

彼は首をふった。

「俺は何人《なにじん》でもいいのさ。俺は、俺だ。俺は俺のルールにだけしたがう」

　エミールは答えなかった。彼は手をのばした。エミールを天井から吊《つ》るしている手錠に触れ、その錠を外した。

　突然自由の身になったエミールの顔に当惑が浮かんだ。彼は告げた。

「お前たちは故郷を捨てた。そんなお前たちがいつまでも民族にこだわるのは馬鹿げているとは思わないか。この国の、黄色い顔をした連中にとって、お前がチェチェンスカヤであるかどうかなど、何の意味ももたない」

　エミールは黙って、青黒く変色した手首をさすっている。

「ロシアでなら、チェチェンスカヤは、それなりに恐れられたろう。だがこの国では、お前が何人であろうと関係ないんだ」

　エミールは目を上げた。

「ではいってやる。俺もお前が何人であろうと関係ない。お前のその黄色いツラの中身が『狼』であろうがなかろうが、知ったことじゃない。だが、お前は俺の仲間を殺した。それだけは許さない。たとえ俺を解放しても、俺はそれを恩義になど感じない。機会があれば、必ずお前を殺す。それが俺の誇り、チェチェンスカヤの誇りだ」

　彼は小さく頷《うなず》いた。

「では、今、やるか？」

　エミールは目を細めた。彼は出入口を示した。

「ミドヴィエーチは外だ。今、お前が俺を倒しても、奴は気づかない。銃は——」

彼はいってマカロフを抜くと、床の上をすべらせた。

「あそこにある。俺を倒したら、お前のものだ」

　エミールはだが用心深かった。

「信用できない。第一俺はずっと吊るされていて、手が痺《しび》れちまっている」

「じゃあこうしよう」

　彼はいって、外した手錠を拾いあげた。エミールの目の前で両手首にはめる。

「これで互角だ。そっちは手を使える。俺は使えない。お前のチャンスは増えた」

　エミールは首を傾げた。

「いったい、何のつもりだ……」

「俺を殺したいのだろ。チャンスをやるといっているんだ。お前が俺をぶちのめし、あのマカロフを拾えば、すべては思うようになる。俺を殺し、ミドヴィエーチも殺して、ここをでていけるんだ」

　エミールは首をふった。

「お前の考えていることがわからない」

「簡単なことだ、エミール。お前がその胸の中にもっている、チェチェンスカヤであることの誇りと、何人《なにじん》でもない、『幽霊』の俺と、どちらが強いかを試そうというだけだ。お前の誇りの方が強ければ、お前は命も金も失わないですむ」

　エミールは瞬《まばた》きした。

「お前は死ぬ覚悟を決めていたのだろう？　エミール。だったらチャンスを活《い》かせよ」

彼は笑みを浮かべ、いった。

「ただし、もし俺が勝ったら、俺のいう通りに動いてもらう。命をとろうとはいわない。いつでも殺せたお前を生かしておいたんだ。殺すことになど何の意味もない。そのかわり、お前は、『幽霊』の手下になるんだ。どうだ――？」

返事はいきなりの体当たりだった。エミールは驚くほどの敏捷《びんしょう》さで彼の体をつきとばした。不意を打たれ、彼はあおむけにひっくりかえった。それをまたぎこえて、部屋の隅の拳銃《けんじゅう》に走りよろうとする。

彼の両足が動いた。エミールの左足首をはさみこみ、捻《ひね》るように回転した。

エミールが倒れこんだ。彼は床に肘《ひじ》をつけ、反動を使って立ちあがった。手錠をはめた両手をたらし、エミールを見おろした。

「惜しかったな。あと五メートルだった」

エミールが床に両手をつけ、彼を見上げた。その目に怒りがきらめいている。

「立てよ」

彼は手をふった。エミールが立ち、ボクシングのかまえをとった。

右のストレートがきた。それをかわすと、左のフックが襲ってくる。手錠の鎖でうけとめ、彼は半歩後退した。そしてエミールが次のパンチをくりだす前に、その胸板に前蹴《げ》りを放った。

エミールの体が吹き飛んだ。壁に背中を打ちつけ、息を詰まらせる。

「おやおや、遠くなっちまったぞ。八メートルってとこかな」

エミールがとびかかってきた。彼を押し倒そうとする。彼は体を反転させてそれをよけ、エミールの右膝《ひざ》の裏側に爪先を叩《たた》きこんだ。

エミールが前のめりに倒れた。立とうと中腰になるのを待ち、側頭部に回し蹴りを打ちこむ。その体がごろごろと床を転がった。

「どうした？　もう戦意喪失か、チェチェンスカヤの誇りとはそんなものか」

エミールは両手の指を曲げ、彼の目を狙ってきた。その手を手錠の鎖ではねあげ、下腹部を襲ってくる膝蹴りを、膝でブロックした。エミールの目が広がった。まるで岩でも蹴《け》ったような気がしたのだろう。

彼はうしろ向きに跳んだ。左足一本で立ち、呆然《ぼうぜん》と立ちつくすエミールに微笑みかけた。バレリーナのようにお辞儀をしてみせる。

「こいよ」

猛然とエミールが襲いかかった。パンチのひとつが彼の腹に入り、再びエミールの目に驚きが浮かぶ。この体は、鍛えぬかれた鋼の筋肉を、衝撃をカバーする固い脂肪がおおっているのだ。

彼はすっと腰を落とした。風車のように左足を回転させ、エミールの足首を襲った。そこはさっき、彼がはさみこみ、捻った場所だった。

エミールが耐えきれず、膝をついた。逆に彼は立ち、その額に踵《かかと》を叩きこんだ。もちろん手加減はした。首の骨を折ってしまったのでは、元も子もない。

エミールががくんと首をふった。黒目が裏返り、床に崩れ落ちる。そのまま立つ気配がないのを見て、彼は手錠を外した。

部屋の隅にいき、マカロフを拾いあげた。呼吸は少し荒くなったていどだった。

呻《うめ》き声がした。ふりかえるとエミールが仰向けに横たわり、激しい息をしていた。彼はマカロフを手に、エミールを見おろした。

銃口をその額に向けた。ぼんやりとしていたエミールの目の焦点がマカロフに合い、大きくみひらかれた。

「頭と胸に二発。それが『狼』のやり方だった」

彼は告げた。だが引き金をひくことなく、マカロフをしまった。

「二百万ドルはお前がとりにいくんだ、エミール。そしてお前にはもうひとつ仕事をやる」

彼はかがんで、エミールの耳に囁《ささや》きかけた。

「仕事……」

もつれる舌でエミールは訊《き》き返した。

「そうだ。俺のために〝妹〟を呼び寄せるんだ。森に帰ってしまった〝妹〟を」

エミールは瞬きし、彼を見上げた。その髪の中に手をさし入れ、力をこめた。苦痛にエミールの顔がゆがんだ。それとともに目に生気がよみがえってくる。

「ユーリは預かっておく。お前がここをでていけるのだぞ」

「――いつか殺してやる……」

エミールはつぶやいた。

「いいだろう。だがそれまでは、お前は俺の手下だ。俺のいうことを聞け」

エミールの頭を床に打ちつけた。エミールは苦痛の声をあげた。

「お前は負けた。それを認めろ」

ガツッ、ガツッ、リズムを刻んで打ちつけた。やがてエミールが絞りだすような声でいった。

「認める……」

彼は微笑んだ。

「いい子だ。俺のワーニャを連れてこい」

65

今、何より重要なのは、「アフター・バーナー」を入手することだ。コワルスキーの求めに応じてボリスが本国におこなった照会では、ロシア国内に「アフター・バーナー」は一ミリグラムも存在しない、という。

　ボリスの報告をうけたソコロフは、アスカの身柄とともに「アフター・バーナー」の現物や、化学構造式を入手するよう、コワルスキーに求めてきた。

「アスカの協力なしでは、それは難しい」

　彼はボリスに告げた。

「しかも彼女はまだ迷っている。それにもし彼女が無理な手段をとれば、司法当局によって拘束されてしまうかもしれない」

「彼女は一度拘束されたが、今は解放されました」

　ボリスはいった。

「実は彼女を失職させるための作戦を、モスクワが進めていたのです」

「冗談ではない！　彼女が失職したら、『アフター・バーナー』が手に入らなくなってしまう」

　彼はあわてていった。

「わかっています。幸か不幸か、その作戦は一時的な効果しかもたらしませんでした。ただその結果、我々は悪いニュースをうけとることになった」

「悪いニュース？」

「彼女に、ＣＩＡが関心をもっている」

　コワルスキーは驚きに身を硬くした。

「ＣＩＡが……」

「ええ。ロドニー・ブルックという男で、元ＦＢＩです。ＦＢＩ時代に日本に駐在した経験があり、それを買われてＣＩＡにリクルートされた。しかも彼はＦＢＩ時代、アスカの所属するナルコ・エージェンシーと交流があった。おそらくアスカのことも知っていたでしょう」

「つまりＣＩＡもアスカの手術について知っていると――？」

「その可能性は低くない。アスカが一度拘束され、解放された背景には、ＣＩＡによる圧力が存在したと我々は見ています。一介のナルコ・エージェントひとりに、ＣＩＡがそれだけの関心をはらうのは、よほどの理由が必要でしょう。ブルックは、アスカ本人から手術に関する知識を得て、ラングレーを動かした。ラングレーは当然、脳移植手術のノウハウを得ようとする。あなたはたいへんなＶＩＰというわけだ」

「ＣＩＡが私に接触をはかろうとする――？」

コワルスキーの言葉にボリスは首をふった。

「そんななまやさしいやり方ではないでしょう。あなたを誘拐し、場合によっては、『国家反逆罪』で終身刑にしてやると威《おど》して、手術のノウハウを手に入れようとするにちがいない」

「冗談じゃない！」

コワルスキーは叫び声をあげた。

「私はさんざんＦＢＩにつけ回され、監視をうけていたんだ。あんな思いはもうたくさんだ」

「FBIではありません。彼らはボーイスカウトのようなものだ、CIAに比べれば。連中はその気になれば、どんな手段でも使います。ソコロフ大佐は、あなたを一度モスクワに戻すことを検討し始めています」

「アスカと『アフター・バーナー』をおいて日本を離れるわけにはいかない」

「博士。あなたを失ったら我々はすべてを失うことになるのです」

「私はCIAに協力などしない、絶対に」

ボリスは憐《あわ》れむように彼を見た。

「連中は協力など求めませんよ。命じるだけで。法的にはあなたはまだアメリカ市民で、そうである限り、どんなきたない手だって使えるのですから」

「だったら私はロシアに亡命する！」

「落ちついて。そうしたいとおっしゃるのなら手続きはしますが、それすらも彼らにとってはたいした問題ではない。ご存じでしょうが、ロシアはかつてのような外交能力をもっていない。核兵器の削減交渉ですら、アメリカに妥協を求められている。アメリカは今や、世界で唯一の超大国で、表でも裏でもやりたい放題ができる。CIAの傭兵《ようへい》部隊がここに押し入って我々を殺し、あなたを誘拐しても、誰もアメリカには文句はいえない。CIAはきっと恰好《かっこう》の口実を考えだすでしょう。たとえば私たちがテロリストであったとか何とかかね。だからこそ用心しなければならないのです」

「私を本当にモスクワに送り返す気なのか」

恐怖を覚えながらコワルスキーはいった。ボリスが決して大げさな話をしているのではないことがわかったからだ。アメリカ本土がテロにさらされてからこっち、ＦＢＩやＣＩＡはマスメディアを味方につけることに成功している。彼らが自分を「テロリスト」だと決めつければ、世界の大半はそれを信じるだろう。信じないのは、アメリカに痛めつけられている国の人間たちだけで、そんな国には彼自身もいきたいとは思わなかった。

「すぐにではありません。ＣＩＡの活動に応じて、我々にも打てる手段があると思うからです。それを試してからでも遅くはない。何といっても、あなたはアスカを説得するための切り札なのですから」

ボリスは落ちついた表情でいった。

「どんな手段なのかね」

「それを知る必要はありません」

「アスカを傷つけるのではないだろうな」

ボリスはきっぱりと首をふった。

「その心配はまったくありません。あなたは何とか『アフター・バーナー』とアスカの両方を手に入れる方法を考えて下さい」

コワルスキーは息を吐いた。その問題について、彼はずっと頭を悩ませてきた。思い浮かぶカードは一枚しかなかった。そのカードは、だが、決して彼の切りたくないカードでもあった。

アスカの情緒に直接訴えかける存在。それは、この世にもうひとり実在する、脳移植者だ。その人間のためなら、アスカは「アフター・バーナー」を提供するかもしれない。だがハンをアスカに会わせるには、あまりに危険が伴いすぎる。ソコロフから知らされた、ドナーとレシピエントに共通する情緒的な問題点から考えても、不測の事態をひき起こす可能性は高い。

初め彼は、アスカを説得するために架空の脳移植者を作りだすことを考えた。その人間が激しい拒否反応に苦しんでおり、それを解決するために「アフター・バーナー」が必要だと説明する方法だ。

しかしアスカの洞察力は、彼が考えていた以上に鋭かった。彼の嘘は簡単に見抜かれてしまうだろう。そしてそうなったら、アスカの協力は永遠に得られない。アスカが抱く、自分への感謝の気持を不信へとすりかえてしまうのは、犠牲が大きすぎる。

「――彼はまだこの国にいるのかね」

しばらく沈黙をつづけた後、彼はボリスに訊《たず》ねた。

「彼？　誰のことです」

「ハンだ」

「います。ソコロフ大佐から命じられた任務を忠実に続行していますが、それが何か？」

「彼の帰国の予定はどうなっている？」

ボリスは首をふった。

「それについて私は知りません。ソコロフ大佐が決定することですから」

嘘だ、とコワルスキーは思った。ソコロフの意思は、ボリスの命令としてハンに伝えられる。

「もしかすると彼が必要になるかもしれない」

やむなく彼はいった。ボリスは静かにコワルスキーを見つめた。

「ハンが、ですか」

「そうだ」

「そうですか。彼を使うとすれば、強硬な手段に限られるものと私は思っていましたが……」

「そうではない。そうではないのだが――」

いいかけ、彼は黙った。ボリスがどこまでハンの〝秘密〟について知っているのか確信が持てなくなったからだった。ソコロフは、ハンに関する事実を、どれだけボリスに伝えているのだろうか。

「必要なら彼を博士に会わせることは可能です」

ボリスはいった。

「ただ慎重な方法は、とらざるをえないと思いますが……。もし博士の考えておられるのが、彼を使った強硬な手段であるのなら、それは私からでも命じることはできます。博士が不必要な危険をおかすまでもなく」

彼は咳《せき》ばらいをした。

「そちらのいう〝強硬な手段〟とは、どういうものなのかね」

ボリスは用心深い視線を彼に向けた。

「アスカの確保に関しては、博士に一任するとして、『アフター・バーナー』の入手についてのものですが、お知りになりたいですか」

「――やめておこう。今の段階では、聞かない方がいいかもしれない」

コワルスキーは首をふった。ボリスは頷《うなず》いた。

「私もその方が賢明だと思います」

コワルスキーは、急に胸苦しくなった。ロシアとアメリカ、国こそちがえ、彼らが求めるものは同じだ。それを提供する彼には、栄誉も名声も与えられることはない。約束されるのは一時の平穏、それだけに過ぎない。

「近々、ハンには新たな任務にとりかかってもらうつもりでいます。そのとき彼に会うと思いますが、何か伝言はありますか」

ある、アスカには決して触らないでくれ、その言葉が彼の喉《のど》もとにはひっかかっていた。

喉仏をいく度も上下させ、だがその言葉をそこから押しだすことなく、彼は首をふった。

「いや……。何もない。彼に何か頼むことがあるとすれば、それは今ではないだろう」

66

「警視庁は目黒署と四谷《よつや》署においた特別捜査本部を縮小することを決定したそうだ。敵は、自分で討て、というメッセージだな」

永野がいった。アスカと古芳は、麻薬取締部の部長室にいた。

「殺しのほしを挙げるより、ＣＩＡと摩擦をおこしたくない、と上が考えたのでしょう」

アスカはいった。

「そうしむけたのは、あたしです。申しわけありませんでした」

永野は苦笑した。

「警察官僚の体質についてまで、君に責任をかぶせようとは思わんよ」

「せっかくほしにいきついても、公安にすべてをもっていかれちまう一課の連中のことを考えると、無駄な仕事をしないですんだだけ、マシかもしれん」

古芳がいった。

「その公安にしてからが、今度はＣＩＡに召し上げられるんだ。警視庁にしてみれば、精いっぱいの反抗というところだろう。だがお前のせいじゃない。それは勘ちがいするな。本《もと》をただせば、すべての原因は、警視庁にあったんだ」

「――わかってる。わかってるけど、何だか裏切り者になったような気分だよ」

アスカはいった。永野が話題をかえた。

「今後のことだが、どうするつもりかね」

「アレクサンドル・ハンの追及に専念します。ハンが『タンゴ』を襲った主犯であることはまちがいありませんから」

古芳が答えた。

「CIAから提供をうけたハンの写真を、うちの情報提供者にも回そう。特に寺尾神谷会の周辺で使えば、何か手がかりが得られるかもしれん」

永野は頷いた。そのとき、永野のデスクの電話が鳴った。

「――はい」

受話器をとり、耳にあてた永野がアスカを見た。

「君あてに外線が入っているそうだ。外国語訛《なま》りの女性からで、緊急の用件があるといっている。交換には、サーシャと名乗ったらしい」

「エミールの妹です」

アスカは目をみひらいた。サーシャは麻布警察署での取調のあと釈放されてからは、行方がわからなくなっていた。

アスカはさしだされた受話器をうけとった。

「神崎取締官よ」

「わたし、サーシャ。覚えていますか」

「覚えているわ」

アスカはいった。

「兄のこと、まだ捜している？」

「もちろんよ。それどころか、お兄さんを助けたいと思っているの。あなたも知っているでしょうけど、お兄さんの仲間が何人も殺されている」

「知ってる。ニコライとカリーナ。アンドレも死んだ……」

「今どこにいるの？」

「六本木」

「駄目よ。そこは危険だわ」

「大丈夫。新森《しんもり》さんが守ってくれる」

「新森さんて、神葉《しんよう》連合の？　でもお兄さんは、新森さんの店を燃やしたのじゃ……」

「兄は、兄。新森さん、わたしとビクトルをかくまってくれた――」

新森は、何者かがチェチェン人を襲っていることを知り、サーシャをかくまうことでエミールに恩を売ろうとしたのだ。目的はもちろん一千万ドルだ。頭の切れる新森らしい動きだった。

「それで？」

「兄からさっき、電話がきた。兄は、つかまっていて、逃げだしてきたといった。つかまえていた人が、ニコライやカリーナを殺した。仕返ししたいけれど、チェチェンスカヤの仲間殺されてできない。だから、警察にやっつけてほしいといった」

「待って」

　アスカは古芳を見た。

「エミールがハンのもとから逃げだしてきて、警察との接触の仲介をサーシャに依頼してきたわ」

「条件は？」

　古芳が訊ねた。

「敵《かたき》を討つこと」

「自首するといっているのかね」

　永野がいった。アスカは受話器に向き直った。

「お兄さんは警察にくる気があるの？」

「わたし、わからない。あなたに電話しろと兄はいった。だから電話した。兄は一時間したらまた電話してくる、といった」

「あなた今、外にでられるの？」

「でられるけど、でたくない。兄をつかまえていた人、きっとあたしも捜している」

　サーシャの声には怯《おび》えがあった。

「わかった。じゃあこちらから会いにいくわ。どうすればいい？」

　サーシャは沈黙し、いった。

「六本木にインターネットの喫茶店あるの、あなた知ってる？」

「場所はどこ？　教えてくれたらいくわ」

　サーシャは教えた。交差点にほど近い、雑居ビルの中だった。

「わかった。今から三十分以内にいくから、待っていて」

　電話を切ると、古芳がいった。

「新森が動いているのか」

「サーシャは新森の保護をうけている。結果的に見ればそれは正解だったのね。もし他のチェチェン人と同じように寺尾神谷会にかくまわれていたら、ハンたちに殺されていたでしょうから」

　アスカは答えて、サーシャとのランデブー地点を永野と古芳に伝えた。

「新森は、麻薬取締部との接触を許さないかもしれん。気をつけたまえ」

　永野がいった。

「これからは拳銃《けんじゅう》を必ず携帯するんだ」

「了解しました」

　アスカは頷いた。

時刻が昼すぎということもあって、六本木に人の姿は少なかった。待ちあわせたインターネットカフェはビルの五階すべてを占めており、並べられたパソコンに向かっている客は、外国人ばかりだ。

アスカと古芳は、店の最奥部のテーブルにすわるサーシャを見つけた。ジーンズにトレーナーを着け、キャップをま深にかぶっている。ひとりだ。

「お兄さんはいつ電話してきたの？」

「一時頃。兄はユーリもつかまっているといった」

サーシャは答えた。ユーリは六本木の殺人現場から姿を消したチェチェン人だ。

「場所はどこか聞いた？」

サーシャは首をふった。

「兄はとても急いでいた。早くあなたに連絡をとってほしいといった。急がなければ、ユーリが殺されてしまうから」

「神崎取締官に直接連絡をしろと、お兄さんがいったのか」

古芳が訊《たず》ねた。

「そう。兄を新宿で逮捕した女の刑事さん、そういった。わたし前にあなたから名刺もらった」

アスカは頷《うなず》いた。麻布署での取調のときに渡していた。

「なぜすぐに警察にいかなかったんだ？　エミールは」

「わからない。兄はもうすぐ電話してくる。自分で訊《き》いて」

テーブルの上に、アクセサリーをつけた携帯電話がおかれている。

「お兄さんは日本語を喋《しゃべ》れるの？」

「少し。わたしよりうまくない」

アスカは首をふった。それでは通訳なしで複雑な会話は難しい。

「竹田《たけだ》さんに連絡をとりましょう」

古芳が首をふった。

「あの人をこれ以上巻きこまない方がいい。俺たちとつるんでいると見られたら、残りの警官生活が厳しくなる」

アスカは唇をかんだ。

「じゃあ中目黒に連れていくしかないわね」

通訳の手配は麻薬取締部からでもできる。

サーシャの携帯電話が鳴った。素早く手にとったサーシャが耳にあてがった。

「ダー」

相手の声に耳を傾け、アスカに告げた。

「エミール」

「今どこにいるか訊いて」

エミールの答をサーシャが訳した。

「新宿。髙島屋デパート」

アスカと古芳は顔を見合わせた。人が多く集まる場所ならば、通常は安全と考える。だが相手がハンに限っては、それが通らない。

「ハンに見つけられたらえらいことになるぞ。血の海だ」

古芳がつぶやいた。

「でもどこにする？」

最寄りの警察署に駆けこめとはいえない。警視庁の上層部は、正体がわかったとたんエミールをほうりだせと命じるだろう。新宿御苑《ぎょえん》近くで起こった殺人事件の容疑者だが、どうせＣＩＡに身柄をもっていかれるとわかっているのだ。

「いずれにしろ新宿はマズい。寺尾神谷会の縄張りだ。タクシーを使ってでも、すぐに移動しろといった方がいい」

サーシャが伝えると、エミールが答えた。

「兄はお金をぜんぜんもっていないそうです。それにどこへいけばいいのか、と」

「中目黒の麻薬取締部」

アスカはいった。今のところ、最も安全な場所はそこしかない。

「兄は嫌だといっています。警察署やそれに近いところにはいきたくない、と。自分は取引をしたいのであって、つかまりたいわけじゃないって」

「くそ」

古芳がつぶやいた。

「ここまで迎えにきてほしいといってます。とりあえずデパートにいるあいだは安全だと思うので」

「取引をしたいと考えているのはそちらの勝手で、こちらはまだ応じるとはいってないわ。殺されるのが嫌なら、いうことを聞いてもらわないと」

アスカがいうと、サーシャは目をみひらいた。

「それを訳して」

アスカの言葉を聞くと、エミールはいった。

「自分は一千万ドルのありかも知っているし、チェチェン人を殺して回っている犯人のことも知っている。それを知りたくないのか」

「あなたも殺人の容疑者なのよ」

サーシャが急いでいった。

「ここにきてもらいます。タクシー代はわたしが払う。それでどうですか」

「仕方ないわね」

サーシャがエミールに伝え、

「兄は同意しました」

といった。その後、ロシア語で今三人がいるインターネットカフェの場所を説明した。

古芳は首をふった。

「六本木は六本木で、神葉連合の縄張りだ。見つかったら、新森が黙ってはいないだろう」

電話を切ったサーシャにアスカは訊ねた。

「ここにくるのを新森は許したの？」

「新森さんは、わたしがどこにもいけないのを知ってる。だからわたしがでかけても何もいわないよ」

「ひとりででてきたの？」

サーシャは頷いた。古芳が眉《まゆ》をひそめた。確かにサーシャが逃げだすことはないかもしれない。だがこっそりとエミールと連絡をとることはできる。現に、こうして会おうとしている。頭の切れる新森が、それを見こさない筈《はず》はなかった。

見張りがいる、アスカは直感した。アスカの考えに同意するように、古芳も頷いた。

時計をのぞき、アスカはいった。

「サーシャ、あなたはここにいて。エミールは、あたしたちが下で迎える。タクシー代もこちらがもつわ。着いたら上がってくる」

サーシャは不安そうにアスカと古芳を見比べたが、無言で頷いた。

アスカは古芳に合図をして立ちあがった。

「妙だと思わない？」

エレベータに乗りこむとアスカはいった。

「エミールがやけに強気よ。一度つかまって逃げだしてきたのだから、もっと怯《おび》えていておかしくない筈。仲間も殺されているのだし」

古芳は頷いた。

「自分も殺しのほしだというのを、まるで忘れていやがる。ハンを引き渡したら見逃してもらえるとでも思っているのか」

「きたら、手錠《ワッパ》を叩《たた》きこんででも、中目黒に連れていくわ」

アスカはいった。一階に降り、ビルをでると、二人は通りをはさんでふた手に分かれた。道のどちら側からエミールがタクシーできても、対応できるようにするためだった。アスカが立ったのは、インターネットカフェの入ったビルとは反対側の歩道だった。新宿方面から車でくると、こちら側に着く可能性が高い。

三十分が過ぎた。乃木坂《のぎざか》方面からやってきたタクシーが六本木交差点を過ぎて、ハザードを点《とも》し、路肩に寄ってきた。後部席に人の姿がある。アスカは腰をかがめた。エミールだった。

タクシーが停止し、ドアを開いた。

「マネー」

アスカに気づいたエミールが短くいった。アスカは五千円札をさしだした。うけとったエミールが運転手に金を払い、釣り銭をポケットに押しこんだ。

囚《とら》われていたという言葉は嘘ではないようだ。降りたったエミールの顔を見て、アスカは息を呑《の》んだ。

　つかのまだったが、「タンゴ」で会ったときより、はるかに痩《や》せ、衰えている。目の光も変だった。熱でもあるかのように、輝いていた。そして頬や額に、拷問をうけたらしいアザがあった。

「いらっしゃい。サーシャはあそこよ」

　アスカはいって、エミールの腕をつかみ、通りの向かいを指さした。エミールは無言で頷き、したがった。

　通りの反対側では古芳がそれに気づき、手をあげた。

　アスカはエミールとともに六本木交差点に立った。信号がかわるのを待ち、横断歩道を渡り始める。

　だがちょうど道の中央で立ち止まった。反対側から手下を連れた新森が渡ってきたからだった。アスカたちの行手をさえぎるように、八人の男たちが立ちふさがり、広がった。以前カジノバーでにらみあった坊主頭、上野《うえの》の姿もある。

「よう、姐《ねえ》さん」

　新森はいった。

「そこをどいて」

　新森は首をふった。

「まさかまたチャカをつきつける気じゃないだろうな。天下の公道のまん中だぜ」

「必要ならやるけど……」

アスカは上着のすそをめくり、腰に留めたコルトを見せた。

信号がかわった。交差点に流れこもうとする車が、アスカたちとそれをとり囲むやくざの集団でせきとめられた。一台がクラクションを鳴らし、それに対しやくざのひとりが、

「やかましい！」

と怒鳴りつけた。

新森は顎《あご》をしゃくった。

「俺の条件はひとつだけだ。そのロシア人とあとで話をさせてもらいたい。なにも体をよこせとはいわねえ」

「何をしたいの？」

「うちはこいつに貸しがある。店にガソリンをまかれ、身内をひとり殺されている。その落とし前を、こいつの銭でつける」

古芳が猛スピードで車道を渡り、集団に近づいてきた。

「なんだ、手前！」

前に立ちふさがろうとした男を無言で投げとばした。背中から地面に落とされたやくざは息を詰まらせた。

新森がふり返り、苦笑した。

「また、あんたか……」

「俺はいつでもアスカといっしょだ」

古芳はにこりともせずにいった。つかみかかろうとした男たちを制し、新森は告げた。

「やめろ。この旦那相手にやっても勝ち目はねえ。それより姐さん、どうなんだ」

「話だけ。もし連れていこうとしたら許さない――」

交差点の向かい側にある交番から、異様な気配に気づいた巡査がようすをうかがっている。アスカもこれ以上、騒ぎを大きくしたくはなかった。

新森は頷《うなず》いた。

「約束する。こんな外人ひとりの命《たま》をもらったって、うちはどうしようもねえんだ」

アスカはやりとりの意味がわからないのか、無表情で立っているエミールを見やった。

恐怖も緊張もその顔にはない。放心状態のようだ。

「いいわ。だったら、話をさせてあげる」

新森はもう一度頷き、道をあけた。

「表で待っている」

アスカはエミールを連れ、横断歩道を渡った。

インターネットカフェの入口では、不安げな顔をしたサーシャが立っていた。サーシャに気づくと、エミールの無表情が崩れた。二人は互いを抱きしめて、再会を喜んだ。

アスカと古芳は、少し離れた位置からそれを見守った。

やがて二人が落ちつくと、アスカはいった。

『タンゴ』を襲撃し、あなたを監禁していた男の話を教えて」

サーシャがそれを訳した。エミールが首を巡らせ、妹の頭ごしにアスカを見つめた。その目が再び異様なほど輝いていることにアスカは気づいた。

やがてエミールがいった。

「ブラート。スタールシィ・ブラート」

「何？」

「お兄さん。そういう意味です」

サーシャがエミールから体を離し、いった。

「誰のお兄さんなの」

エミールがアスカを指さした。

「あたし？」

エミールが喋《しゃべ》った。

「奴は『狼』の幽霊だ。そしてお前のことを自分の妹だと信じている……」

「意味がわからないな。奴とは、アレクサンドル・ハンなのだろう」

古芳がいった。サーシャが直訳すると、エミールは首をふった。

「奴は何者でもない。奴は幽霊だ。見かけはカレイスキーだが、奴の中身は『狼』だ。そして奴は狂っている。あんたを、アスカを自分のもとに連れてこいと、俺に命じた」

「何のために？」

アスカと古芳が異口同音に訊《たず》ねた。

「妹だからだ。アスカのことを、奴は自分の妹だと信じている」

「冗談じゃないわ。あたしには殺人鬼の兄などいない」

アスカは首をふった。そしてエミールに告げた。

「とにかくいつまでもここにいては、二人とも危険だわ。あたしたちの事務所まできてもらう。話はそこでゆっくり聞く。その前にあなたは、新森と話をするのよ」

「新森さん！」

サーシャが声をあげた。

「新森さんがいるの？」

「下にきているわ。あなたは見張られていたのよ」

エミールが首をふった。

「それはできない」

「できないじゃない。してもらうわ」

アスカは手錠を見せた。

「もし聞いてくれないのなら、これを使う」

不意にエミールが手をのばした。インターネットカフェの外のエレベータホールを指さしている。アスカはふりかえり、体を硬くした。

そこにあの男が立っていた。ひとりで、ポケットに両手をさしこみ、まるで待ちあわせか何かのようにたたずんでいる。黒革のジャケットにジーンズをはき、大きめのショルダーバッグをさげていた。

「仁王！」

アスカは思わず叫んだ。

古芳はすでに動いていた。インターネットカフェの入口をくぐり、男に近づいた。

「さがって！」

アスカはサーシャとエミールに命じた。サーシャはすばやくアスカの陰に隠れたが、エミールはそこにつっ立ったままだった。向かいあう古芳と男にじっと目を向けている。アスカはすばやくあたりを見回した。幸い、店内はさほど混んでおらず、利用客は皆、入口からは離れたテーブルにすわっている。入口の近くには、従業員がひとり会計カウンターにいるだけだ。

アスカは上着の下で拳銃《けんじゅう》のグリップをつかんだ。男がショルダーバッグの中に武器を隠しもっている可能性は高い。

カウンターに歩みよった。

「――アレクサンドル・ハンだな」

古芳が男に話しかけるのが聞こえた。アスカはカウンターの中にいる店員に身分証を提示した。

「麻薬取締官です。危険ですので床に伏せて――」

アルバイトと覚しい二十代の若者は、一瞬きょとんとした顔をした。だがアスカがコルトをつかみだすのを見て、まっ青になりしゃがみこんだ。

男はずっとアスカを見つめていた。古芳の言葉がまるで耳に入らなかったかのようだ。

「警察だ。ポリス！　こっちを向け」

古芳が命じた。ようやく男は首を巡らせた。奇妙な笑みを唇に浮かべている。

アスカはコルトを両手でホールドし、男に狙いをつけた。もし今日も防弾ベストを着けているなら、まず膝《ひざ》を撃ち抜き、動けなくする。

「仁王、気をつけて。きっと武装してる」

「両手を頭の上で組め。ホールドアップ」

頷き、古芳が命じた。男の口が動いた。

「フルヨシ……」

古芳の目が広がった。

「お前、フルヨシ……」

男は日本語でいった。

「そうだ。早く手をあげろ」

古芳は男の右肘《ひじ》をつかんだ。そのとたん、男の体がするっと動いた。古芳の手を外し、あべこべに手首をつかんでいる。古芳は即座に反応した。右手で男の右手をつかみ、捻《ひね》ろうとした。男の手が古芳の手を離れ、二人は互いに空をつかみあっているように素早い動きをくり返した。

「動くなっ」

アスカは叫んだ。だが次の瞬間、男の体が沈み、古芳の足をなぎはらった。古芳は床に倒れこむ寸前、受け身をとって、くるりと立ちあがろうとした。そのこめかみにマカロフがあてがわれた。男がひき抜いたのだった。

古芳の動きが止まった。男の身のこなしは信じられないほど速かった。「タンゴ」のときは気づかなかったが、男が何らかの格闘技の達人であるのは明らかだ。あるいは旧「スペツナズ」のような特殊部隊に所属していたのかもしれない。

古芳は床にしゃがみこんだような姿勢で止まっていた。男は背後から古芳のこめかみに銃口を押しつけ、古芳の体を盾にしてアスカに顔を向けた。その口もとには再び笑みが浮かんでいる。

「離しなさい！」

アスカは銃をかまえたまま叫んだ。店内では騒ぎに気づいた客たちから悲鳴があがっていた。客は奥へ奥へと逃げこんでいる。

「アスカ」

男がつぶやいた。マカロフの撃鉄はもちあがっていた。男が人さし指に力を入れるだけで、古芳は頭を撃ち抜かれる。たとえアスカが男を狙い撃ったとしても、衝撃で男の指が引き金をひく可能性は低くない。

「——あなたは誰？　なぜあたしの名を知っているの？」

少しでも狙える男の面積が広い位置に立とうと、アスカは両手で銃をかまえたまま足を踏みだした。

アスカの動きに合わせて、じりじりと男は移動した。マカロフの銃口が古芳の頭を愛《あい》撫《ぶ》するように後頭部へと滑っていく。

男は古芳の頭ごしにじっとアスカを見つめていた。答えない。日本語をそれほど理解できないようだ。

「『ヴォールク』」

アスカはいった。今度は男が反応した。目が輝き、笑みが大きくなった。

「ワーニャ」

男がいった。

「ワーニャ？　誰なの、それ」

「イモウト。お前はイモウト」

「何をいってるの……」

「ロシア、帰る。『ヴォールク』とイモウト」

男はいった。

「ふざけないで。あなたは逃げられない。銃を捨てなさい！」

アスカは叫び、同じことを英語でも告げた。サーシャに通訳させたかったが、この状況ではサーシャがどこにいるのかはわからない。

エレベータがそのとき音をたてた。男の背後で扉が開く。新森と手下のやくざ二人が乗っていた。

「何だ、おい！」

新森が思わずいった。男がくるりとふりかえった。

「どうなってんだ、姐《ねえ》さん――」

「危ないからさがって！　こいつは大量殺人犯よ！」

「何だって……」

男の左手がショルダーバッグにさしこまれた。アスカは怒鳴った。

「逃げてっ」

ショルダーバッグが火を噴いた。サブマシンガンの弾丸がエレベータホールにばらまかれた。うわっという悲鳴をあげて、エレベータからやくざたちがとびだした。

「手前っ」

新森が怒声をあげ、膝をつくと上着の下から拳銃をひき抜いた。男がショルダーバッグを新森に向けた。そのすきを逃さず、古芳が男の体をつきとばした。バッグの底から放たれた銃弾がエレベータホールの天井を穿《うが》ち、蛍光灯が砕け散った。

男が右手のマカロフを発砲した。銃声とともに古芳がのけぞった。マカロフの銃口は古芳の額から数十センチの距離にあった。

「仁王！」

アスカは叫び、駆けよった。古芳の体は床をごろごろと転がった。

新森が撃った。弾丸は男の腹に命中し、男は体を折った。

「ざまあ見やがれ、この野郎！」

新森がいうのが聞こえた。アスカは古芳の前にかがみこんだ。

「仁王、仁王！」

古芳は目を閉じていた。額の端から血が噴きでている。

「仁王っ」

自分の声が悲鳴にかわるのがわかった。そのとき、サブマシンガンの銃声が再び轟《とどろ》いた。うずくまっていた男がすっくと立ちあがり、新森に向け発砲したのだ。顔をあげたアスカの前で、新森の体が躍った。銃声がやむと、新森はエレベータの床に崩れ落ちた。

アスカは歯をくいしばり、コルトをもちあげた。そのとき、背後から何者かがアスカの右腕をとらえた。腕をねじり、銃を奪おうとする。

はっとしてふりかえると、そこにはエミールがいた。

「何するの！　離せっ」

だがエミールの力は強く、不意をつかれたこともあって、アスカはコルトを奪われた。エミールが奪ったコルトをアスカにつきつけた。

「ニェット！」

男が叫んだ。撃たれる、と思った瞬間、エミールの動きが止まった。男がロシア語で何ごとかをいった。エミールが銃を向けたまま後退《あとずさ》った。どういうことなのか、アスカにはわからなかった。エミールは、まるで男の手下か仲間であるかのような行動をとっている。

頭の中は混乱と恐怖で痺《しび》れたようになっていた。古芳が撃たれた、そのことですべての思考が停止している。

エミールは男のかたわらに寄りそうように立った。男がエミールに何ごとかを命じ、エミールはアスカから奪ったコルトをその場で投げ捨てた。

「——エミール！」

女の声が叫んだ。サーシャだった。店のどこか、隠れている物陰から兄に呼びかけたのだ。

エミールの目が動いた。だが言葉を口にすることはなかった。

「アスカ」

男がいった。手を動かし、こちらへこい、と呼んでいる。

「いやよ、何をいっているの」

男は首をふり、右手のマカロフをアスカに向けた。

「撃つなら撃ちなさい！　誰があんたとなんか——」

マカロフの銃口がすっと下がった。横たわっている古芳に銃口を向けた。

「やめてっ」

アスカは叫んでおおいかぶさった。そのとき古芳が呻《うめ》き声をたてた。生きている。アスカはほっとして、

「仁王っ」

と呼びかけた。

「アスカ――」

男が再び呼んだ。アスカは古芳の体におおいかぶさったまま顔をあげた。安堵《あんど》に、涙があふれで、男の姿がぼやけた。

男は再び手を動かした。こなければ古芳を撃つ、という意味だった。

アスカは深々と息を吸いこんだ。ここはいうことを聞く他なかった。この場は完全に男によって制圧されている。それに生きているとはいえ、怪我の状態のわからない古芳をこれ以上男に傷つけさせることは絶対にできない。

「待ってて、仁王――」

古芳の耳もとに囁《ささや》きかけ、アスカは立ちあがった。男とエミールはエレベータの中にいた。倒れている新森の体が扉の邪魔になり、ずっとそこにとどまっていたのだ。

エミールが扉のボタンを押し、男が新森の体を足でエレベータの外へ蹴《け》りだした。

ちくしょう、と伏せているやくざがつぶやいた。

階段を駆けのぼってくる足音が響いた。下で待っていた新森の手下が異常に気づいてあがってきたのだった。

「あっ、頭《かしら》っ」

先頭の男が新森の死体に気づいて叫んだ。

「あの野郎だ！　あの野郎にやられたんだっ」

伏せていたやくざが叫び、あがってきた男たちはいっせいに銃や匕首《あいくち》を抜いた。

「手前！　ぶっ殺してやる」

エミールがエレベータのボタンを離した。閉まり始めた扉に男たちが殺到したが遅かった。エレベータは、男とエミールを乗せ、下降していった。

アスカはその場にしゃがみこんだ。追えっという叫び声をあげて、男たちは階段を駆けおりていく。

のろのろとコルトをひろいあげた。目をみひらき絶命している新森をまぢかでのぞきこんで、我にかえった。

「仁王」

古芳のかたわらに戻った。古芳の体に手をかけ、頸《けい》動脈をまさぐった。力強い脈搏《みゃくはく》が指先に伝わってきて、ほっと息を吐いた。古芳が撃たれた直後は、動転して脈を調べることすら忘れていた。

古芳がむうっと唸《うな》って、目を開いた。瞬《まばた》きをくりかえす。マカロフの銃弾は古芳の額をかすめ、その衝撃で古芳は意識を失っていたようだ。

　その目の焦点がアスカに合った。古芳は頭痛がするのか、顔をしかめた。

「何があったんだ……」

　脳震盪《のうしんとう》を起こし、一時的な記憶障害におちいっている。

「撃たれたんだよ、大丈夫？」

「ああ……」

　古芳は思いだしたのか、呻き声をたてて目を閉じた。

「奴は、どうした……」

「逃げた。エミールもいっしょに」

「くそ。何てこった」

　古芳はいって体を起こした。

「まだ動かない方がいい。弾がかすったのだから、検査をうけないと」

「大丈夫だ」

　首をふった古芳の目が新森の死体で止まった。息を呑《の》む。

「こいつは——」

「あいつはまた防弾ベストを着けてた。新森はそれを知らないで、油断した」

「何人殺せば気がすむんだ、あの野郎」

　古芳が歯をくいしばった。

古芳は立ちあがった。アスカはいった。

「医者にいかないと……」

ようやくパトカーのサイレンがビルの下から聞こえてきた。

古芳は息を吐き、首をふった。

「速かった、それだけは確かだ。あんな身のこなしの速い奴を相手にしたのは初めてだ。まともにやりあったら、歯が立たない」

アスカは古芳の顔を見直した。そんな言葉を古芳が口にするのを聞いたことがなかった。

「仁王……」

古芳は険しい表情で新森の死体を見おろしている。

「ひとつだけ確かめられたことがある。ハンはまだ日本にいて、今もお前に執着している。しかも俺の名まで知っていた」

古芳はアスカに目を移した。

アスカは頷《うなず》いた。もし神葉連合の残りのやくざたちが駆けつけてこなければ、自分はハンと行動をともにせざるをえなかった。「タンゴ」のときと同じだ。

アスカははっとした。ハンの目的に気づいたからだった。ハンはエミールを〝とり戻し〟にここに現われたわけではない。自分を連れにやってきたのだ。

不安がふくれあがった。エミールの言葉通り、ハンはアスカを「妹」と呼んだ。

いったいハンと自分のあいだには何があるのだ。古芳ですら歯が立たないと認める男が、自分に何を求めているのだ。

殺されたり傷つけられたりすることへの不安ではなかった。それなら古芳がそうなったら、という怯《おび》えの方が強い。

不安の正体は、自分の知らぬ、男と自分とのつながりにあった。

古芳がアスカのようすに気づいた。

「どうした？」

「恐いよ」

アスカはつぶやいた。

「もしかしたら、あいつは、あたしの知らないあたしを知っているのかもしれない」

古芳は答えなかった。わずかに眉《まゆ》をひそめ、アスカを見つめている。

「あたしのこの体は、あたしの知らない二十五年間を生きてきた。そこで、あいつとあたしは会っているのかもしれない」

「神崎はつみのことをいっているのか」

アスカは頷いた。古芳は首をふりかけ、痛むのか呻いた。

「そいつはちがう。奴は最初からお前をアスカと呼んでいた。もしそうなら、はつみと呼んでいる筈《はず》だ」

「でも、今のあたしが、はつみではなくアスカと名乗っていると知っていたら？　あたしのことを細かく調べ、そしてあんたとのことまで知っているのだとしたら？」

　古芳の大きな手がアスカの手をつかんだ。

「それは否定できない。だが奴とはつみの間にどんな関係があったのだとしても、今のお前がそのことに縛られる理由にはならない」

「理屈ではね」

　いってアスカは古芳を見た。もしハンとはつみとの間に特別な関係があり、それが理由でハンが古芳を傷つけるようなことにでもなったらという恐怖が心の中に生まれている。

　古芳は首をふった。

「調べよう。まずはそれからだ。俺たちの仕事の基本に戻って——」

　アスカは無言で頷いた。気づくと古芳の手を強く握りしめていた。

67

　間一髪、ミドヴィエーチがハンドルを握る車に乗りこんだ彼は、ロシア語で激しい悪態をついた。エミールもかたわらにいる。人形のように無表情だった。

　ミドヴィエーチは車を発進させた。バックミラーで追っ手の日本人を冷静に観察している。助手席には、広げた新聞があり、その下に二挺《ちょう》のスコーピオンが隠されていた。

「どうした、兄弟」

ミドヴィエーチが訊《たず》ねた。

「アスカをまた手に入れそこなった」

彼は吐きだした。

「今度はあの女に撃たれずにすんだか」

「ああ」

彼はいって、上着の前をはだけ、シャツをまくりあげた。射殺した日本人がもっていたのは、貫通力の低い三十八口径のリボルバーだった。今回は一発が腹部に命中したにすぎない。アザにはなるだろうが、胸部に撃ちこまれたときとは、緩衝帯となる腹筋があるぶん、比べものにならない。

「――あの男は死んだのか」

エミールが不意に訊ねた。

「エレベータにいた男か」

「ちがう。警官の方だ」

「いや。手応《てごた》えがなかった。弾がかすっただけだ。お前がエレベータの扉を閉めなけりや、やれていた」

悲鳴をあげフルヨシに駆けよったアスカの姿を思いだし、彼は苦い口調でいった。そしてエミールの顎《あご》をつかみ、自分に向けた。

「もう一度だ。もう一度、お前は、あの女をおびきだせ」

　エミールの目は虚《うつ》ろだった。

「兄弟——」

　ミドヴィエーチがいった。それにかまわず、彼はつづけた。

「わかったろう。俺の目的はアスカなんだ。アスカをロシアに連れ帰る」

「兄弟！」

「何だっ」

　いらだって彼は大声をだした。

「待っている間に電話があった。ボリスが俺たちに会いたがっている。仕事があるようだ」

「何の仕事だ」

「会って話すといった。家で待っている、と」

　彼は荒々しく息を吐いた。フルヨシを殺せなかったことがくやまれてならない。エミールの判断はまちがっていなかった。もしあの場をエレベータで脱出しなければ、不利な状況での撃ち合いになっていた。だが、少なくともフルヨシにだけは、止《とど》めをさす時間が欲しかった。

　フルヨシはきっとまた、自分とアスカの間に立ちはだかる。日本人にしては大男で、その動きも鈍くはない。ミドヴィエーチ並み、というところだろう。時間と機会があれば、素手で殺してやりたいところだ。

隠れ家に着くと、ボリスが待ち受けていた。二人がエミールを伴っているのに気づき、訊ねた。

「金の回収をしてきたのか」

「それはまだだ。邪魔になる日本人を片づけてきたところだ」

彼は答えた。

「日本人？」

「奴の名はシンモリだ。シンヨウレンゴウというマフィアのメンバーだった」

エミールがいった。ボリスはエミールを見つめた。

「仕事の話を聞こう」

彼はミドヴィエーチに目配せした。ミドヴィエーチはエミールの肩をつかみ、

「こい」

と命じた。二人がでていくと、ボリスが訊ねた。

「あのチェチェン人は信用できるのか。ここには、もうひとりチェチェン人がいるようだが」

ユーリのことだ。手錠をかけ、閉じこめてある。

「奴は折れた。俺の犬だ」

彼は短くいった。ボリスは小さく首をふった。

「チェチェン人はチェチェン人だ。金をとり戻したら消せ」

そして足もとにおいていたアタッシェケースをとりあげた。中からビニールケースに入った書類をだす。

「この男を処分してほしい」

写真が一番上にあった。小太りした白人だ。

「アメリカ人か」

「ＣＩＡだ。こちらの活動の支障になっている。ただし、これまでのような派手なやり方はなしだ。静かにやれ。銃もそれ用のものを用意した」

軍用のベレッタが渡された。

「住居もわかっている。なるべく早くとりかかれ。終わったら次の仕事もある」

彼は目を上げ、ボリスを見つめた。

「俺たちの仕事は金の回収じゃなかったのか」

ボリスは馬鹿にしたように鼻を鳴らした。

「お前たちは死体を作るばかりで、まるで仕事を果たしていない」

「死体を作るのも、俺たちの仕事だ。ソコロフからそう聞かされてないのか」

彼はいって、静かにボリスの目を見つめた。ボリスは目をそらした。

ノーメンクラツーラ。自らは決して手を汚したがらない、腐りきったエリートども。

極東にはまだ、こんな共産党支配時代の遺物が生きのこっていたのだ。

「ギャラは別なのだろうな」

彼はいった。ボリスは頷《うなず》いた。

「すべての報酬は、仕事を終えモスクワに戻った時点で支払われる」

「次の仕事というのは？」

「この仕事を終えてからだ」

ボリスは首をふった。

「報酬を得たいのなら、効率よく仕事を片づけることだ」

彼は頷いた。そしていった。

「博士は元気か」

「博士？」

「ポーランド人だ。奴もこの国にきているのだろう？」

ボリスの表情はかわらなかった。

「何のことかわからんな。受けもちが私とは別なのだろう」

「そうか。ならいい」

彼は手をふった。ボリスはいった。

「テラオカミヤカイは、お前たち二人のことを捜しているようだ。ヤクザの情報収集力は馬鹿にできない。仕事に使う車はどんどんとりかえろ」

「わかっている」

〝運転手《シャフョール》〟がつかないとき、彼とミドヴィエーチは盗んだ車を使うことにしていた。東洋人の顔をした彼が運転している間は、警官の注意を惹《ひ》く可能性が低い。盗むのも、高級車ではなく、小型の乗用車やワゴン車に限定している。

「そのアメリカ人だが――」

ボリスは告げた。

「このビルの地下に、使ってないセメントがおいてある。殺したら、どこかの部屋にコンクリで塗りこんでおくんだ。見つからないようにな」

モスクワでもよく使われる手だった。新しいビルが建つとき、壁の中には鉄筋ではなく、人間が埋められている。

「ここはロシア政府のもちものなのか」

「日本の政治家だ。管理費を我々が払っている。ここが売買されたり、誰かに貸しにだされることは永久にない」

ボリスは自慢げにいった。

「ただしその政治家も、自分がここのオーナーであることを知らない。発達した資本主義は、ときどき奇妙なシステムを作りだす。ここは、そうしたシステムの産物なのだ」

彼はがらんとしたコンクリート製の空間を見渡した。

「早くモスクワに帰りたい」

心にもないことを口にした。

「こんな殺風景なところはうんざりだ」

「だったら仕事を片づけることだ」

　ボリスは満足したように答えた。

68

「外務省、入国管理局の記録によれば、神崎はつみが、ロシアに渡航したという事実はない。アレクサンドル・ハンが来日したという記録もない」

　電話の向こうで芦田がいった。アスカと古芳の二人は、麻布警察署にいた。現場検証が少し前に終わったところだった。

「ハンが日本生まれであるという可能性はあるかもしれないが」

「もしそうであるなら、日本語をもっと理解できる筈《はず》です。あいつは、私のいったことをほとんど理解できませんでした。反応したのは唯一、『ヴォールク』、狼という単語にだけでした」

「神崎はつみは十六のときから君国の愛人だった。それを君自身が聞いている。『クライン』とロシアとの接点はなく、その面から見ても、ハンとはつみとの間に関係が存在したとは考えにくい」

　アスカは唇をかんだ。芦田の言葉は正しい。神崎はつみは、十六歳から死ぬまでの九年間、君国の愛人でありつづけた。あらゆる意味で、君国にとって完璧《かんぺき》な女であるように作りあげられたのだ。

君国はそれほどはつみを大切にしていた。たとえかたときといえども、はつみをそばから離したとは考えられない。

だが十六歳までのはつみの人生は？

はつみがロシア生まれである可能性はない。それはわかっている。

神崎はつみは、大阪市の郊外で生まれ、高校を中退し、年齢を偽って京都の料亭で働いているときに君国と出会った。十五歳で実家をでているので、君国の愛人となるまでの一年間のことは、ほとんど何もわからない。

しかしその一年のあいだに、アレクサンドル・ハンと接点が生じていたとは、とうてい考えられなかった。

「ハンの目的は、あたしを連れていくことでした。あたしを妹、ときにはワーニャと呼んで」

「ワーニャ？」

「もしかすると、ハンには妹がいて、あたしと似ているのかもしれません」

「たとえそうだとしても――」

「わかっています」

いいかけた芦田にアスカは答えた。

「あたしが奴の妹に似ているのだとしても、それを知る機会は、『タンゴ』で初めて会ったときです。前もって奴があたしの名を知っていた事実の説明はつかない」

「いずれにしてもアレクサンドル・ハンが君に対し強い関心を抱いていることは確かだ。ブルックから提供をうけた写真を警視庁と近隣県警に配布して、奴を炙《あぶ》りだす。古芳には、君の警護にあたらせる。その後、コワルスキー博士からの接触はあったか」

「ありません」

「ＣＩＡは？」

「今夜、会うことになっています。さきほどメールでやりとりしました。『ヴォールク』に関する情報が何かあったようです」

「それによって奴が君に対して抱く関心の理由が判明するといいのだが。奴は、警察と寺尾神谷会の双方に追われているというのに、まるで危機感を持っていないかのように動き回っている。つかまらない、あるいは決して殺されない、という自信があるようだ。だが、そんなことはありえない筈だ――」

「妙なことはあります」

「妙なこと？」

「エミールです。先ほど、妹のサーシャとも話したのですが、エミールは最初からあたしたちをおびきだす目的で六本木に現われたとしか思えないのです。しかもそれはエミールの意思ではなく、ハンの意思をうけたものだった。事実、拉致《らち》・監禁されていたというのに、エミールはハンとともに現場を脱出しているのです」

「エミールがハンと手を組んでいるというのか？」

「そう解釈できる行動です。しかしハンは、エミールの仲間だったチェチェン人を複数殺害しています。仲間を殺した男と手を組むでしょうか」

「行方不明になっているチェチェン人がもうひとりいたな。その人物が人質にされているとしたらどうだ」

「その可能性はあります。サーシャも、今日のエミールは、ふだんの兄とはまるでちがっていたといっていました」

　アスカが答えると、芦田は興味を惹かれたように訊《たず》ねた。

「どうちがっていたと？」

「まるで元気がなく、幽霊に魅入られたようだった、と。実際、あたしたちとの会話でも、アレクサンドル・ハンのことをエミールは幽霊だ、といいました」

「幽霊……」

「見かけはカレイスキーだが、中身は『狼』、つまり『ヴォールク』だといったのです」

「わからんな」

　芦田は唸《うな》った。

「『ヴォールク』に関する情報がもっと得られなければ、エミールのこの言葉の意味は理解できないと思います。とりあえずサーシャには護衛をつけ、エミールが再び接触してくるのを待ちます」

芦田は黙認し、やがていった。

「この事件は妙なことが多い。当初、我々は、アレクサンドル・ハンと相棒の大男を、ロシア政府が製造し、エミールらに奪われた偽ドル紙幣を回収にきた工作員だと判断していた。しかしハンは、工作員にしては不可解な行動をとっている。殺人を大胆な手段でくり返しているし、ハンは、君にも異常な関心を寄せている。もちろん、それをハンが異常者だから、という理由で片づけることもできるが、私には何か、別の大きなわけがあるような気がするのだ」

「あたしも同じ思いです。ブルの話では、一連の事件の背後には、ソコロフというＳＶＲの高官がからんでいるといいます。もし次にコワルスキー博士に会う機会があったら、それをぶつけてみようと思っています」

「ソコロフ……」

「元ＫＧＢの将校で、警視庁公安部に対する攪乱《かくらん》作戦もしかけていたようです」

「つまり、コワルスキー博士のスポンサーでもあり、ハンの雇い主でもあるのが、そのソコロフだというのか」

「はい」

芦田は唸り声をたてた。

「もしそうならば、君がＣＩＡと手を組んだのは、作戦的には誤りではなかったな。Ｓ

ＶＲを相手に、麻取だけではとうていたちうちができん。警視庁公安部を味方にすることは――」

芦田はいいよどんだ。

「最初から不可能でした。警視庁はあたしをバックアップすることができません。警視庁にとってあたしは、過去の亡霊でしかないのですから」

答えた瞬間、アスカははっとした。自分が亡霊なら、幽霊であるハンの正体は――。

「――どうした？」

「もしかすると……」

「もしかすると何だ？」

それはあまりに大胆な仮定だった。しかしその仮定に基づけば、起こっていることがらのいくつかに理由が与えられる。

「またご連絡します。たぶん、近いうちにわかると思います」

「何がわかるというんだ、アスカ」

「……考えを整理して……お話しします」

アスカはいって、受話器をおろした。思いついたことの大きさ、異様さに、頭が痺《しび》れている。

「どうしたんだ？」

かたわらに立ち、やりとりを見守っていた古芳が訊ねた。その横に竹田もいる。麻布警察署は管内でたてつづけに起こった殺人事件を同一犯によるものとして、捜査本部を拡大する方針をとった。結果、署員の多くが継続中の案件からひき離され、混乱の中にある。

「いいたかないが、姐《ねえ》さんが管内にやってくると、必ず何かしら大ごとになるな」

　無言でいるアスカに竹田はいった。

「誤解すんなよ。あんたのせいだといっているんじゃないんだ。ただ、本当なら、時間と場所が別々で起こってよかった事件《ヤマ》が、あんたのおかげで、ひとつにまとまったように見えるんだ。ジョーンズをさらった神葉連合、イラン料理店での殺し、それから今日だ。しかも今の話じゃ、ほしは、あんたにご執心だというじゃないか――」

「竹田さん」

　古芳が竹田に向き直った。

「それはこいつのせいじゃありません」

「わかってる。わかってるって。俺はこの麻取のお姐さんのことを気に入っているんだ。初めて会ったとき、死んじまった明日香のことを思いだした。威勢がよくて度胸があって、古芳よ、お前さんがそれを一番わかってる筈《はず》だ。だが、このお姐さんには、明日香にはなかった、妙な噂がある。ジョーンズの一件のあと、本庁公安が俺にいってきた。あんたら二人にかかわると、ろくなことはねえぞって威《おど》した。古芳よ、お前は公安とは何もねえ。あるとすりゃ、このお姐さんだ。そいつをわからせてくれたのが、今の電話だ。ＳＶＲにＣＩＡだと？　いくら外国人の多い麻布署でも、そんなでかい話には、そうそうでくわさねえぜ」

　アスカは竹田を見た。

「ご迷惑をおかけしていることはわかっています。申しわけありません」

「よせよ。別に文句をあんたにいいたいわけじゃない」

　アスカが告げると、竹田はあわてたように首をふった。

「俺たち刑事は、事件《ヤマ》が起こっちまったら、そいつをどうにかするしかない。それが仕事なんだ。誰かに事件を起こすな、とか、事件が起きたのはお前のせいだなんていったって始まりゃしねえ」

「竹田さん、本当はお話ししたいことがあるんです。もちろんそれを話したからといって、かけているご迷惑を許していただけるとは思いません。でも、せめてお話しすることができれば、という思いでいっぱいなんです……」

　竹田はアスカを見つめた。

「話したい。だが話したら公安が黙っちゃいない。それもあんたじゃなくて、俺に対して、ということなのだろう」

　アスカは頷《うなず》いた。竹田は顔をほころばせた。

「いいよ、気にすんな。俺たちと公安は、別の世界の人間だ。あんたの事情はあんたの事情、てことにしておこう。知りたいとも思わんし、別に公安が恐いってわけでもない。

俺がいいたかったのは、定年まで、この麻布でおとなしく勤める気だったのが、そうもいかなくなったって、ただの愚痴だ。忘れてくれ」

手をふった。

「竹田さん――」

竹田は顔をひきしめた。

「いずれにしろ、殺しのほしは殺しのほしだ。ロシア人だろうが何だろうが、好き勝手にさせるわけにはいかねえ。早いとこ見つけだして手錠《ワッパ》叩《たた》きこんでやらなきゃ、この六本木で楽しく遊ぶこともできねえって話だからな」

六本木ほど、多彩な国からの労働者を集めている盛り場はない。中国、韓国、フィリピンといったアジア地域はもちろん、ロシア、ルーマニア、ドイツ、フランスなどのヨーロッパ、加えてイラン、イスラエルの中東、さらにはナイジェリアのようなアフリカ出身者もいる。ダンサー、ホステス、ドアボーイ、客引きと、さまざまな職種につきながら、非合法なアルバイトに手を染めている人間も少なくない。さらにそこに、日本の暴力団や在日米軍の不良兵士がからんでくる。そうした者たちへの監視、摘発だけで、麻布警察署は手いっぱいなのだ。竹田の怒りはもっともだった。警官も人の子だ。次から次へと仕事を増やされて、嬉《うれ》しい筈はない。

「くれぐれも奴には気をつけて下さい。銃による武装もそうですが、素手でも半端じゃありません。並みの警官の二、三人じゃとうてい歯がたたない」

古芳がいった。

「心配すんな。こっちは若くねえ。職質《バン》かけて、いきなりハジかれるようなヘマはしないよ。それにほしのことは、神葉連合や寺尾神谷会も追っかけているのだろう。もしかすると連中の方が先に捜しだすかもしれん」

竹田は笑った。

「そうなったら死人が増えるだけだ。竹田さん、神葉連合にはそこのところは、よくいって聞かせて下さい。新森を殺《や》られて、血が昇っているでしょうが、敵討ちなんかできる相手じゃない、と」

古芳は念を押した。その真剣な表情には、戦った者だけが知る、ハンへの脅威がにじんでいることを、アスカは気づいていた。

「やっぱり、あたしのせいなんだ」

麻布署の裏手にある駐車場で覆面パトカーに乗りこんだアスカはつぶやいた。

「どうした、まださっきのことを気にしているのか」

ハンドルを握った古芳が訊《き》き返し、アスカは首をふった。二人は、以前にもブルックと会合した会員制のレストランに向かうことになっていた。

「ちがう。気づいたんだ」

「何に？」

アスカはハンドルの上におかれた古芳の大きな手に掌《てのひら》をのせた。車を発進させようとしていた古芳の動きが止まった。アスカをふり向き、無言で待った。

「エミールは、ハンは、幽霊だ、といったよね。見かけはカレイスキーだけど、中身は『狼』だ、とも。『狼』と呼ばれたシベリア出身の殺し屋は別にいて、六ヵ月前に警官隊に射殺された、とブルはいった。道警の高橋さんも同じ情報をくれた」

　アスカはいった。

「ああ。俺も聞いていた。ブルが見せた『狼』の写真は、ハンとは別人だった」

「でも中身は『狼』だとしたら？」

　古芳の顔がこわばった。

「お前、それってまさか……」

　アスカはゆっくりと頷いた。

「コワルスキー博士は、あたしのあと、脳移植手術をしている。それをあたしには、ロシア軍の兵士だといったけれど、あたしはちがうと感じていた。もし、それが『狼』だったら？　『狼』の脳が、アレクサンドル・ハンの体に移植されていたのだとしたら？　同じ手術の経験をもつあたしに、奴が異常な興味をもつのも理解できる。あたしだって、もうひとりの生存者の正体がすごく知りたかったんだ」

「だが何のために、そんな男を手術の対象にしたんだ？　『狼』は殺し屋なのだぞ」

　古芳は眉《まゆ》をひそめた。

「だって、志願者がつのれるような手術じゃない。適合するレシピエントとドナーが簡単に見つかることもない。でも、自分の姿形をかえたいと望んでいる犯罪者にとっては、これ以上のチャンスはない」

「『狼』にとっては、な。だがハンにとってはどうなんだ？」

「どちらも犯罪者で、実験台にするにはちょうどいいと考えた人間がいたのかもしれない。それに、白人の脳を東洋人の体に移植できれば、最高の偽装になる」

「じゃあ、ハンは実験台にされて殺されたというのか」

　アスカは頷いた。そしていった。

「いきましょう。奴はあたしをワーニャと呼んだ。もし『狼』に、セルゲイ・レドフスキーに妹がいて、それがワーニャという名だったら、あたしの考えはまちがってない。ブルがきっとそれに答えてくれる」

「ああ……」

　答えたものの、古芳の顔には混乱があった。

「あいつが、あの男が、お前と同じ脳移植手術をうけた患者だというのか……」

「患者じゃない。病気でも怪我でもないのに、移植手術をうけた可能性があいつにはある。自分の身許《みもと》をかえるために。奴はそれを利用して、殺人をくりかえしているんだ」

　アスカはいった。

　古芳は無言だった。

「でも、あたしとあいつには、この世界でお互いしかいない関係がある。それもまちがいない。だから、あいつはあたしにこだわる。それもすごくわかる……」

「よせ、もう」

古芳がいった。アスカは首をふった。気づかないうちに涙が溢《あふ》れていた。

「くやしいよ、仁王。あたしは、一度はコワルスキー博士に協力しようと思っていた。あの人は命の恩人で、今のあたしを作ってくれた……。でも、同じ方法で生みだされたのが、今度は人殺しなんだ。そいつは、あたしの仲間を殺し、あんたにまで怪我をさせた。あたしにはわかる。あいつがもし、脳移植手術の生存者なら、必ずまたあたしに会いにくる。いや、それだけじゃない！」

さしこむような恐怖に襲われ、アスカは息を呑《の》んだ。なぜかはわからないが、あの男の欲しいもの、したいことが、突然、見えたからだった。

アスカはおののくような恐ろしさを感じながら古芳を見た。喉《のど》がふさがり、大きな声をだせない。

「あいつは、『狼』は、あんたを殺そうとする……。きっと――」

69

「アレクサンドル・ハンに関する資料がモスクワから届きました。彼はこの一年、ずっと所在が不明でした。ハンはイルクーツクに近いジマという町の出身で、十八歳で陸軍に入隊しています。両親を列車事故で亡くしており、二つ下の妹も入隊から二年後に死亡。まったくの天涯孤独の身の上でした。ハンの軍歴の一部は、軍によって公開を禁じられており、これはおそらく特殊部隊に所属していたことが理由だと思われます。イルクーツクの保安機関にハンに関する資料を請求したところ、参考になる回答がよせられました」

　ブルックがワインのグラスを手に喋《しゃべ》った。

「どんなこと？」

「九〇年代の半ば、イルクーツクでは、アゼルバイジャン系とカレイスキー系のマフィアによる対立があり、死者をだすような抗争も何度かおこっています。その容疑者としてマークされたのが、アレクサンドル・ハンでした。しかし決定的な証拠はなく、逮捕は見送られています」

「ハンには妹がいたのね」

「ええ。ジマの保安機関に、ハンとその妹に関する資料が何かないかと問い合わせてみました。すると奇妙なことに、すべてモスクワに送った、という答が返ってきました。ジマには、何か資料があったようですが、保安部の請求をうけてその古い資料をすべて送った、というのです。調査を担当してくれた保安部員によれば、そういう事実はないそうです」

「それはつまり、何者かがモスクワの保安部のふりをして、ハンの資料を入手したということ？」

「ハンの資料であったかどうかはわかりません。ただ、ジマで起きた何らかの事件で、ハンかあるいはその妹に関連しているものがあったようなのです。それは、民警と呼ばれる、ソビエト連邦時代の司法機関の資料でしたが、そっくり失われてしまった」

「何があったのだろう……」

アスカはつぶやいた。ブルックは首をふった。

「わかりません。ロシアでは、社会主義の崩壊に伴って、公的機関に混乱が起こり、古い資料の多くが失われています。それらには歴史的な価値も含め、さまざまな重要性があったと思うのですが、旧体制への反発や、旧司法関係者の保身のために、廃棄されたり散逸している状況なのだそうです。したがって、偽の保安部に送られた資料にもコピーは存在せず、それに何が記されていたかを知る手段はないだろう、とモスクワの人間はいっていました」

「妹の名前は？」

古芳が訊《たず》ねた。

ブルックは首をふった。

「判明していません」

「それがワーニャだったのかしら」

「ワーニャ？」

「ハンがあたしのことをそう呼んだの」

ブルックの顔が険しくなった。

「奴と会ったのですか」

アスカは、サーシャを通じてエミールから呼びだしをうけたことを話した。自分の中に生まれた〝疑い〟はまだ口にはしていない。

「待って下さい。ワーニャという名は、別の資料で見た記憶がある」

ブルックはつぶやき、ノートパソコンを操作した。

「これだ。『ヴォールク』こと、死亡したセルゲイ・レドフスキーに関する調査報告です。レドフスキーは、生まれ育ったシベリアで、九歳のときにこれも一歳下の妹と死別しています。その妹の名がワーニャです」

「やっぱり……」

アスカは唇をかんだ。

「何がやっぱりなのですか」

「いいから先をつづけて」

「レドフスキーは、十代の半ばからときおりヒステリーのような発作を起こしていたことが報告されており、治療の過程でかかった精神科医は、その妹の死が遠い原因ではないかと診断していたようです」

「妹はどんな死に方をしたんだ」

古芳がいった。気がかりな表情を浮かべている。

「家の近くの森で行方不明になり、その後着衣の一部が発見されました。森で獣に襲われたと、地元では考えられていたようです。この事故の二年後、祖父の死をきっかけに、レドフスキーは、母親とともにシベリアを離れています」

「獣……。熊とか？」

「あるいは狼」

「奴が狼を名乗っていたのは、それが理由なのか――」

「でも、妹を殺したのなら、狼は憎い生きものの筈《はず》よ。それを名乗るのは変じゃない？」

「何か特別な理由があったのかもしれん」

「実はそうなんです」

ブルックがいった。

「レドフスキーの母親は、何度か息子を医師にみせているのですが、その初期の頃、息子が死んだ筈の妹が狼になって生きているという幻覚をみていると相談したカルテが残っていました」

「妹が狼に？」

「ええ。レドフスキーは、妹の死に責任を感じ、それが高じて死をうけいれられなくなった。その結果、妹が狼に生まれかわったと幻想を抱くようになったのではないか、というのです」

「それで自らも『狼』と名乗ったというの？」

「ええ。あくまでも推測ですが。それと、『ヴォールク』の相棒である『ミドヴィエーチ』、つまり『熊』の写真が手に入りました。古いもので、あまり質はよくないのですが……」

ブルックはコンピュータの画面をかえた。軍服を着た白人の写真が映った。戦車の上に立っている。粒子が粗く、ひきのばしたもののようだ。

「似ているような気もするけれど……。鼻の形や額の線が微妙にちがうわ」

「『タンゴ』にきた男は、もっと顎《あご》が細かったような気がする。ヒゲを生やしていたから断言はできないが」

古芳もいった。

「鼻はどうです？」

ブルックの問いに、古芳は目を細めた。

「この写真の男より整っていた。もう少し細めだ」

「そうね。全体に線を細くしたって感じかしら」

「整形手術をうけたのかもしれません。ヒゲは手術痕を消すためにのばした……」

ブルックはいった。

「なるほど」

『熊』の本名はクワントリシビリ。グルジア人です」

古芳はアスカを見た。

「なあ、妙だと思わないか」

アスカは頷《うなず》いた。同じことを考えていた。

『熊』の方は整形手術をうけている。なのに『狼』はうけていない。中身を入れかえただけで。これでは、ハンがお尋ね者だったら、結果は同じだ。入れかわった意味がない」

古芳がいった。

「確かに、ハンについても、保安部は資料をもっていた。『狼』の新しい顔は、まったくの善人というわけではないわ」

アスカもいった。

「何のことです？　入れかわった、とは？」

ブルックが訊ねた。アスカは息を吐き、ブルックを見つめた。

「ブル、今日、気がついたの。アレクサンドル・ハンの中身は、セルゲイ・レドフスキーよ。『狼』は、脳移植手術によって、ハンの肉体に入った」

ブルックの口がぽかんと開いた。

「まさか……」

「おそらく確かよ。コワルスキー博士は、ＳＶＲの指示で、二人の犯罪者の脳と体を入れかえた。その結果、『狼』と呼ばれていた殺し屋は死亡し、だけどその頭脳をもった新しい『狼』が誕生した。アレクサンドル・ハンの人格は、もう存在しない。肉体だけが残り、それを動かしているのがレドフスキーの脳ということになる。だからこそ『熊』ことクワントリシビリは、ハンと行動を共にしているの。『熊』は、ハンの中身が相棒だった『狼』だって知っているのよ。『タンゴ』で一瞬動けなくなったハンを『ヴォールク』と呼んだ理由も、それで説明できる」

「参ったな」

ブルックはつぶやきワイングラスを額にあてた。

「『狼』は、あたしのことをコワルスキー博士から聞かされていた。それで強い関心をもった。あたしと『狼』は、ある意味では兄妹よ。この世に生みだされたのはあたしが先だけれど、年齢ではあちらが上。だから妹と思ってもおかしくない」

アスカの言葉を古芳がひきついだ。

「しかも奴には小さな頃、死別した妹がいて、その死をうけいれられずにきた。アスカの出現は、奴にとっては、まさにぴったりだった。小さな頃に離ればなれになった妹と再会できた、そう思っている可能性がある。奴はアスカを手に入れたいんだ。アスカを連れ、くにに帰りたい」

「――何てこった」

呻《うめ》くようにブルックはいった。そして顔をあげた。

「アスカさん、すぐに飛行機の手配をします。仁王さんもいっしょでかまわない。ステーツに飛びましょう。あなたは危険すぎる。『狼』はまたきっと現われます」

「それは駄目」

「アスカさん、あなたが奴をつかまえたいと願っているのは知っています。しかし『狼』はとてつもなく危険です。奴は、ベテランで腕のたつ殺し屋というだけじゃない。サイコパスの可能性すらあるのですよ」

「わかっているわ。でもあいつをつかまえるには、あたしが必要。そうでしょ、仁王」

「絶対に必要というわけじゃないが、奴がSVRのあと押しをうけているとすれば、たとえ写真を使って手配したとしても簡単にはおさえられんだろう。奴を捕えるには、お前がいた方が有利なのは確かだ」

「仁王さん、何てことを——。あなたはアスカさんが傷ついてもいいのですか」

「そんなことは思っちゃいない。だがこいつが、危ないから日本を離れろといわれて、はい、そうですかと飛行機に乗るような人間かどうか、俺が一番よく知っている」

「そう。それに日本にいれば、仁王もいっしょよ。あたしにとってこれ以上のボディガードはいない」

ブルックは目をみひらき、アスカと古芳を見比べた。

「ブル、考えて。もし『狼』を捕えたら、二人目の脳移植者をCIAは手に入れられるのよ。もちろん奴には、法の裁きをうけさせるけれど……」

ブルックは首をふった。

「僕には、あなたたちの考えが楽観的にすぎるような気がします。『狼』は、そんなにやさしい敵ではありません」

「それは俺が一番よくわかっている。今日、短かったが奴と争い、殺されかけたからな」

古芳がいった。アスカにも告げる。

「奴の強さは本物だ。素手でかかったら、とうていたちうちできない」

「あんたがいうのだから、そうなんだろうと思う。でもそれより、奴がなぜ整形手術をうけていないか、あたしはそっちの方が気になる」

「保険、かもしれません」

ブルックがいった。

「保険？」

「ソコロフは頭の切れる男です。『狼』の肉体は射殺され、これまでレドフスキーが犯してきた罪はすべて消えてしまった。おそらくソコロフは、それを条件に、『狼』を自分の手下につけたのでしょう。しかし、新しい『狼』がいつまでSVRに忠誠を尽くすかはわからない。SVRを裏切って、再び犯罪の世界で生きていく道をとらないとも限らない。そのとき、いつでも奴を拘束できるよう、ハンである姿形を残した。たとえ『狼』が整形手術をうけても、ハンのDNAを司法機関に渡せば追及が可能だ。ハンが逮捕され、脳移植手術をうけていたと語っても、信じる者はいないでしょう。たとえいたとしても、そうなったらレドフスキーとして裁かれるだけで、奴に逃げ道はない」

　古芳は頷いた。

「でも手術の目的はそれだけなの？　ＳＶＲはベテランの殺し屋を手に入れるためだけに脳移植をおこなわせたというの？」

「実験の意味もあったのでしょう。優秀なエージェントに、まだ成功例がひとつしかない手術をうけさせるわけにはいかない。レドフスキーにしろハンにしろ、どのみち犯罪者で、失敗しても消耗品として処理ができる」

「じゃあ奴のつづけている殺しは、すべてＳＶＲの指令によるというの？」

　アスカは怒りを覚えた。ブルックは首をふった。

「それはわかりません。ソコロフは『狼』がどれほどできるのか、好きにやらせているのかもしれない。その結果、奴は暴走している」

「暴走しているとすれば、その原因はあたしにもある、そういいたいのね」

「否定はしません。ただＳＶＲは、アスカさんの身柄も欲しがっている。その点で、ソコロフの目的と『狼』の望みは一致します」

　ブルックは答えた。

「もし『狼』が望みをかなえたら、我々はとんでもない痛手をうけるでしょう。そうならないようにも、コワルスキー博士の身柄は絶対に確保しなければなりません」

「ＣＩＡは、それについてアクションを起こすの？」

アスカは訊《たず》ねた。ブルックは頷いた。

「具体的なことは申しあげられませんが、専門家のチームが本国で集められています。来日しだい、僕の指揮下に入ることになる筈《はず》です。その後、博士から接触はないのですか」

アスカは首をふった。

「ないわ、今のところ」

コワルスキーは、「アフター・バーナー」をアスカが提供することを願っている。それが手に入ったと連絡をすれば、いつでも接触をしてくるだろう。

もちろん提供はできない。脳移植手術をうけた患者の第二号が「狼」とわかった今は、尚《なお》さらだ。

「そうか……」

アスカはつぶやいた。コワルスキーが「アフター・バーナー」を必要としているのは、「狼」の暴走をそれによって少しは制御できると考えたからかもしれない。コワルスキーは執刀者として当然、ハンの精神状態に関しても知識がある。ハンがアスカに対し、異常なこだわりをもつ理由についても知っているだろう。

だがそれをここで口にするわけにはいかなかった。「アフター・バーナー」と脳移植手術の関係は、たとえ相手がブルックであろうと今は秘密にしておくべきだ。

「なにか？」

問いかけたブルックにアスカは首をふった。古芳が口を開いた。

「今までの話を総合すると、ＳＶＲは二つのチームを日本に送りこんでいることになる。ひとつはチェチェン人から偽ドルを回収するのが目的の『狼』と『熊』。もうひとつが、アスカをロシアへ連れていくのが目的のコワルスキー博士だ」

「その二チームはいっしょではないのですか。ソコロフは『狼』をつかってアスカさんを拉致《らち》しようと考えているのかもしれない」

ブルックがいった。アスカは首をふった。

「いえ、ちがうと思うわ。コワルスキー博士は、あたしに対し、最初は説得するという方法をとった。もし『狼』のやり方ならそこで拉致することもできた。それに仁王がいったように、『狼』の目的とソコロフの目的は途中までしか一致しない。ソコロフはあたしを実験台にしたい、『狼』はあたしをくにに連れて帰りたいのよ」

「するとソコロフは、『狼』がアスカさんを狙っていることを知らないと？」

「わからない。でも『狼』の日本での仕事の中にあたしの確保が含まれていたのなら、コワルスキー博士が日本にくる必要はなかった。モスクワで『狼』の帰りを待てばよかったのよ。『狼』が、あたしをくわえて戻ってくるのを」

自分でいって、その比喩《ひゆ》にアスカはぞっとした。気をとり直してつづける。

「あたしの存在が、『狼』の暴走を誘発している。少なくともコワルスキー博士はその可能性に気づいていると思うわ」

「コワルスキー博士には『狼』のコントロールはできないのでしょうか」

アスカは首をふった。

「フランケンシュタインとその怪物とはちがうわ。『狼』には意思もあり、その上高い戦闘能力をもっている。それに手術がソコロフによってしかけられたものなら、『狼』はもともと怪我も病気もしていたわけではなく、博士を〝恩人〟と考える気持も存在しない。それどころか、自分の体を勝手に作りかえた張本人として、憎んですらいるかもしれない」

三人は沈黙した。やがてブルックがいった。

「いずれにせよ、その二チームの背後にはソコロフと、その意思をうけたボリスがいます。ボリスは外交官という身分に守られているが、コワルスキーや『狼』はちがう。コワルスキーをボリスのコントロール下から離脱させれば、我々は容易に彼を入手できるかもしれません」

冷徹な情報工作者の口調になっていた。

「どうやって？」

「アスカさんの口から、『狼』の出現とその目的を話すのです。『狼』の危険性を予測していたのなら、コワルスキーはパニックにおちいるでしょう。『狼』の暴走は二つのチームを危機におとしいれるだけでなく、『狼』自身の手で壊滅させられる危険もある、と思わせるのです」

「『親殺し』か」

ぼそりと古芳がいった。ブルックは古芳を見て頷《うなず》いた。

「アスカさんの勘が正しければ、『狼』の中に存在する自分への憎しみを、コワルスキーは常にプレッシャーとしてうけとめている筈です。『狼』のアスカさんへの行動は、そのプレッシャーを具体化させた行動の前兆と、コワルスキーは理解するでしょう。コワルスキーに可能なのは、ロシアへ逃げ帰るか、『狼』とは無縁の組織の保護を求めることしかない」

古芳はアスカを見た。

「博士に連絡をとれるか」

「安野先生が何らかの連絡手段をもっているかもしれない」

コワルスキーと安野医師がメールによる意見交換をおこなっている可能性は高い。

「その作戦、やってみる価値はありそうだ」

古芳はいった。アスカは頷いた。

70

アンノを通じて、アスカが自分に会いたがっているというメールがもたらされたとき、コワルスキーは目の前に光明を見出《みいだ》したような気がした。アスカは「アフター・バーナー」を入手し、それを自分にもたらそうとしているのではないか。が一瞬後、そうは簡単にものごとがうまくいく筈はない、と思い直した。アスカはコワルスキーに対して恩義は感じているかもしれないが、同時にとまどい、混乱もしている。

　自分のした二度目の移植手術に関しての嘘を、アスカがこれっぽっちも信じていないことをコワルスキーは確信していた。それならどうして、「アフター・バーナー」をあっさり渡されるなどと期待できよう。

　アスカが会いたいといってきたのは、別の理由なのだ。

「アスカが接触を求めてきた。おぜんだてはできるだろうか」

　コワルスキーが告げると、ボリスは一瞬沈黙し、頷いた。

「もちろんそれは可能です。すると彼女は問題の薬物を入手したのでしょうか」

「それについてはわからない。だが私のみるところ、彼女はやや混乱しているようだ。薬物の提供にあたって、もう一度私に会い、自分の行動の確信を得たいのかもしれん」

　ボリスは無言だった。

「彼女の気持も理解するべきだろう。アスカは混乱し、私への疑いをも感じ始めている。それを払拭《ふっしょく》してやらなければ、協力など望むべくもない」

「わかりました。博士がそうおっしゃるなら準備をしましょう。私としては、次は、決定的な接触をしたい、と願っていたのですが。先日も申しあげた通り、ＣＩＡの動きが不穏なのでね」

「それについては何か手を打つといっていなかったかね」

ボリスの表情がかげった。

「そうなのですが、そちらサイドの担当者がやや私的な行動をとりがちなのです」

まるでお前のせいだといわんばかりだった。コワルスキーはぎょっとした。

「その担当者というのは、ハンのことか」

ボリスは否定も肯定もしなかった。

「彼が従来の仕事を果たしてくれれば、我々が日本にとどまってアスカを説得できる時間も、もっと長くなるでしょうが。それはよいとして、彼女に接触を図ってみます。前回と同じ方法をとるのは危険なので、今回は博士自身に動いていただかなければならないでしょう」

「わかった。ところでハンのことだが、彼は、その、順調なのかね」

ボリスの表情はかわらなかった。

「何のことです?」

「いや。何でもない」

コワルスキーは首をふった。ハンの精神状態に関する問題点を、この骨の髄までソコロフの忠実なロボットであるスパイがとうてい理解できるとは思えない。

自分がひどく曲がりくねったトンネルの中に入りこんでしまったと、彼は感じ始めていた。しかもそれは退《ひ》くことを許さず、進めば進むほど、天井が低くなり、壁が迫ってきている。

どこかで行き止まりにぶつかるのだろうか。それとも細い穴をくぐり抜けたら、大きく新たな世界が広がっているのか。

行き止まりに待つのは、ハン。新たな世界へと彼を導くのはアスカ。

どちらも、彼の手が生みだした人間だ。

なのに、これほど自分の心が、二人を大きく区別している理由は何なのだろうか。アスカには〝愛〟を、ハンには〝恐怖〟を感じる。

それを思ったとき、コワルスキーは自分のこれまでの研究が、「許されざる」ものであったのではないかという、不安が生まれるのを感じた。

どれほどすぐれた医師であろうと。

どれほど閃《ひらめ》きをもつ科学者であろうと。

人の心は「神の領域」であって、それをおかした自分には、怒りの災厄が待ちうけているのではないか。

もし、そうであるなら、逃げ道はどこにもない。

仕事で使う車の調達は、ミドヴィエーチの役割だった。

エミールとユーリを別々の部屋に閉じこめ、彼とミドヴィエーチは新しい任務にとりかかることにした。

71

彼がエミールをだしにしてアスカを連れ帰ろうとしたことは、幸いボリスには気づかれていない。だが無能の烙印《らくいん》を押されて、日本を出国するように命じられるのは、彼にとっても望ましい事態ではなかった。

エミールを手なずけてあるのに偽ドルの回収をただちにおこなわないでいるのも、同じ理由だった。ソコロフの意をうけたボリスは、彼とミドヴィエーチが与えられた任務を果たせば、次、またその次、と、新たな任務を次々に命じてくるにちがいなかった。そして最後に待っているのは、帰国命令か銃撃だろう。ソコロフは明らかに、彼をモルモットと見なし、どこまで任務に耐えうるかを試そうとしているのだ。

アスカを連れ帰るためには、適度に任務をこなしつつも、時間を長びかせる必要がある。

ＣＩＡの処分は、その中では比較的簡単で、ボリスの機嫌をこれ以上損ねないためにも手早くおこなうべき性質の任務だった。

ミドヴィエーチが入手してきたのは、日本製のスポーツタイプのセダンだった。窓全面に黒いシールが貼りめぐらされており、誘拐したＣＩＡをここに連れて帰るには都合がよい。

渡された資料によれば、ＣＩＡはここからさほど遠くない、外国人向けの賃貸マンションでひとり暮らしをしているようだ。ロッポンギやアメリカ大使館とも、車で十分とかからない距離だ。だが今までの仕事とちがい、部屋に押し入るのは危険だと、彼とミドヴィエーチは判断した。何といっても相手は情報局員だ。部屋にどんな仕掛けが施されているかがわからず、しかもボリスは〝行方不明〟を望んでいる。頭に弾丸を撃ちこんでひきあげてくる、というわけにはいかない。

そこで面倒ではあるが、マンションの前で待ち伏せる、という手段をとることにした。逆らったら射殺するのはかまわない。ただ死体は持ち帰ってくる。

待ち伏せは、車と徒歩の二種に分ける。同じ車がずっと止まっていて人目を惹《ひ》かない地区ではないことを、二人は下見で確かめていた。ロッポンギに近くとも、周囲に飲食店などはなく、高級そうな共同住宅か一戸建ての家ばかりの地区なのだ。ブルックという名のそのＣＩＡが住むマンションも、六階建てながら、豪華なエントランスと庭園を備えている。

午後八時の時点で、ブルックはまだ帰宅していなかった。彼とミドヴィエーチは、交代で車を移動させ、マンションの入口を監視しつづけた。

午前零時になったとき、彼はミドヴィエーチに代わって車に乗りこんだ。車はなるべく一ヵ所に長く駐車させることがないよう、気をつかった。徒歩も同じで、人目につかず身を隠せる場所があればよいが、そうでなければ常に通行人を装って歩き回ることになる。

ブルックが住むのが、外国人居住者の多い地区であるのは幸いだった。

彼は低速で住宅街を走らせた。やや高台になったそのあたりからは、直線で約一キロ離れたロッポンギの街の光が夜空を青白く漂白しているさまが見てとれる。その向こうには、無骨なオレンジ色の巨大な鉄塔がそびえ、ライトアップされていた。ガイドブックによれば、それはトウキョウのシンボルだという。

信号のない交差点にさしかかり、彼はさらに減速した。

不意に自転車に乗った制服の男が曲がり角に出現した。彼からは死角になる路地奥からでてきたのだ。警察官だった。

交通法規はおかしていない。警官は、フロントグラスごしにちらりと視線を投げかけ、無関心げに自転車をこいでいった。

遠ざかるうしろ姿を、彼は見送った。肩につけたマイクにその手がのびるようなら、今夜はここを離脱するしかない。

そのようすはなかった。

だが異変はおこった。十分後、彼が再びその道を通りかかると、パトカーが一台、待ちうけていたのだ。

彼は舌打ちした。警官はよく訓練されていたようだ。何食わぬ顔で通り過ぎ、彼の視線の届かぬ場所から署に連絡をしたのだ。

自分の顔が警察に手配される可能性について、彼は楽観はしていなかった。日本人は手先が器用だ。克明なモンタージュが作製されていたとしても不思議はない。

パトカーの前に、赤いライトを手にした警官が二人、立っていた。二人とも防弾チョッキをつけている。

彼はミドヴィエーチとつながった携帯電話のイヤフォンマイクに声を送りこんだ。

「まずった。警察だ。そっちは？」

「いや、誰もいない。大丈夫か」

押し殺したミドヴィエーチの返事を聞き、彼は少し安心した。とすると、これはボリスのしかけた罠《わな》ではないのだ。

警官のふるライトに合わせ、彼はブレーキを踏んだ。

「何とかやってみる」

警官は制帽に軽く手をふれ、歩みよってきた。ひとりは少し離れた地点に立ち、こちらを注視している。車のナンバーを照会されたら、面倒なことになるだろう。

警官が車のかたわらに立ち、日本語で何ごとかをいった。が早口なので、彼には理解できなかった。

「免許証を拝見できますか」

メンキョショウという言葉はわかった。彼はおろした窓から、ボリスから渡されているハン名義の国際免許証をさしだした。

警官が懐中電灯でそれを照らした。

「ちょっとお預かりします」

警官はいって、パトカーのかたわらで待つ仲間のもとに戻った。

窓をおろしたとき、警官の無遠慮な視線が自分の顔に向けられたのを彼は感じた。

「――大丈夫か、ヴォールク」

ミドヴィエーチの声が耳に流れこんだ。

「待ってろ」

小声で彼はいった。免許証をうけとった警官はパトカーに乗りこみ、無線で指示を仰いでいる。

彼は用心深く周囲を見回した。パトカーの二人組以外に警官がいないかを捜したのだった。

十メートルほど離れた路地の奥にいた。自転車に乗った警官が二人いて、こちらをうかがっている。

「ミドヴィエーチ」

彼は手で口元をおおい、こちらを見張っている警官には気づかれないよう小声でいった。

「聞こえている」

「そっちから西へ約五十メートルのところに、自転車に乗った警官が二人いる。もし俺が拘束されそうになったら、そいつらを始末してくれ」

「わかった」

任務は失敗だ。たとえ警官どもを殺してここを離脱できても、ＣＩＡは現場が工作員の住居に近いことを知って警戒を強めるだろう。いくらなんでも、四人の警官を殺して、パトカーごと処分するのは不可能だ。

そのとき、彼の頭にアイデアが閃いた。まだその手がある。

彼は車を降りたった。右手に消音器を装着したマカロフを握っていた。それを背中に回し、パトカーに近づいていく。

「ミドヴィエーチ、どこにいる」

「今、自転車の警官どものうしろに回った。やるのか」

「やれ」

彼はいって、さっとマカロフをかまえた。近づいてくる彼をいぶかしげに見つめていた警官の表情がかわった。その顔面に二発、弾丸を叩《たた》きこむ。

パトカーの中の警官は瞬く間に仲間が射殺されたことに気づき、凍りついた。

「オリロ」

彼は銃を向けたまま、片言の日本語でいった。そのとき、斜め後方で、くぐもった銃声と自転車の倒れる音がつづいた。ミドヴィエーチが警官を始末したのだ。

パトカーの警官は驚愕《きょうがく》で顔をこわばらせたまま、ゆっくりと動いた。眼鏡をかけている。

降りてきた警官の眼鏡を彼は奪った。

「ムコウ、ムケ」

警官は彼に背中を向けた。その制帽をうしろからむしりとり、むきだしになった後頭部に彼は銃口を押しあてた。

72

「昨夜、元麻布で職質に向かった四名の麻布署員が連絡不通になった。現場には大量の血痕《けっこん》が残り、ＰＣ《パトカー》と二台の自転車が放置されたままだった。うちひとりが警邏《けいら》中に、車に乗ったハンによく似た男を視認していた」

午前四時に芦田からかかってきた電話でアスカは起こされた。ブルックと別れたあと、アスカは古芳とともに麻薬取締部に向かい、そこからパソコンで安野にメールを打ち、仮眠室に泊まったのだった。ハンの狙いがアスカである以上、ＳＶＲに所在がばれているアパートに戻るのは危険すぎた。

「元麻布……」

ぼんやりとした頭でアスカはくり返した。

「連絡が不通になったのは、当該人物への職質を開始した直後だった。五分後に別のPCが急行したが、警官四名は現場におらず、当該人物も行方不明だ。その後、周辺に非常線を張ったが、警官もハンも発見されていない。都内に検問を設け、警察犬やヘリも出動させているが、手がかりはない」

「なぜ、元麻布に……」

アスカはつぶやいた。

「不明だ。ロシア大使館からはさほど遠くはないが、ロシア大使館に向かうにはややルートを外れている。あるいは近辺にアジトをもっているのかもしれん。夜が明けたら、写真をもたせた捜査員を動員して、地取りをおこなう予定だ」

アスカは目をみひらいた。ブルックは確か元麻布の外国人向けマンションに住んでいた筈《はず》だ。

「現場の住所を教えて下さい」

アスカの問いに芦田は答えた。仮眠室のベッドから体を起こし、アスカはすばやくメモをとった。

「何か心当たりがあるのか」

「確認ししだい、連絡を返します」

ブルックと別れたのは、昨夜十時過ぎだった。アスカは一瞬ためらったが、ブルックの携帯電話を呼びだした。

ブルックはすぐに応答した。かけてきたのがアスカと知ると、日本語に切りかえていった。

「アスカさん、どうしました」

「ブル、今どこにいるの？」

「赤坂です」

「あれからずっと？」

アメリカ大使館だ。

「ええ。本国と連絡をとらなければならないので。日本の夜十一時は、ワシントンの朝十時でしょう。だから電話とメールをしまくっていました」

アスカは息を吐いた。すると家には戻っていないのだ。

「もうじき、家に帰ります」

「ねえ、ブルの家って、元麻布よね」

「そうです。一丁目」

現場も一丁目だ。

「ブル、今は家に帰らない方がいいかもしれない」

「どうしてですか」

「昨夜、あなたの家の近くにハンが現われたらしいの。警官が発見して職務質問をしようとしたのだけど、その後連絡がとれなくなり、行方不明よ。四人いたというのに」

「四人も……」

ブルックは驚いたようにくりかえした。

「現場には警官たちの乗っていたパトカーと自転車が残されていて、血の跡もあった。ハンは逃げられないとみて、警官を殺したのかもしれない」

「それが僕のマンションのすぐ近くでおこったのですか」

「そうよ」

「神様……」

ブルックは英語でつぶやいた。

「奴は僕を狙ってる」

「おそらくそうだと思う。あなたが事件の背後にSVRのボリスやソコロフがいることを見抜いたように、彼らもあなたの存在を見抜いた。あたしとあなたが古いつきあいだってことも、もしかするとばれているのかもしれない。しばらくは大使館にいて、外出するときは用心した方がいい」

「わかりました。警視庁に公式ルートから援護を要請しましょう。でも、それが『狼』の仕業だとしたら、なぜ四人の警官の死体をもっていったのでしょう」

「わからない。四人全員が殺されてはいないのかもしれないし、死体を隠すことで捜査を攪乱《かくらん》できると考えたのかもしれない。とにかく警察はこれで大規模な捜査網をしく。ハンの写真は、テレビや新聞でも流されるわ。そうなったらロシア大使館もかばいきれなくなる」

「アスカさん、それは奴がますます暴走する可能性が高まったということですよ」

「そうね」

「コワルスキー博士と接触するのは危険です。少なくとも奴がつかまるまで待った方がいい」

「もうメールを打ってしまったの。それにぐずぐずしていたら、博士はロシアに戻ってしまうかもしれない」

「アスカさん……」

「あたしは博士の口から真実を聞きたい。博士のおこなったもうひとつの脳移植手術の患者が、あの殺人鬼なのかどうかを知りたい」

「なぜ――」

つぶやくようにいって、ブルックは絶句した。

「わからない。どうしてそこまでもうひとりの患者にあたし自身がこだわるのか、自分でもわからない。もしかすると、六本木でハンがあたしをそう呼んだように、あたしと奴は血のつながらない兄妹で、そのことがあたしに事件から遠ざかることを許さないのかもしれない。もしハンが、博士の手で脳移植をうけた『狼』なら、それを滅ぼすのは、妹であるあたしのつとめだっていう気がするの」

「それは非論理的です。アスカさんには何の責任もない」

「ブル、その問題について話している暇はないの。とにかく『狼』に気をつけて」

「アスカさん、聞いて下さい」

ブルックは口調を改めた。

「もしハンの正体が『狼』なら、東京は奴にとって『森』です。『狼』に食われないためめの一番の方法は、『森』に近づかないこと。僕はそうします。あなたもそうすべきだ！」

「その通りだと思う」

アスカはいって、仮眠室のベッドの上で微笑んだ。ブルックは任務を忘れ、アスカの身を心配している。

「でもその『森』に真実があるの。誰かが答を見つけに『森』に入らなければならないとしたら、それはあたしなのよ」

「ワーニャ。それじゃあ、あなたはワーニャになってしまう」

「あたしはワーニャじゃない。それを『狼』に伝えるのがあたしのつとめ。そのときさっと、奴は滅びる」

アスカは息を吸い、いった。自分のしなければならないことが、今はっきりと明らかになった。

73

「いったいなぜ、あんな愚かな真似ができるのだ⁉」

ボリスの声は怒りに満ちていた。

「私の指示はブルックの処分であって、警察官の誘拐ではなかった筈だ。お前の写真が、今朝早くからテレビのニュースで流されっぱなしだ」

彼は電話を耳にあてたまま微笑んだ。おつに澄ましていたボリスがここまで我を忘れているのがむしろ愉快だった。

「だからどうした？　俺は決してつかまらない」

「ヒーローにでもなったつもりか。四人の警官はどうしたんだ？」

「ＣＩＡのかわりに壁に埋めた。おかげで俺とミドヴィエーチは徹夜だ」

彼はアクビをボリスに聞かせた。実際の作業はエミールとユーリにやらせたのだが。

「なぜそんな真似をした」

「そのうちわかる」

「とにかく、改めて指示をするまではそこを一歩も動くな。お前たちの行為は、ロシア大使館全体を危機におとしいれている。この電話をかけるためだけに、私は二時間もかけて私服警官を欺かなければならなかったのだぞ」

「動かないのはいいが、ＣＩＡはどうする？」

「奴が今さら現われるわけないだろう。アメリカ大使館にこもっているさ」

「なるほど。奴もあんたも大使館に隠れてさえいれば安全というわけか。なんならアメリカ大使館まででかけていって奴を消してきてやろうか」

「馬鹿な。ロシアとアメリカの戦争をひきおこす気か」

「冗談だ」

彼はくっくと笑っていった。ボリスは震えあがっている。『狼』を飼いならせるなどと思った報いだ。

「で、いつまで俺たちはここにいるんだ」

「今、国外にだす安全な方法を捜している。お前たちを日本の警察につかまえさせるわけにはいかないからな」

彼は首をふった。

「そいつは助かる」

嘘と嘘の応酬だ。

「チェチェン人を始末して、いつでも脱出できるよう準備しておけ。わかったな」

「ああ。わかった。そうする」

ボリスとの通話が切れると、見守っていたミドヴィエーチが訊《たず》ねた。

「どうなった？」

「思った通りさ。奴はあわてふためいている。脱出の手筈《てはず》をつけるまでは、ここから一歩もでるな、とよ」

「本当に俺たちを脱出させる気なのか」

彼は親指と人さし指をくっつけて見せた。

「これっぽっちもそんな考えは奴にない」

「つまり俺たちは消されるってことか」

ミドヴィエーチは眉《まゆ》をひそめた。

「奴はそのつもりさ。俺たちが裏をかく」

「どうやって？」

彼は片目をつぶった。

「エミールを連れてこい。ロシア政府があきらめた一千万ドルをそろそろいただこうじゃないか」

74

夜が明けていた。アスカと古芳は麻薬取締部をでると元麻布の現場に向かった。

警視庁は総力をあげてハンを追っていた。中目黒から元麻布に向かう間だけで、二人は数ヵ所の検問にぶつかった。検問は、ただパトカーが止まっているだけでなく、重武装した機動隊員を乗せた装甲バスによって固められてもいる。

もともと銃で武装していたハンだったが、四人分の警官の銃も手に入れたことになるのだ。

「戒厳令なみだな」

ハンドルを握る古芳がつぶやいた。

「これだけやっても奴をつかまえられないとしたら、手の打ちようがないぞ」

「奴は都心にアジトをもっているのよ。短距離の移動なら盗難車を使っていても、簡単にはアシがつかない。Nシステムの解析でも、使っている盗難車が特定されない以上、絞りこみは難しいわ」

現場には大量の捜査一課、麻布署、鑑識課員が展開されていた。「タンゴ」への襲撃、荻窪のマンションで発生した寺尾神谷会組員と二名のチェチェン人殺し、六本木のレストランでのナイジェリア人とチェチェン人、さらに六本木のインターネットカフェでの新森殺害の捜査本部詰めの捜査員がすべて駆りだされている。

ハンと「熊」ことクワントリシビリには、判明しているだけで四件十五名の殺人容疑と、二件六名の誘拐容疑がかけられているのだ。

芦田が二人を待ちうけていた。

「血痕《けっこん》の状況から見て、四名の警察官は射殺後運ばれた可能性が高い」

「何のためにそんなことをしたのでしょう」

アスカはいった。

「捜査の攪乱《かくらん》を狙ったにしてはやり方が稚拙で乱暴すぎる。警官の職質をうけた時点で、自分たちが面割れしていることはわかった筈だ」

答えた芦田をアスカは見た。

「ハンとクワントリシビリは、武装に関しては充分な装備をもっています。今さら警官の拳銃《けんじゅう》が目当てだったとは思えない」

「ロシア大使館が奴らの暴走に危機感を抱き、資金や装備の提供を打ち切ったのかもしれない」

「ロシア大使館が最も恐れるのは、二人が逮捕され、ＳＶＲの工作員であったと発覚することです。援助を打ち切るくらいなら、彼らを国外にだすか、むしろ口を封じる手段をとるでしょう」

芦田は頷《うなず》いた。

「だが誰にその仕事をさせる？　別の工作員か？」

アスカは首をふった。

「ロシア大使館のボリスは、彼らに組員を殺された寺尾神谷会とのパイプがあります。情報を流せば、寺尾神谷会が動くでしょう」

「やくざか……。だがやくざに奴らが殺せるか」

「わかりません。しかしボリスは当然、ハンたちの隠れ家を知っています。そこで待ち伏せるか急襲すれば。数の上では寺尾神谷会が圧倒的に有利ですから」

「寺尾神谷会への監視を強化するよう、捜査本部に進言する」

「もうひとつあります」

黙ってやりとりを聞いていた古芳が口を開いた。

「ハンとクワントリシビリは、四人分の警官の制服を手に入れた。クワントリシビリはともかく、ハンは東洋系です。奴は制服を次の犯行に使う気かもしれない」

アスカははっとした。その通りだった。警官を殺し、死体をもち去ったのはそれが目的だったのかもしれない。死体から制服だけを奪えば、偽装警官に対する注意をうながすことになる。それを避けるために、死体ごと運んだとしたら。

芦田は険しい表情で頷いた。

「その件はすでに検討した。拉致《らち》された警官のうちの二名は、体格的にいって、判明しているハンのおおよその身長体重とあまり差がない。検問を強化しているのも、実はそれが最大の理由だ」

「マスコミにそのことを発表するのですか」

芦田は首をふった。

「捜査会議の決定待ちだろう。この事案の捜査本部長は、刑事局長が担当することがさきほど決まった。警視庁は、最大規模の捜査員を動員して、ハンとクワントリシビリの逮捕に向かう」

古芳は頷き、アスカを見た。

「ブルックの件、話しておいた方がいい」

「何だ」

芦田が向き直った。

「先ほど電話でいいかけた件です」

アスカはいった。古芳が、近くに立つ捜査員が広げていた住宅地図を借りうけ、二人の乗ってきた覆面パトカーのボンネットに広げた。

ブルックの住居は、すぐに見つかった。現場から東に約五十メートルのところに建つ高級マンションだ。

「やっぱり……」

アスカはつぶやいた。地図を芦田に示した。

「ここに、ＣＩＡのブルックの自宅があります。ハンはＳＶＲの指示で、作戦の支障となるブルックを暗殺する目的で現われたのではないでしょうか」

芦田はアスカを見詰めた。古芳は地図上に示された二ヵ所の警官襲撃ポイントを指さした。

「警官はＰＣ《パトカー》と自転車に分かれ、尚《なお》かつ離れた地点にいました。それが緊急連絡をおこなう暇もなく襲撃されたのだとすれば、犯人もふた手に分かれていたのだと考えられます」

「PCの警官がハンに対する職質をおこなった。奴の提示した国際免許証の照会を最後に連絡が途切れたのだ」

芦田が答えた。

「だとすると、PCの二名をハンが、自転車の二名をクワントリシビリが襲ったのでしょう。自転車の二名がPCの方角を注視していた場合、ブルックのマンションは彼らの後方にあたります。マンション近辺にいたクワントリシビリが忍び寄るのに気づかなかったのかもしれない」

古芳は説明した。芦田は息を吸い込んだ。

「チームワークのとれた殺し屋だな」

「この二人は長年チームだったんです」

アスカはいった。

「CIAに資料が？」

芦田が訊ねた。

「クワントリシビリは、レドフスキーという名のロシア人殺し屋と長年チームを組んでいました。二人についた渾名《あだな》は熊と狼、『ミドヴィエーチ』と『ヴォールク』です」

「『ヴォールク』は、六ヵ月前に死亡したとブルックはいっていなかったか」

「ええ。ですが生き返ったんです。コワルスキー博士の手で」

アスカが告げると、芦田の目が広がった。

「それはつまり――」

「ハンの体にレドフスキーの脳が移植されているのです。ＳＶＲは、レドフスキーの経歴をそれによって抹消し、新しい殺し屋を手に入れた。ただし、その殺し屋は、ＳＶＲの意図を無視して暴走している、というのがあたしの考えです」

「暴走の原因は彼女です。レドフスキーは、死んだ妹に強い執着があり、それをアスカに重ね合わせている」

古芳がいうと芦田はつぶやいた。

「にわかには信じられん話だ。ウラはとれているのか」

「コワルスキー博士に面会を求めました。博士ならすべてを知っている筈《はず》です」

芦田は二人をまじまじと見つめた。

「それを君らは、二人だけで確かめようというのか。危険すぎる。博士はＳＶＲのコントロール下にあるんだ」

「もう公安はたくさんです。ＳＶＲにＣＩＡとくれば、また公安が乗りだしてきます。公安の恨みは、充分買いました。連中があたしをお姫さまのように扱ってくれるとは思えませんし」

アスカは微笑んだ。芦田は首をふった。

「なぜそんなに冷静でいられるんだ。君は異常に危険な状態にあるのだぞ」

「こいつは、狼狩りを自分でやるつもりなんです。そのためにブルックも仲間につけた」

古芳がいった。芦田はアスカを見つめ、やがていった。

「君は、自殺したいのか」

「いえ。いつまで生きられるかわからない、この世の誰にもわからない。自分の命を、自分が果たすべきだと思った任務に使いたいだけです」

アスカは答えた。

芦田は口をつぐんだ。その目が地面に注がれた。しばらく無言でいた。

「――誰も信じないだろうな」

アスカは答えなかった。芦田は独り言のようにつぶやいた。

「私が君を作りだした。君の許しを得ず、神崎アスカをこの世に生みだしてしまった。君は最後には許してくれたが、それはこの古芳がいたからだ。私は君の人生を破壊し、望まぬもうひとつの人生を押しつけた。それによって目的を果たし、昇進した。だが、その功績は私のものではなく、君と古芳のものだ。長いこと、私はそれを心の中で恥じ、悔いてきた。それなのに、再び君らは、ひどい運命に直面している。何と詫《わ》びればいいのだ……。許しを乞う言葉もない」

「何をいっているんです。課長らしくない」

かつての呼び名をアスカは口にした。

「どんな形で与えられ、あるいは押しつけられたにせよ、今は、あたしの人生です。あたしがそれを決める。その限りにおいて、課長を恨む理由なんてこれっぽっちもありません」

「アスカ――」

芦田は言葉を詰まらせた。

「俺がついてます。何があっても、こいつを守ります」

古芳が低い声でいった。アスカは古芳を仰ぎ見た。無言で頷いてみせた。

「――わかった。君らに可能な限りの捜査権限を与えよう。事件の全容が明らかになるにつれ、当然、刑事も公安も、君らをまた拘束しようとするだろうが、私ができる限りそれを食い止める」

芦田がいった。

「お願いします」

アスカがいうと、古芳が芦田を見つめた。

「頼りにしてますよ、課長」

75

「自宅でアスカとコンタクトをとることは、もう危険でできません。彼女は、日本の警察だけでなく、ＣＩＡからのマークもうけています」

ニーナがコワルスキーに説明した。

「ではどうするのかね？」

「彼女は現在、フルヨシという刑事と常に行動を共にしています。フルヨシを使います」

「どうやって？」

コワルスキーはSVRが用意した、新たな宿舎にいた。トウキョウを離れ、サイタマという新しい都市にあるファミリータイプのアパートだった。

「それはボリスが考えています」

「ボリスはどこに？　例の件で動いているのか」

朝から姿が見えなかった。ケーブルテレビによる英語ニュースでは、警察官四人が誘拐された事件が報道され、容疑者としてハンの写真が公開されていた。その対応に追われているのだろうとは思っていた。

「それもあります。今は大使館に戻っている筈です」

「大使館に？」

訊《き》き返し、気づいた。ハンの動きをボリスは制御できなくなり、ソコロフの指示を仰いでいるのだ。

「いずれここにもくるでしょう。ただ大使館を出入りすれば、自動的に警察の監視下に入ってしまいます。未発表ですが、警察は博士のことも捜しています。簡単にはこられないでしょう」

コワルスキーは息を吐いた。

「八方塞《ふさ》がりだな」

そのとき部屋の電話が鳴った。厳重な盗聴防止装置がとりつけられている。この宿舎は小さいが、以前の洋館以上のハイテク機器が備えられていた。

「ハイ、モシモシ」

流暢《りゅうちょう》な日本語で応《こた》えたニーナがロシア語に切りかえた。

「いらっしゃいます」

受話器をコワルスキーにさしだした。

「ボリスです」

「博士、お待たせして申しわけなかった。アスカと接触する手筈を整えました。日本人の弁護士がアスカのパートナーに連絡をとります」

「それで？」

「その弁護士の事務所でアスカと会います。場所が場所だけに、警察やＣＩＡも簡単には手だしをできない。ただし会談は短時間で切りあげて下さい」

「その弁護士は信用できるのか」

「我々の取引先の顧問弁護士です。場合によっては、アスカはそこで我々と合流します」

「合流？」

「本国からの指示です。例の薬の入手には、改めて時間をかけ、今はアスカの身柄確保を最優先せよ、と。そのためには問題の弁護士事務所が使いやすいのです。取引先の支援を仰げるので」

「取引先というのは何かね」

「テラオカミヤカイという団体です。我々はそこの子会社と海産物の取引をおこなってきました」

「わかった。いつかね？」

「それは改めて連絡します。博士もそのまま飛行機に乗る準備をしておいて下さい」

76

弁護士を名乗る、雲井《くもい》という男から古芳の携帯電話に連絡があったのは、二人が麻布署の捜査会議にオブザーバーとして出席したあとのことだった。

雲井の名は、死亡したアランの口から聞いていた。四谷に事務所をもつ弁護士で、逮捕し取調をおこなった際に、連絡をしてほしいと竹田に告げている。

雲井は、アスカと古芳に伝えたい重要な情報があるので、明日以降で時間を空けられるときがあるかと訊《たず》ねてきた。事務所にきてほしいというのだ。

「何の用かしら」

「奴は寺尾神谷会にとって顧問弁護士のような存在だ。もしかするとハンに関する情報を流そうというのかもしれん」

古芳はいった。二人のかたわらには竹田もいた。

「だとすりゃ取引だな」

竹田が唸《うな》った。

「取引？」

「寺尾神谷会は身内を三人、ハンに殺《や》られている。『タンゴ』でひとり、荻窪で二人だ。本当なら血眼になって追っかけていておかしくない。だがハンは手前たちだけで片づけるには危険すぎる相手だ。麻取や警官も殺している。下手を打てば、ハンにからめて組を潰《つぶ》されかねないと踏んだのだろう。そこでハンの情報を渡すかわりに、組には触らないでくれ、というのかもしれん」

「もしそうなら仁王にじゃなくて、帳場に入っている一課か四課の人間にいってくるのが筋じゃない？　あたしたちは直接殺しの捜査にかかわっているわけではないのよ」

アスカがいうと、竹田は古芳に目を向けた。

「古芳、雲井との面識は？」

「一、二度、すれちがったぐらいです。以前、寺尾神谷会のチンピラをパクったときにもらい下げにきて」

「だったらお前さん以上につきあいのある人間がいる筈《はず》だな」

「本庁でも、四谷、新宿でも、誰かしらいると思います」

竹田は煙草をくわえ、煙そうに目を細めた。

「妙だな。とすると、雲井の腹は別か」

「罠《わな》、とか」

　アスカはつぶやいた。

「寺尾神谷会の反対側はＳＶＲともつながっている。ハンがあたしをおびきだすために雲井を使ったのかもしれない」

「まがりなりにも奴は弁護士だ。そんな危ない真似をしたら、資格剝奪《はくだつ》どころか手がうしろに回ることくらいは、わかっている」

　古芳がいった。

「脅迫されていたら？」

　アスカの問いに古芳は首をふった。

「そんなようすじゃなかった。それに身の危険を感じたら、それこそ保護を求めてくるさ。ああいう手合いは、やくざと警察の両方を、いいように利用するのに慣れている」

「つまり目的を知るには、会ってみる他ないわけね」

「そうだな。ただし、目いっぱいの用心はしなけりゃならんだろう」

　古芳は頷《うなず》いた。

「会うとすりゃどこだ？　奴の事務所か」

　竹田が訊ねた。

「そうです。事務所にきてほしい、といいました」

「事務所なら、無茶なことはできんな。何かがあれば共犯容疑は避けられない」

「でも機動隊を連れて乗りこむわけにもいかない」

「そうだな。一応、メンツを立ててやらなけりゃいかんだろう。雲井本人には、今のところ何の容疑もない」

竹田は頷いた。

「周辺配備というとこかな」

「私服を張りこませ、ハンの出現に備える、それしかないな」

古芳はアスカを見た。

「いいわ。それでいきましょ」

アスカはいった。

77

今回はさすがに盗んだ車を使うわけにはいかなかった。エミールがもっていた偽造免許証を使って借りたレンタカーをミドヴィエーチが運転し、出発した。

街中に検問が張られていることはわかっていた。したがって彼は隠れ家に残ることにした。ミドヴィエーチはヒゲを剃《そ》り、眼鏡をかけて、エミールとともにスーツ姿に変装した。

「これが最後だ。五百万ドルをもってくれれば、お前とユーリは自由の身だ。素直にした方がいいぞ。俺とミドヴィエーチのことを、日本中の警察が追いかけている。いっしょにいたら、仲間と思われ、射殺されるだろう」

でがけのエミールに、彼は告げた。エミールは無表情で頷いた。

「お前たちと心中するのはまっぴらだ。金はやる。俺とユーリを自由にしてくれ」

彼は笑い声をたてた。

「そうか。残念だな。もしかすると、俺たちとここにたてこもって、チェチェンスカヤの根性を警察に見せてやるというかと思ったのだが」

「自殺する気はない。いくら日本の警官が腰抜けでも、千人二千人を相手にしたら、勝ち目はないんだ」

「ほう。そんなに大軍でやってくると思うのか」

「思うね。あげくに、虫ケラのように撃ち殺されるんだ。昔のお前が、モスクワでそうなったように」

「だったら金を俺たちに渡し、高みの見物でもするんだな」

エミールはガラスのような目で彼を見つめ、頷いた。

「そうさせてもらう。仲間の敵を日本の警察が討ってくれるのを待つさ」

彼は大声で笑い、エミールの肩を叩《たた》いた。ミドヴィエーチに目配せする。五百万ドルを手に入れしだい、エミールは射殺することになっていた。このチェチェン人をコントロールできるのはそこまでだ。残った金すべてを奪おうとすれば、命がけで抵抗するにちがいなかった。

「連絡をくれ」

でていくミドヴィエーチに、彼は告げた。ミドヴィエーチは頷き、

「任せておけ、兄弟」

と答えた。

二人がでていくと、建物の中は静かになった。警官の死体は四つとも、ま新しいコンクリートの壁に塗りこめられている。その作業をエミールとともにさせられたユーリはくたくたに疲れ果て、監禁された部屋で眠っていた。

金を手に入れてからの行動が問題だった。ボリスとSVRは、今や彼を焼けた石のように扱っている。簡単に投げだせればいいが、それをすると足もとに火がつく。

彼はボリスから提供されている武器と弾薬を確認しながら考えていた。

SVRのとる手はふたつ。ひとつは、彼とミドヴィエーチをこの国から脱出させることだが、ロシア大使館の力を使わない限り、それは不可能だ。

二番目は、彼とミドヴィエーチをここの壁に埋め、口をぬぐってしまう。その方がより安全で簡単だ。

ただしボリスにその腕があれば、だが。

二時間後、彼の携帯電話が鳴った。ミドヴィエーチだった。

「金を回収した。二百万ドルずつ、トランクルームに預けていやがった。頭のいい奴だ。六百万、手に入った」

「エミールはどうした」

「トランクルームに預けたよ」

ミドヴィエーチは笑った。

「誰かがとりにこなけりゃ、ウジがわく」

「ご苦労さん。どれくらいで戻ってこられる？」

「今はだいぶ離れた場所だ。金はどうする？　もって歩くにはかさばる量だが」

「偽の身分証はもっているか」

「もっている」

「だったらそいつで、新しくトランクルームを借り、そこに預けておけ」

「わかった。それをすませたら戻る」

電話を切った。六百万をエサに、ボリスを動かすことはできる。だがそうなったら金はすべてＳＶＲのものだ。日本を脱出しても、雀の涙ほどの報酬しか与えられない。

そのとき、彼の電話が鳴った。表示されているのは見知らぬ番号だった。彼はほっておいた。この電話にかけてくるのは、ボリスとミドヴィエーチしかない。どちらも番号はわかっている。

彼が本当に欲しいのは、偽の六百万ドルなどではなかった。アスカだ。アスカをロシアに連れて帰りたい。だがアスカを六百万ドルで説得するのが不可能であることも、彼にはわかっていた。

再び電話が鳴った。さっきと同じ番号だった。

ふと予感がして、彼は建物の窓に近づいた。中の光が漏れぬよう窓枠に打ちつけた暗幕の端をめくりあげ、外をのぞいた。

建物の前に、何台かの車が止まっていた。十人近い男たちが、あたりを気にしながら降りてくる。

警官ではない。服装とその雰囲気から、日本人のギャングだと想像がついた。

なるほど。ボリスはその手を使ってきたか。彼は薄笑いを浮かべた。彼に恨みをもつ、日本のギャングにここを知らせ、消させようというわけだ。

男たちはようすをうかがいながら、建物の周囲を固めていた。すぐに押し入ってくる気はないようだ。あるいは、ボリスが彼をおびきだすのを待つつもりか。日本人も愚かではない。正面から入ってくれれば、彼にハチの巣にされることがわかっているだろう。

電話はまだ鳴っていた。するとこの電話が、罠への誘いか。

彼は受信ボタンを押した。

「はい《ダー》」

わざとロシア語で答えた。

「よかった。まだ生きていたか」

聞き覚えのある声がいった。ボリスではない。

「誰だ」

「お前に殺されかけた男だ。私の目玉を抉《えぐ》りだそうとしたのを忘れたか」

気どった喋《しゃべ》り方で思いだした。

「セミョーノフか」

「そうだ。やっと思いだしたか」

「何の用だ、俺が殺されるのを見にきたのか」

「私としては、そうしたかったのだがね。任務でそうはいかなくなった」

「任務？」

「ソコロフ大佐から与えられた任務だ。君をそこから脱出させよ、という」

「ソコロフは俺を消したがっているのじゃないか」

「表向きは、な。だが内心では、君の腕を惜しんでいる」

彼は笑い声をたてた。

「ふざけるな。奴にそんな情がある筈《はず》がない」

「情ではない。取引だ。五分後に、ボリスから連絡がいく。脱出させるので、迎えにきた日本人とそこをでろ、と。だがそれは罠《わな》だ。迎えの日本人は皆ヤクザで、君に仲間を殺された男たちだ。いっしょにいけば、頭に弾丸を撃ちこまれ、トウキョウ湾に沈められることになる」

「なるほど」

「十分後に、私がそこの下に車をつける。外交官ナンバーのプレートがついたワゴンだ。それに乗りこめば、君は無事脱出できる」

「信用できるという理由は？　ボリスが俺を逃そうとしていて、あんたが消そうとしているのかもしれん。目玉を抉られそうになった腹いせにな」

「待ちたまえ」

セミョーノフはいい、電話機が渡される気配があった。

「――大活躍だな、『ヴォールク』」

男の声がいった。彼は息を呑《の》んだ。

「ソコロフ――」

「そうだ。君を助けるために、トウキョウにやってきた。これで信じられるかね」

「だったらボリスを止めればいいだろう」

「ボリスにはボリスの立場があり、私には私の立場がある。彼が作戦の不手際の責任を問われないようにするには、こうする他なかったのだ」

「俺が逃げだせば、奴の立場はなくなるのじゃないか」

「それを君が心配する必要はない。時間がないので手短にいう。君は当初の任務を果たしている。ボリスには秘密で」

彼は目をみひらいた。

「私が約束した、ケチな報酬では、とうてい『ヴォールク』のギャラには釣り合わない。そう考えていた筈だ。ちがうか」

「ボリスから報告がいっていないのか。俺は無能な殺人鬼だ、と」

「それは君がそう思わせたかっただけだ。チェチェン人からの金の回収に失敗し、日本を脱出させなければならなくなった、確かにボリスはそう伝えてきた」

「だったらそれが正しいのさ」

「そうかね。では君は、アスカを捨てて日本を脱出してもいいと思っていたのか」

　さすがの彼も言葉に詰まった。ソコロフは彼の考えを見通している。

「いくら回収した？　掛け値なしで、だ」

「六百万ドル」

「よろしい。それとアスカをひきかえにしよう」

「どこでだ」

「ロシアで」

「ふざけるな」

「信用しないのなら、先に会わせてやってもいい。彼女をロシアに連れていく計画を我々は進行させている。必要なら君も立ち会える。ただしいっしょにこの国をでていくのは不可能だ。彼女も今はそれを望まないだろう」

「話し合うさ」

「わかっている。君たちは兄妹だ。話し合えばきっと理解しあえる。そう思っているのだろう」

彼は歯をくいしばった。

ソコロフは彼の心をもてあそび、楽しんでいるように思えた。そしてソコロフの狙いが最初から偽ドルの回収であったことに彼は気づいた。

ソコロフは彼を利用し、SVRを利用し、六百万ドルを手に入れる気なのだ。もちろんその金はロシア政府には返らない。ソコロフ個人のものになる。

そのためにソコロフは、彼を作りだした。

はめられた。

金を渡すまでは、彼とミドヴィエーチは生かしておかれるだろう。だが金を手に入れるや、ソコロフは自分たちを見殺しにする。日本のギャングか警察の手にかかるのを待てばいいのだ。

たとえ生きて警察につかまったとしても死刑は免れない。どこの国でも警官殺しは厳罰だ。彼がソコロフの罪を裁判で暴きたてる頃には、六百万ドルを手にソコロフは高飛びをしている。

彼は怒りから我にかえった。今は生きのびること、そこに頭と体のすべてを集中するのだ。まずはここからの脱出を最優先させる。

「アスカに会いたくないのかね」

ソコロフがいった。

「会いたいね。会ってわかりあいたい」

「大丈夫だ。私もそれには確信をもっている。君らはわかりあえると」

「よし、わかった。そっちを信じよう」

彼はいった。とにかく時間がない。それは確かだ。

「ではセミョーノフの指示にしたがうように。のちほど会おう」

電話は切れた。

彼は一瞬手の中の携帯電話を見つめた。だがすぐさまボタンを押した。ミドヴィエーチを呼びだす。ミドヴィエーチが応《こた》えると告げた。

「俺だ。ボリスが裏切った。ここを脱出する。お前は戻らずに、安全を確保しろ」

こうなる事態を予測していなかったわけではない。そのときどんな行動をとるか、あらかじめ二人のあいだで取り決めをしてある。

「わかった。ひとりで大丈夫か」

「何とか切り抜ける。連絡を待ってくれ」

電話を切り、彼はあわただしく着ていた服を脱ぎ捨てた。死んだ警官の制服から血でよごれていないものを選んで身につける。

電話が鳴った。ボリスだった。

「日本の警察がそこをつきとめた可能性がある」

「なぜだ。ここは絶対安全だといっていたじゃないか」

　何も気づいていないふりをして、彼はボリスにくってかかった。

「お前たちがＣＩＡの処分に失敗したからだ。例のエージェントが危険を感じ、その場所のことを日本の警察に密告したんだ。奴らはＫＧＢの古い活動記録からそこを探り当てた」

　説得力のある嘘だった。

「次には必ず消してやる」

「その前にそこを脱出しろ。お前らがつかまったら我々にも危険が及ぶ」

「迎えにきてくれるのか」

「私は警察のマークをうけている。簡単には動けない。そこで信用のできる日本人を迎えにいかせた」

「日本人？」

「ロシア政府と海産物の取引をおこなっている貿易業者だ。彼らは君たちを安全な隠れ家に案内し、そこから日本海の港へ連れていくことになっている」

「この国をでるのか」

「お前の写真がテレビ、新聞にでまわっている。逮捕されるのは時間の問題だ」

「信用できる奴らなのか」

「取引には日本の法律では非合法な部分もあり、長年摘発されずにやってきた。そういった点ではプロだ。ロシア語を喋《しゃべ》れる者もいる」

彼は黙った。武器、弾薬のうち、どれをもっていくかを考え始めていた。

「聞いているのか」

いらだったようにボリスがいった。

「ああ、考えているのさ。本当に信用できるのかどうかを」

「いった筈だ。お前らが日本の警察に捕えられれば、我々の工作も明るみにでる。そうなったらモスクワが困る」

「俺たちを消せばいい」

「そんな訓練をうけている男たちじゃない。殺人には金がかかる国なんだ」

「いいだろう。どうすればいい？」

「もう、そっちに到着する頃だ。安全のために複数の車をさしむけた。ロシア語を喋る人間の指示にしたがえ」

「わかった」

電話を切ると、彼は着替えをつづけた。制服は少し小さめだが、何とか身につけることができた。小さな血の飛沫《ひまつ》が襟もとにとび散っているが、紺色なので目立たない。

つづいてボストンバッグの中に、もっていくと決めた武器と着替えを詰めこんだ。

消音器をとりつけたマカロフを手に、ユーリの眠る部屋に向かった。

外からおろしてある錠を外し、扉を開けたとき電話が鳴った。

「はい」

右手に拳銃《けんじゅう》をもち、左手で電話をうけた。気配に床の隅で寝ていたユーリが起きあがった。

訛《なま》りのあるロシア語がいった。

「ボリスさんの紹介で迎えにきた者です」

ユーリは警察官の制服を着けた彼に目を丸くした。

「待ってくれ」

彼はいって送話口を胸に押しつけ、銃口をもちあげた。ユーリの心臓に一発、頭に一発、撃ちこんだ。

「すまなかった」

部屋をでて、彼はいった。

「今、下にいます。降りてきて下さい」

ロシア語を喋る日本人はいった。

「仕度がある。五分だけ待ってくれ」

「わかりました。急いで下さい」

電話を制服の胸ポケットにつっこんだ。ボストンバッグを手に階下へと向かう。

今いる建物には、表口と裏口、ふたつの出入口があった。表口は片側二車線の広い道路に面していて、そこに三台の車が止まっている。彼を〝迎え〟にきた者たちのものだ。

裏口は、車一台がやっとの細い通りに向かってある。その通りから少しひっこんだ位置に出入口があり、ちょうど小さな車なら一台が駐車できるほどのスペースがあった。階段の踊り場から下をのぞくと、四人の男たちが表口から中に入ろうとしているところだった。裏口には別に二人の男が立っている。

彼は耳をすませた。意味はわからないが日本語のやりとりが聞こえ、足音が一階でこだました。だが階段を昇ってくるようすはなく、あくまで入口のところで彼を待つつもりのようだ。

彼は足音を殺して階段を降りた。二階の踊り場までくると、裏口のようすをうかがった。

セミョーノフはまだ迎えにきていなかった。遅れている。裏口に回るためには一度、一階の踊り場まで降りなくてはならず、そうすれば四人組に発見される。

彼は少し待つことにした。二階の踊り場に腰かけ、ボストンバッグをひきよせた。中からスコーピオンをとりだす。

消音に切り替えた電話が震動した。見ると、迎えにきたといった日本人からの呼びだしだった。なかなか降りてこないので、焦《じ》れてかけてきたようだ。

無視をした。

日本語の荒々しい声が下から聞こえた。電話にでない彼を罵《ののし》っているにちがいなかった。

だが階段をあがってこようとはしない。彼はひっそりと微笑んだ。日本人のギャングも〝狼〟を恐れているのだ。彼が降りてきてスキを見せるまでは殺せないと踏んでいるのだろう。

少したち、彼は再び裏口を見おろした。さっきはいなかったワゴン車が、裏口から十メートルほど離れた位置に止まっていた。セミョーノフだ。

彼は口を開けたボストンバッグをとりあげた。階段を降りていく。

足音を聞きつけたのか、四人の男たちが何ごとかをいいあった。

一階に達した。彼は制帽のつばを深くおろし、四人に歩みよった。

「ハンさ――」

いいかけた日本人の口が止まった。警官の制服に気づいたからだった。沈黙し、互いに目を交わし合う。

彼はボストンバッグからスコーピオンをひき抜いた。四人に向け発射した。瞬く間に四人は転がった。

スコーピオンが空になった。裏口に向き直ると、銃声を聞きつけた二人がとびこんできたところだった。

彼は落ちついて腰に留めたホルスターからリボルバーを抜いた。三十八口径弾が五発詰まっていることは確認ずみだ。

とびこんできた二人の反応も、死んだ四人とさほどかわらぬものだった。警官の制服を見て、ぎょっとしたように立ちすくむ。

彼はリボルバーの引き金をひいた。握りが小さく扱いやすいとはいえない銃だが、外す距離ではない。

ひとりが拳銃を抜きかけていた。だが銃口を彼に向ける暇もなく死んだ。

空になったリボルバーをホルスターに戻し、彼は死体をまたぎこえて、外にでた。止まっているワゴンに向け、脱いだ制帽を振って合図した。青いナンバープレートをつけている。

ワゴンが発進し、彼に近づいてきた。

78

「アスカから連絡がありました」

夜遅く、コワルスキーとニーナの待つアパートにやってきたボリスが告げた。ひどく疲れきったようすで、いつもの冷静さはみじんも見られない。

「アスカとパートナーは、明後日、我々の取引先の弁護士の事務所にやってきます」

「よかった。これで彼女をロシアに連れて帰れる」

コワルスキーは覚悟を決めていた。チャンスはそう多く残されていない。アスカの説得に失敗したら、強引にでも彼女をロシアへ連れ帰るのだ。ハンの暴走が彼を怯《おび》えさせていた。ハンはまちがいなく、アスカをコワルスキーから奪おうとしている。

「ただ、問題がひとつ生じました」

　コワルスキーは目を閉じた。やはりそうだ。ハンが暴れだした。〝怪物〟が目覚めたのだ。

「ハンだね」

　ボリスは沈痛な表情で頷《うなず》いた。

「我々は奴のコントロールを失いました。ハンは、奴を国外に脱出させるためにさし向けた我々の取引先の人間を殺し、行方をくらませました」

　コワルスキーは息を吐いた。ボリスはつづけた。

「警察が死体を調べれば、取引先のことが知れてしまう。そうなったら問題の弁護士事務所も、警察の監視下におかれます」

「私の身が拘束されると？」

　ボリスは頷いた。

「あなたが警察の目前に姿を現わすのは、賢明な行動とはいえません」

「アスカに会わなければならんのだ！」

　彼は語気を強めた。

「アスカと会って、ロシアに私といくよう説得する。さもないと、ハンがアスカをさらっていくだろう」

「ハンが？」

ボリスは意外そうに訊《き》き返した。

「なぜ奴がアスカをさらうのですか」

「理由を知りたければ、ソコロフに訊け」

「ソコロフ大佐は、海外出張中で連絡がとれなくなっています」

ボリスは険しい表情になっていった。それがこの男から冷静さを失わせているのだということにコワルスキーは気づいた。

優秀な官僚は、上司の判断を仰げないとなるとたんに、無能な臆病《おくびょう》者に変身する。

「私はアスカに会う。警察に邪魔をさせないのは君らの仕事だ」

「待って下さい、博士」

ニーナが口をはさんだ。

「なぜハンがアスカに関心を抱くのか、それを話しては下さらないのですか」

ボリスはともかく、この数日間、彼の世話を焼いてきたニーナの質問をはねつけるのは、彼にもためらわれた。

「君らの組織の重要な機密に抵触することなのだ。ソコロフの許可なしでは話せない」

コワルスキーは答えた。ニーナとボリスは互いに目配せした。

ボリスがいった。

「ハンの暴走は、我々全員を危険にさらしています。せめてその理由くらいは話していただけないでしょうか」

「いいだろう」

彼は息を吐いた。

「私が脳外科医だということは君らも知っている筈《はず》だ。ハンは私の患者だ。詳細はいえないが、私は彼に手術を施した。その結果、彼の前頭葉は大きなストレスを抱えこんでいる」

ニーナが目をみひらいた。

「それはつまり博士、ハンがアスカと同種の手術をうけた人間だということですか」

「そうだ。ただアスカのケースとは、ハンの手術の方法が異なっていた。それが前頭葉のストレスをもたらしている、ともいえる」

「前頭葉のストレスは何をひき起こすのです？」

ボリスが訊《たず》ねた。

「前頭葉には本能の抑制という役割がある。役割がすべて失われれば、本能のおもむくままにしか行動ができなくなる。むろんそれは突然起きるわけではなく、じょじょに、あるいは発作的に起きるかもしれん。ただひとつだけ確かなことは、本能の抑制を失っていることに、本人はまったく気づかない、という点だ」

「気づかない、というのはどういう意味です？」

ニーナが訊ねた。

「自分では論理的な行動をとっているつもりで、それが周囲には本能によるものとしか思えない、いや、本能による行動でしかない、ということだ」

「本能のまま、行動する……」

コワルスキーは頷いた。

「それじゃ獣だ」

ボリスがつぶやいた。コワルスキーはボリスを見やった。

「獣ではない。動物の本能は、すべて生存への欲求に根ざしている。空腹を癒《いや》すこと、身の安全を守ること、種族の保存をはかること。だがハンの本能はそれとはちがう。彼の中にある本能は、幼い頃に失った妹をとり戻すこと、そのためには邪魔になる者をすべて殺戮《さつりく》すること、に支配されている。獣は、身を守るため空腹を癒すため以外では殺戮をおこなわない。憎しみという感情が存在しないからだ。ハンの中には憎しみが存在する。そして何よりも危険なのは、ハン自身がそれに気づいていないことだ。憎しみは、彼の心の奥深くにある火薬庫のようなもので、発火装置が妹の記憶とつながっている」

「なぜです」

コワルスキーは奥歯をかみしめた。わからない、と答えるのは科学者としてあるまじき行為だし、手術の結果だと答えるのは医学者としての敗北を意味する。

「――ハンの肉体に入っている人格は、ハンと同様、妹を不慮の死で失っている。その死への悼みが憎しみを発作的に噴出させるのだ」

「そのこととアスカへの執着にどんな関係があるのです？」

「ハンとアスカは、この世で互いが唯一の私の手術からの生存者だ。それを知ったことで、ハンはアスカを自らの妹と見做《みな》すようになった。ハンはアスカを希求している。失った妹の身代わりとして、手に入れることを願い、同種の感情が、ハンの肉体だけでなく人格にも存在する。それを阻む者に対して、ハンの殺戮本能が暴走する。彼はそのとき、理性を失い、怪物と化すだろう。そして本人はそれに気づかない。冷静に、計画的に、容赦なく、殺戮がくり返される。矛盾しているようだが、その過程で彼は落ちつきはらっているだろう。自分が理性による制御を失っていることを、まったく自覚しないまま、行動はエスカレートしていく」

　ボリスとニーナは無言で顔を見合わせていた。真の恐怖は人の顔面から表情を奪う。二人ともまったくの無表情になっていた。

「それで……」

　ニーナは低い、まるですぐ近くにハンがいて耳をすませているかのような囁《ささや》き声で訊ねた。

「ハンはアスカをどうしようとするのです？　手に入れたとき」

　コワルスキーはあの言葉を口にする他なかった。

「わからない。アスカを手に入れても、彼が望む、シベリアの森に二人で帰れないことは明白だ。だがそれを知ったハンが、アスカに対しどのような行動をとるか、私には想像もできない……」

79

ワゴンに乗っていたのは、セミョーノフひとりだった。自らハンドルを握り、彼には後部の荷物室に移動するよう命じた。

ワゴンが走りだすと、彼は警官の制服を脱いだ。革のブレザーとジーンズに着替え、荷物室のシートに腰をおろした。

「どこへいくんだ」

「もちろん、安全な場所だ。日本の警察はお前を血眼になって捜している。彼らの目につかない場所はそう多くない」

運転しながらセミョーノフは答えた。

「ソコロフもそこにいるのか。奴はこの国にきているのだろう」

「いけばわかる」

尊大な口調でセミョーノフはいった。

「おい」

彼は呼びかけた。ルームミラーを見上げたセミョーノフの目が凍りついた。自分の背中に銃口を向けている彼の姿が映っていたからだった。

「今、お前を殺してこの車をいただいても、俺はかまわないんだ。青いナンバープレートをつけたこの車さえあれば、俺は行動の自由が保証される。お前の死体が腐ってウジをわかせるまで、ずっとこの車に乗せていてやる」

セミョーノフは彼をふり向き、あわてて前に目を戻した。

「私を殺したら、大佐の援助をうけられなくなるぞ」

「最初からそんなものはあてにしていない。俺はあそこを脱出できればよかったんだ」

彼はいい、腕をのばしてセミョーノフの後頭部に狙いをつけた。子供とするのが好きな奴は、目玉を抉《えぐ》りだされる報いをうけなければならない。

「アスカは……アスカと会えなくていいのか」

引き金を絞り始めた指の動きが止まった。

「――ソコロフはいるのか」

「いる」

今度は正直にセミョーノフは答えた。

いいだろう、今はまだ生かしておいてやる。彼の指は引き金を離れた。いずれにしろ、アスカ以外のすべての人間は皆殺しだ。シベリアの森に帰るのは、自分とアスカの二人だけ。あの清冽《せいれつ》な空気を、こいつらの吐く息で汚させるわけにはいかない。

ワゴンは高速道路らしき、高架式の道路に入り、一時間近く走りつづけた。料金所をでると、まっすぐな道を走り、やがてホテルと覚しい高層建築物が建ち並んだ一角にでた。

「ディズニーリゾートだ、知っているか」

セミョーノフがいった。ロシア正教会のような、丸い屋根の尖塔《せんとう》がホテルとホテルのすきまから見えている。

「あれがシンデレラ城だ。ロシアの古い民話で大儲《もう》けしたアメリカ人のシンボルだよ」

そしてブレーキを踏み、ダッシュボードを開いた。眼鏡とつけヒゲの入ったプラスチックケースをとりだし、彼に渡した。

「これをつけろ。警察は捜査中の犯罪者が、ディズニーリゾートに現われるとは夢にも思っていない」

彼は言葉にしたがった。それを見届け、セミョーノフは再びワゴンを発進させた。建ち並んだ高級ホテルのひとつを目ざしているようだ。

「車を降りるとき、武器はすべて車内においていけ。この車の中は、ロシア領だ。警官は手をだせない。だが車を降りたら、いくらでも警官はお前を調べることができる」

その言葉は嘘ではないだろう。どのみち、素手でもこの男を殺すことはできる。車のキィを手に入れれば、銃はとり戻せるのだ。ソコロフの狙いが偽ドルである以上、何人もの人間をひき連れてくる筈はなかった。

彼は無言で銃をボストンバッグにしまいこんだ。セミョーノフは、ホテルの地下駐車場へとワゴンを進入させた。

駐車区域にワゴンを止め、ロックすると、二人はエレベータに乗りこんだ。小さな子供を連れた家族連れがいきかっている。豪華なロビーにでる。そこから別のエレベータに乗りかえて、上層階へとあがった。

ソコロフは、ビジネスマンのようなスーツを着け、客室で待っていた。ノックに応《こた》え扉を開けると、いった。

「久しぶりだ、入りたまえ。相棒はどうした？」

「仕事中だ」

彼は答え、部屋の中を見回した。リビングルームを備えたスイートで、ソコロフ以外の人間は見当たらない。

「コーヒーを」

ソコロフはセミョーノフに命じた。銀のポットに入ったコーヒーとカップが用意されている。ソコロフが使っているものも含めて四組。ミドヴィエーチがここにくることを予定していたとすれば、部屋にはソコロフしかいない。

「仕事、とは？」

「チェチェン人を始末し、金を手に入れる」

手にしたカップを近づけたソコロフの口もとにゆっくり笑みが広がった。セミョーノフを見やる。

「ほら、いった通りだ。彼は仕事をやりとげる。ボリスは頭が固すぎるのさ。君があまり日本人を殺すので、金を手に入れられる筈《はず》がないと報告してきていた」

「全額は回収できなかった」

　ソコロフは首をふった。

「しかたがない。チェチェン人が使ってしまったぶんもあるだろうし、殺されるのを承知で、全額のありかを吐く筈もない。で、その金は今、どこに？」

「相棒がもっている」

　ソコロフは彼の目を見つめた。

「〝熊〟はどこにいる？」

　彼は首をふった。

「俺も知らない。ただしボリスが裏切ったことは話した。警察がもっている奴の写真はひどく古いものだ。奴ひとりなら、簡単に動き回れる」

　ソコロフは頷《うなず》いた。

「君の写真を内務省に請求してきたのは、ＦＢＩだった。私のミスだ。アレクサンドル・ハンの記録をすべて抹消しておけばよかったのだ」

「嘘だ。邪魔になったらいつでも俺を警察に始末させられるよう、残しておいたのだろ」

　ソコロフは無言で首をふった。彼はセミョーノフが注いだコーヒーをすすった。

「お前の狙いは最初から金だった。わざわざ俺を作ったのも、ＳＶＲ《エスヴェーエル》のエージェントを使ったのでは回収した金が自分のものにならないからだ。お前は、自分の欲のためだけに動く殺し屋を手に入れたくて、俺を手術した」

ソコロフは窓ぎわに立った。眼下に、プールと手入れのいき届いた庭園が見える。

無言でその景色を眺めていたが、やがて背を向けたままいった。

「ソビエト連邦の崩壊は、ＫＧＢ《カーゲーベー》の崩壊でもあった。ＣＩＡほどではないが、ＫＧＢも、世界の各地でさまざまな工作活動をおこなっており、そのために巨額の資金が、合法非合法を問わず、投入されていた。だが組織の崩壊に伴い、そうした資金は、現地で凍結された。その在りかを示す多くの書類は、クレムリンの内部で、あるいはヤセネヴォの本部で、自らの国際法違反を問われることを恐れた幹部たちの手で破棄された。そして頭の回る一部の者たちは、混乱のモスクワから脱出し、それらの金を私物化して、ある者はニース、ある者はバンクーバー、ある者はバミューダ、ある者はモザンビークへと移住した」

「泥棒だ」

「その通り。ロシア国民の財産を奪ったという点では、君が処分をしたチェチェン人たちと何らかかわりがない。いや、それ以上にあくどいかもしれん。地位を利用したのだからな」

「同じことを考えたのだろう」

ソコロフは彼をふりかえった。

「当時は私もまだ若く、彼らのような地位にはいなかった。だが、今はちがう。ただし、ＫＧＢの国外資産の大半は、彼ら裏切り者によって食いつくされてしまった」

「だから偽ドルで我慢すると？」

ソコロフはゆっくりと首をふった。

「君は勘ちがいをしている。私はまだＳＶＲをやめるつもりは毛頭ない。なぜならＳＶＲにいる限り、ロシアの財産を食いものにした裏切り者たちの情報が手に入るからだ。そして――」

彼を見つめた。

「処刑し、回収する」

彼は無言でソコロフを見つめ返した。

「もともと有能なＫＧＢだった彼らは、着服した財産をもとでにさまざまな事業をおこしている。ある者は武器商人になり、ある者は麻薬ビジネスで成功し、ある者は石油の仲買人になって。その連中の財産をすべて併せれば、一億ドル、いやそれ以上だろう。偽ドルなどではない、本物の金だ。おそらく、成功者の財産だけで、着服されたすべての資金を上回る。君にその仕事を頼みたい。六百万の偽ドルは、仕事のための準備金だ。わかるだろう、処刑と回収は、ＳＶＲの仕事ではない。私と、君の仕事だ」

彼はゆっくりと息を吐いた。ソコロフは首を傾け、いった。

「一年、いや、二年はかかるかもしれん。奴らは、ロシアの裏切り者仲間が処刑されたことを知れば、ある者は地下に潜り、ある者は守りを固める。だが君は、新しい〝狼〟は、私の情報をもとにいともたやすく彼らの居どころを探りだし、その喉《のど》もとに牙《きば》をたてる。殺しは、君の最も得意な仕事の筈だ」

「俺の報酬は」

彼はいった。かすれ声になっていた。

「いっておくが、回収した資金のうち、着服された金額は、ロシアの国庫に戻される。私は泥棒にはなりたくないのでね。それを超えるぶんが、私たちの報酬だ。君は三分の一の権利を得る。二千万ドル、三千万ドル、それ以上かもしれん。シベリアの森を買うがいい。アスカと住むための――」

彼の体を電流に似た快感が走った。夢ではない。まったく夢ではない。それだけの金があれば、彼とワーニャが育った街ごと、あの森を買えるだろう。

ソコロフは低く抑えた口調でいった。

「君は、私が裏切ると思った。六百万ドルの金を君から奪い、君を殺すか、警察につきだすだろうと。とんでもない。私たちの仕事は、まだ始まったばかりなのだ。君を失うわけにはいかない」

「だったらなぜ、俺の、ハンの写真を始末しなかった」

「賭《か》けだった。君が私を疑ったように、私も君を疑っていた。裏切らない、という保証はない、と。私は裏切り者を許さない」

「俺のこの顔が国際手配されたら、困るのはあんたも同じだ」

ソコロフは微笑んだ。

「君が東洋人なのは、この国で活動をするためだ。ニースやバンクーバーで仕事をするときは、白人になってもらう」

彼は目をみひらいた。

「つまり……」

「コワルスキー博士のノウハウを、ＳＶＲはすべて学習した。彼よりも若く、優秀な脳外科医が、すでにビデオをもとにシミュレーションに入っている。君はこの国での任務を終えたあと、まったく別の、逮捕記録も何もない、健康なロシア人の体に入る」

「またあんな思いを俺にさせようっていうのか」

「心配ない。苦痛を軽減し、拒否反応をなくす、すばらしい薬を、コワルスキー博士は発見した。アスカが、使っていたものだ」

「アスカが……？」

ソコロフは頷いた。彼は首を傾げた。

「そんなものがあるとは聞いていなかったぞ」

ＮＴＦ《ニューロトロフィック・ファクター》の注射は今も忘れずつづけている。それを怠る危険だけは、彼も冒せずにいた。

「博士も日本にきて知ったのだ」

「もう手に入れたのか」

ソコロフを見つめ、彼は訊《たず》ねた。ここにあるというのなら、すぐにでも試してみたかった。

ソコロフは首をふった。

「いや、まだ手には入っていない。化学構造式を入手するよう、ボリスに命じたのだが、彼の行動パターンはいささか画一的でね」

「どこにあるんだ？」

「アスカのつとめ先だ。この国では違法ドラッグに指定されている。話せば長いが、アスカの肉体提供者がもともとその違法ドラッグの中毒者だったのだ」

「何という薬だ」

「『アフター・バーナー』」

「アフター・バーナー」、彼は口の中でくり返した。

「かつてこの国で爆発的に流行したが、アスカとフルヨシの活躍で、製造元であった組織が壊滅され、今はまったく出回らなくなっているのだ」

ソコロフが説明した。

「だからサンプルは、アスカのつとめ先である麻薬捜査官のオフィスにしか残されていない。ただし化学構造式を手に入れられたら、再生産は可能だ。違法ドラッグとして流通していたものの生産に、それほどの設備や時間を要するとは思えないのでね」

「アスカにそれを提供させるのか」

「彼女が同意すれば。博士が交渉に当たっている」

「アスカにはいつ会える？」

「ごく近い未来」

「そのときに『アフター・バーナー』をもってくるという約束はできているのか」

「ボリスからの報告では難しそうだ。ボリスと博士は、アスカの身柄の確保を優先しようと考えている」

「俺がもってこさせる」

彼はいった。アイデアが浮かんだのだった。ソコロフは彼を見た。

「何か、手が？」

「ああ」

彼は頷《うなず》いた。「アフター・バーナー」の入手は必要だった。シベリアの森で、アスカとふたりで暮らすためにも。

「どんな手だ？」

彼は話した。

80

寺尾神谷会の組員六名が射殺された現場にアスカと古芳が急行したのは、夕方のラッシュ時だった。バブル崩壊によって抵当権が入り組んでしまい、金融機関も不動産業者も、債権の処理に二の足を踏んでいる池袋の雑居ビルだった。完成間近に、施工主、施工業者とも倒産してしまったのだ。

「六名は全員、拳銃《けんじゅう》を所持していた。また彼らを統轄する立場にあった寺尾神谷会の幹部は、現在、所在不明だ」

自ら現場検証を指揮するべく立ちあっていた、捜査一課長の井本《いもと》がいった。

「また四階で、別の死体が一体、見つかった。白人で、丸腰のまま射殺されている」

「エミールかしら」

「いこう」

古芳がいい、二人はむきだしのコンクリートの階段を登った。ビルの内装はところどころが完成しており、扉や窓ガラスのはめこまれている部屋もある。

死体はエミールではなかった。その部屋に閉じこめられていたと覚しく、食料品や寝袋が放置されている。

「心臓と頭に一発ずつ、くらっている。でがけに口を塞《ふさ》いでいったのだろう」

死体にかがみこんで検分した古芳はいった。落ちている薬莢《やっきょう》を指さした。

「奴の愛用しているマカロフの九ミリだ。麻布で警官を殺《や》ったのと同じ銃だ」

「下には七・六五ミリの薬莢が大量に散乱していた。『タンゴ』で使ったのと同じスコーピオン・サブマシンガンの弾丸だ」

井本がつけ加えた。

アスカは息を吐いた。

「ここがハンの隠れ家だったのね」

「警察《われわれ》より先に、寺尾神谷会が見つけたというのか、奴を」

井本の表情が険しくなった。

「寺尾神谷会は『タンゴ』と荻窪で組員を殺されている。ハンを追っていた筈《はず》だ」

「もしハンの隠れ家を見つけたとしても、自分たちだけで奴を消そうとするでしょうか。ハンが凄腕《すごうで》であることは、寺尾神谷会にもわかっている。通報し、警察に処分を任せる方が賢明と考えるのではないですか」

古芳がいった。

「だが現に、寺尾神谷会の六人が殺された。一階の正面出入口近くで四名、裏口の前で二名。六名が乗ってきたと覚しい乗用車も放置されていた」

「一台ですか」

アスカが訊ねると井本は首をふった。

「車は三台あった」

「六人で三台なら充分だわ。するとハンとクワントリシビリは、徒歩か別の車でここを逃げたことになる」

アスカはつぶやいた。

「犯行時刻は何時頃ですか」

古芳の問いに井本が答えた。

「地取りの最中だが、近くのビルに荷物を配送していた宅配便の運転手が午後二時二十分頃に銃声らしき音を聞いている」

「まっ昼間に襲いにくるというのも変な話だな」

古芳はいってアスカを見た。アスカは頷いた。相手がハンでなければ、むしろ昼間の方が襲撃しやすいと考えることもあるだろう。暴力団どうしの抗争では、幹部を狙う場合、油断しやすい昼間に狙撃《そげき》がおこなわれた例が多い。

だが日本人ではなく、警官まで手にかけているハンたちに対し、昼間襲撃を強行するのは、いかにも無謀に思えた。

「課長――」

階下で検証をおこなっていた刑事が四階にあがってきていった。顔がこわばっている。

「ちょっと二階にきて下さい」

井本は古芳とアスカを見やり、階段に向かった。二人は井本のあとにつづいた。

四階まであがるとき素通りした二階の一角に、鑑識課員と刑事が集まっていた。二階は内装がほとんど手つかずで、セメントの袋などが積みあげられている。

　呼びにきた刑事がいった。

「妙に新しいコンクリの壁があったんです。まだ濡《ぬ》れてて、塗ったばかりという感じの。それも塗り方が素人くさかったんで、崩してみたんですが……」

　二階に電灯設備はなく、鑑識のもちこんだ照明灯が、崩された壁を照らしだしている。

　アスカは唇をかんだ。半裸の死体が四つ、崩れた壁の中に埋まっていた。

「確認しました。行方不明になっていた麻布署員です」

　井本がアスカと古芳をふり返った。さすがに蒼白《そうはく》になっている。

「殺人鬼だな。まるで……。いったい何人殺せば気がすむんだ」

　つぶやいて、首をふった。

「課長」

　古芳が低い声でいった。

「何だ」

「寺尾神谷会がここを見つけ、我々にここを見つけられなかったというのは、やはり変だと思います」

「何がいいたい」

「下で殺されている六名は、ハンとクワントリシビリを迎えにきたのではないでしょうか」

「馬鹿な。寺尾神谷会は身内を殺されているのだぞ、奴らに」

「我々は明後日、寺尾神谷会の弁護士である雲井に会うことになっています。雲井の方から会いたいといってきたのです。もし寺尾神谷会が前もってここを知っていたら、その場で我々に知らせればよいことです。わざわざ危険をおかして殺しにくる必要はない」

「それに、突然の襲撃だったら、上にいる白人を殺す暇はなかった筈です。あの男はたぶん、六本木のイラン料理店から姿を消したチェチェン人です」

　アスカはつけ加えた。

「だったらいったい、ここで何があった？　君らにはわかるのか」

　アスカは古芳と目を見合わせた。古芳が小さく頷いた。アスカは口を開いた。

「寺尾神谷会の準構が富山で貿易会社をやっており、その資金源は、ロシアの情報機関でした。彼らがチェチェン人をかくまっていたのは偶然ではなく、もともとロシアマフィアや情報機関とのつながりが、寺尾神谷会にはあったのです」

「それで？」

「ハンとクワントリシビリは、ロシア情報機関、SVRの指示で日本国内に潜入しました。彼ら二人だけでは、あれだけの武器弾薬やここの手配は不可能だったと思います。つまり、SVR、あるいはロシア大使館のバックアップをうけていた。ですが、ハンは次々と殺人を犯し、日本の警官まで手にかけた。大使館の人間が直接コンタクトをとるには、危険すぎる存在となってしまった。そこで貿易を通じてつきあいのあった寺尾神谷会を動かし、ハンとクワントリシビリをかくまおうとした。あるいは、国外に脱出させようとした……」

「だったらなぜ、寺尾神谷会を殺す？　自分たちを脱出させようとしている協力者なのだろうが」

井本の口調には、全貌《ぜんぼう》をつかめないいらだちがこもっていた。やりとりを、その場にいる捜査員全員が手を止め、聞き入っている。

「裏切りがあったのだと思います」

アスカはいった。

「裏切り？」

「寺尾神谷会は、当然二人に恨みがある。脱出させてやるといってここから連れだし、別の場所で殺害する意図があったのではないでしょうか。ロシア大使館からの指示で迎えにきたのだから、まさかハンたちが自分らを殺すとは思っていなかった。ところがそれが罠《わな》であることを二人に知らせた者がいた。その結果、六人はここで殺戮《さつりく》された」

「誰が知らせるんだ？　ＳＶＲか？　ＳＶＲは二人に触りたくないから、寺尾神谷会を使ったのだろうが。二人の口が封じられるのなら、むしろ好都合というものだ」

井本がいった。

「それは確かです。でも二人に、寺尾神谷会とは別の協力者がいたのは確かだと思います」

「なぜそう思う？」

「車です」

古芳がぼそっといった。

「死んだ組員は三台の車を残していった。ハンとクワントリシビリは、それに乗って逃げることもできたが、そうしなかった。別の車で二人は逃走したのです」

「自分たちの車があったのかもしれないだろう」

「麻布の事件からこっち、都内の検問は非常に強化されています。もしハンとクワントリシビリの二名が車で移動していたら、とうにひっかかっていておかしくありません」

井本は考えていた。

「外事に連絡をとってみて下さい。ロシア大使館に何か、動きがなかったか」

「ロシア大使館に二人が逃げこむというのか？」

「それはありえません。こんなに多くの人間を手にかけた犯罪者を、ロシア政府が公式に保護する筈はありません」

アスカは首をふった。

「ただ、ロシア大使館への監視は強化されています。何か手がかりを得ているかも」

井本は携帯電話をとりだした。部屋の隅にいき、本庁に連絡をとっている。刑事と公安の関係がうまくいっていないといっても、課長クラスからの問い合わせに対しては、さすがに情報を渡さないというわけにはいかない筈だ。

　十分近く話していたが、通話を終えるといった。

「外交官ナンバーをつけたロシア大使館の公用車が一台、所在不明だそうだ。重要監視対象となっているボリス・ニキフォロフはその車を使用していない。現在は、さいたま市内にいる」

　古芳はアスカを見た。

「ボリスじゃないのか」

「ボリスはたぶん、博士と行動を共にしている。別の誰かよ」

　井本がアスカを見つめた。

「それとさっき入管から連絡があったそうだ。国外退去になったセミョーノフ書記官とよく似た人物が昨日、別名義のパスポートを使用して来日したそうだ。今回のパスポート名はシェヴェルキン。入管担当者は、同一人物ではないかといっている」

「同一人物です」

　アスカはいった。セミョーノフの本名がシェヴェルキンであることは、ブルックから知らされている。

「シェヴェルキンは情報員で、私のアパートを監視していました。ボリス・ニキフォロフへのマークがきついので、側面援護のために再来日したのだと思われます」

「するとここにいたハンと仲間を脱出させたのは、そのシェヴェルキンか」

アスカは頷《うなず》いた。

「そうかもしれません。もしそうなら、ＳＶＲの中で、仲間割れがおきていることになります。ハンを消そうとする側と、生かしておこうという側に分かれて」

井本は厳しい表情で、アスカを見すえていたがいった。

「いったい何がおこっているんだ。ロシア人どもは、この国で何をしようと考えている？」

「わかりません。ただひとつだけ確かなことがあります。ハンは必ず、あたしのところへきます。奴には、あたしが必要なんです」

アスカは答えた。


池袋の現場をでた二人は、覆面パトカーに乗りこんだ。

「どこへいく？」

古芳が訊《たず》ねた。アスカは無言で唇をかみ、フロントグラスを見つめていた。

「アスカ――」

「――くやしいよっ」

アスカは吐きだした。

「あたしが欲しいのなら、まっすぐあたしのところへくればいい。なのに奴は、いろんな場所で人を殺しまくってる……」

アスカの携帯電話が鳴った。ブルックからだった。

「アスカさん、コワルスキー博士とコンタクトはとれましたか」

「メールを送ったから、届いていると思うわ。公安の情報によれば、ボリスはさいたま市内のどこかにいる。おそらくそこにコワルスキー博士もいる筈《はず》よ」

「本国から我々をアシストするためのチームが到着しました。ブリーフィングをおこないたいのですが、出席していただけますか」

アスカは一瞬ためらった。ＣＩＡのチームと会うとなれば、いよいよ麻薬取締官の職務を逸脱することになる。

「場所はどこで？」

「赤坂にあるステーキハウスです。チームのうち二名がきます」

「待って」

古芳をその場に伴うわけにはいかない。コワルスキーの身柄は警視庁公安部も確保しようと動いている。もしＣＩＡのチームが警視庁より先にコワルスキーを押さえたら、古芳には、ＣＩＡに情報を流した容疑がかけられる。

「中目黒であたしを落としてくれる？　ブルに会うのだけれど、今日はいっしょじゃない方がいいと思う」

古芳に告げた。

「誰かくるのか、他に」

「ブルの作戦を実行するチーム」

古芳は察した。

「わかった。しばらく家に帰っていなかったから、着替えをとりに戻る。話が終わったら連絡をくれ」

アスカは頷いた。ハンをめぐってＳＶＲが内部分裂をおこしているとすれば、コワルスキー博士を確保するチャンスだった。博士が恩人であるという考え方に変化はないが、同じ博士が作りだしたハンの暴走を考えたら、これ以上博士をＳＶＲとともにおいておくべきではない。

ＣＩＡは、脳移植手術のノウハウについて、コワルスキー博士を絞りあげても、肉体的な危害を加えることはないだろう。それに何より、ハンを捕えるには、博士の知識が必要なのだ。ＣＩＡのチームに協力するのは、そのために他ならなかった。今のままでは、「アフター・バーナー」とひきかえでなければ、博士からは何もひきだせない。

「いいわ。店の場所をいって」

ブルックから店の名と場所を聞いたアスカは電話を切った。ブリーフィングは、今から二時間後に開かれることになっていた。

「気をつけろ。俺がついていないときに奴に襲われたら、悔やんでも悔やみきれん」

古芳がいった。

「大丈夫よ。それにハンも、やくざと警察の両方に追われていたら、簡単には動けない筈」

「もし奴とでくわしたら、過剰防衛だの何だのと考えず、とにかく撃て。あの男は怪物だ。俺たちがこれまでぶつかってきた、どんな奴より危険なんだ。そいつを忘れるな」

「わかってる」

アスカは腰に留めたコルトの銃把に上着の上から触れて答えた。

「あいつを止めるのはあたしの仕事よ。あいつだけは絶対に逃さない」

81

必要な情報はセミョーノフがもっていた。国外退去させられるまで、ソコロフの指示をうけ、セミョーノフは、アスカにかかわるさまざまなことを調べあげていたのだ。

彼は情報を得ると、ミドヴィエーチに連絡をとった。彼の声を聞くと、ミドヴィエーチはほっとしたようにいった。

「無事だったか、兄弟」

「もちろんだ。新しい仕事ができた」

「ボリスを消すのか」

「それはまだだ。日本人をひとりさらう」

「お安い御用だ。俺ひとりでもできる」

「いや、二人でかかった方がいい。こいつには時間をかけたくないんだ」

「わかった。どうすればいい？」

「変装をかえて、今からいう場所の近くまで移動しておいてくれ。車も新しいのを調達しておけ」

彼はセミョーノフから教わった住所をいった。

「俺も近くまでいったら連絡する。別々の行動をとって、少しでも危険を感じたら、知らせあうことにしよう」

「やけに慎重だな。日本人マフィアのボスでもさらうのか」

ミドヴィエーチが訊ねた。

「ちがう。さらうのは、刑事だ。アスカのパートナーだ」

彼は答えた。

82

ブルックから教えられたステーキハウスの扉には、「パーティのため貸し切り」という札が掲げられていた。

ノックすると、ブルックが中から鍵《かぎ》を開け、扉を開いた。鉄板のカウンターに、白人と黒人がひとりずつかけ、ミネラルウォーターの入ったグラスを手にしていた。コックがひとりいて、料理の準備をしている。

「メンバーがそろった。食事を始めよう」

ブルックはアスカを店内へ押しやると、英語でいった。

「始めてよろしいですか」

コックは無表情のまま日本語で訊ね、ブルックが頷いてみせると、鉄板に火を入れた。霜降りのぶあついステーキ肉が鉄板のかたわらにおいたワゴンの上に並べられている。

「彼女が主役のミス・アスカだ」

ブルックは二人にアスカを紹介した。二人は立ちあがった。二人とも四十代のどこかで、厳しい訓練をうかがわせる体つきをしている。

「アルファとオメガ。今夜はかりにそう呼んでおく。二人とも元ＳＥＡＬＳ《海軍特殊部隊》のメンバーで、人質奪還やテロリスト掃討の専門家だ」

「どちらがアルファで、どちらがオメガなの？」

黒人が右手をあげた。ハイネックのセーターにブレザーを着けている。

「私がアルファということにしておこう。年齢も上だ」

白人が頷いた。

「じゃ、俺はオメガでいい」

コックがニンニクの破片とバターを入れた小さな片手鍋《なべ》を鉄板の上にのせた。

「最初は伊勢海老《いせえび》から参ります」

生きた伊勢海老が四尾、ワゴンの下からとりだされた。手早く鉄板にのせ、ワインをかけて、暴れる上から椀《わん》型の蓋《ふた》をかぶせる。

アスカはブルックと並んで腰をおろした。

「彼は大丈夫なの？」

コックを目で示していった。

「大丈夫です。この店は、アメリカ合衆国の経営なんですよ。つまり彼も公務員というわけです」

ブルックはにやりと笑っていった。

「対象者のことを話してくれ」

アルファがいった。

「ポーランド系のアメリカ人で医学博士と聞いているが、腕力は強いのか？　暴力に慣れていると思うか？」

アスカは首をふった。

「暴力には慣れていないわ。外科医だから血にはもちろん慣れているでしょうけれど」

「自分が誘拐される可能性を想定している？」

オメガが訊ねた。

「想定していると思うわ。彼はＳＶＲの保護下にあるけれど、ＳＶＲはブルックの排除を一度、試みた」

アルファとオメガは同時にブルックを見た。ブルックは咳《せき》ばらいした。

「失敗しましたが。もちろん」

「その結果、四名の日本人警官が犠牲になった。ブルが助かったのは、偶然にすぎない」

「その仕事をおこなった人間はどうなった？」

アルファが訊《たず》ねた。

「今も活動中よ。あるいはあなたたちの仕事を邪魔しようと現われるかもしれない」

ブルックが写真をとりだした。ハンとクワントリシビリのものだ。

「この東洋系は、そのままの顔だが、もうひとり、グルジア人の方は整形手術をうけている可能性が高い」

ブルックは説明した。伊勢海老の蓋がとられ、解体が始まった。

「装備は？　この連中の」

オメガが訊ねた。

「スコーピオン・サブマシンガン、おそらくサイレンサー付のマカロフ自動拳銃《けんじゅう》、日本警察の制服、防弾チョッキ」

アスカは答えた。

「軍隊にいたのか」

「ええ」

「今は対象者のボディガードについているのか、この二人は」

「いいえ。対象者とは別の行動をとっている。日本におけるＳＶＲの作戦行動に、乱れが生じている。対象者の保護にあたっているエージェントに対し、この二人は反発を感じている」

　アスカはいった。

「反発？」

「エージェントは影響力のある日本人ヤクザを使って、二人を処分しようとした。あべこべに六人のヤクザが死んだわ」

　オメガがアスカを見やった。

「いつの話だ？」

「今日の昼間」

「これがそのエージェントだ。ボリス・ニキフォロフ。それとアシスタントの通称ニーナ、イサドラ・ペトロフ」

　ブルックが写真を渡した。

「美人だな」

　オメガがつぶやいた。アルファが首をふった。無表情にいった。

「俺の趣味じゃない。色が白すぎる」

　オメガがひっそりと笑った。

「通常この二名が、対象者と行動を共にしていると考えられる。が、今日の昼起こった襲撃失敗によって、事態は流動的になった。ハンとクワントリシビリが、ボリスと対象者の生命を奪おうとするかもしれない」

「ハンとクワントリシビリに、バックアップのエージェントはいるのか」

「いるわ。シェヴェルキン」

アスカがいうと、ブルックは眉《まゆ》を吊《つ》りあげた。

「帰ってきたのですか」

「入管で確認されている。正規のパスポートだったので、追い返すことはできなかったようだけど」

「ややこしいことになりましたね。乱れが生じているというのは、シェヴェルキンのことだったのですね」

「そう。ヤクザ六名を殺害したあと、ハンとクワントリシビリは行方をくらませている。シェヴェルキンの手引きで逃げだしたのだと思う」

「待って下さい。シェヴェルキンの再来日は、ソコロフの指示なしではありえない。ソコロフはボリスひとりでは今回の作戦遂行を難しいと考えて、シェヴェルキンをよこしたのでしょうか」

「作戦は二つあった。偽ドルの回収とあたしの確保。でも偽ドルについてはその後どうなっているかわからない。ハンとクワントリシビリのアジトからは、チェチェン人の死体がひとつ見つかった。でがけに口を封じていったと思われる」

アスカは告げた。

「妙だな。ボリスは偽ドルの回収をあきらめたのか」

ブルックはつぶやいた。

「人が死にすぎているのは確かですが、それはハンを起用した時点で想定できた筈《はず》です」

「ええ」

「あまり問題を複雑に考えてもしかたがない」

アルファがいった。

「それに我々の仕事は考えることでもない」

オメガがいって、皿にとり分けられた伊勢海老を口に入れた。

「ロブスターよりうまいな」

コックを見ていった。コックは無言で頷《うなず》いた。つづいて鮑《あわび》が四つ、とりだされる。

「いいでしょう。最悪の可能性についてだけ、想定しましょう。対象者の確保と、ハン、クワントリシビリによる報復がぶつかってしまう」

「そいつは確かに最悪だ。一チームでは無理だ。二チームが必要になる。確保と戦闘と」

アルファがいった。

「戦闘はなるべく回避していただきたい。対象者は、日本の警察にも追われています。もし戦闘になれば、警察関係者にも被害が及ぶかもしれない。そうなったら事後処理にたいへんな手間がかかります」

ブルックがいった。アルファとオメガは黙りこんだ。やがてアルファが訊ねた。

「対象者の現在地は？」

「不明ですが、彼女と近い将来、接触します。それを確保のチャンスと考えています」

「近い将来？」

アスカははっとした。雲井からの連絡は、そのことではなかったのか。

寺尾神谷会の弁護士という立場に目がいくあまり、雲井はハンの情報を渡そうとしているのだと、アスカたちは思いこんでいた。

が、ボリスのメッセージを伝達してきた可能性もある。

もしそうならば、雲井の事務所に現われるのは、コワルスキー博士だ。

「何か？」

アスカの表情の変化にブルックが気づいた。

「明後日《あさって》よ」

アスカはいった。

「明後日？」

「明後日、あたしとパートナーは、ある弁護士と会う。会見は弁護士からの申し出で、その理由がわからなかったのだけれど、弁護士は日本の暴力団を通してボリスとつながっている」

「アスカさん……」

ブルックはまじまじとアスカを見つめた。

「あたしがメールを使ってコワルスキー博士にコンタクトをとった答がこれだったのよ。あたしと仁王は、弁護士からの申し出を、ハンに関する情報提供だと思っていた。ハンの居どころを教え、警察にハンを処分させるのが目的の。でもそうだったら、今日の事件は起こす必要がない。会いたいという弁護士の要請は、コワルスキー博士と私を会わせる機会作りだったのだわ」

「なぜそんな回りくどい方法をとるのです?」

「答はブル、あなたよ。ボリスは、CIAがコワルスキー博士の身柄を狙っていると知っている。警視庁公安部も、表向きは旅券法違反の容疑で博士を追っている。公然とあたしに接触しようとすれば、今度は確実に待ち伏せをうける。だからこそ暴力団とつながりのある弁護士を使って連絡をとってきた。弁護士がからんでいるとなると、警察も簡単には押さえにかかれない。ボリスたちがもっている外交官不逮捕特権ほどではないにせよ、慎重にならざるをえないのは事実よ」

「その弁護士というのは、どんな人物だ」

アルファが訊ねた。

「テラオカミヤカイという暴力団の顧問をしていて、警察との交渉に慣れている。名前はクモイ。もしクモイが同席していたら、公安部もその場で博士の身柄を確保はできないでしょうね。逮捕令状を請求できるほど、博士に関する情報を握っているわけではないだろうから。任意同行がせいぜい。そしてもしそうなら、クモイは確実に博士を逃そうとする」

「先にその弁護士を排除するというのはどうだ？」

溶けたガーリックバターと醤油《しょうゆ》を混ぜ合わせたソースをかけた鮑のステーキを口に入れながら、オメガがいった。

「それはまずい。今回の作戦で、日本人の死者をだすのはなるべく避けたい。まして相手はヤクザではない、弁護士なのだ」

ブルックが首をふった。

「会うのはその弁護士の事務所ということになっている。警察も監視に入るわ」

アスカもいった。

「するとさらうとすれば、そこにくる前か、でたあとだな」

「情報の入手という観点に立てば、でたあとの方が良い」

ブルックがいい、アスカはつけ加えた。

「それにかなり低い確率ではあるけれど、ハンの暴走を理由に、博士を説得できるかもしれない」

「説得、ですか」

「博士は、あたしと同じように、手術によってハンを作りだした。でも、抱いている感情は大きく異なる。ハンに対してはおそらく恐怖に近いものがある。ましてそのハンが、博士のうしろ盾であるボリスのコントロールを脱した今、ロシアに戻ることへの躊躇《ちゅうちょ》がないとはいいきれない。ロシアに戻れば、再びハンと顔を合わさなければならない。医師としては当然の仕事だけれど、日本でハンがおかした犯罪を考えたら、恐怖を感じて不思議はない」

　ブルックは頷いた。

「我々はハンから博士の身を守る、そうもっていくわけですね」

「ええ。もちろん司法的な取引も博士は要求してくるでしょうけれど。これまでの法的な責任を彼に問わない、という」

「それについては、ワシントンと話がついています」

　あっさりとブルックはいった。

「博士のもつ技術は、アメリカ合衆国の国防戦略上においても、非常に重要ですから」

「じゃあ俺たちの出番は、弁護士事務所を対象者がでてから、ということだな。ブルック、日本の警察の干渉を排除できるか」

　アルファが訊《たず》ねた。

「もし警察が対象者にはりつき、俺たちが蹴《け》散らさなきゃならないとしたら、頭を痛くする人間がワシントンにもいるだろう」

「できる限りの手を打つ」

　ブルックはいった。

「現在までのところ、警察中枢部は、コワルスキー博士とハンの関係をつきとめていない。そこにハンが現われさえしなければ、こちらの邪魔はしないだろう」

「警官殺しは警官を熱くさせるからな」

オメガが感情のこもらない声でいった。

「もし、そのハンが、対象者を確保、あるいは抹殺に現われた場合はどうする？　俺たちは手をひき、日本の警察にあとを任せるのか」

アルファがいった。ブルックの顔に苦悩が浮かんだ。

「そうして」

アスカは急いでいった。元特殊部隊のこの男たちとハンたちがぶつかれば、状況は市街戦に近いものとなるだろう。どれだけの被害が一般市民や警察官に及ぶか、想像もつかない。

だがアルファもオメガも、アスカの言葉には眉ひとつ動かさず、ブルックを見ている。

ブルックは悩んでいたが、やがていった。

「最優先課題は、対象者の身柄確保だ。もし対象者が殺されたら、アメリカは重大な情報を手に入れそこなう。それは何としても避けたい」

「ブル！」

ブルックは苦しげにアスカを見た。

「アスカさん、これは国家規模の危機です。ＳＶＲがコワルスキー博士から得た技術を我々は見過すわけにはいきません。もし博士が死んでしまったら、技術はＳＶＲだけのものになる。しかもアメリカは独自にその技術を開発するための人体実験をおこなうことができないのです」

「じゃあもしハンが現われたら、戦闘をおこなうと？」

「奴がコワルスキー博士を誘拐、あるいは殺害しようとするなら、防がなければ」

アスカは沈黙した。コワルスキー博士とボリスの行動を、ハンはいったいどれだけ予測しているのだろう。

答はシェヴェルキンが握っている。ボリスに代わり、ハンのコントロールを手にした男。その背後にはソコロフがいる。

「妙だわ」

アスカはつぶやいた。

「何がです？」

「日本国内において確かにＳＶＲは分裂している。片方は、ボリス、コワルスキーライン、もう片方が、シェヴェルキン、ハン、クワントリシビリライン、でも両方とも背後にソコロフがいる。わざわざ部下を分裂させて、ソコロフは何をしようというのかしら」

「彼の管理能力の低下とは考えられませんか。ハンがあまりに暴れすぎ、急遽《きゅうきょ》シェヴェルキンを送りこまざるをえなくなった……」

アスカは首をふった。

「シェヴェルキンは、ハンが日本にくる前から、あたしを監視させていた。それがソコロフの命令ならば、ソコロフは博士のもっている技術と、ハンの暴走行為に対し、充分予測しえた筈《はず》よ。ソコロフはハンが手術前におかした犯罪の記録すら手に入れていた。それを調べてくれたのは、ブル、あなたでしょう。ハンと『ヴォールク』が合体したときの危険を、ソコロフが予想しなかったとは思えない。ソコロフはわかっていて、あの怪物を作りだした。つまりそれは、ソコロフには怪物が必要だった、ということじゃない？」

「何のために？」

アスカは首をふった。

「でも、ボリスにとっては予定外だったハンの暴走は、ソコロフにとっては計算のうちだった。そんな気がする」

「いずれにしても、その怪物の息の根を止めればいいのだろ」

鮑を食べ終えたオメガがいった。

「いくら訓練をうけているといったところで相手は二人だ。俺たち、アルファとオメガの間には、その野郎にも匹敵する〝殺し屋〟が何人も控えているのだぜ」

コックが鉄板の上に分厚いステーキ肉をのせると、オメガはいった。

「ベリイレアで頼むぜ」

アルファがつづけた。

「油断は禁物だというのはわかっている、ミス。だが我々も訓練を積んだプロだ。警官や一般市民を巻きこむ前に、その二人の犯罪者をすみやかに排除しよう。日本の警察よりは、はるかに手際よく、被害をださずにやると約束するよ」

ブルックはアスカの目を見つめた。

「彼らを信頼しましょう、アスカさん」

アスカは不安を抑えきれずにいた。アルファとオメガが本物のプロフェッショナルであることはわかっている。必要とあれば、ハンにも劣らない冷酷な〝殺し屋〟に変身するだろう。しかも二人には率いるチームもある。

にもかかわらず、彼らを上まわる危険を、ハンに対して、アスカは感じずにはいられなかった。

その理由を彼らに説明することはできない。なぜならアスカにしか感じられないものだからだ。ハンの危険さを本当に知っているのは、自分だけだ。そしてそれを裏づける言葉はひとつしかない。

兄妹。

確かにアスカは、ハンとどこか心の奥底でつながってしまっている自分を知っていた。そのつながった何かから、この恐怖は押しよせてくるのだ。怒りと不安、そしてそれらを超える恐怖。

食欲は失せていた。手つかずの料理を見つめ、アスカは不可避の流血に心をひたしていた。

83

「どこにいる？」

「駅前の小さなコーヒースタンドだ。俺のことをじろじろ見る奴が多くて落ちつかない」

携帯電話でミドヴィエーチがいった。彼は地図を広げ、ダッシュボードのランプを点けた。アパートの窓に明りがつくのを、彼は十分前に確認していた。

その少し前、警官の制服を着けた彼は、階段を登ってフルヨシの部屋の前までいっていた。何日間か家を空けていたらしく、新聞が郵便受から溢《あふ》れていた。アパートにはオートロックもなく、扉の錠前も安物だった。警官にしてはずいぶん不用心なところに住んでいる。それとも、自分だけは安全と信じている、ということか。

「本当にあの刑事を誘拐するつもりなのか」

運転席にすわったセミョーノフがいった。

「奴はかなり手強《てごわ》いぞ」

「わかっている」

地図によると、ミドヴィエーチのいるコーヒースタンドからは、アパートまで約二百メートルほどだった。夕食の時間ということもあって、駅からの道をいききする人間の数は多い。

「あと五分したらそこをでて、教えたアパートに向かえ。奴の部屋は二階の右端だ」

「わかった。で、どうするんだ？　ノックをして、開けたら銃をつきつけるのか」

「いや、これから奴をおびきだす」

彼はいってセミョーノフを見やった。

「お前がまずいって、ドアをノックしろ」

「何だと？」

「顔見知りなのだろ。奴に一度つかまったことがあるといっていたな」

「馬鹿なことをいうな。私はロシア政府の人間だ」

セミョーノフはあきれたようにいった。

「そうさ。それは奴も知っている。ちがうか？」

セミョーノフの顔に、当惑と不安の両方が浮かんだ。

「何をさせる気だ」

「ドアをノックし、奴に話がある、といえ。そして外へ連れだすんだ。階段のところで、俺とミドヴィエーチが待っている」

「そんな簡単にいくと思うのか。かえって警戒させるだけだ」

「ふつうならな。だが『狼』に怯《おび》えるお前がくれればどうだ？」

着がえた革のジャケットの内ポケットからナイフを抜いた。逆らう暇は与えなかった。

やにわにセミョーノフの髪をつかむとひきずり倒し、その左耳を彼は削ぎ落とした。

ぎゃっという声をセミョーノフはたてた。彼はセミョーノフのスーツのポケットからハンカチをひっぱりだし、その手に握らせた。

「な、なんてことをするんだ……」

血の滴り落ちる耳の跡にハンカチを押しつけ、セミョーノフは呻《うめ》いた。その目の下に、彼はナイフの刃を押しあてた。

「忘れたか。俺はお前の目を抉《えぐ》りだすと約束した。今この場でそれをしてやってもいいのだぞ」

セミョーノフは張り裂けるほどみひらいた目で彼を見つめた。苦痛の涙が、血に染まったナイフの刃にもこぼれた。

「お前は道具だ。勘ちがいするな。俺たちの道具なんだ。必要ならお前の死体で、奴をおびきだしたっていいんだ」

セミョーノフは無言だった。その目の奥を彼はのぞきこんだ。恐怖が結晶化し、セミョーノフの心を縛りつける瞬間を楽しんで見守った。

「こ、殺さないでくれ」

震える唇でセミョーノフはいった。

「ちゃんと芝居ができればな。簡単だ。その憐《あわ》れな姿で、フルヨシのところにいけ。俺をコントロールできなくなった、というんだ」

セミョーノフは唇を震わせた。

「俺の狙いはアスカだ。アスカを殺そうとしている。ロシア政府は、もう俺にかかわりたくない。俺の居場所を教えるから、保護してくれ、と頼むんだ」

「いう、いうよ」

「奴は救急車を呼んでやるというだろう。だがそれは断われ。俺に追われていて、ここにじっとしていることはできない、というんだ。亡命を望んでもいい。俺と仕事をするくらいなら、亡命したい、と。警察に、ＳＶＲの工作のことをすべてぶちまける。だから今すぐ警察に連れていってくれ、というんだ」

「亡命……警察……わかった、そういう」

「この目も抉っておこうか。その方が、話に迫力が増す」

「や、やめて。お願い」

セミョーノフは、女のように細い声でいった。彼は時計を見た。

「よし、じゃあいけ」

車のドアを開けたセミョーノフは転げるように降りた。さすがに、血まみれでハンカチを押しあてた白人の姿を、道をいく日本人がふり返っている。

彼はミドヴィエーチを呼びだした。

「三階までいって、階段の踊り場で待て。セミョーノフが奴をおびきだす。俺は一階にいる。奴は俺を見て、背中を忘れる筈だ。撃ってもいいが、殺すな」

「了解」

セミョーノフの背中がアパートの玄関に消えるのを見届け、彼はゆっくりと車を降りた。あの男は間抜けではない。いくら血まみれのセミョーノフでも、あっさりだまされるとは思えなかった。だが自分のアパートの階段に彼が立っていたら、さすがに驚きで凍りつく筈だ。

それがほんの一、二秒。次の瞬間には銃を抜く。ミドヴィエーチがしくじらなければ、奴に引き金をひく暇はない。

しくじったときのことを考えても始まらなかった。防弾ベストは着ているが、頭を撃たれればそれまでだ。

アパートまでゆっくりと歩いた。革ジャケットの内側にはマカロフとスタンガンがさしこんである。ミドヴィエーチがしくじり、フルヨシの一発目が彼の急所を外れたら、マカロフを使う。

アパートの中は静かだった。一階の踊り場に立ち、彼は深呼吸した。エレベータのない三階建てで、質素ではあるが、さほど不潔ではなかった。

今ごろセミョーノフは、恐怖をフルヨシに向け迸《ほとばし》らせているにちがいなかった。奴の達者な日本語が役に立つ。

彼は階段のすきまから上を見た。こちらを見おろしているミドヴィエーチと目が合った。にやりと笑って手をふった。ミドヴィエーチはスーツを着け、ネクタイを結んでいた。ヒゲはきれいさっぱり剃《そ》られている。

階段の途中に腰をおろし、耳をすませた。夕食どきだというのに、建物の中は静かだった。独身者用のアパートなのかもしれない。

シベリアを離れエカテリンブルグに移り住んだとき、彼はこれほど小さくはないが、似たような低層共同住宅に住んだ経験があった。

同じ住宅に住む子供たちにとり、冬は建物の階段や廊下が遊び場だった。石炭ストーブやその上で作られる料理の匂いがたちこめた建物の中を子供たちは走り回っていた。だが彼がそこに加わることはなかった。

あの頃、彼はシベリアに帰りたくてしかたがなかった。ワーニャとひき離されたのが悲しくてたまらなかった。シベリアの大地で育った彼には、エカテリンブルグは恐ろしいほどの大都会で、人も車も多く、そのことがいつも彼を落ちつかない気分にさせていた。

お笑いぐさだ。モスクワやこのトウキョウに比べればエカテリンブルグなど、ただの田舎町にすぎなかったというのに。

だがもうじきシベリアに帰ることができる。ワーニャを連れて。

ソコロフの話は悪いものではなかった。何度もあの手術をうけることを考えると気が重いが、それによってすべてが帳消しになる利点がある。しかもアスカが「アフター・バーナー」を提供しさえすれば、手術の苦痛は軽減するのだ。

他人の体を手に入れるのも、さほど悪いことではなかった。ハンという、元の持主がもつ反射神経と素手での戦闘能力を彼は気に入っていた。これで美貌《びぼう》の肉体が得られれば、００７ばりのスーパーマンになれる。

いや、００７以上だ。彼はひっそりと微笑んだ。脳移植は不死の生命を彼に与える。老いることも病むことも恐れる必要のない生命。

アスカもやがてそれに気づく。アスカの心が、ワーニャと同じ白い肌の少女の体に移植されれば。二人は本来の兄妹の姿に戻るのだ。そうだ。それがいい。

ソコロフの仕事を片づけ、巨大な報酬を手にした暁には、二人はロシア人の少年と少女に戻る。そしてシベリアに建てた家で暮らすのだ。もう一度、兄妹で青春をやり直すために。

素晴らしい考えだった。想像するだけで彼の心は喜びに満たされた。二人でもう一度、春の森を訪ねよう。鳥のさえずりや虫の音に耳をすませ、花に足を止め、小さな動物たちに微笑みかける。

もう二度とワーニャを離さない。いや、離れる必要もない。誰もが果たせなかった夢、失われたときをとり返す手段を、彼は手に入れたのだ。

ドアの開く音に、彼は我にかえった。セミョーノフの日本語が聞こえる。それに応《こた》える低い男の声はフルヨシのものだろう。

彼は立ちあがり、二階を見上げた。両手はわきにだらりとたらしている。

ドアに鍵《かぎ》をかける、カシャリという音が響いた。足音がつづく。

そしてフルヨシとセミョーノフが二階の踊り場に現われた。

微笑みかける彼に、フルヨシは一瞬眉《まゆ》をひそめた。フルヨシはハイネックのセーターにスーツといういでたちだ。

フルヨシの背後にミドヴィエーチが立った。サイレンサー付のマカロフを手にしている。

「フルヨシ」

彼はいった。顔を血と涙でぐしょぐしょにしたセミョーノフが弾《はじ》かれたようにフルヨシのそばを離れた。

フルヨシの右手が別の生きもののように動いた。上着の中に吸いこまれ、黒い拳銃《けんじゅう》のグリップをつかむのが見えた。

ミドヴィエーチの手にしたマカロフが鈍い破裂音をたて、フルヨシの上着の右肩から血と布地の切れはしが舞いあがった。着弾の衝撃でフルヨシの体が一回転し、階段を踏み外した。

驚きに目をみひらいたまま、フルヨシは階段を転げ落ちてきた。踊り場に立つ彼の足もとまで一気に落ちてくると、動きを止めた。

彼はスタンガンをとりだした。フルヨシの目を見つめ、囁《ささや》いた。

「ドーブルィ・ヴィェーチェル《こんばんは》」

そして首すじにスタンガンを押しつけた。

84

ステーキハウスをでたアスカは古芳の携帯電話を呼びだした。だが応答はなく、留守番電話サービスへとつながった。

「アスカよ。あたしの携帯に連絡をちょうだい」

吹きこみ、とりあえず赤坂の雑踏を歩きだした。夜の盛り場を歩く男たちが自分に視線を向けてくる。好むと好まざるとにかかわらず、男たちの目が自分の存在を見つけだすことに、初めはとまどったものだ。かつて明日香であったとき、街を歩く男たちの視線は、風景を見るそれだった。電柱や建物、とるに足らないガラクタに向けられる無関心げな視線が自分の体を素通りしていっただけだった。

それが今の姿になって一変した。視線が素通りすることはほとんどなかった。必ず一度止まる。中には止まるだけではなく、不快なほどじろじろと遠慮のない目を向けてくる者もいた。声をかけられた経験もかつては一度もなかったというのに、今では慣れきってうんざりするほどだ。それはただのナンパから、水商売や怪しげなタレントのスカウトまで多種にわたっていた。

あるとき、あまりの多さにアスカはスカウトをしかけてきた男のひとりに訊《たず》ねたことがあった。なぜ自分に声をかけるのか、と。

——そりゃもちろん、君が美人だからだよ

「だったら、きれいな女は全員、声をかけるの？」

——一応はね。でも、君の場合はそれだけじゃない

「何なの？」

——わかるだろ

男はいって、意味ありげな笑みを浮かべた。

「わからないから訊《き》いてるの」

男はわざとらしいため息を吐いた。

——君は男の人を喜ばせる顔をしてるんだ。顔だけじゃない。体つきや、歩き方、全部が、男の目を惹《ひ》きつけるオーラみたいなものを発してる

もちろんお世辞は含まれていたろう。だが、この体の元の持主であったはつみのことを考えれば、男の言葉のすべてがお世辞であったとは思えない。

はつみは男を喜ばせ、その視線を一身に惹きつけるため作りだされた女だった。それは哀れであると同時に、今の自分にとって腹立たしい問題だった。

どんな洋服を着ても、似合うといわれる。さほどお洒落《しゃれ》をしているつもりでなくても、センスを人にほめられる。

人間は容姿で人を判断する。たとえ醜い女にそれを理由に差別することはなくても、美しい女には、人は、特に男は、好意的にふるまおうとする。

それは明らかな真実だった。とまどい、いらだたせられ、そしてときには利用しつつも、アスカはだがいまだにそのことに慣れずにいた。

腕時計を見た。ブリーフィングは思ったより長びき、午後九時を過ぎている。古芳からの応答はこない。着替えをとりに戻るといっていたから、シャワーでも浴びているのかもしれない。

古芳の住居は、阿佐谷《あさがや》だった。ＪＲの駅から歩いて五分ほどの距離にある古いアパートだ。築年数は古いが、駅に近いという理由でそこを選んだのだった。

古芳のアパートにいこうか。ふとその考えが頭に浮かんだ。赤坂見附《みつけ》から地下鉄丸ノ内線に乗れば、南阿佐ヶ谷《みなみあさがや》まで一本だ。そこから古芳のアパートまではさほど離れてはいない。

いきちがいにならないよう、もう一度古芳の携帯電話を呼びだした。まだ留守番電話のままだ。あるいは風呂につかって眠ってしまっているのかもしれない。

「あたし。アパートにいるならでかけないで待っていて」

そうとだけ吹きこみ、地下鉄の駅に向かった。結局ステーキハウスでは、ほとんど食事に手をつけられなかった。古芳と二人で、いきつけのラーメン屋でも夕食のとりなおしをしながら、ゆっくり作戦を練ろう。

南阿佐ヶ谷の駅から地上にでて七、八分ほど歩くと、古芳のアパートが見えてくる。二階の、古芳の部屋の窓を見上げ、アスカはがっかりした。明りが点いていない。やはりいきちがってしまったようだ。

バッグから携帯電話をとりだした。いくら何でも、メッセージは伝わっている筈《はず》だ。

だが古芳からのメッセージはなかった。

妙だった。アスカは古芳の携帯電話を呼びだした。

今度も留守番電話サービスにつながる。

胸騒ぎがした。何かあったのだろうか。ブリーフィングの最中は、携帯電話の電源を切っていた。その間に大きな事件が起き、駆りだされたとか。

だがもしそうなら、アスカあてのメッセージがサービスに残されている筈だ。それがなかったのだから、事件の可能性は低い。

あとは古芳自身の身に何かが起きたのか。

アパートの玄関をくぐり、階段の下に立った瞬間、アスカは総毛立つような恐怖に襲われた。

火薬の匂い。まぎれもなく、拳銃弾に使用される無煙火薬の匂いを嗅《か》いだからだった。

コルトを抜いた。パンプスを脱ぎ、ひんやりとしたコンクリートの感触を足裏で味わいながら、息を殺した。

アパートの中は静かだった。

すぐにでも二階の古芳の部屋に駆けのぼりたい衝動をこらえ、アスカは周囲を観察した。

まず目にとびこんできたのは、階段の弱い電灯の光を反射する金色の円筒だった。二階の踊り場の隅に落ちている。深呼吸しようとして、喉《のど》の奥が震えた。古芳の銃は三十八口径のリボルバー、発砲しても薬莢《やっきょう》は排出されない。

そして階段の壁に小さな血しぶきが散っていた。目を近づける。血痕《けっこん》には絶対に素手で触れてはならない。

大量の血ではないが、明らかに新しい血痕だった。

つづいて階段を登ると、バッグからボールペンをとりだした。落ちている薬莢の空洞部分にそっとさしこみ、ひろいあげた。

体中の血がさっとひいた。九ミリマカロフ弾。ハンの犯行現場で発見されたものと同じだ。

薬莢を元の場に戻し、コルトを握り直した。恐怖は怒《ど》濤《とう》のようにふくれあがっていた。まさかひとりのときに古芳が襲われるとは、想像もしていなかった。膝《ひざ》が、手が、震えだしそうになるのを、アスカはけんめいにこらえた。

大丈夫だ。見つかった薬莢は一発だけだし、ここに古芳の死体が転がっているわけでもない。

廊下をじりじりと進んだ。古芳の部屋は階段を登って、右の奥だ。

廊下にも血痕があった。だが今度の血痕は階段の壁とはちがった。階段の血痕は、その場での受傷を示すとび散り方であったのに比べ、廊下のものはある高さから滴ったような広がりをもっている。

階段で撃たれ、廊下を走って部屋に逃げこんだ——アスカの頭に浮かんだのはその考えだった。

すると古芳は部屋で倒れている可能性がある。

古芳の部屋の前に立った。扉に破られたような形跡はない。古芳を襲った犯人は、部屋まで追いかけることはしなかったのだろうか。

耐えきれなくなり、ドアをノックした。

「仁王！　あたしよ」

中で倒れ、血の海に沈んでいる古芳を想像した。涙がこぼれそうになる。

ノブをつかんだ。鍵《かぎ》がかかっていた。合鍵はもっている。万一の場合に備え、互いの部屋の合鍵を交換したのだ。

はっとした。指紋のことを忘れていた。ドアノブには古芳を襲った者の指紋が付着しているかもしれない。

冷静にならなくては。けんめいに自分にいい聞かせ、バッグから合鍵とハンカチをとりだした。

錠を解き、ハンカチをノブにかぶせた。すでに付着している指紋をぬぐってしまうことがないよう、用心しながらノブを回した。

ゆっくりと扉が開く。汗でべとつくコルトのグリップを握り直した。

まず目にとびこんできたのは、部屋の三和土《たたき》にとび散った大量の血痕だった。アスカは深呼吸した。

大丈夫だ。確かに血は流れているが、失血死するほどの量ではない。

「仁王——」

低い声で呼びかけた。返事はなかった。

血痕を踏まないよう、大またで部屋にあがった。

雑然とはしているが不快感は感じさせない、古芳の部屋の中央に立った。

誰もいなかった。最悪の想像——血の海の中でこと切れている古芳の姿がなかったことに、アスカはほっと息を吐いた。

古芳の部屋は二Kで、玄関を入ってすぐの部屋の右手にキッチン、奥に寝室がある。

血痕は玄関の三和土だけで、室内にまではとび散っていない。

アスカは寝室へと進んだ。

そこにも人の姿はなかった。カバーをかぶせられ、人が寝たようすのないベッドがあるきりだ。

確認のために、キッチンとバスルームものぞいた。誰もいないし、血の跡もない。

どういうことだ。

アスカは思わずリビングルームにあるソファに腰をおろしていた。

出血した人物は、古芳の部屋の玄関にまでしか、達していない。階段で撃たれ、血を流しながら、この部屋にきたところで姿を消してしまった。

それが古芳ならば、部屋に逃げこんでから応援を要請し、病院に運ばれたという推論が成りたつ。ただ、そうであるならこのアパートに警官が到着していなくてはおかしい。

携帯電話をとりだした。芦田に連絡をとらなくてはならない。

芦田はアスカの知らせをうけると、ただちに応援を送ることを約束した。古芳からは何の連絡もうけていない、といった。

どこへいってしまったの、仁王。

アスカは胸の中でつぶやいた。部屋に荒された痕跡はなく、血痕の状態を見ても、血を流した古芳は、自分の意志で部屋をでていったように思える。もし怪我をした古芳を何者かが強制的に連れだしたのなら、血痕は踏みにじられ、ドアにも血がついていてよい筈だった。

息を吐き、もっと心を落ちつかせようといい聞かせた。判明している事実だけを頭の中に並べる。

何者かがアパートの階段でマカロフを発砲し、傷ついた者がいる。血を流した人間がここの廊下を歩き、古芳の部屋に入ったが、室内にまで上がりこむことはしなかった。

それが古芳ではないとしたら。

古芳に救いを求め、古芳とともにでていった、とも考えられる。

そうであってほしい。しかしもしそうであるのなら、古芳から芦田のもとに何の連絡も入っていないのは不自然だった。傷を負った者の治療のために救急車を、負わせた者の追跡のために応援の警官を、要請するのが当然の作業だ。なのにそれがおこなわれていない。

パトカーのサイレンで我にかえった。警官が到着したのだ。

現場検証によって、古芳の無事を示す何かが発見されることを、アスカは願う他なかった。

85

失神したフルヨシを担ぎあげ、車に連れこむ彼の姿を、大勢の人間が見ていた。だが警官でもない限り、止めだてしようとする人間がいないことはわかっている。それが大都会のよさだ。

大きな街では、人は、自分の身に危険が及ばない限り、あらゆることに無関心を装う。誰もが自らの生活のリズムを第一に考え、それをおかされるのを何よりも嫌がる。

モスクワでも同じだった。つかのまの平穏や退屈な日常を失いたくないあまりに、警官に目撃情報を語る者は少なく、裁判での証言にいたっては、誰もやろうとしない。

暴力によって支配される街とはこういうものだ。話したこともない人物を殺した会ったこともない誰かに罰をうけさせるために、自らの生活をぶち壊す者などいない。

ミドヴィエーチにハンドルを握らせ、彼はその場を離れた。セミョーノフは助手席で呻《うめ》き声をたてている。フルヨシの体は大きく重かったので、運ぶのは二人がかりだった。セミョーノフはぴいぴい泣きわめくだけで何の役にも立たなかった。よほど殺そうかと思ったが、日本語を操れる人間が必要だった。

「医者に、医者にいかせてくれ」

セミョーノフは訴えていた。

「ソコロフに連絡しろ」

それにはとりあわず、彼はいった。フルヨシを閉じこめておく場所が必要だった。ワゴンの床に転がしたフルヨシを、うしろ手に手錠をかけ、ガムテープを口に貼りつける。

ミドヴィエーチの放った弾丸は、フルヨシの右肩、肩甲骨のすぐ上を貫いていた。すぐに死亡することはないだろうが、右腕はまるで動かない筈《はず》だ。

セミョーノフは嗚咽《おえつ》をくり返しながら、携帯電話をとりだした。

「――大佐、私だ。奴は、私を切った。私の耳を切ったんだ――」

ソコロフがでるとその口は止まらなくなった。彼は手をのばし、電話を奪いとった。

「ソコロフか、フルヨシをつかまえた。安全な場所を用意してほしい」

「セミョーノフがとり乱しているようだが、何があった」

ソコロフは落ちついている。

「フルヨシをおびきだすために、ちょっと怪我をさせた。医者に連れていけといっているが、こいつ以外に信用のできる通訳を用意できるか」

セミョーノフの口が止まった。用ずみとなったら殺されることに気づいたのだ。

「今すぐには無理だ。作戦のことを大使館員にも必要以上に知られたくない」

「そうか。ならばしかたがない」

彼が答えると、セミョーノフはほっとしたように目を伏せた。泣き声は止んでいた。

「フルヨシは今、どんな状態だ」

「肩に一発ぶちこみ、電流を食らわせたので気を失っている」

「殺したのではないのか」

「今はまだ殺す段階じゃない。アスカに薬をもってこさせなけりゃならんからな。そうだろ」

「なるほど。だが用がすんだら、すぐに処分するんだ。フルヨシはアスカに関する情報をもっているが、危険な男だ」

「わかっている。セーフハウスは用意できるか」

「セミョーノフが日本で作った愛人がいる。彼はロシア政府の金で、女を囲っていたんだ。それを回収するのもいいだろう」

彼はセミョーノフを見た。

「愛人が日本にいるそうだな」

セミョーノフの目が広がった。

「どうして大佐がそれを――」

彼は携帯電話をさしだした。セミョーノフは無事な方の耳にあてた。ソコロフの声が流れこむと、反論しようと試みた。

「大佐、それは――」

だがすぐに声は小さくなった。

「しかし……いや、確かに、そうですが……。はい、わかりました。ご命令の通りにします……」

電話を彼に返し、うなだれた。

「セミョーノフが案内するそうだ。こちらの情報では、その愛人は十九歳で、シンジュクの飲食店につとめている。十七のときから、セミョーノフの愛人だったのだ。その女の部屋を使え」

「了解した。部屋に着いたら、また連絡する」

彼は電話を切った。屈辱と恐怖に唇を震わせているセミョーノフを見やった。

「お前は子供とするのが本当に好きなのだな。その女の部屋に案内しろ」

86

「地取りの報告があった。古芳と覚しい男を、白人の大男と東洋人の二人組が青ナンバーのワゴンに連れこんだそうだ。それと顔の半分を血まみれにした白人がアパートに入っていくのも目撃されている。人着等から判断して、セミョーノフことシェヴェルキンのようだ。フルヨシを連れ去ったのは、ハンとクワントリシビリにまちがいない」

芦田がいった。古芳のアパートのリビングは警官で溢《あふ》れている。アスカは全身の力が抜けるのを感じた。

「なぜ……」

「わからん。殺すだけなら、その場で簡単にできた筈だ。お前の携帯電話を逆探対象にする。古芳を人質にとって、交渉をおこなおうとするなら、相手はお前しかいない」

芦田は告げた。アスカは頷《うなず》いた。

「古芳が拉致《らち》される少し前、血まみれの姿でこのアパートにひとりで入っていくシェヴェルキンの姿が目撃されている。鑑識の話では、廊下とここの血は、おそらくシェヴェルキンのものだろうということだ。今、血液型を判定して、古芳のものと一致するかどうか調べさせている。もしシェヴェルキンなら、古芳が無傷である可能性もでてくる」

「でも階段での発砲は？　威嚇射撃で仁王を拉致できるとは思えません」

アスカはいった。芦田は少しでも自分を安心させようとしているのだ。

「階段の壁にも血痕《けっこん》がありました」

芦田は無言だった。

「仁王は車に連れこまれたとき、どんなようすだったのです？　歩いて乗りこんだのですか」

芦田は首をふった。

「いや。ハンとクワントリシビリに担がれていた」

アスカは目を閉じた。これまでのハンたちの犯行パターンを考えれば、古芳が生きている可能性は、万にひとつもない。たとえ今、生きていたとしても、用ずみになった時点で即座に殺される。

肩にそっとおかれた手に、アスカは目を開いた。

「可能性がゼロになったわけじゃない。希望をもて」

「もって、どうするんです？」

涙が溢れだした。一度流れてしまうと、涙はぬぐってもぬぐっても止まらない。

「仁王が狙われた原因はあたしなんです。ハンはあたしを妹と重ね合わせ、自分のものにしようと考えている。そんなハンにとって、仁王は一番の邪魔者でした。あたしはそのことをもっと真剣に考えなきゃいけなかった……」

「だが殺すだけなら、連れていく必要もない」

アスカは静かに泣きつづけた。芦田のいうことはわかっている。だが、どうしてよいかわからなかった。

「青ナンバーの該当車輛《しゃりょう》をNシステムで検索中だ。たとえシェヴェルキンが不逮捕特権を行使したとしても、古芳を救出するのをさまたげることはできん」

芦田はいった。だがNシステムに車が検知されても、古芳を救うのは簡単ではないだろう。

ハンはいったい何のために古芳を拉致したのか。アスカにいうことを聞かせるのが目的か。

「タンゴ」で初めて会ったときから、ハンは自分に強い関心を抱いていた。おそらくロシアで脳移植手術をうけ、ハンとなった時点で、アスカのことを知っていたのだ。そして〝妹〟として、ロシアに連れ帰ろうと思っていたのではないか。

古芳を人質にとったのは、そのためなのか。アスカに〝妹〟を演じさせる、ロシアに共に帰らせる、その行動と古芳の命を交換しようというのか。

もしもそうであったら、自分はどうする。

アスカは、万にひとつ、古芳が生存している可能性にすがって考えた。

古芳を救うには、ハンのいうことを聞く他はない。ハンが自分を手に入れたあと、簡単に古芳を殺してしまう事態は何としても避けなければならなかった。

それにはどうすればよいのか。

アスカは必死に考えていた。遠からずハンは自分に連絡をしてくるだろう。そのときどうふるまえば、古芳を救うことができるのか。

古芳を救うのは、自分より他にない。古芳を殺したら、アスカを手に入れるのも不可能だと、ハンに思わせる。

「帳場を所轄におく。いずれ、麻布の合同本部に統合することになるだろうが」

芦田の声で我にかえった。

アスカは気づいた。その手しかない。

「はい……」

「それと明後日《あさって》のことだが――」

「雲井はボリスを通してコワルスキー博士とつながっている可能性があります。彼の会談要請は、コワルスキー博士へのこちらのコンタクトに対する回答ではないでしょうか」

古芳の運命から考えをそらそうと、アスカはけんめいに努力していった。

「なるほど」

「博士はハンに関する情報をもっています。たとえハンがボリスの管理下を脱しているとしても、何か手がかりをえられる筈です」

雲井が、コワルスキーとの接触を仲介してきたのなら、何としても会わなければならない。古芳を救うためには、どんな情報であっても入手する必要がある。

「それと――」

アスカは芦田に目配せした。芦田が頷き、二人は古芳の部屋をでた。階段を降りて、野次馬がとり囲んだアパートの玄関を抜け、少し離れた路上に立った。

「ＣＩＡが本国からチームを派遣してきました。元特殊部隊員のチームで、コワルスキー博士の確保が目的です」

アスカは小声でいった。芦田は表情を硬くした。

「それは会談現場から博士を拉致する、という意味か」

「タイミングは、会談のあと、ということになっています。会談の際に情報をえられるかもしれないのと、博士をあたしが説得できる可能性に賭《か》けたのです」

「説得できたとして、博士の身柄をどっちに渡すんだ。警視庁か、ＣＩＡか」

芦田はアスカの目を見つめた。

「まずは警視庁です。今回、作戦の管理をするのはブルです。ブルはワシントンを通して、本庁公安に圧力をかける気です。博士の確保作戦の邪魔をするな、という。もし博士が警視庁への出頭に同意すれば、今度は身柄の引渡しを要求してくるでしょう」

「いずれにせよ、アメリカがもっていくということだな」

「本庁公安がＣＩＡの要求をはねつければ別ですが」

アスカがいうと、芦田は険しい顔になった。

「ＣＩＡと公安は連携している。これまでの関係を考えると拒否はありえない。博士はもともとアメリカ国籍だし、日本における容疑は旅券法違反に過ぎんからな。せいぜい、一日か二日、時間をひきのばして、できる限りの情報を絞りとるくらいだろう」

「出頭に同意しなければそれもありえません。派遣チームは、拉致作戦のプロです。捜査員が本気で阻止しようとしない限り、博士をさらっていくでしょう。ただ――」

「ただ、何だ？」

「そこにハンが現われたときが問題です」

芦田は目を細めた。

「奴が現われるという根拠は？」

「あたしです。博士とあたしが会うことがハンに伝われば、ハンはあたしの身柄をおさえにくる。仁王をここで殺さずさらったのも、そのためじゃないかと思うんです」

芦田は考えていた。

「万一、自分が捕えられそうになったときの保険にするということか」

アスカは首をふった。

「ハンは、日本の警察をなめきっています。自分が捕えられるなどとは、少しも考えていないでしょう。たとえ包囲されても、武力行使で突破できると信じている筈《はず》です。ただ、あたしを殺さずに連れだすとなると、材料が必要です。あたしはすでに奴を一度撃っている。簡単にはいうことを聞かせられないともわかっている。そのためのテコとして仁王を誘拐したというのが、あたしの考えです」

「もしハンとＣＩＡのチームがぶつかったらどうなる？　ＣＩＡは我々にハンを任せる

のだろうな」

芦田は鋭い目でいった。アスカはゆっくり首をふった。

「ＣＩＡも、ハンがひと筋縄ではいかない危険な男であることを知っています。そしてハンが、博士の身柄確保を妨害するために博士を殺しかねないことを恐れている。脳移植手術の技術を、ロシアはすでに手に入れていますが、アメリカはまだで、博士が殺されたらその差はもしかすると永久に縮まらない。そのためには、何としても博士を確保しなければならないのです」

「つまり、ハンと派遣チームのあいだで戦闘になるかもしれんというのか」

「はい。その準備はあると思います。そしてそうなったら、日本の警察は手をださないよう、ＣＩＡは前もって圧力をかけてくる筈です」

芦田は目を閉じた。

「くそ。ロシア人とアメリカ人が東京で戦争を起こすのを、日本人は手だしするなということか」

「ハンとクワントリシビリの戦闘能力の高さは証明されています。派遣チームも元特殊部隊員がそろっています。殺し屋と殺し屋の戦いなんです。一般の警察官が戦闘にまぎれこんだら容赦なく殺されてしまうでしょう」

「ＳＡＴ《特殊急襲部隊》でも駄目か」

「実戦経験を考えると、無理です。相手は犯罪者ではなく、兵士なのです。もし両者の戦いを阻止しようとするなら、自衛隊の出動を仰ぐしかないと思います」

芦田は首をふった。

「そんなことができる筈がない」

「チームに任せれば、被害は最小限度ですむ可能性があります。警官が巻き添えになるのは最悪の事態です」

はからずもアスカはブルックの肩をもっていた。芦田の目に怒りが浮かんだ。

「お前はどっちの人間なんだ!?」

「あたしは――」

いって、アスカは息を吸いこんだ。

「仁王を助けたい、それだけです」

芦田はアスカをにらんでいたが、ほっと息を吐いた。

「すまなかった」

煙草をとりだし、火をつけた。

「考えてみれば、お前はまるで望んでもいないのに、この事件《ヤマ》に根っ子からかかわっている。古芳のことさえなけりゃ、逃げだすことだってできた」

「いいえ」

アスカは首をふった。

「ハンを仕止めるのはあたしの仕事です。奴はあたしと同じ脳移植手術からの生還者であるにもかかわらず、その命を人殺しにつかっている。あたしは、犯罪を食い止めるため、手術によって生かされた。ハンは、犯罪をおかすために、手術によって生みだされた。だからこそハンを許すことはできない」

「まるでカインとアベルだ……」

芦田はつぶやいた。

「カインは最後は神によって許された。でもハンは……」

芦田は頷《うなず》いた。

「奴はキリングマシーンだ。しかも奴がもしロシアに逃げ帰ったら、日本は永久に奴を裁くことができない」

「ハンに対して、あたしは一枚だけ切り札をもっています。あたし自身です。ハンはあたしを殺すことは望んでいない、そんな気がするんです。だからあたしが現場を離脱することはありえない」

芦田の表情が不意に虚《うつ》ろになった。

「なぜこんなことになった、そういおうとした。だが、すべての原因を作りだしたのは、私だ」

皺《しわ》が深まり、目は暗い洞窟《どうくつ》のようだ。その瞬間、芦田は一気に十歳以上も老けこんだかに見えた。

「始まってしまったもの、過ぎてしまった時間をとり戻すことはできません。あたしが何度、あのときを思い返し、苦しんだか。でも今はそれをいっているときじゃありません。あたしは、あたしにできる最大限のことをするだけです」

「つまりお前は、戦闘の中心に立つというのか。男の警官、訓練をうけた機動隊員ですら手をだせない、殺し屋と殺し屋の戦いの中に飛びこむつもりなのか」

「だって、そうするしかないじゃないですか。今のあたしが生まれてこなければ、この事態は起こらなかった。あたしが今のあたしになったことに対し、芦田さんは責任を感じている。それはきっとまちがってない。でも、今のこの事態に対しては、あたしは、あたしとして存在してしまったという責任がある。だから逃げるわけにはいかないんです」

芦田はぎゅっと目を閉じた。涙がその瞼《まぶた》から流れ落ちるのをアスカは見た。

「すまない、アスカ。本当に申しわけなかった」

「やめて下さい、人が見ています」

アスカは歯をくいしばっていった。感傷や苦しみにひたるのは、少なくとも今ではない。もし古芳を失えば、自分にはその時間がたっぷりやってくるだろう。そのとき、死ぬほど泣き、後悔し、そして我が身を呪えばよいのだ。

「わかった……」

芦田は目を開き、いった。

「とにかく、明後日《あさって》の会談までにハンをあげられるよう、死にもの狂いでやる。奴に対する射殺命令をだしてでも、古芳は助ける」

87

セミョーノフが案内したのは、細くて背の高いマンションだった。建物は新しく、シンジュクの繁華街から車で十分足らずの場所にある。建物は表通りから一本奥まった位置にあり、周辺は意外にひっそりとしていた。

車にミドヴィエーチとフルヨシをおいたまま、彼はセミョーノフとともにマンションに入った。入口はオートロックになっていたが、セミョーノフは鍵《かぎ》をもっていた。

「彼女はたぶんいない。仕事にいっている筈だ」

エレベータに乗りこむと十階のボタンを押し、セミョーノフはいった。

「今でも連絡はあるのか」

「今回こちらにくる前に電話をした。店にきてくれといわれた」

「直接ここじゃなくて？」

彼がいうと、セミョーノフは不服そうに頷いた。

「彼女は若い。若い女は受けた恩を忘れてしまいがちだ」

エレベータの床を見つめつぶやいた。耳からの出血は少しおさまり、セミョーノフの頭には、ミドヴィエーチの手で包帯が巻かれていた。

エレベータが止まり、彼は先に立って廊下に踏みだした。どうやらこのマンションの住人は、セミョーノフの愛人と同じような仕事をする者が多いらしく、ひっそりと静まりかえっている。

「どこだ？」

彼がふりかえると、セミョーノフは無言でエレベータから一番近い扉に歩みよった。インターフォンを押そうとする手を止め、彼はセミョーノフから鍵を奪った。ドアにさしこみ、鍵をひねる。錠前の開く音がした。同時に、テレビからと覚しい歌声がかすかに聞こえた。

サイレンサーをつけたマカロフを抜いた。

「やめろ……」

低い声でセミョーノフがいったが、とりあわない。ドアノブをひくと、テレビの音が一気に大きくなった。

乱雑な部屋だった。ハイヒールやブーツの脱ぎ散らかされた入口に、男もののスニーカーがあるのを彼は見つけた。安っぽい香水の匂いが漂っている。

サイレンサーの先でそのスニーカーを示すと、セミョーノフの顔がこわばり、開きかけていた口が閉じた。

彼はゆっくりと室内にあがった。狭い廊下を進むと正面にリビングがある。子供じみたコミックの柄のクッションをしきつめたピンクの長椅子に、若い日本人の男がひとり寝転がってテレビを見ていた。スポーツウエアのような白い上下を着て、胸もとをだらしなく開けている。金の鎖があばらの浮いた貧相な胸にたれ下がっていた。十九か、せいぜい二十だろう。

いきなり現われた二人に、男は椅子からとびあがった。

「ナンダ、――！」

最初しか聞きとれない日本語で叫んだ。凄《すご》んでいるつもりだろうが、声が裏返っている。セミョーノフが進みでて、日本語で話しかけた。

若い男は首をふり、出口を指さした。デテケ、デテケとくり返している。

ユリという言葉がわかった。この部屋に住む女の名だろう。

「どうした？」

「ユリは、彼女は、仕事にでかけている。この男は、ユリの新しい恋人らしい」

セミョーノフはいい、彼が握っているマカロフに目を向けた。

「殺してほしいか」

彼はからかうようにいった。

「君らの仕事には邪魔だろう」

若い男が長椅子から踏みだし、二人に近づいてきた。

オラ、というのが聞こえた。デテケトイッテンノガキコエナイノカ！　コラ！

彼は首をふった。マカロフをもちあげると、男の胸板の中心に撃ちこんだ。目を丸くしたまま、棒切れのように倒れる。

「こいつの死体をどこかに移動しておけ。ここに転がっていると邪魔だ」

彼はセミョーノフに命じた。セミョーノフは無言で頷き、死体の足をつかんだ。フルヨシとちがって、ひどく軽そうだ。

銃をしまい、玄関に向かった。車を路上に止めたまま、フルヨシをミドヴィエーチと上まで運んだ。眠ったふりをしている可能性もあるので、車から降ろす前にもう一度、スタンガンで電撃を浴びせる。

「あまりやると死んでしまうぞ」

「大丈夫だ。このくらいのことでくたばる奴じゃない」

心配したミドヴィエーチに彼は答えた。エレベータでも廊下でも、誰とも出会わなかった。

部屋に入ると、フルヨシを床に転がし、長椅子にかけて彼はいった。

「車を、タワー式の有料駐車場に預けてこい。それと食い物を買ってきてくれ」

「私の薬も頼む。ひどく痛むんだ」

セミョーノフが憐《あわ》れっぽい声でいった。ミドヴィエーチが彼を見やり、彼は頷いた。

「薬も買ってきてやれ。ただ警官には注意しろ。フルヨシを俺たちがさらったことは、もう警察も気づく頃だ。奴らもけんめいに捜しているだろうからな」

「マンションの鍵を――」

ミドヴィエーチがいい、セミョーノフが渡した。ミドヴィエーチがでていくと、セミョーノフはほっと息を吐いて、長椅子にすわりこんだ。

彼は部屋の中央に立ち、内部を見回した。安っぽく陳腐で、いかにも子供の住居といった印象だ。テーブルの上に、飾りをいくつもつけた携帯電話がおかれていた。死んだ男が使っていたものだろう。

ふと気づいて、床の上に転がしたフルヨシに近づいた。仰向けにして、もちものを探る。

まずとりあげたのは、三十八口径のリボルバーだった。携帯電話もある。あとは財布と、警察官の身分証だ。

携帯電話を手に、床におかれたクッションに尻《しり》をのせた。

「電源を切った方がいい」

セミョーノフがしわがれた声でいった。

「なぜだ」

「着信可能な携帯電話は、最寄りの中継局あてに電波を発信している。逆探知されると、我々の居場所が絞りこまれる」

彼は鼻で笑った。電話の中心部にあるボタンを押すと、液晶画面に日本語の文字が浮かびあがり、スクロールされた。それを見つめた。ここにはきっと、アスカの番号も含まれている。

「日本語を読めるか」

セミョーノフに訊《たず》ねた。

「あるていどは」

セミョーノフにフルヨシの電話を投げ渡した。

「電源を切っておけといったろう」

うけとったセミョーノフがいった。

「そこにアスカの番号がのっている筈《はず》だ。調べろ」

セミョーノフは無言で電話をいじった。

「あった」

短くいうと、上着から手帳をとりだし、番号をメモし、電話の電源を切った。

フルヨシが唸《うな》り声をたてた。彼はクッションを尻の下にしいたまま、フルヨシのかたわらまでひっぱっていった。

腕時計をのぞく。「ＮＴＦ《ニューロトロフィック・ファクター》」の摂取時間が迫っていた。車からもってきた鞄《かばん》から注射器の入ったケースをだし、髪の生えぎわにあるシリコンキャップに「ＮＴＦ」の入った注射器をつきたてた。

快感と不快感の入り交じった感覚に、一瞬目を閉じる。「アフター・バーナー」さえ手に入れば、この面倒な作業も必要なくなる。

注射器をおろし、ほっと息を吐いた。足もとを見て驚いた。いつのまにかフルヨシが目を開き、彼を見あげていた。

苦痛や混乱を感じていて当然の筈だが、その目には落ちつきと、好奇心があった。

「これが何だか知りたいか？」

彼はロシア語でいって、注射器をかざした。フルヨシにロシア語が理解できるとは思えなかったし、たとえできたとしても、その口はガムテープで塞《ふさ》がれている。

「これはな、『ニューロトロフィック・ファクター』といって、俺の脳味噌《みそ》の薬なんだ。こいつを射ちつづけないと、やがて俺は怪物になっちまうらしい」

フルヨシの表情はかわらなかった。ただ瞬《まばた》きするだけで、彼を見つめている。

「その男にロシア語は通じない」

セミョーノフがいった。フルヨシの首が動き、そちらを見た。

「わかっている。ただ俺が話したかっただけだ」

彼はいい、フルヨシの肩に開いた銃弾の傷に指をのばした。

「弾丸はきれいに抜けたようだな。血も今は止まってる」

さすがにフルヨシの体がこわばった。

「今すぐお前を殺す気はない。『アフター・バーナー』を手に入れるためにお前は必要だからな。それより、アスカの話をしよう。セミョーノフ、通訳しろ」

彼は命じた。

「騒がないなら、これを外してやる。お前も俺と、『ヴォールク』と、話をしたいだろう」

その言葉をセミョーノフが訳すと、フルヨシはゆっくり顎《あご》を動かした。

彼はフルヨシの口元に貼りつけていたガムテープをはがした。同時にマカロフをフルヨシの目に見える位置にかざした。

「お前が油断できない男だということはわかっている。もし俺を怒らせるような真似をしたら、その目に弾丸を撃ちこむからな」

その言葉に対する答は、質問だった。

「なぜ俺を襲った？」

「お前がアスカのパートナーだからだ。パートナーを失えば、人は誰でも孤独になる。アスカに孤独を感じさせてやりたかった」

「アスカを憎んでいるのか」

フルヨシは訊ねた。

「憎む？　とんでもない。俺とアスカは兄妹だ。俺はあの子をシベリアの大地に連れて帰ろうと思っているだけさ」

「アスカがそれを望むと思うのか」

「最初は望まないだろう。だが帰れば思いだす。自分の故郷がそこだってことを。そうして俺とアスカは、二人でシベリアで暮らしていくんだ」

「そんなことができる筈はないだろう。アスカだけじゃない。お前だってこの国から逃げだすのは不可能だ。ここはロシアとはちがう」

彼はフルヨシの顔をのぞきこんだ。

「そんなことをお前が心配する必要はない。それよりアスカの話をしようじゃないか。特に、アスカが、今のアスカになる前のことを聞きたい。お前は知っているのだろう」

フルヨシは沈黙した。が、やがていった。

「アスカの何を知りたいんだ」

「子供の頃のアスカのことさ。きっと、輝くように美しい少女だったのだろう？」

フルヨシの目が皮肉げな光を浮かべた。

「アスカの子供時代を俺は知らない。だが、たぶんお前の考えているような娘じゃなかった。奴はいつも誰にも負けたくない、誰にも頼りたくないと願って生きてきた」

信じられなかった。

「なぜそんなことを思う必要がある？」

「アスカは決して、人が守ってやりたくなるような子供じゃなかった。むしろ、常に弱い者を守ろうとしてきたんだ」

彼はフルヨシを見つめた。

「お前は昔のアスカを知らない。昔のアスカは、今のようにきれいでもなく、細い体つきでもなかった。アスカはいつも、男にまちがわれてばかりいた」

それを口にするとき、なぜかはわからないがフルヨシは笑みを浮かべた。

「そのことに腹を立てていたが、それもまた自分だと、うけいれてもいた。アスカは優秀な刑事で、その上、たいていの男はアスカを負かすことができないほど、戦闘能力にも優れていた」

　彼は首をふった。アスカが強い意志をもっていることはわかる。だがその肉体に優れた戦闘能力が備わっていたとは思えなかった。たとえ、脳移植をうける前の話だとしても。

「お前たちはその頃からパートナーだったのか」

「そうだ」

「お前はそのときのアスカをどう思っていた？　男おんなと思っていたのか」

「いや。俺は、女として、アスカに惚《ほ》れていた。アスカと結婚することも考えていた」

「なぜしなかった？」

　フルヨシの目が彼の目をのぞきこんだ。

「あいつが脳移植をうけたからだ。それによって、あいつの中身はともかく、外見は、根底からかわってしまった」

「美しくなることにお前は反対なのか」

「美しくなるのはかまわない。だが俺がいっしょになりたいと思ったアスカの姿は、今のアスカとはちがった。それを誰よりもあいつ自身が知っている。アスカにとって、自分は美しくなりすぎた。その結果、他人の自分に対する気持が信じられなくなった」

「お前の気持もか」

「そうだ」

彼は首をふった。美しくなることに、何の抵抗を感じる必要があるだろう。美しくなれば、自分の価値は高まるのだ。

「お前は嫌な男だ」

彼はいった。

「醜かった頃からアスカを愛していたという理由だけで、自分に価値があると信じているのだろう。美しくなったアスカを、過去への貸しで縛りつけているんだ」

「ちがう。俺はただ、待っていただけだ。アスカが気づいてくれるのを。俺が欲しかったのは、アスカの中身だってことに」

「聖人のようなことをいう」

彼は笑った。

「わかるべきなんだ。お前はもう、今のアスカにふさわしくない、ということを」

フルヨシが怒るのを期待して、彼はいった。だがフルヨシの表情はかわらなかった。

「わかっていたさ」

淡々とフルヨシはいった。

「アスカはもう昔のアスカじゃない。美しくなっただけじゃない。頭もよくなって、俺なんかよりいろいろな知識もたっぷり身に付けた。そんなアスカに、俺みたいな男はつり合わない。だからアスカが俺から離れていくというのなら、決してひき止めないつもりだった」

「じゃあ、いい機会だな。お前はアスカの前から消える。永久に」

「アスカが俺を必要ないと思うのなら」

彼は再びフルヨシをのぞきこんだ。腹立たしくなっていた。この男は、世界で自分が一番、アスカを愛し、アスカを理解していると信じている。それを叩《たた》き壊してやりたい。殺すのは簡単だ。だが今死ねば、この男がその考えの誤りに気づくことがない。

「お前はまちがっている」

彼はいった。

「まちがっているのはお前だ、ハン」

フルヨシは静かに答えた。

「アスカとお前のあいだには何のつながりもない。お前は手術の後遺症か何かで、自分とアスカとのあいだには特別な関係があると思いこまされているんだ。アスカがお前を必要とすることは、決してないんだ」

その瞬間、ミドヴィエーチが帰ってこなければ、彼はフルヨシを殺していたろう。ドアが開き、大量の荷物をかかえたミドヴィエーチが入ってきた。

マカロフのトリガーにかけた指を、彼はゆっくりと離した。大きく息を吸い、告げた。

「どちらがまちがっているか、じきにわかる。待ってろ。お前がまちがっていれば、そのときは、すぐに殺してやる」

88

「古芳の携帯電話の電波を、新宿で受信した。だが中継局の絞りこみには失敗した。電源が切られたようだ」

芦田が告げた。アスカは芦田とともに所轄署に設けられたばかりの捜査本部に移動していた。

「それと血液型を判定した結果、古芳の室内や廊下で採取されたものはＡＢ型、階段の踊り場の壁に付着していたものはA型とわかった」

「仁王はA型です」

芦田は頷《うなず》いた。

「撃たれたのが古芳であるのは、ほぼまちがいない。ＡＢ型はおそらく、シェヴェルキンのものだ」

「仁王は、血まみれのシェヴェルキンに救いを求められ、いっしょに外へでた。シェヴェルキンはロシア大使館にいたとき、あたしの情報を探るのが仕事だった。だからあたしの家だけでなく、仁王の家を知っていてもおかしくはありません」

「でたところで、ハンとクワントリシビリが待ちうけていた、ということか」

アスカは頷いた。

アスカの携帯電話は、二人がはさんだ机の上にあった。捜査本部のおかれた署の、小会議室だ。

ハンがこの電話を通して連絡をしてくることはまちがいない。着信と同時に、逆探知が開始される。すでにＳＡＴと機動隊が、出動に備えて、待機していた。

早く、連絡をしてこい。アスカは願って、いく度も携帯電話を確認していた。だが、ハンからかかってくることなく、もうすぐ午前零時になろうとしていた。

「少し休め」

芦田がいって、席を立った。

「明後日《あさって》、もう明日か、のこともある。お前がへばったら、古芳を助けられんぞ」

「わかっています」

そのとき、携帯電話が鳴った。液晶画面には「公衆電話」という文字が表示されている。芦田が会議室のドアを開け、

「着信！」

と怒鳴った。オペレータがとびこんできて、録音機材を作動させる。同時に電話会社に連絡が送られた。

「——はい」

アスカは電話を耳にあてた。

「セミョーノフです。ミス・カンザキ」

ロシア訛《なま》りのある日本語がアスカの耳に流れこんだ。

「あなたたちがこの電話を逆探知しようとしていることはわかっています。私が拘束されれば、古芳刑事はただちに射殺される」

セミョーノフの声は、わずかにかすれていた。声も小さい。

「古芳刑事が現在も生きているという証拠はあるの？」

「私の言葉だ。彼はあなたにとって必要なパートナーでしょう。『アフター・バーナー』のサンプルを用意しなさい。それを、コワルスキー博士に渡すのです。そうすれば、古芳刑事は解放される」

「ハンはそこにいるの？」

「いますよ」

「だったら、奴に伝えて。もし古芳刑事が死んだら、あたしも死ぬ。あんたは永久に、ワーニャをとり戻せない」

「伝えます。また連絡します」

電話は切れた。

アスカは芦田を見た。

「セミョーノフことシェヴェルキンでした」

芦田は頷いた。やりとりは、録音機材を通じて、芦田も聞いていた。

「やけに声が小さかったな。こっちの機械の影響か」

訊《たず》ねられたオペレータは首をふった。

「公衆電話のマイクは高い機能があります。声が小さかったのは、通話者本人の事情でしょう」

「セミョーノフが伝えてきた情報は断定的で、こちらに一切の妥協を許さない内容です。にもかかわらず、その声が小さいということは、セミョーノフ自身が消耗している状態にあるのを示しているのだと思います」

「逆探はどうした」

「やっています」

オペレータが答えた。内線電話を耳にあてている。

逆探できたとしても、セミョーノフを捕えるのは難しいだろう。

「セミョーノフに怪我を負わせたのは、ハンです。その理由はわかりませんが、ハンにとってセミョーノフは、通訳以上の価値はありません。セミョーノフを拘束したら、仁王が殺されるという言葉は、ただの威《おど》しとはとれません」

「ハンがセミョーノフの管理下にあるとは考えられないか」

「もしそうなら、セミョーノフは自ら進んで怪我を負ったことになります。仁王を拉致《らち》するのだけが目的とすれば、セミョーノフ自身にとってさほど意義のある行為とはいえないと思います。あたしと仁王に執着しているのは、セミョーノフではなく、ハンです。

セミョーノフが消耗しているという状況を考えると、事態はハンがコントロールしていると判断すべきです」

　アスカはいった。真剣に頭を働かせるべきときだった。誘拐事件では、犯人側との駆け引きの推移が、人質の生命を左右する。そのためには、事件が誰によってコントロールされているかを把握するのが、重要な課題だ。

「では何のためにセミョーノフは、ハンをサポートしたんだ？　もともとセミョーノフがハンの部下だったわけではないだろう」

　芦田がいった。

「セミョーノフの上司はソコロフというＳＶＲの幹部です。セミョーノフの来日は、ソコロフの指示によるものと考えるのが妥当です」

「わからんな」

　芦田はつぶやいた。

「脳移植手術の技術は、コワルスキー博士を手もとにおく限り、ロシアが握っている。お前や『アフター・バーナー』にＳＶＲが固執する理由は何なんだ？」

「仁王を誘拐したのは、ハンの暴走です。にもかかわらず、傷つけられたセミョーノフがハンと行動を共にしているのは、やはりソコロフからの指示があったからだとしか考えられません」

「するとソコロフとハンの関係はどうなる？　対等なのか。それとも、ハンの方が上位にあるということなのか」

　アスカは首をふった。

「それはわかりません。しかし一方的にソコロフがハンに対し、優位にあるとも思えないのです。たとえば、ハンの本当の人格は『狼』ことセルゲイ・レドフスキーです。レドフスキーは、殺人犯としてロシア司法当局の追及をうけていました。その過去を抹消するために、ハンの肉体に入ったのだと我々は考えています。しかし、ハンもまた犯罪容疑者であり、司法当局にデータがおかれている身です。本当に過去の抹消が目的だったなら、もっときれいな人間の肉体に移植をおこなうべきだったと思うのです」

「両方とも犯罪者で、死刑になってもおかしくない人間だからこそ、手術の対象にされたのかもしれん」

　芦田はアスカを気づかってか、いいにくそうに告げた。アスカは首をふった。

「計画の始動段階では、それも少しはあったかもしれません。でも、脳移植そのものが公開できない性質の手術です。たとえば、あたしとはつみの場合は、はつみ自身の脳死が確定していました。しかしハンはおそらく脳死状態にあったわけではなく、手術のために殺害されたのです。そうでなければ、コワルスキー博士が、ハンの素姓についてあたしに嘘をつく理由がありません。殺人を前提とした手術なら、肉体の持主が犯罪者である必要はなかった」

「つまり？」

「レドフスキーほど大物ではないにせよ、当局に記録をもたれているハンは、たとえ移植後であっても、ソコロフにはコントロールしやすい存在です。いざとなれば、アレクサンドル・ハンとして逮捕し、監禁あるいは処刑ができるわけですから。しかし一方でその方法をソコロフがとった理由を考えると、ソコロフとレドフスキーの関係がどちらかの優位にかたよったものではない、と想像できるのです」

　芦田は無言で考えていたが、いった。

「ソコロフも、レドフスキーと対するためには切り札が必要だった。せっかく過去を抹消してやったのに、いうことを聞かなくなる可能性がある。そこでわざと犯罪者の体にレドフスキーの脳を移植したというわけか」

「ええ。レドフスキーは、通常の殺し屋なら二の足を踏むような、『ボル・ブ・ザコーネ』と呼ばれる親分クラスやチェチェンマフィアのボスであっても、平気で手にかけてきた男です。一匹狼で、クワントリシビリ以外の仲間をもたず、金だけのために、数えきれない人の命を奪ってきた。そんな男を、ＳＶＲといえども簡単には飼いならせないでしょう」

「なるほど。その上でソコロフは、移植後のハンがもつお前への執着をカードに加えようと、セミョーノフを情報収集に動かしたということか」

　アスカは頷いた。

「あたしの勘がまちがっていなければ、ソコロフは恐ろしいほど、先が読める男です。

もしかすると、ハンと妹とのあいだにあった複雑な事情やレドフスキーの幼少時代の事故などから、あたしへの執着をカードに使えると、最初から想定していたのかもしれません」

「そこまで――」

「コワルスキー博士のスポンサーとなったのもソコロフです。ありうることだと思います。ただ、ひとつだけ腑《ふ》に落ちないのは、そこまでしてコントロールを手にしたハンを、なぜ偽ドルの回収とチェチェン人の処刑などという仕事に回したか、です。確かにロシアの国益にはかなうことでしょうが、ハンの行動は、ＳＶＲやソコロフにとっても、あまりに過激で危険すぎると思うのです」

「裏に別の目的があると？」

「今回のこの任務に関しては、あたしという要素があって、これ以上の複雑化はかえって危険です。ただ、ある種のテストだったのではないかと……」

「テストだと？」

芦田の顔色がかわった。

「テストのために、二十人以上の人間を殺し、警察官を誘拐したというのか」

「もしハンが再び脳移植手術をうければ、すべての容疑は宙に浮きます。現行の刑法では、人格ではなく人間そのものに罰則を科すことしかできません。たとえハンが何十人を殺そうと、脳移植手術さえうけてしまえば、その容疑を逃れられるのは明白ですから」

「だがそんな手間までかけて、ひとりの殺し屋を何度も再生させるメリットが、ソコロフやＳＶＲにあるのか。腕のよしあしはあるだろうが、殺し屋など金さえ払えば、いくらでも調達できるだろう」

「腕のいい殺し屋を、ある特殊な目的だけのために確保するとなると、簡単ではないと思います。その目的が、特に秘密を守らなければならない種類のものだとすれば、犯行を重ねさせておいて、司法の追及をかわしつづけるのは、かなり困難です」

芦田は唇をかんだ。

「確かに、殺し屋というのはふつう組織に帰属している。フリーランスといっても、腕が悪くて、組織の信用を得られない者が大多数だ。一方で組織に帰属している人間を、個人的な利益のために使おうとすれば、組織全体の疑いを招かざるをえない。しかもたとえ組織に帰属していても、犯行を重ねていけば、いずれ司法の追及をうけることになる。たとえその組織が、国家的な機関であろうとも、表面上は法治国家の体裁をとっている限り、免れられるものではない」

アスカは頷《うなず》いた。

「ＣＩＡの殺し屋で、命令によって人殺しをしているとしても、警察やＦＢＩは、殺人の疑惑が公になれば、追及をおこないます。マスコミが存在する限り、それはロシアでも同じです。かつての全体主義国家ではないのですから。元ＫＧＢのソコロフが、そういったやりにくさを、現在のＳＶＲに対して強く感じていたとしても不思議ではありません」

「つまりソコロフがレドフスキーを再生させ、日本でテストをおこなった、真の目的は、ソコロフ自身の個人的な利益追求のためにある、と思うのか」

「あくまで仮定ですが」

「だがここまで事態が錯綜《さくそう》した状況で、本当にハンをコントロールできるものなのか。情報だって、簡単には手に入れられないだろう。ボリスは、ハンとは別行動だろうし」

「はい」

アスカが答えたとき、オペレータが割りこんだ。

「逆探完了しました。新宿区大久保《おおくぼ》二丁目の公衆電話ボックスです。捜査員が急行しています」

「手をだすな。たとえセミョーノフらしき人物を発見しても、手をだすな、といえ」

芦田はいった。

「セミョーノフもプロのスパイです。尾行すれば、当然、気づかれるでしょう」

アスカはいった。芦田は頷いた。

「セミョーノフに関しては、公安が動いている。情報を送れば、部隊を新宿一帯に展開させる筈《はず》だ。セミョーノフと対するのは、公安に任せた方がいい」

「その向こうにハンこと『狼』がいます」

芦田はアスカを見た。

「だから？」

「公安も手はだせない。ハンとぶつかったら、死体の山です」

「そのためにSATがいる」

「仁王はどうなるのですか」

「わかっている。だが、このまま明日まで手をこまねいているわけにはいかない。第一、古芳が殺されないでいるという保証はどこにもない」

芦田のいう通りだった。誘拐事件では、捜査の停止、後退は許されない。ましてハンはすでに二十人以上を殺害している。

「退《ひ》けば、負けだ」

芦田はアスカの目を見つめ、いった。

「古芳を救うためにも、全力を新宿一帯に投入する」

アスカは顎《あご》をあげ、芦田を見つめた。

「中目黒にいってきます」

「中目黒？」

麻薬取締部に戻る、と告げたのだ。

「『アフター・バーナー』の化学構造式を手に入れてきます。もし明日までにハンを捕えられなければ、コワルスキー博士との会見が唯一のチャンスです」

「アスカ――」

芦田は息を呑《の》んだ。アスカは深呼吸し、いった。

「『アフター・バーナー』の現物を渡すわけではありません。しかし偽の化学構造式では、脳医学者である博士を欺くことも不可能です」

「取引に応じる気か」

アスカは頷いた。

「その携帯電話はおいていきます。もしセミョーノフから連絡があったら、あたしは『アフター・バーナー』をとりにいっている、と伝えて下さい」

「本気なのか!?」

「仁王を助けるためなら」

アスカは静かに答えた。

89

麻薬取締部の建物は静かだった。ハナコの襲撃事件以降、出入口は夜間、施錠されるようになったが、当直員が監視カメラを見て、内部からロックを解いてくれる。

捜査課の部屋に入っていった。そんなに日数はたっていないが、ひどく久しぶりのような気がした。

自分の机に腰をおろし、ほっと息を吐いた。部屋には今、誰もいない。

机に額を押しつけ、目を閉じた。今までおさえつけていた不安と恐怖がこみあげてくる。

もし古芳が死んでいたら。

自分も死ぬといったのは嘘ではなかった。今度こそハンの息の根を止めるか、自分が死ぬか、だ。

化学構造式は、二階の鑑定資料室にある。外部とつながっていない、そこのコンピュータを叩けば、でてくる筈だ。押収した薬物などは厳重に保管されているが、化学構造式は、パスワードを知る部員ならば読みだせるシステムだ。

ふと、人の気配に気づいた。顔を上げ、ふりかえると、ジャージ姿の大林が部屋の入口に立っていた。

「大林さん」

「どうした、お嬢。ひでえツラだぞ」

いってから、大林は頬をゆるめた。

「おっと、もう『お嬢』とは呼ばねえって、いったのだっけ」

大林は松葉杖《づえ》もとれ、ようやく通常任務に復帰していた。

「いいんです。大林さんこそ、何してるんです？」

「電話の当直が、カミさんが産気づいちまったもんで、急遽《きゅうきょ》、代役だ」

電話というのは、二十四時間、麻薬取締官が対応する、「麻薬・覚せい剤相談電話」

のことだった。中毒者やその家族からの相談に対応するホットラインだ。その多くは、深夜、カタギの生活をする人々が寝静まるような時刻にかかってくる。

アスカは頷いた。

「で、どうです？」

「今日は静かなもんだ。きのうはタレこみの電話が二本あったが、どっちもガセだった。お嬢こそどうした？　こんな時間に」

午前三時を過ぎていた。

大林の顔を見つめた。アスカは不意に涙が溢《あふ》れでてくるのを感じた。

ここには〝日常〟がある。違法薬物を追い、密告や、薬と手を切りたい、切らせたいと願う、切羽詰まった中毒者やその家族の相談に応じ、売人や密輸業者を逮捕するような仕事であっても、麻薬取締官という職業に就く者にとっては、ひとつの〝日常〟なのだ。

マスコミを通じて世間を驚かすような大捕物も、ときには命を失いかねない被疑者との大立回りも、地道な情報収集や長い潜伏捜査も、すべては〝日常〟だ。

職務として犯罪に向きあい、職務としてそれを解決する。ささやかな誇りや上司・同僚のねぎらいもそこにある。

人類が決して手を切ることができず、しかしその蔓延《まんえん》もまた決して許してはならない、麻薬との戦いをつづけていけるのも、それが〝日常〟であるからこそ、なのだ。

人は、職業であるがゆえに、長く、苦しい道を歩いていけることもあるのだ。職業であるがゆえに、独りぼっちではなく、同じ使命感をもち、励ましあえる同僚がいる。だが今の自分は独りだ。脳移植という運命にさらされた人間は、世界に自分をおいてはたったひとりしかおらず、そのひとりが、最大の敵として立ちはだかっている。

ロシアやアメリカの情報機関や特殊工作員までもを巻きこんだ、この戦いに、勝者は果たしているのか。

自分の願いは、この〝日常〟の中で、麻薬との戦いをつづけていくことだけだった筈だ。

なのに、どうしてこんなにも遠くへきてしまったのだろう。その上なぜ、この〝日常〟を裏切るような真似をしなければならなくなってしまったのだろう。

「アフター・バーナー」の化学構造式を入手し、コワルスキーに渡す行為は、明らかな裏切りなのだ。だがそれをしないで、古芳を救いだせる可能性は、おそろしく低い。

今、自分は、目の前の大林や、大林に代表されるような〝日常〟を、裏切ろうとしている。彼らの地道な戦いの糧を、無断で盗みだし、それを悪用するかもしれない者に手渡そうというのだ。

戻れない。もう、この〝日常〟に戻ってくることはできない。その思いが、不意にアスカを泣かせたのだった。

静かに泣きつづけるアスカを、大林は無言で見つめていた。煙草をとりだし、火をつける。

「――すいません。急に……」

「別に気にすんな」

大林は言葉少なにいって、煙草を吹かした。やがてぶっきら棒に訊《たず》ねた。

「あのごつい刑事と喧嘩《けんか》でもしたのか」

アスカは首をふった。深呼吸し、心を落ちつかせる。

「そんなことはありません」

「じゃ、どうした」

いうべきなのか。いってはいけない。もしいえば、大林はこれから自分がおこなう裏切りを知ることになる。知って許せば、大林も責任を問われずにはすまない。

黙りこんだアスカから、大林は目をそらした。息を吐く。

「いいたくなきゃ、別にいいよ。俺は仮眠でもとってくる。もし、相談電話鳴ったら、起こしてくれ。お前さんが代わりに答えてくれてもいいけどな」

いって、立ちあがった。

「はい。申しわけありませんでした」

「気にすんな」

大林が捜査課の部屋をでていくと、アスカは大きく息を吐いた。鑑定資料室にいくのは少し待ってからの方がいいだろう。

そのとき、電話が鳴った。外線からだ。アスカが受話器をとるより早く、別室にいた大林がとった。

が、数秒後、

「おーい、英語の電話だ。神崎、とってくれ」

大林の叫び声がした。

「こっちでとります」

アスカは叫び返し、切りかえボタンを押した。

「はい、麻薬取締部です」

英語で応《こた》えると、訛《なま》りのある英語がいった。

「エージェントのミズ・カンザキをお願いしたいのだが」

「あたしがカンザキです」

聞き覚えのない声だった。セミョーノフともちがう。

「初めまして、ミズ・カンザキ。私はソコロフという者です」

アスカは息を吸いこんだ。

「今、あなたはきっと職場である麻薬取締部におられるだろう。そう思って、電話をしてみました。私の勘は正しかったわけだ」

「あなたとこうやってお話ができるとは、あたしも思いませんでした。ミスター・ソコロフ」

アスカは答えた。

「大切なことをあなたにお伝えしたいと思って電話をしたのです。あなたが心配しておられる人物は、現時点で生命に別状はないし、あなたが適切な行動をとりさえすれば、今後とも同じ状況でしょう」

「それはどういう意味ですか」

「あなたがそこにいる理由とかかわっている。我々が必要としている品を提供していただければよいのです。それと――」

ソコロフは言葉を切った。

「明日の、博士とあなたの会談を誰にも邪魔させないこと」

「ずいぶん大胆な要求ですね。あたしにそんな大きな権力があるとでも思っているのですか」

部屋の入口に大林が立っていた。アスカはすばやくメモに走り書きをして、さしだした。

『芦田警視長にTELして下さい、この電話の逆探を願います』

大林は受けとり、頷《うなず》いて立ち去った。

「日本の警察に対しては難しいでしょう。しかし、アメリカ人のお友だちには、影響力をおもちの筈《はず》だ。彼らは、あなたから多くの情報を得られると信じているだろうし」

「ブルックを排除させようとしたのは、あなたなのね」

「何の話かな」

「ミスター・ソコロフ、いったい何の目的で、アレクサンドル・ハンの体にレドフスキーの脳を移植したの？」

　ソコロフは沈黙し、やがていった。

「驚きましたね。あなたはその情報をどうやって手に入れたのですか。コワルスキー博士ですか」

「博士はハンが脳移植者であることを、あたしには告げてない。いくつかの情報を総合して、あたしたちはその結論に達した」

「素晴らしい。私は、日本の司法当局の捜査能力を見くびっていたようです」

「あなたはハンの肉体に入ったレドフスキーとクワントリシビリに、一千万ドルの偽札を日本で回収するよう命じた。でも、それはあなたの本当の目的じゃない」

「それは誰の考えですか」

「あたしの考えよ。大金をかけ、危険をおかしてまで再生させたレドフスキーに与えるには、日本での任務は単純すぎる」

　ソコロフはそっと息を吐いた。

「それにお答えすることはできそうにありません」

「あなたが今この瞬間、日本にいることが、それを肯定しているわ。ボリスは、レドフスキーたちに対するコントロールを失っている。セミョーノフは、傷つけられ、威《おど》されて通訳の役割しか果たしていない。レドフスキーをコントロールできるのは、あなただけ。だからこそ、あなたはあたしに接触をしてきた。『アフター・バーナー』を入手したら、ただちにレドフスキーを別の任務につけるつもりでしょう。なぜなら、彼はまた新しい脳移植手術をうけ、別の肉体の中に入る。その適合のために、『アフター・バーナー』が必要なのよ」

　ソコロフは沈黙していた。が、やがていった。

「どうやら私が見くびっていたのは、日本の司法当局ではなく、あなた自身の捜査能力だったようだ」

「いいこと、セミョーノフにもいったけど、もしフルヨシを死なせたなら、あなたたちは決して欲しいものを手に入れることはできない。『アフター・バーナー』も、あたしも。それどころか、地の果てまで追いつめられることになる」

「アメリカ人のあなたの友だちによって？」

「あたしは、フルヨシを助けるためなら、悪魔とだって手を組むわ」

「だったら私と手を組むべきです。あなたをロシアに招待したい。報酬ももちろん用意しますし、あなたとフルヨシ刑事には指一本触れないことを誓いましょう」

「あなたの誓いなど何の役にも立たない。あたしは、レドフスキーに誓ってほしいわ。『ヴォールク』と呼ばれた、大量殺人鬼に」

「ミズ・カンザキ。あなたは非常に賢いが、同時にひどく危険な賭《か》けをしようとしている。我々とアメリカ人の両方を天秤《てんびん》にかけ、望むものだけを手に入れられる確率はとても低い。我々を選択することを、私は勧めます。何より、我々には、フルヨシ刑事がいる」

「卑怯《ひきょう》者」

アスカは吐きだした。

「我々の世界では、それは優秀であることと同義語だ。あなたが賢明な選択をされるのを望んでいます。それでは」

「待ちなさい。フルヨシを解放して！」

「ロシアで再会できますよ」

電話は切れた。アスカは受話器を握りしめた。

唇をかみ、受話器を戻した。自分の考えが正しかったことを、ソコロフからの電話は証明した。だが、古芳を救う、何の役にも立たない。

「――逆探だが」

大林の声にふりかえった。

「向こうは特殊な装置を使っていて、不可能だったそうだ」

「そうですか」

アスカは顔をうつむけた。大林はそのようすを見ていたが、いった。

「俺の聞きちがいでなけりゃ、古芳を解放しろとお前はいってなかったか」

「はい。いいました」

アスカは自分でも虚《うつ》ろに聞こえる声で答えた。

「あいつが人質になっているのか」

アスカは大林を見て頷いた。

「ハンか」

「そうです」

大林は唸《うな》り声をたてた。

「何のためにだ。人殺ししかしてこなかった野郎が、いったい何だって刑事をさらう」

「『アフター・バーナー』です」

「『アフター・バーナー』？」

「『アフター・バーナー』は、脳移植をうけた人間の、拒否反応を弱める効果があるらしいのです」

「何だって……」

「ハンは、アレクサンドル・ハンという男の体に、レドフスキーという殺し屋の脳を移植して作りだされた人間なんです。それをしたのが、ロシアの情報機関ＳＶＲの幹部で、今電話をかけてきたソコロフです。ソコロフは、古芳刑事の命とひきかえに『アフター・バーナー』の現物、あるいは化学構造式を要求してきました」

「なめてやがる。俺たち麻取や日本の警察を何だと思っているんだ」

「ＳＶＲに対抗して、脳移植手術の技術を入手すべく、ＣＩＡも動いています。ただ、まだＣＩＡは、『アフター・バーナー』のことを知りませんが」

「古芳がさらわれたことは？」

アスカは首をふった。ブルックにいえば、作戦は変更される。ブルックは、アスカと古芳の仲を知っている。不測の事態を防ぐため、アスカをすぐにアメリカへ連れていこうとするだろう。

「つまり、ＣＩＡは味方じゃないってことだ」

「あたし個人にとって、味方はいません。警視庁も、頼ることはできない」

そのとき、アスカの、もう一台の携帯電話が鳴った。芦田とのホットラインだ。

「芦田だ。今、報告を聞いた。ソコロフが接触してきたそうだな」

大林がその場を離れる気配があった。

「ソコロフは日本にいます。ハンをコントロールするためにきているんです。進行中の事態を把握しており、あたしに『アフター・バーナー』をさしだすよう、プレッシャーをかけてきました」

「わざわざそのために電話を？」

「暴走しているハンをあたしたちが信用できず、取引を拒むかもしれないと思ったのでしょう。自分がコントロールしている限り、仁王は傷つけられない。安心して取引に応じろ、というつもりだったのだと思います」

　芦田は黙った。

「ソコロフは、本当に事態をコントロールしているのだろうか」

「わかりません。ハンの体にレドフスキーの脳が移植されているとあたしたちがつきとめたことを知ると、驚いていました」

「つまり自分の計算が我々に知られていることを知ったわけだ」

「必ずしも彼が全面的な優位に立つわけではないと、思わせたかったのです。仁王を、不用品として処分させるわけには絶対いきませんから」

「わかった。こちらにも新しい情報が入った。セミョーノフが在日大使館に勤務中、新宿で働いている日本人ホステスと愛人関係があったことが、公安の資料から見つかった」

「そのホステスの住所は!?」

「今、公安の部隊が動いている。心配するな、情報は逐次知らせるし、君に無断で突入行動などはさせない」

「本当ですね」

「約束する。公安部には、ＣＩＡからのきついプレッシャーもあって、やる以上は内閣官房の承認が必要となっているのだ」

　重い。捜査活動のあらゆる部分に重い枷《かせ》がかかり始めている。捜査の規模が拡大し、動員される人員と機材がふくらむ一方で、素早い対応が困難となる状況が生まれていた。

　そのきっかけを作ったのは自分だ。ＣＩＡをひきこみ、ソコロフのいった通り、天秤の片方に彼らをのせた。ただ天秤の反対側にのるのは、ＳＶＲだけではない。天秤の皿はふたつではなく、三つに分かれ、警察や日本政府がのる皿もあった。

「この件に関しては、私が現場の情報統制を担当している。信じてくれ」

芦田はアスカの懸念を悟ったようにいった。

「心配です。政府と警察とＣＩＡが三すくみになって、仁王を見殺しにするのじゃないかと」

「それはさせない。承認が必要ということは、裏をかえせば、承認が得られれば思いきった手が打てるという意味だ。警視庁に所属するＳＡＴの全部隊が招集され、待機中だ」

時間が鍵《かぎ》なのだ。アスカは気づいた。明日になったら、アスカとコワルスキー博士の会談をめぐる全環境を掌握すべく、ＣＩＡは日本政府に圧力をかけてくる。警察をうしろに退かせ、アメリカからきた工作部隊を前面にだして、博士の身柄を確保しようとする筈《はず》だ。ＣＩＡの目標はコワルスキー博士だ。

一方、警視庁はハンを捕えることをその第一目標においている。今日中にハンを捕えられたら、ＣＩＡの要求通り、コワルスキー博士をアメリカに渡すことに抵抗はない。

「今日中にハンを捕えられれば、丸くおさまる。警視庁はそう考えているのじゃないですか」

「そうだ。博士をアメリカに渡すことには、さほどの問題がない。だが、警察官も含む大量の被害者をだしている殺人犯を、アメリカからやってきた特殊部隊に殺させるわけにはいかない。我々の手で捕え、裁判にかけ、刑を執行する。それがなされなければ、日本警察の存在意義が根底からくつがえることになってしまう」

　日本とアメリカの政治的駆け引きの中で、警視庁が唯一、メンツを保てるのが、今日中のハン逮捕ということだ。警視庁はそのために総力を挙げようとしている。当然、アスカの存在は、その目的に対してさほど重要ではない。

「わかりました。今日一日は、あたしは自由だということですね」

「公安は君に人をつけたがったが、それは思いとどまらせた。横浜での一件のおかげで、向こうも扱いに悩むところがあった。それが幸いした」

　芦田はいった。

「もしハンの居どころが判明して、突入をするような展開になったら、必ず知らせて下さい」

　アスカは念を押した。

「もちろんだ。時間はある。心配するな」

　芦田はいって、電話を切った。

　アスカは息を吐き、携帯電話を額に押しつけた。

　セミョーノフとハンは行動を共にしているだろうが、ソコロフもそこにいるのだろうか。

　その可能性は低い。ソコロフは、ＳＶＲの幹部という立場にある。銃撃戦や誘拐などの重大犯罪の場には決していあわせないように動くだろう。おそらく大使館か、あるいは大使館関係者すら知らない場所に身をおいて、外側から事態をコントロールしているにちがいなかった。現段階では、ソコロフに関する情報は少なく、その身柄を警察がおさえられるだけの法的根拠もない。

ソコロフが日本にきていると、ブルックが知れば驚くだろう。同時に、作戦の見直しも迫らせることになる。

しかしそれを教えるのは、大林にも話した通り、危険だった。アスカの行動の自由が奪われるだけでなく、コワルスキー確保作戦の障害となる要求を排除するためにも、警視庁の行動を制限してくる可能性――今日一日という限られたチャンスすら使わせまいとしてくる――が、あった。いざとなれば、ブルックは古芳を見殺しにする。情報機関とは、そういうものだ。

疲労と緊張で、全身が重く、一度すわってしまうと動けなくなった。心も体も限界にきている。今は少し、休んだ方がいい。今しか、休めるときがないのだ。

気づくと目を閉じていたようだ。かたわらに人が立つ気配に、アスカははっとした。

「休め」

大林がいった。手にプリントアウトした紙をもっている。

「こいつをとりにきたのだろ。かわりにだしておいた」

その紙を見やり、アスカは目をみひらいた。化学構造式が並んでいる。

「大林さん！」

「心配すんな。警察とちがって、うちは小回りがきく。何より囮《おとり》捜査が認められているってことを忘れるな。これは、捜査課長である俺が許可した。『アフター・バーナー』を使った囮捜査だ。それも現物じゃなく、素人にはわからん化学式なんだ。もっていけ」

　アスカは大林を見上げた。大林はつづけた。

「ただし、何があっても、麻薬取締官を辞めようなんて考えるなよ。厚生労働省は高い銭をつかって、お前を訓練し、一人前の麻取に仕込んだ。そいつは税金なんだ。お前がトンズラしたら、うちは税金を無駄づかいしたことになっちまう」

　厳しい表情だった。アスカは頷《うなず》いた。

「よし。じゃあ、仮眠室にいって、少しくたばってろ。命令だ」

「ありがとうございます」

　アスカはいって立ちあがった。眠れるかどうかはわからないが、大林の好意に応《こた》えるには、今はそうする他ない。

　大林はにやりと笑った。

「ただし、昨夜のガセネタのせいで徹夜した連中が、昼間使ったままだ。シーツは替えてない。かなり男臭いが、そいつは辛抱するんだな」

彼は窓ぎわに立ち、腕時計を見た。午前四時を回っている。この部屋の主である娘はまだ帰ってこない。セミョーノフの話では、娘の働く店は午前二時までの営業だが、そのあとで客と遊びにいくこともあるらしい。

奇妙な街だ。窓からは、地表から夜空に向けて巨大な白球が発光しているかのような、シンジュクの一部が見えた。セミョーノフに電話をかけさせるため、少し歩いて気づいたのは、子供がひどく多いことだった。十五、六にしか見えないような少女が、街のそこここにたむろしている。

「娼婦《しょうふ》なのか」

彼はセミョーノフに訊《たず》ねた。

「いや。ただの学生や酒場で働いている娘たちだ。中には、体を売る者もいるが」

「そんなに金に困っているのか」

東ヨーロッパの、内戦がつづいた国では、多くの若い女が人身売買され、娼婦として売られている。それはロシアでも大きな問題となっていた。人身売買の元締は、たいてい民族マフィアで、警察や軍と癒着している。売られた娘が逃げだしても帰る場所はなく、見つかれば殺されるか、運がよくて半殺しだ。若くて最も美しい時期を、娼婦として過してしまった女たちは、解放されても決して元の生活に戻ることはない。たいていはヘロインに溺《おぼ》れ、再び体を売る暮らしに、今度は自らが望んで戻っていく。そのヘロインを売っているのも、マフィアだ。彼はそういう連中に雇われ、ボスニアやルーマニア、チェコといったところで仕事をしたこともあった。だが、女には手をつけなかった。

「困ってなんかいない。遊ぶ金や洋服やバッグが欲しいのだ。組織も背後にはない」

包帯を隠すため、帽子をま深にかぶったセミョーノフは答えた。

「そういう連中にとっては、体を売るのもある種の遊びだ。一生、娼婦をつづけていく気もないし、学校を卒業したら、名前を言えば誰でも知っているような企業に就職する者もいる。ある意味で、この国ほど平等な国はない。人並みの暮らしをするチャンスなら、誰にでも与えられる」

「金持になるチャンスは？」

セミョーノフは首をふった。

「金持になれるのは、システムと直接つながるパイプをもっている人間だけだ」

「じゃあロシアと同じだな。軍隊や役所とつながった奴が儲《もう》ける」

「この国の軍には力がない。軍隊として認められていないからな。力があるのは、政治家と官僚だ。特に政治家の力が強い。日本とロシアの大きなちがいは、マフィアが政治家に強い影響力をもたないことだ。マフィアは政治家と組まなくとも金儲けができるのだ。大企業の弱みを握ったり、小銭をもった市民をカモにする。日本人は奇妙な民族だ。大きな夢をもちたがらない。小銭で車を買ったり、洋服やバッグを買えれば満足する。ほとんどの人間は、あきらめて生きている。自分が大きな夢をかなえることなど、ありえない、と」

「お前はそれにつけこんで、子供の体を楽しんだというわけか」

「いっておくが、私は嫌がる娘としたわけじゃない。大人を馬鹿にしているくせに、その大人がもっている金が欲しくてしかたがない連中と利害が一致しただけだ」

「それが本当なら、妙な話だ」

「金が好きなのだ、大人も子供も。バブルと呼ばれた、経済が異常に好調だった時代からこっち、日本人は金をつかうのが大好きになった。そのくせ、大金持にはなれないと思っている。今、この国で大金持になる夢をもっているのは、中国人だ。この国で稼いだ金を元手に、本国で何かをやってやろうと」

「中国人は商売がうまいというからな」

　セミョーノフは青ざめた顔に笑みを浮かべた。

「その通りだ。日本人は働くのはうまいが、商売はうまくない。だからいずれ、中国人に働かされるようになるだろう」

　彼は室内をふりかえった。ミドヴィエーチがソファに寝そべり、仮眠をとっている。

セミョーノフは、寝室だ。床に転がしたフルヨシは、起きているのか眠っているのか、声もたてない。

フルヨシの言葉は一瞬、彼を逆上させたが、今は冷静になっていた。この男は負け犬だ。アスカを彼に奪われる運命にある。アスカと彼の間にある絆《きずな》は、おそらく誰にも理解できない。唯一、存在に気づいているのがソコロフだ。

そのソコロフからはさっき、セミョーノフの携帯電話あてに連絡があった。事態は、ソコロフの計画通りに進んでいるようだ。フルヨシを明日の昼までは生かしておくように、とソコロフはいった。アスカは「アフター・バーナー」とフルヨシの命を交換する取引に同意している。フルヨシを殺せば、取引に応じない可能性があるという。

それは彼を腹立たしくさせたが、一方で、アスカが彼の正体「ヴォールク」に気づいていたという話は、二人の絆の証《あか》しとして、喜ばせもした。

明日の取引までは、そこを動くなとソコロフは命じ、彼もそれに同意した。今、外をうろつき回っても得るものはない。

唯一の危険は、この部屋に住んでいるという娘だった。新しい恋人を部屋で待たせ、平気で遊んでいるような娘だが、その新しい恋人が殺されたとわかれば、当然、恐怖にかられるだろう。気はすすまないが、その娘は殺す他ない。

死んだ男がもっていた携帯電話は何度か鳴り、セミョーノフが電源を切った。

窓ぎわを離れた彼は、ミドヴィエーチが使っていないソファに腰をおろし、ミネラルウォーターを飲んだ。この体に入ってから、食事と睡眠の量は明らかに減った。元の体の持主がもともとそういう体質だったのか、それとも手術の影響なのかは、彼にはわからない。だがそれを別にすれば、体調は決して悪くはなかった。危険を感じたのは、アスカに撃たれた直後だけだ。

それを彼は、絆のせいだと解釈していた。

アスカが自分を傷つけようとする行為は、二人の絆とは相反する。そのことが、彼の体を狂わせたのだ。したがって、彼もアスカの体を傷つけようとは思わない。それをすれば、実際以上にアスカを壊してしまう可能性があった。

彼はフルヨシを見おろした。日本人の大男は、今は目を閉じている。眠っているとは思えない。ただ、脱出の可能性を信じて、体力を温存しているにちがいなかった。なかなか賢い男だ。それに戦闘能力も低くない。訓練をすれば、もっと強くなるだろう。

彼ははっとした。そうだ。この男の体を次にもらうというのは、悪くない考えだ。一時期とはいえ、アスカはこの男と婚約を交わしていた。今でも信頼はもっている。もし彼の脳がこの男の体に入れば、二人の絆は完璧《かんぺき》なものになる。

彼はフルヨシの膝《ひざ》を爪先で蹴《け》った。フルヨシが目を開いた。

「ブラッドタイプ、を、いえ」

それくらいの日本語は何とか操れた。フルヨシは彼を見つめていたが、

「『A』」

とだけ、答えた。彼はにやりと笑った。彼も「A」だったのだ。ハンも「A」だ。彼はフルヨシの頭を指さした。アスカも喜ぶだろう」

「お前の体をもらう。アスカも喜ぶだろう」

フルヨシは無言だった。意味を知れば、きっと驚くにちがいない。

91

芦田からの電話で、アスカは目覚めた。午前六時二十分だった。仮眠室の枕もとにおいてあった電話を耳にあてた。

「はい」

「公安が、セミョーノフの愛人だったホステスを確保した。新宿署で事情聴取をおこなっている。こられるか」

「すぐいきます」

アスカは起きあがった。

「そのホステスのアパートはどうなっていますか」

「状況確認を今、おこなっているところだ。ハンがそこを現在のアジトにしている可能性があるからな」

アスカは仮眠室をとびだした。捜査課の長椅子に寝そべっていた大林が起きあがった。

「いいのか、もう」

「ありがとうございます。新宿署にいってきます。手がかりが見つかったようなので」

「おう。気をつけろよ」

大林は頷《うなず》き、また長椅子に寝そべった。

「大林さん……」

毛布をかぶったその姿に、アスカは語りかけた。言葉がうまくでてこない。

「いいから早くいけ」

くぐもった声で、大林はいった。

「はい！」

タクシーで新宿署に向かい、芦田とおち合った。取調室のひとつの前までアスカを伴い、芦田は説明した。

「ホステスの名は堀田《ほった》ゆりえ、十九歳。セミョーノフとは、約二年間の関係があった。一昨年の十一月に、現在の住居である北新宿二丁目のマンションに引っ越した。引っ越し代、敷金、礼金は、セミョーノフが負担した。引っ越しの理由は、前の同居人でマルBの準構だった男と別れるためだったが、セミョーノフがロシアに帰国後は、よりを戻していたらしい。その男が、部屋にはいる筈《はず》だが、現在、携帯電話での連絡がつかなくなっている」

「部屋に有線電話は？」

「ない」

芦田は首をふった。

「堀田ゆりえは、二台の携帯電話をもち、仕事とプライベートで使い分けている。現状、男が部屋にいて電話に応《こた》えないのか、何らかの事情で応えられないのかは不明だ。公安の監視部隊が、両隣の部屋、あるいは近隣の建物から部屋の内部を探ろうと動いているが、時間が時間なので、不動産会社との連絡がつかず、決定的な情報は得られずにいる」

アスカは頷いた。

「堀田ゆりえと話してみるか」

「はい」

芦田は取調室のドアをノックし、押し開いた。

新宿署員と覚しい二人の刑事と向かいあって、メイクの濃い女がかけていた。刑事のひとりは婦警だった。

「こんにちは」

アスカはいった。堀田ゆりえは驚いたようにアスカを見つめた。十九という実年齢よりも老けて見える。

「へえ、婦警さんにもこんな美人がいるんだ。お巡りさんやるより、おミズにきたら？　きっと稼げるよ」

「あたしは警官じゃないの。麻薬取締官」

　アスカは身分証を示した。ゆりえの表情が硬くなった。麻薬という言葉に反応したのだ。

「今、部屋にいる彼氏、何ていうの」

「何か関係があんの？　セミョーさんのことじゃないの」

「そうなのだけど、もし二人がばったり会ったらどうなるかなって思ったのよ。セミョーノフは、あなたの部屋の鍵《かぎ》をもっていたのでしょう」

「もってたよ。セミョーさんが帰ったんで、つけかえようかって思ったんだけど、大家がうるさいからやめた。セミョーさん、今、日本にいるって本当？」

「本当よ」

「ヤバいよね、だったら。タケヒロ、すぐキレるから、あたしもはっ倒されるかもしんない」

　他人《ひと》ごとのようにゆりえはいった。

「タケヒロっていうんだ、彼氏」

「うん。ふだんは弱っちいくせに、キレるとめちゃくちゃすんだよね。あたしも二回ぐらい、病院いった。ボコボコにされて」

「しゃぶやってるでしょう」

　ゆりえは警戒した表情になった。

「知らないよ。あたしやんないもん。第一、あたしは協力者でしょ。なんで取調みたいなことされなきゃなんないのさ」

　煙草をとりだし、火をつけた。アスカは身をのりだした。

「セミョーノフは、警察に追われている男といっしょなの。東洋系のロシア人で、これまでに二十人以上の人間を殺している。その中には、警官ややくざも含まれてる」

「うそ!」

　ゆりえは目をみひらいた。

「本当よ。しかもその男は、刑事をひとり人質にしてるの。東京では隠れる場所がなくて、セミョーノフにあなたの部屋まで案内させた可能性が高い」

「マジ、それ。だったらタケヒロはどうなるの」

「わからない。いっしょに人質にされているかもしれない。セミョーノフのことを話して。そうすれば、助ける方法がわかると思うの」

「ヤバいよ……。タケヒロだって殺されちゃっているかもしんないじゃん」

　ゆりえはつぶやいた。血の気がひいている。煙草をはさんだ、長い爪がふるえていた。ペイントが施されている。

「ないとはいいきれない」

　ゆりえは瞬《まばた》きした。不意に大人っぽさがはげ落ち、歳相応の若い娘に戻った。

「セミョーノフについて教えて」

「教えてって何を……」

「どんな人？」

「変態オヤジ。最初は白人の金持で、なんか恰好《かっこう》いいおじさんと思ったけど、すごい助平で、ひと晩中エッチしたがるんだよね。帰ったとき、ほっとしたもん」

「つきあってるとき、連絡はどうとってたの？」

「たいてい向こうから携帯に電話あった。向こうも携帯使ってて」

「番号はわかる？」

ゆりえは頷いて、かたわらにおいてあったエルメスのバッグを開けた。アクセサリーが大量についた電話を二台とりだし、メモリーを調べる。

「これ」

つきだした液晶表示の番号を、婦警ではない方の刑事がメモし、部屋をとびだしていった。

「かけてみた？　帰ってから」

「まさか。たぶん使われてないだろうと思ったし……」

愛人との密会に使っていたのなら、大使館から支給されたのではない、プリペイド式の電話である可能性が高い。料金や期間に残りがあれば、まだ生きているかもしれなかった。

「セミョーノフは乱暴だった？」

「それはなかった。日本語はすごくうまいし、ものしりだったよ。おいしいものが好きで、いろいろなところ連れていってくれた。領収証はしっかりとってたけど」

「店で知り合ったの？」

「そう。確か、貿易会社の人が連れてきたのがきっかけ。貿易っても、何かやくざ屋さんぽかったけど」

「何て人？」

「忘れちゃった」

嘘か本当か、ゆりえは首をひねった。

「喧嘩《けんか》したことは？」

「何回かある。たいてい向こうからあやまってきて、そういうときは何か買ってくれた」

「ハンという名前を聞いたことは？　あるいは、セルゲイ・レドフスキー、『ヴォールク』……」

ゆりえは首をふった。

「ソコロフ」

「知らない。同じ国の人の名前を聞いたことない。会うときはいつもひとりだったし」

電話番号を調べにでていった刑事が戻ってきた。

「神崎さん、芦田さんが呼んでおられます」

「いろいろありがとう」

アスカはゆりえに告げ、部屋をでた。やりとりを、外からインターフォンで聞いていた芦田が告げた。

「セミョーノフの携帯はまだ使われていた。現在、所在確認をしている」

「もしそれが北新宿二丁目なら――」

芦田は頷いた。

「堀田ゆりえのマンションに、セミョーノフとハンはいる」

「仁王も」

芦田は腕時計を見た。

「九時を過ぎれば、情報が集まりだす。うまくすれば、隣室から監視装置を使えるかもしれん。あと一時間の辛抱だ……」

92

「起きろ」

彼はミドヴィエーチにいった。グルジア人の大男は声もなく体を起こした。

「八時を過ぎているのに女が帰ってこない。妙だ」

「警察か」

ミドヴィエーチは眩《まぶ》しそうに、細く開いたカーテンの向こうに目をやり、つぶやいた。

二人は、奥の部屋で寝ていたセミョーノフを起こした。鎮静剤のせいで、ぐっすり眠りこんでいたのだ。

セミョーノフは唸《うな》り声をたて、ベッドから降りた。寝室の隅に、ベッドカバーにくるまれた、日本人の若い男の死体がある。

「ここの女のことだが、日本人でお前との関係を知っている人間はいたか」

セミョーノフは首をふった。

「わからん。たぶんいない筈《はず》だが」

「女が帰ってこない。警察におさえられたのかもしれん」

セミョーノフは一瞬考え、

「電話をしてみるか」

とつぶやいた。

「あの死んだ男のもっていた電話からかければ、でるだろう。ようすを探ってみる」

彼は頷いた。セミョーノフは、リビングルームで、死んだ男の電話を手にとった。メモリーを調べていたが、やがてボタンを押し、耳にあてた。

「呼び出している」

彼とミドヴィエーチは、セミョーノフを見つめた。セミョーノフは不意に電話を切った。

「どうした？」

「ユリエがでた。いきなり、どこにいるのか、と訊《たず》ねてきた。あわてているようすだった」

セミョーノフが説明していると、その手の中の電話が鳴り始めた。

「ユリエからだ」

セミョーノフはいって、電源を切った。

「どうやらここのことは警察に知られているようだな」

「どうする？」

ミドヴィエーチが緊張した表情でいった。

「俺たち二人なら、何とかお巡りを蹴《け》散らして逃げだせるかもしれんが、こいつとあの日本人を連れていたら難しいぞ」

彼はセミョーノフを見つめた。セミョーノフの顔がこわばった。

「私を殺したら、通訳がいなくなる」

「日本語なら、俺も勉強した」

ミドヴィエーチが唸った。

「アスカをどうやって説得する？　ロシアに連れて帰りたいのだろう！」

セミョーノフは必死の表情で彼の顔をのぞきこんだ。

「先にあの日本人だけでも殺《や》るか」

ミドヴィエーチがいってマカロフを抜いた。彼は止めた。

「待て。なるべくならまだ殺したくない」

そしてセミョーノフを見た。

「ソコロフに電話をしろ」

93

「タケヒロからだ！」

ゆりえが叫ぶのを聞いて、アスカは取調室にとびこんだ。ゆりえは着信メロディを流している携帯電話をかざした。液晶画面に番号と氏名が表示されている。

「待って。まず、今どこにいるのか聞いて」

少し前、セミョーノフの携帯電話の電波発信源が、北新宿二丁目周辺であることが特定されていた。

重武装したＳＡＴが周辺に展開し、交通遮断、建物包囲の準備行動に入っていた。

「もしもし！」

ゆりえは電話を耳にあて、いった。

「タケヒロ！　今どこなの!?」

だが呆然《ぼうぜん》としてすぐに電話をおろした。

「切れちゃった。かけ直してみる」

アスカは頷《うなず》いた。数秒後、相手の電源が切られていることが判明した。

「現場にいかせて下さい」

アスカは遅れて取調室に入ってきた芦田に小声でいった。

「今の電話は、帰宅しない彼女の動向を探るものであった可能性が高いと思います。かけてきたのは恋人ではなく、セミョーノフです、我々が北新宿のマンションをつきとめているかどうかを確認するために」

「わかった。現場に移動しよう」

新宿署には、急遽《きゅうきょ》、捜査一課と公安外事一課、そしてＳＡＴ及び機動隊からなる司令本部が設けられていた。夜が明け、交通量が増してきたため、大型の警察車輌《しゃりょう》が現場周辺の交通渋滞をひき起こす可能性もあって、交通課の警官も動員されている。

アスカと芦田は、公安外事一課が用意したマイクロバスに乗りこんだ。通信機材が座席の半分を占める、監視用車輌だ。

「当該マンション周辺、視認できる範囲には、まだパトカー、装甲バス等の配備はおこなっていない。窓から気づかれるのを避けるためだ」

マイクロバスが発車すると芦田はいった。

「マンション住人のうち、両隣の部屋を避難させるべく、電話番号の確認にあたらせているところだが、時間が時間なので手間どっている。間に合わないかもしれんな」

芦田がいった。

「強行突入をするのですか」

アスカは訊ねた。突入した場合、銃撃戦は必至だ。

「本部の見解では、突入するには圧倒的に情報が不足している。人質が何人いて、それぞれがどの部屋にいるかを、あるていど内部監視をおこなって確認しない限り、突入はありえない。そのためにも隣室の確保を急いでいたのだが」

　マンションの壁をへだてていても、高性能の集音マイクや赤外線カメラを使えば、室内にいる者の人数や姿勢が把握できる。それをせず強行突入をすれば不測の事態をひき起こす可能性がある。

「狙撃《そげき》班は？」

「これは配備ずみだ。斜め向かいのマンションと正面に止めた運送トラックの内部の二チームが待機している」

　情報が集まるより早く、ハンらがマンションをでようとすれば、狙撃の対象となる。

　マイクロバスはラッシュの始まった新宿を走っていた。

「偽装した監視チームが、マンション周辺と一部内部に展開しているが、今のところめぼしい情報は入ってきていない」

　新宿署を出発して約十五分で、マイクロバスは堀田ゆりえのマンション周辺に到着した。

「ゆりえの部屋は十階で、窓にはカーテンがかかっている。約五センチほどすきまが開いているが、内部のようすはわからない」

停止したバス車内で、マンションを映しだすモニターの画面を示しながら、芦田はいった。バスの外部には二台のビデオカメラがとりつけられており、外の映像を車内にいながらにして観察できる。

アスカは外にでて自分の目でマンションのようすを見たい気持をこらえた。万一、ハンが窓から自分を発見すれば、何が起きるかわからない。

芦田の携帯電話が鳴った。とりだし、耳にあてた芦田は、

「了解」

とだけ応《こた》え、切った。

「監視チームが、十階の廊下に集音マイクを設置した。一台はドアにとりつけたので、内部の情報を採ることが可能になった」

バスにおかれたプリンターが唸りをたてた。マンションの間取り図を吐きだす。芦田は手にとった。

不動産屋から入手した間取り図に、堀田ゆりえが家具の位置などを書きこんだものが、ファックスで送られてきたのだった。

アスカは見入った。一LDKで、玄関をくぐって短い廊下を進んだところに十二畳ほどのリビングがあり、その左手に八畳のベッドルームが付属している。リビングは、ソファやテーブルがおかれ、ベッドルームにはベッドとドレッサーがある。

「想定される人質は、古芳と佐々木《ささき》武広《たけひろ》の二名。これ以外に、セミョーノフ、ハン、ク

ワントリシビリの三名がいると考えられる。ソコロフについては、麻薬取締部にかけてきた電話が逆探知不能であったことを考慮して、同室内にいる可能性は低い」

「もし仁王がそれほどひどい怪我を負っていないのであれば、ハンたちは脱出を警戒し、目の届くところにおいている筈です」

アスカはいった。

「同感だ」

芦田が頷いたとき、バスの無線が鳴った。

集音マイクによって傍受したロシア語音声の第一分析の結果を知らせる内容だった。それによれば、拾った音声は三人の男性のものだという。つづいて通訳音声が流れた。

『迎えにくるといっていましたか』

『いいえ。単独で脱出を考えなさい』

しばらく沈黙。

『他に方法がないので、私たちだけで行動に移りますか』

『待て。単純にここをでていけば、狙撃される危険があります』

『あなたがここを安全だといったのです。責任はあなたにあります』

『警察がここをつきとめていることを、私は知りませんでした』

通訳による、「です、ます」調の翻訳からは、内部の緊迫感が伝わってこない。だが古芳の状況を知らせる内容が少しでも含まれていないか、アスカは耳をそばだてた。

『警察は、狙撃部隊を配置している筈です。窓のそばには近づかないで下さい』

『その人を、こちらに連れてきなさい。誰かが入ってきたら、盾にします』

はっとした。つづいて日本語が聞こえた。

『立てますか。よかった。こっちにきなさい』

そして泣きたくなるほど懐しい声が聞こえてきた。

『セミョーノフ、あんたはこいつらとちがって殺し屋じゃない。警察と戦っても勝ち目がないことはわかっている筈だ』

『私にはもう、この事態をコントロールする力はない。ここを安全に脱出するためには、あなたの協力が必要だ』

そのとき、携帯電話が鳴った。

再び通訳の声にかわる。

『はい、私です。はい、承知しました』

空音。

「どうしたんだ」

芦田がつぶやいた。

「集音マイクについての警告が外部からもたらされたのだと思います」

アスカはいった。ソコロフなら当然、こちらのでかたを読んでいる。全員、リビングから、盗聴されにくい場所へと移動したのだ。

「そうか。だが少なくとも古芳が生きていることはこれで確認できた」

無線が鳴った。

「こちら本部、こちら本部。以上の傍受音声の結果、容疑者は警察の包囲をすでに知っているものと判明。よって、突入行動への第二準備へと入る。一班、二班は待機。三班、四班、五班は、逃走経路の確保、六班、七班、八班は、装備点検。突入には閃光音響《スタン》手榴弾《グレネード》及び催涙ガス弾を使用する。よって関係各班は、ガスマスクの着用を怠らぬこと。くり返す――」

「一班、二班が狙撃部隊だ。六、七、八が突入部隊」

芦田がいった。

突入はすみやかにおこなわれなければならない。相手に準備する時間を与えれば与えるほど、バリケードを構築するなど、こちらに不利な状況となるからだ。

アスカはＦＢＩで受けた訓練を思い浮かべていた。

突入には、「ステルス」と「ダイナミック」の二種類の方法がある。「ステルス」は、静かに、情報収集を兼ねながら突入する方法。「ダイナミック」は、一気に強襲し、容疑者を制圧する。

この場合、ＳＡＴが選ぶのは当然、「ダイナミック」の方法だ。出入口は一ヵ所しかないので、それほど難しい戦法をとらなくてもすむ。

まず合鍵《あいかぎ》を使って、ドアを開錠する。チェーンロックが使用されている場合は、ただちにカッターで切断する。直後、閃光音響手榴弾を投げこみ、強い光と大音響で相手を一瞬怯《ひる》ませ、突入する。「ディストラクション・デバイス」という、この手榴弾は、通常はフラッシュ・バングと呼ばれる。一・五秒のヒューズ発火のあと、わずか一秒にも満たないが、二四〇万カンデラの強烈な光と一七〇デシベルの大音響を発生させるものだ。この奇襲をうけた者は、一瞬、思考、行動能力を奪われ、呆然《ぼうぜん》とする。

　フラッシュ・バングの投入と同時に、制圧行動は始まる。二重に安全な作戦をとるなら、催涙弾を撃ちこみ、その後の容疑者の行動を制限する。

　部隊は突入の直前まで情報の収集にあたるのがセオリーだ。相手の人数、武装の状況、人質を含む、その場に所在する者の位置をできるだけ正確に把握する。

　場合によっては交渉人を送りこみ、状況の改善をはかることもあるが、このケースではそれは危険すぎるのでありえない。容疑者はすでに二十名以上を殺害し、武器の使用に躊躇《ちゅうちょ》しない人物だ。抵抗が予期される場合は、手や足ではなく、胸部あるいは頭部といった致命箇所に対する銃撃を与える。

　もともと、ＳＡＴのような急襲部隊が発砲に踏み切るとすれば、相手の戦闘力の完全な排除を目的としている。ＳＡＴを投入しなくとも制圧できるような、〝やわ〟な容疑者でないことが前提なのだ。

　急襲部隊は、激しく徹底した訓練をうけ、行動の失敗は、即誰かの死という結果につながることを叩《たた》きこまれている。最悪なのは自分の死で、それにつづいて同僚、あるいは人質の死、という結果につづく。つまり、悪い結果の中で、最もましな結果が、容疑者の死、という答になる。

情報収集はちゃくちゃくと進んでいる。超小型監視カメラが、新聞受や鍵穴などにさしこまれるのも時間の問題だろう。それらの情報を踏まえ、突入のタイミングさえ誤まらなければ、ハンらは制圧され、古芳は救出される。

一時間以内に答はでる筈だ。

94

「三分後だ」

彼は小声でセミョーノフに囁《ささや》いた。サルグツワを再びかませたフルヨシも含め、全員は部屋のキッチンにいた。ソコロフの警告通り集音マイクが周辺にしかけられているとすれば、キッチンが最も音を拾いにくい。ミドヴィエーチはさらにテレビをつけ、音量を拡大した。

セミョーノフの顔からは再び血の気が失われている。ソコロフの警告が正しければ、あと数時間以内に、警察の特殊部隊がここに押しいってくると考えられるからだ。

おそらくそれは正しい。だからこそ、彼は三分後に、再びアスカに電話をかけさせることにしたのだ。

彼は再び日本の警官の制服を着こんでいた。制服の上に防弾チョッキ、肩からはスコーピオンをかける。ベルトの背中側にサイレンサー付のマカロフをさしこんだ。

時刻を確認し、ミドヴィエーチに頷《うなず》いてみせて玄関に向かった。鍵を外し、音をたてぬようにドアを開いた。

ソコロフによれば、いかなる交渉も警察側とおこなっていない今の段階で、いきなりの狙撃《そげき》に日本の警察側が踏みきる可能性は、ゼロだという。したがってたとえ廊下に警官が待ちかまえていたとしても、突然撃たれる心配はない、というわけだ。

廊下にでた瞬間、視界に動くものを認めた。右のつきあたりの踊り場を、まるで虫のように這《は》っている奴らがいる。

彼はスコーピオンに手をかけ、まっすぐそちらに進んだ。

警官どもが隠れた壁の反対側に立ち、待ちかまえる。息を整え、静かに立ちつくした。

計算では三十秒。それ以上は待てないだろう。心の中で時間を刻んだ。

五秒、十秒、落ちついている自分が不思議なほどだ。十五秒。森の中でひそやかに獲物を追いつめる狼。二十秒。かすかな物音が壁の向こうでした。二十五秒。壁の向こうに気配があった。

ゆっくりと膝《ひざ》の高さから頭をつきだした警官は、頭上に銃口があることに気づいていなかった。ヘルメットの下、頸椎《けいつい》を保護しているのは、薄っぺらなゴムとプラスチックのカバーだ。彼はそこにマカロフの弾丸を撃ちこんだ。

どさっと倒れた警官をまたぎこえ、彼は壁を回りこんだ。三人の警官がいた。なるほど、こいつらは四人で一チームというわけだ。

左手にもち、スリングで固定したスコーピオンを掃射した。首から上を狙う。突入に備えての情報収集にあたっていた、迷彩服の警官たちは、よもや犯人がひとりででてくるとは思っていなかったにちがいない。肩から吊《つ》るした、H＆K《ヘッケラーアンドコッホ》の安全装置を外す暇もなく、その場に倒れこんだ。

すばやく死体を観察し、自分より少し大柄な男を捜した。迷彩服を剝《は》ぎとり、警官の制服の上に着こむ。その装備も身に着け、携帯電話を耳にあてた。

「はい」

ミドヴィエーチがでた。

「廊下にでて右側の踊り場、四人だ」

「了解」

そのまま切らずに迷彩服の胸ポケットに電話を押し込み、エレベータのボタンを押した。十階まで上がってきたエレベータは無人だった。それに乗りこみ、一階のボタンを押した。即座にでる。

エレベータが下降すると同時に非常階段を下った。

九階の踊り場にも四名の警官がいた。彼の姿に気づいたとたん、口ぐちに何かをいってきた。上の銃声の理由を知りたがっているのだ。彼はわざと胸に手をあて、よろけてみせた。仲間思いの警官たちは、彼を支えようと手をさしのべてくる。

お礼にスコーピオンの銃弾をおみまいした。

八階から下の階段には、警官の姿はなかった。

95

「内部からです」

携帯電話の着信表示を見た瞬間、アスカはいった。古芳の番号が液晶画面には浮かんでいる。

かたわらの芦田がマイクロバスのオペレータに叫んだ。

「内部より入電！」

オペレータが全部隊の装備する無線機に声を送りこむ。

「待機、待機。内部より入電」

芦田がアスカを見つめ、頷いた。アスカはボタンを押した。

「――はい」

「セミョーノフです。サンプルは手に入りましたか」

「サンプルならない。手ちがいですべて焼却処分されていたの。でも化学構造式ならあるわ」

アスカは答えた。

「そこにあるのですか」

「ええ」

「今、どちらに？」

セミョーノフは訊《たず》ねた。

「警視庁よ」

「ではそれをメールで今からいうアドレスに送っていただきたい。到着が確認されしだい、古芳刑事は解放される」

「できない」

アスカは即座にいった。

「メールを受けとったあと、ハンが古芳刑事を殺さないという保証はどこにもないわ。それに途中でハッキングされかねない手段で化学構造式を送ることはできない」

「あなたに交渉の余地はない」

「ある。なぜなら、ハンが最も必要としているのはあたしであって、『アフター・バーナー』の化学構造式ではないからよ。化学構造式は約束通り、コワルスキー博士に渡す。あなたたちはその場に、生きた古芳刑事を連れてこなければならない」

「では訊《き》きますが、あなたがたは我々を明日まで自由の身にできますか」

「自由の身？」

「あなたがたは、今、我々がいる場所をつきとめている。我々が古芳刑事の生命を保証する限り、我々への攻撃に踏みきらないという約束ができるのですか」

「それはあたしの一存では決められない。まず、古芳刑事が今も生存していることを、そちらに証明してほしい」

　相手との会話は、なるべく長びかせることが、たてこもり犯との初期の交渉では必要とされている。感情を鎮静化させ、少しでも多くの情報を得るためだ。セミョーノフやハンも当然それは予想している筈《はず》だった。

　アスカはふと奇妙な気持になった。時間稼ぎをしているのが、自分ではなく、相手がたのような気がする。

　そのときだった。ボリュームを絞りこんだ、突入部隊のチャンネルから切迫した声が流れだした。

『銃声、銃声！　十階踊り場付近より、ただ今、銃声が聞こえました！』

『六班、六班、応答せよ』

　空音。

『こちら本部、七班――』

『七班。ただ今、状況を確認中』

『こちら八班、異常なし』

『こちら七班、今、誰か降りてきた。おい――』

空音。

『こちら本部。七班、状況を知らせ。七班――』

「まずい！」

芦田がつぶやいた。マイクをつかむ。

「こちら芦田。八班を戻せ。これは陽動作戦だ。電話は陽動作戦！」

「セミョーノフ！」

アスカは叫んだ。

「はい」

「ハンはそこにいるの？」

「いますよ」

「だして」

「ミス・カンザキが話したいのは古芳刑事ではなかったのですか」

『こちら三班。ただ今エレベータが降下』

『一班！　二班！』

『こちら二班。エレベータの扉が開いた。狙撃可能。くそ、中は誰もいない』

『こちら本部、八班』

『こちら八班。静かだ。階段は誰も降りてこない。上部階の状況は不明』

「八班を撤収させろ」

芦田がいった。

『こちら本部、六班、七班の応答はないか』

『こちら八班。状況は不明』

「撤収だ」

芦田はくり返した。

「ハンをだして！　だしなさい！」

アスカはいった。

『こちら八班。誰か降りてくる！　負傷しているようだ。救急車、救急車――』

銃声はスピーカーと建物双方から聞こえた。

『八班、八班、応答せよ。八班！』

空音。

『こちら五班。ただ今、非常階段一階踊り場に、制服を確認。六班、七班のいずれかと思われる』

「ミス・カンザキ――」

セミョーノフが何かをいった。

「何？」

「建物内部から警官を撤退させていただきたい」

「馬鹿なことをいわないで」

「さもないとさらに多くの血が流れます。古芳刑事の血も含めて」

我慢できなくなったのか、芦田がバンのスライドドアを大きく開いた。マンションの入口が見えた。その内部で突然、強烈な閃光《せんこう》が走った。

フラッシュ・バングだ。即座にアスカは悟った。

『こちら五班。踊り場付近にて閃光！』

『状況を知らせ！』

本部オペレータが叫んだ。銃声が轟《とどろ》いた。叫び声がスピーカー内で交錯した。

『一班、二班！　狙《そ》撃《げき》準備』

『一班了解』

『二班了解！』

『ターゲット！』

『こちら一班、確認できず』

『二班、確認できず』

当然だった。もうもうとした白い煙が、マンションの入口付近にはたちこめている。やがてそこから迷彩服のＳＡＴ隊員が次々と転げでてきた。

アスカは目をみひらいた。逆襲だ。ハンが逆襲にでたのだ。

煙と銃撃から逃れるようにマンションから逃げだしたＳＡＴ隊員に、援護の機動隊員が走りより、一瞬であたりは混乱におちいった。少し離れた位置で待機していた救急車がサイレンを鳴らしてつっこんでくる。

『こちら本部、状況を知らせ』

ひっきりなしにオペレータが叫んでいるが応答する者はいない。

「ミス・カンザキ」

セミョーノフがいった。

「何⁉」

「今から我々は部屋をでていきます。古芳刑事もいっしょです。手だしをしないように」

『こちら本部！　マル被が部屋をでる！　確保用意！　確保用意！』

電話を聞いたオペレータが絶叫した。

「佐々木武広は？」

アスカはとっさに訊《たず》ねた。

「誰ですか」

「佐々木武広。その部屋にもうひとりいた筈よ」

つかのまの沈黙があった。

「知りません」

『こちら本部！　機動隊第一、第二部隊前進！　負傷者の保護、逃走路の確保に当たれ』

「パトカーを用意して下さい。運転手一名。他に人間は乗せないこと」

「待って。急にいわれても準備がいる」

銃声が聞こえ、アスカは身を硬くした。

「残念ながら死者がでました」

セミョーノフがいった。

96

五階の踊り場でさらに一チームを倒し、彼はスタングレネードを奪った。警官はこれをフラッシュ・バングと呼ぶ。グレネードという響きが気に入らないらしい。それを非常階段の二階から二発、下に向けて投げ落とした。

バン！　白い煙に乗じて、死んだ警官から奪ったH＆K《ヘッケラーアンドコッホ》を背後に向け撃ちながら、階段を駆け降りた。

訓練をうけた警官でも、いきなりスタングレネードが目の前で爆発したら、動けなくなる。だが何人かはとっさに目を閉じたらしく、彼の姿に気がついた。彼は叫び声をあげながら駆け上った。どうせ、何をいおうとスタングレネードの洗礼を浴びた直後の人間には聞こえはしない。

グレネードの煙にあたりは包まれ、全員がガスマスクを装着した。

「テッタイ！」

誰かが叫び、彼はすぐ横にいた警官の首すじにH＆Kの銃把を叩《たた》きこんだ。膝《ひざ》が折れたその警官の肩の下に自分の肩をさし入れる。他にもグレネードの閃光を直視し動けなくなった仲間を支える警官がいた。一階にはこれまでとちがい、大勢の警官がいたのだ。混乱の中で、誰かが発砲し、さらに拍車がかかった。白煙に包まれた細長い建物の出口に向け戦闘服の男たちが殺到する。

外へでると救急車とパトカーが入口めがけ走りよってきた。まるで戦争が始まったかのような騒ぎだ。肩に吊《つ》るしたＨ＆Ｋでその場にいる奴らを皆殺しにしたい衝動をこらえ、ガスマスクの下で笑い声をたてながら、彼は救急車の一台に近づいた。叩きのめした男を白衣の救急隊員に預け、治療のようすをつかのま見つめる。誰かに話しかけられても、耳をさし首をふれば、それで大丈夫だった。

ジュラルミンの輝く大きな盾をもった武装警官隊が建物の入口をとり囲む。その背後に回り、彼は少し離れた場所に腰をおろした。

その場にいる全員が建物の入口を注目していた。今にもそこからとびだしてくる怪物を迎え討とうとするように、銃に手をかけている。

馬鹿どもが。お前らの恐れる狼はここにいる。

彼はガスマスクをはぎとると、あたりを見た。今までは遠巻きにして、部屋の視界に入らないようにしていたらしいパトカーや救急車、装甲バスが、ぎっしりと道を埋めていた。その中のパトカーの一台に、彼は目をつけた。すばやく装甲バスの陰で、迷彩服を脱ぎ捨てると、警官の制服になった。通常の制服姿の警官は、建物から離れた位置に多くいて、建物の入口を固めているのは戦闘服の警官ばかりだからだ。

脱いだ迷彩服とガスマスク、H&Kをバスの車体の下に押しこみ、彼は包囲網の外側に位置するそのパトカーに歩みよった。運転席にひとり警官が乗っていて、一般の車の通行をせきとめるのが役割なのだった。

97

待機していた機動隊が前進し、マンションの入口を包囲すると、ようやく混乱がおさまった。ロビーから流れでていた白煙も消え、視界も確保される。あたりの道路は、すべて緊急車輌《しゃりょう》だけで埋めつくされていた。

「——誰が死んだの」

アスカは動揺をおさえ、訊《き》き返した。

「さっきあなたのいった日本人の男性です。我々に交渉の余地がないことを伝えるのが目的で射殺されました」

「セミョーノフ、あなたもこのままじゃ射殺される。馬鹿な真似はやめなさい」

「残念ですが、私に事態をコントロールする力はありません。私の立場は古芳刑事とさほどかわらないのです。ハンの意思に逆らえば、私はすぐに殺されるでしょう」

「パトカーを奪っても、あなたたちに逃げ場はない。これだけの事件を起こしたら、ロシア政府も決して守ってはくれないわ」

「いった筈《はず》です。私は被害者だと。降りていきます。エンジンをかけ、運転手を乗せたパトカーを用意して下さい」

　通話が切れた。

『こちら本部。一班、二班、狙撃用意。マル被は三名。人質は一名。降下し、狙撃可能ならば、ただちに知らせ』

『一班了解』

『二班了解』

『機動隊全部隊後退せよ。射線を空けよ。くり返す、射線を空けよ』

　機動隊員が十メートルほど後退した。笛が鳴り、パトカーが一台、作られた空間に移動してくる。マンション入口との距離は、歩道を含め、約五メートル。歩幅にして六歩。その間に、ハン、クワントリシビリ、セミョーノフの三名は射殺される。ＳＡＴ三チームがハンの襲撃で倒されたことは明らかだ。だが、ハンとクワントリシビリの所在が確認できない限り、彼らへの救援部隊も送ることができない。出入口が一ヵ所しかないマンション構造が、その点ではハン側に有利に働いていた。

『こちら本部、マル被は防弾チョッキ着用との情報がある。狙撃《そげき》は頭部におこなうこと』

　落ちつきをとり戻したオペレータの声が告げた。必殺を期している。

『一班了解』

『二班了解』

「ハンはどうしたんだ」

芦田がつぶやいた。

「ＳＡＴの連中を襲撃して、また部屋に戻ったというのか」

「わかりません。もしかしたら一足先に脱出したのかも……」

アスカは携帯無線機をつかんでバンを降りた。異様な静けさがあたりを支配している。朝陽がすみずみにまで届き始めた街は、道路封鎖をうけ、野次馬も報道陣も、はるか後方まで遠ざけられていた。ざっと見渡すだけで二百名を超える警官が現場には配備され、並んだジュラルミンの盾がきらきらと陽の光を反射していた。

不安がふくらんだ。もしハンが、あの一階の混乱に乗じて脱出していたら、この警官の中にまぎれこんでいる可能性だってあるのだ。そして、狙撃のワンチャンスを狙って、何かをしかけてくるかもしれない。

歯をくいしばり、コルトを抜いた。全員とちがう方向、ひとりマンションに背を向けて、あたりを見渡す。この中にハンがいるかもしれない。ハンの顔をひと目で見破れるのは、自分しかいないのだ。

『エレベータ、降下しました』

無線機のイヤフォンから叫び声があがった。

ハン、どこにいるの。

『扉開きます！』

『五班後退！　射線空けよ』

『五班了解』

『人間でます。三名。くり返します、三名』

やはりそうだ。ハンはいない。

『立ち止まりました。ロビー内です。狙撃不能。一名は古芳刑事』

アスカは思わずふり返った。

マンションのロビーに三つのシルエットが見えた。中央と右側が大きい。中央のシルエットが古芳だ。即座にわかった。

『こちら一班。ターゲット2を捕捉《ほそく》。狙撃はまだ不能です』

『こちら二班。ターゲット2及び3捕捉。狙撃可能です』

『こちら本部、1はどうした？』

『一班、見えません』

『二班、見えません』

やはり外だ。ハンは外にいる。

『一班、ターゲット3捕捉。狙撃可能、狙撃可能！』

『待て。1はどこだ？　ターゲット1』

三人はロビー内にとどまったままでてこようとしない。何かを待っているのだ。ハンがひき起こす何かを。

アスカはくるりとマンションに背を向け、走りだした。

ハンが外にいるなら、警官の姿をしている。アスカには確信があった。襲撃したSAT隊員の戦闘服を奪い、フラッシュ・バングを使って生じさせた一階踊り場の混乱に乗じて脱出したのだ。

戦闘服。アスカはマンションの外にいるSATの制服を着けた男たちの姿を捜した。負傷した者はすでに救急車で運びだされている。それ以外の者は、マンション入口付近で迎撃態勢をとる待機班と、負傷はしていないものの、フラッシュ・バングの衝撃から回復すべく、パトカーの座席や後方路上ですわりこんでいる者などだ。

回復を待つ者たちはヘルメットを脱いでいるが、迎撃態勢をとる隊員はヘルメットをかぶり、顔をうかがうことができない。

アスカは立ち止まり、SATの制服を着けた者たちに目を走らせていった。

ちがう、ちがう、ちがう……。するとマンションの入口を囲む機動隊員の前衛をつとめるSATの中にいるのか。

めまぐるしく頭を働かせた。ハンがしかけるとすれば何だ。

狙撃を回避するための何か。混乱、それ以外にない。すると機動隊員に攻撃をかけるのか。だが入口周辺でことを起こせば、ただちに狙撃部隊の標的となるだろう。至近距離で、自分と同じような武装をした者たちに銃を向けるのは自殺行為だ。

はっとした。ハンは通常の警官の制服ももっている。麻布で拉致《らち》し、殺害した警官の制服だ。マンションを脱出後、その制服姿になったとすれば――。

現場には、所轄の新宿署だけでなく、警視庁や戸《と》塚《つか》署、牛込《うしごめ》署の警察官も動員されている。互いに顔を知らず、制服だけで警官と認めあう状況も生まれている筈だ。人数の少ないＳＡＴより、むしろ通常制服姿の方が目立たず、動き回ることができる。

アスカの目はマンションを離れた。

『こちら一班、狙撃許可を願います』

『二班、同じく許可を！』

『待て、建物外にでるまで待て』

通常制服の警官は、マンションの包囲網の外縁部に集中していた。交通規制を主務としていて、一般車輛および野次馬、報道関係者の進入を阻んでいる。銃撃戦が想定される状況下で、流れ弾による被害をださないためだ。

制服警官の数は、七、八十名。機動隊やＳＡＴとちがい、固まることなく、それぞれ距離をおいて、現場を封鎖している。制服の上に防弾、防刃ベストを着けて。

そのとき閃《ひらめ》いた。防弾、防刃ベスト着用者は除外できる。なぜなら麻布で拉致された警官はそれを着用していなかったからだ。ＳＡＴ隊員が使用するベストと通常警察官のベストは型がちがい、転用すれば違和感を周囲に与える。もし通常制服の上にＳＡＴ隊員用の防弾ベストを着用する者がいれば、その者こそがハンだ。

目をこらし、走らせる。いない、いない、いない。とびこんでくるのは、通常制服の上に防弾、防刃ベストを着けている姿ばかりだ。見落としたのか。それとも、ハンはまだマンションの内部にいるのか。あるいは現場をすでに逃走したか。

その筈はない。セミョーノフはともかく、クワントリシビリを見捨ててはいかない筈だ。降りてきた三人がロビー内部に固まり、動こうとしないのが、何よりそれを証明している。ハンが始める何かを待っているのだ。

そのとき視界の隅で動きだすものがあった。パトカーだった。マンションの面する道路を封鎖していたパトカーの一台がゆっくりと後退しはじめたのだった。

パトカー。

アスカの動悸《どうき》がはねあがった。パトカー内部の警官までは見ていない。アスカは目を向けた。フロントグラスに朝陽が反射している。乗務員の顔は光の向こうにある。パトカーとの距離は約五十メートル。アスカは再び走りだした。

98

みごとに背中ばかりだった。目をつけたパトカーの助手席に乗りこむと、制服の内側から抜いたサイレンサー付のマカロフを運転席の警官のわきばらに押しつけ発射した。くぐもった銃声は車外に洩《も》れず、ぐったりと倒れかかってきた警官の体を助手席の床に押しこむ間も、誰ひとりとして後方のパトカーをふり返る者はなかった。その場にいるあらゆる人間が、建物の入口に視線を集中させているのだ。

　運転席にすわった彼は殺したばかりの警官の制帽を奪った。彼がつけているのとはちがう、ひさしの小さな形だったからだ。おそらく車内でかぶっていても邪魔にならないデザインなのだろう。

　パトカーのエンジンはかかっていた。携帯電話を耳にあてた。

「準備ができた」

「了解。これから下に降りる。警官の装備はいただいた」

　ミドヴィエーチがいった。数分すると、パトカーの無線機がうるさくなった。彼は適当に見当をつけたスイッチをひねった。音が小さくなる。

　パトカーのシフトを後退に入れた。まだ周囲の注目を惹《ひ》きたくはない。幸い、パトカーは封鎖線のすぐ内側で、ミラーに映る警官たちは封鎖線の外側につめかけた野次馬を制止しようと、こちらに背を向けている。反対の封鎖線の内側の警官たちは全員が建物を向いているため、パトカーの動きに気づく者は誰もいないというわけだ。

　警察は、エレベータから降りてきた人間がひとり少ないことにすぐ気づく。

　狙撃部隊が待機する位置に、彼は気づいていた。建物正面に横腹を向けて止まっているトラックと、向かいあわせた建物の屋上だ。トラックと建物のあいだに、これほどいる警官がひとりも立っていないことが、それを証明している。射線の確保のためだ。

建物をでてくる人間は、そのトラックの斜め前をよこぎるようにして、準備されたパトカーに近づかなければならない。たとえ訓練一年未満の新兵といえども外さない距離だった。

だが狭い地域の中での無理な射線確保が、スキを生んでいた。まさにそのどまん中に、今乗っているパトカーをつき進めることができるのだ。むろんその手前には、何人かの警官がいるが、背後から突進してくる車になぎ倒されて終わる。

「狙撃《そげき》隊が、斜め正面のトラックと向かいの建物にいる。建物に注意しろ」

「了解。奴らはまだ撃ってこない」

ミドヴィエーチは落ちつきはらっていた。彼が包囲網をつき破ることを確信しているのだ。

フルヨシを含め三人がパトカーに乗ってしまえば、乗員に対する狙撃は難しくなる。フルヨシにも弾丸が命中する確率が高くなるからだ。もちろんそれでも撃ってくる可能性はある。だが最初に狙うのはまず車体だろう。

警官の装備する三十八口径はともかく、狙撃用ライフルの弾丸は、このパトカーの車体など軽く貫通する。だからこそ狙撃隊員は、エンジンボンネットを撃ってくる筈《はず》だった。何とかパトカーを停止させようとするにちがいない。

ミドヴィエーチに狙撃隊の位置を教えたのはそのためだ。パトカーに乗りこんでしまえば、トラック内の狙撃隊は角度的に狙撃が不可能になる。射線が、自らの乗るトラック車体でさえぎられるためだ。危険なのは向かい側の三階建ての低い建物の屋上に見え隠れしている奴らだった。

この方法は、かつてモスクワで試みたことがある。倍率スコープをつけたライフルは、高速で移動する近距離標的を撃つには適していない。スコープ内にとらえられる範囲が狭いので、照準補正をくり返さなければならないからだ。結果、狙撃者は肉眼狙撃に切りかえる。その距離では、火力において、サブマシンガンが上回る。

彼とミドヴィエーチを待ち伏せた、ロシアマフィアの狙撃手を、スコーピオンで片づけたことがあった。ミドヴィエーチは走りだした車の窓から上半身をのりだし、両手のスコーピオン二挺《ちょう》で、五十メートルほど離れた位置の狙撃手をハチの巣にした。

タイミングを待った。緊張が限界に達したとき、パトカーのアクセルを踏みこむのだ。すべての神経を前方に集中させた者にとり、後方からの襲撃への対応は、混乱を経てからのものになる。

軍隊と警官の最も大きなちがいはそこだ。

警官は、うしろから弾丸が飛んでくることを絶対に予期しない。

彼はにやにやと笑いつづけていた。十階で特殊部隊の奴らを始末したときから、巨大な力が自分の中にみなぎり始めるのを感じていた。殺すことが力を呼び寄せる。機械のように冷静な動きを、自分の手と足がおこなっていくのを、彼の心は見つめている。殺《さつ》戮《りく》が、手足のどこかで眠っていた記憶を解き放っている、体に任せればすべてがうまくいく。

ふと意識が遠のくような瞬間があったが、気がつけば、手は銃のトリガーを絞り、足は目的地へと動きつづけている。

爽快《そうかい》だった。これほど体中すべてが解放された気分になったのは初めてだ。

彼の心は浮きたち、じきにやってくる緊張の爆発を待ち望んでいた。叫びと銃声と混乱、そこにこそ最大の歓《よろこ》びがある。

ハンドルを握り直した。左足でブレーキを踏みながら、じょじょに右の爪先をアクセルにかけていく。目一杯のスピードで発進するためにはそれが必要だ。

そのときだった。

パトカーの前に立った人影がいた。白い顔、細い体、ワーニャ、いや、アスカがそこにいた。

99

朝陽をさえぎったのはアスカ自身の背中だった。フロントグラスの反射が消え、まっすぐにこちらを向いた乗員の顔をアスカは正面からのぞきこんだ。

パトカー乗員用の制帽の下にあの顔があった。新宿一丁目の「タンゴ」で自分に呼びかけた男、六本木のインターネットカフェで、自分の呼びかけに笑みで答えた男。

何かを考えるより早く、アスカの右手があがり銃を向け、喉《のど》が叫びを発していた。

「『ヴォールク』！」

コルトが発射された。ハンが一瞬早く体を倒し、銃弾はフロントグラスを射貫いて、ヘッドレストの一部を吹きとばした。その瞬間、ハンの顔に浮かんだ笑みが口元に凍りつくのをアスカは見た。

警告もない発砲。だがそれが何より、周囲の注意を惹きつける。

パトカーが猛スピードでバックし、後方警戒にあたっていた警官をはねとばした。封鎖線のすぐ外側に集まっていた野次馬が悲鳴をあげ、逃げまどう。その中をつっ切るようにパトカーが後退していく。

アスカのコルトが二弾め、三弾めを吐きだし、フロントグラスに穴が穿《うが》たれる。だが四弾めは、もはや野次馬にあたる危険があった。

「ハン発見！　ハン発見！」

近くの警官が金切り声をあげ、腰の拳銃《けんじゅう》をひき抜いた。直後、本部オペレータが叫んだ。

『狙撃せよ！　くり返す、狙撃せよ！』

ライフルの尾をひく銃声が交差する。同時にサブマシンガンの乾いた連射音がつづいた。

アスカはだがパトカーに向け走りだした。しかしパトカーはぐんぐんと遠ざかり、やがてくるりと向きをかえた。そこにいた警官の大半は、ＳＡＴでも機動隊員でもなく、野次馬と交錯するパトカーに向けて発砲する勇気をもたない。

「『ヴォールク』！」

アスカは走りながら叫びつづけていた。怒りなのか、憎しみなのか、自分でも判断できないような激情が喉と手足を動かしていた。

自分が何をしたのか、自分でもわからない。しかし、ハンを仕止めそこなったということだけは自覚していた。

パトカーが対向車線をつっ切り、渋滞を逆走して遠ざかっていく。何台もの車と接触し、混乱と悲鳴、怒号をあとに残しながら。

三百メートルは走りつづけただろうか。

だがついに追いつくことはできなかった。気がつくと、狙撃とその応酬で大混乱となった現場から、そこまでパトカーを追いつづけていたのは、アスカひとりになっていた。

100

アスカの手に握られた銃を見た瞬間、心は凍りつき、しかし体は動いていた。銃弾がフロントグラスを貫く。右足がアクセルを踏みこみ、体を助手席に倒した。死んだ警官の額と自分の額がぶつかり、衝撃を感じた。車にも何かがぶつかる。つづいてフロントグラスを弾丸が二発つづけて射貫き、一発が右肘《ひじ》の上をかすめた。

顔をあげた。アスカが走ってくる。拳銃を手にけんめいに足を動かして。

そのとき、恐怖が彼の心を呑《の》みこんだ。

なぜ、なぜワーニャが自分を撃つのだ。あれほど愛し、ともにロシアに帰ろうと誓ったワーニャが。

彼の右足はさらにパトカーを加速させた。何かがぶつかる。何かを乗りこえる。そしてハンドルを切った。

正面からワーニャの顔を見る勇気はなかった。さっきまでの高揚は消え、冷たい汗が全身を濡《ぬ》らしている。

「『ヴォールク』！」

携帯電話が叫び、銃声に途切れた。だがミドヴィエーチの呼びかけすら、ワーニャの叫びと重なり、彼の心を震えさせた。

体を起こしたとき、そこにいる奴らが自分を見ていることに気づいた。恐怖と混乱の中で、パトカーの運転席にすわる彼を、怪物を見る目で見つめ、怯《おび》えている。

ルームミラーにワーニャが映っている。駆けてくる。彼のもとに駆けてくる。喜びはなかった。恐怖だけだ。アクセルを踏む。恐怖にこわばった顔の奴らが逃げまどう。こいつらは警官でも軍隊でもマフィアでもない。わかっている。だがその目が恐ろしい。見るな、俺を見るな。俺は逃げる。とにかくこの場から遠ざかるのだ。

101

無線機は走る途中でどこかに落としていた。ハンを追跡するパトカーが何台もアスカの前を疾走していったのは、追うことをあきらめてから何分もあとのことだった。銃を握り、路上に立ちつくしていたアスカは我にかえった。ハンが発見されたことにより、狙撃部隊への狙撃許可が下ったことはわかっていた。古芳はどうなったろう。

アスカは現場へと走りだした。混乱の中、次々と救急車が動き始めている。封鎖線のこちら側でレポーターがマイクに向かって叫び、銃を手にして戻る自分の姿を、テレビカメラが追っていた。

「神崎！」

封鎖線の内側に少しでも近づき内部の映像を撮ろうとするカメラマンと、それを防ぐ警官がもみあっていた。呼び笛が鳴り、怒声と叫びが交錯している。その中で自分を呼ぶ声があった。

ふり向くと、芦田がいた。手招きしている。険しい表情だった。

アスカは駆けよった。今にも発進しようとしている救急車の一台を芦田はさした。

「あれだ、いけ！」

詳しい説明を聞く暇はなかった。アスカは救急車の後部にとびこんだ。ストレッチャーに乗せられた大きな体が見えた。

「仁王！」

古芳の顔は血まみれで、目は閉じられていた。シャツも色をかえるほど血を吸っている。救急車の扉が閉められ、動きだした。

救急隊員が脈をとり、古芳の衣服を切り裂いた。

古芳が目を開いた。アスカは安堵《あんど》に膝《ひざ》が砕けるのを感じた。その場にすわりこみそうになるのを、両手で支えて耐えた。

「奴はどうした」

古芳が訊《たず》ねた。アスカは首をふった。

「ごめん、逃げられた。三発撃ったけど、当たらなかった……」

古芳は無言でアスカを見つめた。やがていった。

「お前は無事なんだな」

アスカは頷《うなず》いた。

「よかった。奴が、お前をさらうのじゃないかと、それだけを心配してた」

古芳はつぶやくような声でいった。そして暗い目で救急車の天井を見上げた。

「俺は奴を止められなかった。それどころか奴らの人質にされちまった」

アスカは無言だった。

「神崎取締官」

声にふりかえった。救急車には、救急隊員の他に、私服の刑事が乗っていた。

「公安外事一課の江田《えだ》といいます。芦田さんとつながっています」

携帯電話がさしだされた。アスカは受けとり、耳にあてた。

「古芳の具合はどうだ」

「大丈夫です。血まみれですが」

古芳の腕に点滴の針がさしこまれた。

「これは俺のじゃない。クワントリシビリだ」

古芳がいった。

「クワントリシビリとセミョーノフは死亡した。ハンはまだ追っている最中だが、奴は警官の制服を着ていたのか」

「そうです。通常制服で、私が見たときは、パトカー乗務用の制帽をかぶっていました」

「負傷は？」

「していない、と思います。撃ちましたが、外れました」

「君は大丈夫なのか」

「大丈夫です。あの――」

いいかけ、アスカは言葉を捜した。

「申しわけありませんでした。あやまってすむことではありませんし、処罰をうける覚悟もしています」

「何のことだ」

「いきなり発砲して、現場を混乱させました。冷静に対処していれば、ハンを捕えることができたかもしれないのに」

「その件に関しては、今は私からは何ともいえん。だが、もし君が気づかなければ、警察官にさらに被害がでたことはまちがいない。私はそう思っている」

「ありがとうございます」

「いずれ病院に迎えがいくだろう。それまでは古芳のそばにいてやれ」

「わかりました」

アスカは告げて、電話を江田に返した。古芳が自分を見つめている。薬が効いてきたのか、瞼《まぶた》が重そうだった。

「寝なよ」

アスカはいった。古芳は唸《うな》り声をたてた。

「大丈夫だ。それより奴は、お前に気づいていたのか」

「気づいてた。びっくりした顔をしてた」

アスカは無理に微笑んだ。

「でも不思議なんだ。あいつの顔を見たら、自分で自分が止められなくなった。今から考えれば、叫ぶとか、他のことができた筈《はず》なのに、いきなり撃ってた」

古芳は無言だった。

「あいつが憎かった。今でも憎いよ。あんたをこんな目にあわして……」

古芳の口もとがゆるんだ。

「どうしたの」

「よかった。お前はアスカだ。ワーニャじゃない」

古芳はいった。そして眠りに落ちていった。


被弾のショックと出血で体力は落ちているが、生命には別状がないという医師の言葉を聞かされて一時間後に、アスカは警視庁に移送されていた。

ハンが奪ったパトカーは、現場から二キロ離れた住宅地で見つかった。車内には財布を奪われた新宿署警邏《けいら》課の巡査の死体が残されていた。都内全域と周辺部に非常線が張られたが、アスカの事情聴取が一段落した午後五時過ぎになっても、ハンの消息は不明だった。

現場で何が起こったかを、アスカは事情聴取後、狙撃《そげき》部隊が撮影したビデオで知ることができた。

アスカがハンに気づき発砲した直後、ハンを発見したという報告が現場本部にもたらされ、狙撃許可が下った。

狙撃手は、クワントリシビリとセミョーノフに向け、計八発を発射。全弾が命中した。

クワントリシビリは、ＳＡＴから奪ったＭＰ５で応戦しようとしたが、銃弾はマンションの床に向け発射されただけだった。その場における古芳の被弾はなく、クワントリシビリとセミョーノフは、即死した。その後、マンション室内から、堀田ゆりえの同居人の死体が発見された。さらに非常階段で、十二名のＳＡＴ隊員が射殺されているのが見つかっている。

「まさに殺人機械だ。三十名以上が奴に殺された。警官だけで十七人もいる」

芦田が呻《うめ》くようにいった。

警視庁の特別会議室だった。芦田と永野が、アスカに並んでかけている。この後、刑事部長、公安部長、さらに警視総監を交えた全体会議が開かれることになっている。警察庁からも、刑事局長がくるという情報があった。

「このハンの今後の動向だが、神崎の考えを聞きたい」

永野がいった。

「もし非常線にかからずに逃げるとすれば、ソコロフの支援をうけていると考えられます。ソコロフは今、日本に入国していて、ハン、コワルスキー博士、双方と距離を保ちながら、事態の推移を観察している筈ですから」

「いったい何が目的なんだ。まさか今さら、日本国内で何かの騒乱を起こそうというわけでもないだろう」

芦田がいった。

「わかりません。ただこのハンの暴走は、ソコロフの所属するＳＶＲの何らかの作戦にのっとったものではないと思います。ソコロフは、ＳＶＲ内の権力を用いて、ハンに脳移植手術をおこない、ある意味で、誰でもない、凄腕《すごうで》の殺し屋を作りだしました。肉体的な特徴はアレクサンドル・ハンであっても、その中身はセルゲイ・レドフスキーです。ソコロフはこの人物を使って、何か個人的な作戦をおこなおうとしたのではないかと思われます。チェチェン人グループによって奪われた、一千万ドルの偽ドルの回収は、その人物が今後、作戦に耐えうるかどうかのテストであったのかもしれません」

「テストで三十人以上が殺されたのか」

「ソコロフはＳＶＲの高官ですが、外交官ではありません。その所在をつかめば、身柄をおさえることは可能です」

「今、ＣＩＡからソコロフの情報を入手しようと、公安部が躍起になっている。コワルスキーの身柄を渡すという交換条件で、入手できると考えているんだ」

「こんな事態となっても、明日、コワルスキー博士は、君に接触してくるだろうか」

永野がいった。

「ソコロフもコワルスキー博士も、『アフター・バーナー』に関する情報を欲しがっているのは確かです。またセミョーノフとクワントリシビリが死亡している以上、大量殺人とコワルスキー博士を結びつける証拠はありません。ソコロフひとりが、ロシア政府、あるいはロシア大使館と一連の事件のあいだに関連があることを証明できるのです。もちろん身柄を確保したとしても、ソコロフがそれを裁判で認める可能性はゼロでしょうが」

芦田は頷き、時計を見た。

「じき会議が始まる。君には別室で待機してもらうことになるだろう。その間、少しでも休んでおけ。もし明日、予定通りコワルスキー博士と接触ということになれば、正念場だ。それまでは、司法警察職員という、君の身分を解かないよう、永野部長には頼んである」

「わかりました」

アスカは立ちあがった。会議室の外で待っていた女性警官が、女性警官用休憩室にアスカを案内した。

会議は一時間やそこらでは終わらないだろう。アスカは庁内の売店で、替えの下着やストッキングを買い、シャワーを浴びた。麻薬取締官という身分を奪われなくとも、明日いっぱいは警視庁の監視下におかれることはまちがいない。中目黒の麻薬取締部と自宅アパートには、警察官が張りついているが、そこに戻ることすら、おそらくは許されないだろう。

ベッドにアスカは倒れこんだ。くたくたで、古芳の生命が無事とわかった今は、何もかもを忘れて眠りたかった。

だがすぐそうするわけにはいかなかった。アスカは、携帯電話をチェックした。案の定、ブルックからのメールが入っていた。

「お姫さま、大活躍のもようは、テレビで拝見しました。明日、チームは予定通り任務につく予定。今夜はワシントンのお偉方にとっても、長い夜になるでしょう」

ワシントン。アメリカ政府は、コワルスキー博士の身柄とその技術を手に入れるために、可能な限りの圧力を日本政府にかけてくるのだろうか。

もしそうならば、警察による包囲網は解かれることになる。

いや、それはありえない。十七名もの殉職者をださせた殺人犯を逮捕する機会を、外交圧力によって手放したとすれば、警視庁全体の士気にかかわる事態となる。

ならば、CIA、アメリカ政府は、この事態をどうコントロールしようとするのか。

すべてを日本の警察に任せ、コワルスキーの身柄だけを渡せと迫るのか。しかしそうするのであれば、チームは必要がない。

自分の責任だ。こうなるよう事態を仕向けたのは、アスカなのだ。ブルックを巻きこみ、警察とCIAを天秤《てんびん》にかけた。

どうなってゆくのだろう。アスカは休憩室の壁を見つめた。

ひとつだけわかってきたことがある。

それは決して嬉《うれ》しくも何ともない事実だが、今自分のおかれている立場が、法の枠の外にある、ということだった。

アスカを誰も処分しようとはしない。身分を剝奪《はくだつ》し、事件の外側に追いやる、かつてのような圧力はどこにも存在しない。

誰もがその処遇に苦慮しているのを感じる。芦田ですらがそうだ。

日本の司法のメンツとアメリカの国防上の利益をめぐる、巨大な綱引きの中間に今、自分は立っているのだ。その結果、両者ともがアスカを事態から一方的に排除することができずにいる。

それは確かに自分が望んだことではあった。ある意味で超法規的な存在へと、アスカは化してしまった。

だが裏をかえせば、そのことは自分がどこにも帰属していないという現実の証明でもあった。

誰にも咎《とが》められないが、誰にも守られることもない。

恐ろしいほどの孤独がアスカを包んだ。

102

会議の終了を、アスカは起こしにきた女性警官に知らされた。

今度は芦田ともうひとりの人物がアスカを待っていた。警察庁国際部の人間だと、アスカには告げた。名は名乗らない。三十代後半で、明らかにキャリアとわかる。

「ＣＩＡのロドニー・ブルック氏をご存じですね」

その男の問いにアスカは頷《うなず》いた。

「はい」

「アメリカ政府は、明日の警視庁の作戦行動において、ブルック氏の意見を最大限、尊重するようにという、強い要望を、内閣官房にだしてきました」

「ペーパーで？」

「ペーパーです」

公式文書ということだ。

「それで？」

警察庁のキャリアは芦田を見た。

「前に君から聞いた通り、ＣＩＡはコワルスキーを確保するための特別チームを日本に展開させている。要は、そのチームにやりたいようにやらせろ、ということらしい」

芦田はいった。アスカは息を吐いた。

「チームは、特殊部隊の出身者で構成されていて、殺人や誘拐のプロフェッショナルです」

「ＣＩＡはハンの妨害を予期している、ということですか」

警察庁の男はいった。

「ハンに限らず、コワルスキー博士の身辺は、ＳＶＲのエージェントが固めていると考えられます。チームの目的はその排除です」

男は深々と息を吸いこんだ。芦田に訊《たず》ねる。

「コワルスキーの現在地はまだわからないのですか」

「埼玉県のどこかということしか。おそらくＳＶＲのセーフハウスにいるのでしょう」

芦田は答えた。

「何とか事前にコワルスキーを逮捕することはできないのでしょうか。神崎さんからコンタクトをとれば、早めにコワルスキーを動かすことも可能でしょう」

「コワルスキー博士が明日、本当にやってくるかどうかも確証はないのです。今朝の事件のことは当然伝わっているでしょうし、ハンの暴走にも気づいている筈《はず》です。博士自身が強い危機感を覚えていておかしくはありません。もちろん、ＳＶＲのエージェントたちも」

アスカは答えた。男は険しい表情になった。

「それでは取り決め通り接触する他ないといわれるのですか」

アスカは頷いた。

「博士の身柄をおさえるのなら、今はそれしか方法がありません」

「ハンがそこに現われるのに備え、警視庁は大規模な包囲網をしきたいと考えていた。だがワシントンの要望は、それを牽制《けんせい》するようなものだった。ハンの処分はチームに任せろ、コワルスキーは彼らがおさえる。いってみればそういうことだ」

「今朝、あれだけの人員と装備を展開していながら、警視庁はハンの逮捕に失敗しました。ワシントンは日本の警察に失望したのでしょう。コワルスキーの確保は、日本の主権を一部侵害し、外交関係を悪化させる結果となっても、アメリカの防衛戦略上不可欠と考えられている節があります」

まるで他人《ひと》ごとのように警察庁の男はいった。アスカは男を見つめた。

「それで政府はどうすることにしたのですか」

男は黙った。芦田が口を開いた。

「今朝の事件は、大きく報道されている。特にパトカーを奪って逃げるハンと、それを追った君の映像は、くり返しテレビで流されているんだ。警視庁は何としてもハンを確保しなければならない。十二名ものＳＡＴ隊員を殺害した犯人を逃せば、今後への悪影響ははかり知れない。ＳＡＴの制圧能力を軽視する犯罪者があとを絶たなくなる、と警察庁は考えている」

「犯人逮捕よりも、評判の方が気になる、というわけですね」

男は顔をしかめた。

「現実的な問題です。ハンに限らず、凶悪犯罪者はこれからも現われる。それに対するＳＡＴの能力に限界があるという、世論の判断は何としても避けなければならない。警察行政は未来もつづくのです」

「だから？」

アスカは男と芦田を見比べた。芦田がいった。

「ハンの処分は、ＣＩＡのチームに任せる。ただしそれは公表しない。ハンを逮捕、あるいは射殺した場合、ＳＡＴによる活動と発表する。ＳＡＴのメンバーや活動内容に関する取材はうけないことになっているので、秘密は保たれる」

　アスカは首をふった。

「また、そんな秘密を作るのですか。中西警視正のときのような」

「やむをえない判断です。それに、あなたにそれを非難する資格はない。ＣＩＡに情報を提供したのはあなたでしょう。本来なら国家公務員法に違反する行為だが、今回は特に目をつぶっているのです」

　アスカは向き直った。

「逮捕したらどうですか。何が起こったか、すべて裁判で明らかにすればいい」

「あなたは自分の命を国に救われている。なのに国を裏切る行為をするというのですか」

「救われる？　私を救った結果、判明した事実を警察はすべて隠蔽《いんぺい》した。そのことも感謝しろと？　身内に存在した裏切り者、それもあなたと同じキャリアエリートのせいで、何人もの現場警察官が死んだという事実を、望まなかった手術とひきかえに感謝して忘れろというの。だったらあなたも脳移植手術をうけてみたら？　他人になる素晴らしさがわかるわ。そして望んでもいないのに、監視されたり、スパイにつけ狙われる楽しさが。何より嬉しいのは、自分があとどれだけ生きられるかが、まるでわからないということよ。そういったこともすべて、元の身分が警察官であった以上、うけいれなければならなかったことだというつもり？」

男の表情がこわばった。

「答えなさいよ。恩着せがましく感謝しろというのなら、あなたにはそれに答える義務がある」

「感謝しろとまではいってません」

男は救いを求めるように芦田を見た。だが芦田は無言だった。

「第一、手術の問題は、警察庁とは無関係で、芦田さんの独断でおこなわれたものと聞いています」

「だったらなぜ！　あなたがそんなことをあたしにいえるのですか」

男は息を吐いた。

「わかりました。配慮に欠けた発言であったことを認めます。申しわけありませんでした」

「責任はすべて私にある。こういう事態を未来においてひき起こすとは、まるで予測できなかった」

芦田がつぶやいた。アスカは首をふった。

「あたしは誰かに責任をとれ、といっているのではないんです。大切なのは、最悪の結果を招かないためには、誰が何をするのが最良なのかという選択です。そこに組織のメンツなんかをもちこんでほしくない」

沈黙がつづいた。

やがて芦田がいった。

「これ以上犠牲者を増やさない、それが最良の選択だ」

「その犠牲者の中には、ＳＶＲのエージェントは含まれないということですね」

「そうだ。日本の警察は、ＣＩＡのチームに任せる。市民が殺し合いの巻き添えにならないことだけをケアする」

「そのためには神崎さんの協力が必要です」

警察庁の男はいった。

「コワルスキー博士は、あなたとの接触を希望しています」

「わかっています」

「アスカ」

不意に芦田がいった。

「我々が手をだせないということは、どんな事態になっても、お前は自分の身を自分で守る以外にない、ということだ。唯一のお前の味方である古芳は病院にいる。だから頼む、死なないでくれ。何としても、生きのびてくれ」

アスカは微笑んだ。

「もちろん、そのつもりです」

103

最も恐れていた事態になってしまった。

コワルスキーはいく度もくり返し流される映像を見つめながら、恐怖と絶望に心が縛りつけられるのを感じていた。

画面には叫び声をあげるアスカと、市民をはねとばしながら逃走するパトカーがうつっていた。アスカの手には拳銃《けんじゅう》が握られている。そしてパトカーの運転席には、警官の制服を着けたハンがいる。

最も恐れていたこと。

それはハンによる大量殺人ではない。ハンの本質が「狼」であることを考えれば、当然、予測された結果だ。脳移植手術は、かつてのロボトミーとはちがう。患者の人格は決して改造されない。ハンは、人殺しとなるべく生みだされた〝怪物〟なのだ。その残忍さ、戦闘能力は、まさしく、セルゲイ・レドフスキーとアレクサンドル・ハンをあわせたものだ。これは単なる人格のすげかえではない。能力の向上が手術によって生みだされた。負の能力ではあるが。

予測されたことだった。兆しはアスカにもあった。警察官とギャングの情婦という、相反する社会的存在であった二人の心と体が融合したとき、どちらともちがう、美しさと強さをもった人格が誕生した。そのときからコワルスキーは秘《ひそ》かに思っていたのだ。脳移植手術は、患者の人間的能力を向上させる可能性をもつ、と。

　それがハンのおぞましい犯罪により、証明された。

　ニュースでは、日本の犯罪史上、司法機関に追跡されながら、これほど多くの人間を殺傷した者はいない、と解説していた。軍隊でも連れてこない限り、ハンを捕えられないのではないか、という意見もあった。アメリカ人向けのニュース番組で、キャスターは、FBIの特別狙撃《そげき》チームを、日本の警察に貸しだしてはどうかといっていた。犯罪者に銃を向けることをためらう、日本の警察の風潮がハンの逃亡を助けたというのだ。

　しかしそれはまちがっている。ハンを通常の犯罪者と考えてはならないのだ。今のハンは、怪物であり、スーパーマンなのだ。

　もちろんいつかハンは捕えられ、殺されることになるだろう。

　ハンに対する執着など、コワルスキーの心にはない。ハンは成功作ではあるが、歪《ゆが》んだ成功作なのだ。能力の高さが証明された時点で、これ以上、研究対象にしたいという意欲はわいてこない。

　問題はアスカだ。いや、アスカに対するハンの執着と、アスカの感応というべきだろう。

　ハンの執着は、ハンの記憶の残骸《ざんがい》とともに予測していた。しかし、アスカがそれに感応することは、まったくの予想外だった。ハンとアスカ、ふたつの人格には本来、まったく接点がなく、ハンの執着はあくまで一方的なものであった筈《はず》なのだ。にもかかわらず、コワルスキーが見たテレビの映像は、アスカが感応している事実を証明している。アスカの叫び声を、テレビカメラのマイクは拾いきれていなかった。しかし口の動きからそれが「ヴォールク」であることに、彼は気づいていた。

アナウンサーによれば、アスカは「警察関係者」のひとりで、偶然、ハンの姿に気づいたらしい、という。

だがそれはもちろんちがう。「ヴォールク」という呼びかけと同時に、アスカが手にした拳銃を撃つのを、カメラはとらえていた。事件現場周辺を撮影していたところ、偶然、映りこんだようだ。

フルヨシが負傷させられていたことも、彼はテレビで初めて知った。ハンは自宅でフルヨシを誘拐していたのだ。道案内をしたのはセミョーノフだったらしい。そのセミョーノフと「熊」が射殺され、ハンがひとりぼっちになっていることも、彼の恐怖を増大させていた。ひとりきりになったハンは、完全にSVRのコントロールを離れ、アスカに対する執着をむきだしにするにちがいないのだ。

アスカはそれに感応する。

アスカの中に、ハンに対する憎悪、殺意が存在するのはまちがいない。パートナーであったフルヨシを傷つけられ、アスカは怒りを燃やしている筈だ。

だが、アスカが気づいていないことがひとつある。それは、ハンの中にある執着の正体だ。ハンはアスカを殺そうとは考えていない。それどころか、この世でただひとり、ハンが殺さない人間がいるとすれば、その者こそがアスカなのだ。

アスカは知らない。ハンの中にあるのが、自分への殺意ではないことを。それを知ったとき、アスカの感応がどうかわるのか、コワルスキーは不安だった。

もちろん、何も起きない可能性はある。科学的には、二人のあいだにつながりは存在しない。あらゆる面において他人だ。にもかかわらず、この世でたった二人の、脳移植者として、互いを強く意識しあっている。それが感応の正体だ。

すべては不測の事態に突入した。

「アスカに会うのは危険だ」

彼はつぶやいた。

「大丈夫。我々がカモフラージュします。警察は、あなたに気づかない」

ボリスがいった。

「そのために充分な準備をします。テラオカミヤカイは、全面的な協力をするといっている。警察は、明日の話し合いにあなたがやってくることは知らないのです」

「本当に？」

「ええ。アスカは、テラオカミヤカイの弁護士に呼びだされてくるのです。あなたがそこで待っているとは知らない」

彼はほっと息を吐いた。

「それならば、大丈夫かもしれない。ただこんな事件のあとで、アスカがやってくるだろうか」

「今のところキャンセルの連絡はないようです。フルヨシが負傷したので、二人ではこないでしょうが」

ボリスはいった。そして説明した。

「明日の早朝、我々はここを出発します。その前に、ニーナがあなたに完璧《かんぺき》なメイクアップを施します。我々は、アメリカの保険会社の社員ということになる。目的地である弁護士事務所の近くに、その会社は実在します。もちろん社員証もある。たとえ警察が検問を実施していても安全です。弁護士事務所と同じビルに、その保険会社が業務を委託している行政書士のオフィスがあるので、中に入ることにも、何ら問題はない。それに何より、我々とハンの犯罪を結びつける証拠は一切、存在しないのです。警察があなたを逮捕し、告発できるとすれば、偽名のパスポートを使用した罪くらいでしょう」

「ＣＩＡは？」

「もちろん連中は日本でも活動をおこなっています。しかし弁護士事務所に押し入って、あなたを誘拐することなど不可能だ。それにテラオカミヤカイのガードがあなたにはつく。私やニーナもいます。ＣＩＡのエージェントがアスカを監視していても、手はださせません」

コワルスキーは沈黙した。自分の中にある不安の正体が、日本の警察に対するものでないことはわかっている。ＣＩＡ、あるいはハン、場合によってはその両方だ。

「ハンはどこにいる？」

ボリスは首をふった。

「不明です。ご覧になったように、セミョーノフが死亡し、我々はハンに対するコントロールを失いました。大使館も対応策を協議中です。ただ幸いなことに、事件の起こったマンションは、セミョーノフが日本駐在中に作った愛人の住居でした。ロシア政府は、事件の背景はすべてセミョーノフの個人的な問題であると押し通すでしょう。セミョーノフがロシアマフィアと関係し、かつての愛人と新しい恋人を消すために殺し屋を雇った――ストーリーをそう作ることができます。ＳＶＲはそのための〝証拠〟を、モスクワで作り始めている頃です」

「ソコロフ大佐の責任は問われないのか」

ボリスは首をふった。

「現在のＳＶＲには、大佐の責任を追及できる者はいません。解体されたＫＧＢから、今のＳＶＲを再生させた立役者です。今回の作戦に関しても、大佐は国家安全保障会議の承認を得ずに進める権限をもっています」

「そんなことが可能なのか」

「大佐はすでに承認を得ているのです。博士ですからお話ししますが、それは旧ソビエト連邦の略奪された財産を回収するための作戦計画です。大佐はその問題の専門家であり、これまでも東ヨーロッパや中央アジアで、回収のための作戦を実施し、功績をあげてきました。ロシア政府の財政が非常に厳しいことはご存じの通りです。ＳＶＲは、大佐の回収した財産によって、当初を大幅に上回る予算をとりつけることができたのです。大佐は、すぐれた工作員である以上に、すぐれた政治家です。欠点といえば、冒険心に富みすぎることくらいで」

「私への手術依頼も、その冒険心の表われということか」

「あるいはそうかもしれません」

ボリスは頷《うなず》いた。

「だが野放しになっているハンは危険だ。おそらく『ＮＴＦ《ニューロトロフイック・ファクター》』の投与もままならないだろう。暴走し、明日の会談を邪魔しに現われる可能性だってある」

「それについては我々も考慮しています。先ほどソコロフ大佐に連絡をとり、指示を仰ぎました。ソコロフ大佐の考えでは、ハンの最終目的は、『アフター・バーナー』ではなく、カンザキ・アスカである、ということです。したがって我々は、『アフター・バーナー』に関する情報を入手できれば、あとはハンの好きにさせてやるつもりです」

「好きにさせる、とは？」

ボリスは肩をすくめた。

「大佐は、ハンを、『飢えた獣のようなものだ』といいました。飢えの対象はカンザキ・アスカです。アスカさえ与えれば、ハンはおとなしくなるでしょう」

「そんな簡単にいくのか」

「ハンの願いは、アスカを連れてシベリアに戻ることです。その手段を与えてやればいい」

「どうやって？　これだけ警察に追われているのだ」

「もちろん、今の姿のままでは、この国を脱出することは不可能でしょう。大佐はそのために博士の力を借りたいと考えているのです」

コワルスキーは目をみひらいた。

「まさか――」

「この国で手術をおこなっていただきます。ハンにとっては、短期間内に二度目の過酷な手術となるでしょうが、彼に選択の余地はありません。今のままでは、どこにも逃げ場がないからです」

「しかし私には何の準備もない」

「博士はかつて、限られた設備の中で手術を成功させた実績をおもちだ。そのときと同程度の準備を我々は用意できると考えています。しかも今回は『アフター・バーナー』を使用できる可能性もあるのです。我々は、アスカと手術をエサに、ハンを手なずけます。奴がそれに逆らえば、警察に撃ち殺される運命しかありません。日本を離れるのは少し遅れるでしょうが、いかがですか、『アフター・バーナー』を使用した手術をおこなってみたいとは思われませんか」

思ってもいなかった申し出だった。彼の頭はめまぐるしく働いた。

「――できればこの国の外で手術をしたい」

「その場合、我々はハンを放棄することになる。それはそれでかまわないのですが、奴のコントロールを再びとり戻すためには、手術の可能性を残しておきたいのです」

「しかし、あの男がそれに納得するだろうか」

「実は手術については、本人からも希望がでているのです。適合するならばという条件付ですが、ドナーの候補もいます」

「誰だ」

「フルヨシです」

ボリスはいった。

「ハンは、フルヨシの体に入りたがっています。アスカの気持をとらえたいがゆえでしょう。フルヨシの入院先を調べ、医学的データをとり寄せる手配はおこないました。明日、もしハンが我々を邪魔しに現われても、それを提示してやれば、奴は協力する姿勢を見せる筈《はず》です」

「――東洋人か」

彼は息を吐いた。

「それから、もうひとつ情報があります。アスカは『アフター・バーナー』の化学構造式を入手しています」

「本当かね」

ボリスは頷いた。

「フルヨシを誘拐したハンに脅迫をうけ、アスカは『アフター・バーナー』の化学構造式を手に入れました。そしてそれをあなたに渡す用意がある、とセミョーノフに伝えていたのです。もちろんフルヨシが解放された今、彼女がすんなりとそれをこちらに渡すかどうかは疑問ですが、圧力のかけかたによっては可能だと思います」

ハンにとってはアスカが〝弱点〟であり、アスカにとってはフルヨシが〝弱点〟なのだ。それを知ったハンがフルヨシの肉体を手に入れたいと願うのは、自然のなりゆきかもしれない。

コワルスキーは奇妙な気持になった。特定の個人に対する執着が、これほど人間を動かすものなのだろうか。コワルスキー自身は、今までそれほど強い執着を、個人に対して抱いたことがなかった。自分が魅せられたのは、常に、手術の成果であり、それを自らが成しとげたという純粋な喜びだけである。しかし彼が手術の対象としてきた者たちは、なぜか個人に対する執着を露《あら》わにしている。

「むろん、ハンを追跡している警察によって、明日、我々が危険な状況に追いこまれる可能性も否定できません。大佐は当然、それも予測し、作戦をたてています」

「ソコロフは、今起こっていることを把握しているのか」

ボリスは頷いた。

「大佐とは、いついかなるときも連絡をとり、指示を仰げる状態を維持しています」

「それで、どんな作戦をたてたというのだ」

「あなたの身代わりが用意されています。大使館の下級職員とともに、その人物が明日、警察の重要監視区域内を動くことになっています。日本国内にいるＣＩＡは、警察からの情報提供をうけているでしょうから、当然そちらに誘導されます。我々の会見をマークする者はいなくなるか、いてもわずかでしょう」

　コワルスキーはほっと息を吐いた。ハンに対する二度目の手術をおこなうかどうかについて、まだ決断はつかなかったが、ソコロフが、自分をＣＩＡに渡さないための努力をおこなっていることには、安堵《あんど》を感じていた。

　つまりそれだけ、自分は重要な人間なのだ。多くの者に必要とされている。ソコロフ、ＣＩＡ、そしてハン、おそらくは、アスカにも。

104

　アスカは病院にいた。貫通銃創の消毒を受け、痛み止めを打たれた古芳は、静かに眠っている。

　泥のように疲れ、全身が床にのめりこんでしまうかと思うほど重い。だが、古芳の姿をこの目で見るまでは、休息をとることすらできなかった。

ベッドのかたわらにおいた椅子にかけ、アスカは古芳の寝顔を見つめていた。かつてこの人は、自分を失ったと思い、その苦しみにのたうち回った。

それに比べたら、きのうから今日にかけて自分が味わった苦しみなど、何分の一だ。

このままずっとこうしていたい。古芳のかたわらで朝まで過したい。たとえ古芳が目覚めず、自分に言葉をかけてくれることがなくても、二人きりでいられるこの時間が、何より貴いものであると、アスカは感じずにはいられなかった。

もちろんそれができないことはわかっている。病院の周辺は報道関係者によって囲まれ、病室の外にはその侵入を阻む警察官が立っている。

どうなるのだろう。

わかっているのは、ハンと自分の宿命に、じき答がでるということだ。奴が死ぬか、自分が死ぬか、あるいは両方が死ぬか。

CIAから派遣された特殊チームは、ハンの戦闘能力を知った筈だ。完全武装したSATの隊員十二名を〝無力化〟したその危険さを。

彼らは警官ではない。それは即ち、ハンを発見しても、警告や武装解除などはおこなわないということを意味している。

ただ発砲し、射殺する。背中からであろうと、遠距離からであろうと。

死体は警察にひき渡され、「抵抗のあげく射殺した」というストーリーがまことしやかに発表される。

警察は再び、大きな欺瞞《ぎまん》を作りだす。治安を守りつづける「不敗の組織」であるために。

正直にいえば、もうそんなことはどうでもよかった。嘘は嘘で、そこに人命がかかわっていようと、嘘つきはそうであるのを止めることはないのだ。

大切なのは自分だ。自分と、そして自分を大切と感じてくれる人。

だが、二人はもうすぐ離ればなれになる。ＣＩＡ、ひいてはアメリカ政府への協力を約束したアスカは、確保されたコワルスキーとともに渡米するだろう。

別れないためには、古芳が警察をやめる以外に道はない。

だがそんなことをさせてはならない。

アスカを裏切り、アスカが裏切った警察。しかしその警察の存在なくして、アスカと古芳は出会うことがなかった。

自分はこれほどかわったのに、古芳はまるでかわらない。無口で、感情を露わにすることはめったになく、それでいてまっしぐらにアスカのことを愛しつづけてくれる。

その古芳に、警察官以外の仕事など、考えつかない。

刑事になるために、犯罪と戦うために、生まれてきたような男で、だからこそ、河野明日香は惚《ほ》れたのだ。

気づくと眠りこんでいた。

目を開けたとき、古芳と目が合った。

「馬鹿」

古芳が小さな声でいった。そして小さな病院のベッドの、狭い毛布の端をもちあげてみせた。

「隣にこいよ」

我慢できなかった。無言で、傷ついた古芳の体を痛めぬよう、その隣にすべりこんだ。消毒液と薬品の匂いが混じった、古芳の暖かな香りを嗅《か》ぎ、その胸に顔を押しつけた。

無傷な方の古芳の左腕が、そっとアスカの頭をなでた。

「――馬鹿はそっちだ、馬鹿野郎」

アスカは鼻声でいった。

「死ぬほど心配したんだよ。あんな奴にあっさりつかまりやがって……」

「注射を打っていた、頭に。たぶん、何かの発作を抑える薬だと思う」

古芳はつぶやいた。

「俺にロシア語で話しかけてきた。それからセミョーノフに通訳をさせた。奴はお前の――」

いいかけ、古芳は苦笑した。

「何だよ」

「子供時代のことを知りたがった。さぞきれいな娘だったろう、と……」

アスカは無言で古芳の左腕にかみついた。古芳は小さな呻《うめ》き声をたてた。

「奴は、自分とお前との間に、何か特別なつながりがあると信じている。お前が自分を必要としていると思いこんでいるんだ」

　低い声で古芳はいった。

「あたしはあいつの命が欲しい。あいつの頭に弾丸を撃ちこみたい」

「奴の願いはお前と暮らすことだといった。シベリアに連れて帰って、二人で暮らしていくのだそうだ」

　アスカは古芳の耳に口を近づけた。

「あたしは、あんたと暮らしたい」

　囁《ささや》いた。古芳の体がこわばった。

「今じゃない。いつか、でも、きっと」

　古芳は無言だった。

　アスカはそっとベッドからすべり降りた。

「どこへいくんだ」

　アスカは腕時計を見た。じきに夜が明ける。古芳に微笑みかけた。

『狼狩り』

　古芳の表情に緊張がみなぎった。

「俺もいく」

「馬鹿いわないで。ＣＩＡの殺し屋連中がいっしょなのよ。まちがえて撃たれちゃうわ」

「奴は危険だ」

「わかってるわよ、もちろん」

アスカはいった。

「でもね、この世で一番大切な人を傷つけられたら、女は、どんな男よりも危険になるってことを、あいつは知らない。それを思い知らせてやるわ」

105

「アスカが俺を撃った」

彼は朝陽が超高層ビル群にさえぎられ、おそろしく長い影を作りだすのを見ながらつぶやいた。

「驚いた。今まであんな驚いたことはない。まさかあの子が俺を撃つなんて……」

「しかたなかったのさ。彼女はまだ、自分がワーニャの生まれかわりであることに気づいていないのだ」

「そうか。それでか……」

「ずっといっしょに暮らしていれば、必ずあの子も思いだすだろう。俺たちの運命は何者にもかえられない。考えてもみろ、なぜあのとき、あの子は気づいた？　あれだけ多くの人間がいる中で、それも車の中にいた俺に。引き寄せられていたんだ。運命が、俺たち二人を、まるで磁石のようにくっつけようとしていたんだ」

「……」

「あがいているんだ、運命に。決して離ればなれになれないとわかっているのに、逆らおうとしている。あいつもそうだった。小さな町に生まれ、貧乏で誰もがかわらぬ一生を送ることを疑っていない世界で、何とかかかわろうとしていた。嫌な思いをしても、自分をかえたかった。両親はロシア人ですらなく、共産党には何のコネもなくて、下らない、ゴミのような死に方をした。だからこそ、そこから逃れようとしたんだ」

「逃れられなかった」

「許せなかった。うすぎたない男どもに股《また》を開いて、そんなことで逃げだせると思っていた、あいつが。あいつの人生をかえるのは、俺の役割だった。そのために俺は、苦しい訓練に耐え、優秀な兵士になる努力を重ねた。いずれあいつをモスクワへ連れていってやろうと思っていたんだ。なのにあいつは、俺が訓練で血を吐き、上官に殴られ、ケツを犯されていたとき、アゼルバイジャンのチンピラに体を売っていやがった。それも、馬鹿みたいに安い金で。俺はくやしかった。腹が立った。奴を殴った。なぜそんなクズにやらせてやるんだ。あいつはいった。あたしとやりたいのだろう。いいよ、やらせてあげる。そのかわり、金を払ってよ」

「お前のしたことはまちがってない。この手がそのときを覚えている。誰にも触れさせたくなかった、大切な妹の喉《のど》に親指がくいこんでいく感触を。妹の体をけがした奴らの、妹の体を隅々まで見た奴らの、目玉を抉《えぐ》りだしたときの気持よさを覚えているぞ」

「もう二度と失いたくない。きたない言葉を妹の口から聞きたくない。あんな思いをくりかえすのはたくさんだ」

「だから連れて帰る、そうだろう？　なくした時間をとり返すんだ。お前が軍隊にいっているあいだに離れてしまった妹の心をとり戻せ」

「森で狼になった妹を、元の人間に戻すように？」

「狼の中にあるワーニャの心が帰ってくるのさ、アスカの中に。あのシベリアの森を見て、きっとすべてを思いだすだろう。冷たい大地の上を走り、森の樹々をつき抜けて、ワーニャの心はアスカの体めがけ飛んでくる。そしてすっぽりとアスカの中におさまり、俺たちは永遠に溶け合うことができる」

「そうだ。ワーニャはきっと少し怒っているんだ。あの日、森におき去りにされたことを。いつもいっしょにいてくれたお兄ちゃんが、自分をおいていってしまったのを」

「だから俺を撃ったのか」

「それだけじゃない。離れているあいだに、心と体を奪った、あの男がいた」

「絞め殺せばよかった。目玉を抉りだせばよかった。それを思うと、頭が割れそうに痛む」

「心配するな、大丈夫だ。きっとうまくいく。奴の体から奴を追いだし、俺が乗っとる。奴の体のどこかに、奴の切れ端が残っていて、きっと苦しみにのたうち回るだろう。自分じゃない自分が、アスカを自分のものにしていると知ったとき――」

「『ヴォールク』」

呼びかけにふり返った。不機嫌そうに目を細めたソコロフが、部屋の入口に立っていた。二間つづきのスイートルームの、もうひとつの部屋でソコロフは眠っていたのだ。

「寝ていなかったのか」

「俺は大丈夫だ」

「俺は大丈夫だ」

二人が答えた。

「眠くない」

「眠くない」

「『ミドヴィエーチ』のことは忘れろ。君のせいじゃない」

「あの叫びは忘れない」

「あの女が邪魔をした」

「君は、君の目的に全力を尽くす、そうだろ」

「アスカをとり返す」

「アスカを許さない」

彼はぎょっとした。今、何といった？

だがソコロフはあたり前のように彼と話していた。

「もう少しすると、コワルスキーは動きだす。それに合わせ、ボリスが用意した替え玉が、警察の注意を惹《ひ》きつける。君はそれから動くんだ。アスカは君のものだ。ただし、その前にやっておかなけりゃならんことがある」

ソコロフはいって、じっと彼を見つめた。

「君の新しい体を手に入れるんだ」

「奴はどこにいる？」

声が消え、ひとつになった。まるで別の言葉を発したのを聞き咎《とが》められ、あわてて姿を消したかのように。

「病院だ、場所はわかっている。カツラと眼鏡を用意した。君はテレビクルーに化け、病院に侵入して、フルヨシを連れだせ。それができなければ、奴を消すんだ」

「いずれにしろ、フルヨシは死ぬ」

ソコロフは頷《うなず》いた。

「死ぬさ、もちろんだ。だが死ぬときに、君に肉体を提供する。コワルスキーが、君の脳をフルヨシの体に移す。手術は可能だ。昨夜のうちに、フルヨシのデータがこちらに届いた。買収した看護師がメールで送ってきたのだ。その看護師が君を手助けする。ただし、その看護師は君のことをテレビ局の人間だと思っている。君が、フルヨシの独占インタビューをとりにきたと信じているんだ。君を病室の前まで案内するだろう。フルヨシを連れだしたら、病院の裏口にいけ。死体運搬車が待っている。それにフルヨシを乗せるんだ。あとはその車に乗っている日本人に任せろ。フルヨシを、私が用意させた病院まで運ぶ。君は、アスカに会いにいけ」

彼は頷いた。

脱出した直後からのことを、彼はあまりよく覚えていなかった。ただ警官の制服を脱ぎすて、前夜セミョーノフと歩いた盛り場の雑踏の中にまぎれこんだ。公衆電話から、ソコロフに連絡をとった。すると、見知らぬロシア人たちが現われ、彼を車の中に押しこみ、変装させて、ほど遠くないこの超高層ホテルに連れてきたのだった。

ロシア人たちは、ＳＶＲの人間ではなかった。片言の日本語を喋《しゃべ》り、東京の地理に詳しい。スイートルームで再会したソコロフに正体を訊《たず》ねると、

「ビジネスマンだ」

と答えただけだ。おそらくマフィアの連中で、金で雇われたにちがいなかった。

「君をアスカのもとに案内するのは、きのう君を見つけた連中だ」

「信用できるのか」

「高額のギャラを約束してある。チェチェン人から君がとり返した金だ。『ミドヴィエーチ』は、フルヨシのアパートで君と合流する前に、こちらの指示通り、回収した金を我々の手元に戻してくれた。今回、それを我々は活動資金としている。もちろん全額つかい切ることは不可能だろうが」

彼は無言で頷いた。この日本にいるロシアマフィアどもは、十万ドルもだせば、あらゆることを依頼主のためにするだろう。周到なソコロフは、モスクワを離れる前に、極東地域を握る「ボル・ブ・ザコーネ」と話をつけ、手下を借りだす契約をとりつけていたにちがいない。

皮肉な話だ。彼の正体が「ヴォールク」とわかれば、どんなマフィアも決して手助けなどしない。「ヴォールク」は、あらゆるマフィアから依頼をうけ、殺しを重ねながら、どのマフィアからも恐れられ、距離をおかれていた。

ソコロフは時計をのぞいた。

「シャワーを浴び、ヒゲをあたっておけ。テレビクルーに見える衣服も用意した。一時間もすれば、彼らビジネスマンが君を迎えにくる。フルヨシのいる病院に連れていくために」

106

「四谷二丁目の、雲井法律事務所周辺には、五十名の私服刑事を配備してある。周辺道路の検問は二ヵ所。ただし制服警官は半径一キロ以内のPB（交番）以外に配備していない。SAT二個中隊は、四谷署に待機し、要請がない限り出動させない。今のところこれが、そちらの条件に対応する、こちらの態勢です。よろしいですな」

刑事局長がこわばった顔でいい、ブルックは神妙な顔で頷いた。

「あらゆる面でのご配慮を感謝します。今回の警察庁、及び警視庁のご協力には、ワシントンのたくさんの人間が喜んでいることと思います。アメリカ国防筋の、大きな失点ともいえるコワルスキーの国外逃亡を、日本の司法機関の協力でとり戻せるわけですから」

「くれぐれも、民間人を巻きこむことだけは防いで下さい」

「大丈夫です。チームは、選《え》りすぐりのプロです。百人の人質の中にまぎれこんだひとりのテロリストを見つけだし、無力化するような実戦を積んできました。コワルスキーを確保し、ハンが現われれば、すみやかに、十メートル四方の人間以外には知られることなく排除します。彼らの装備は、まったく音をたてません。ふっと口笛を吹くよりも秘《ひそ》かに、ハンの命を吹き消します」

「もう、すでに展開しているのですか」

芦田が訊ねると、ブルックは頷いた。

「三チームに分かれ、それぞれに一名の通訳をつけた状態で、昨夜のうちから現場に配置してあります」

「ブル、確認しておく。もし先にコワルスキー博士を確保して、ハンが現われなかったらどうするの？」

アスカは訊ねた。

「現われない者を無力化することはできない。チームの第一目的は、コワルスキーの確保だ、アスカさん。ただし、ハンがあなたへの強い執着をもつ限り、必ず現われるものと、我々は確信しています」

「あなたのチームが博士を連れ去ったあと、現われたら？」

ブルックは微笑み、首をふった。

「あのきれ者のソコロフがそれを許す筈《はず》がないです。前もって私を排除しようとしたほどの男ですよ。我々に確保されるくらいなら、コワルスキーを暗殺するでしょう。そうすれば、脳移植手術のノウハウは、ロシアにのみ残る結果になる。そのためにハンは、うってつけの殺し屋です。コワルスキーと行動を共にしている、ボリスやイサドラのような大使館所属のエージェントに殺しをさせるわけにはいかないでしょうから」

「ロシアマフィアを使う方法もあるわ」

「確かに。私たちの使っている情報屋によれば、ここ数日、六本木周辺のロシアマフィアの動向がかわってきた、という報告があります。かなり高額のギャラでイリーガルビジネスを依頼している人物がいるらしい。日本語が得意で、東京の地理に詳しいような人間が何人も駆りだされているということだ。おそらくソコロフが雇ったのでしょう」

「セミョーノフとクワントリシビリが死亡し、ハンのサポートをする人間がいなくなっている。そのためじゃないか」

芦田が口を開いた。

「おそらくは。あれほどの捜査網を張りめぐらせながら、ほとんど日本語を話せないハンをつかまえられなかったのは、そのせいでしょう」

「日本国内、特に東京都内におけるロシアマフィアの活動実態については、ほとんど情報がない。これまでに実際に犯罪をおかして検挙したロシア人以外には、個人名、住所、何ら特定できていないのが実情だ。情報量に関していえば、中国マフィア以下というのが現状だ」

厳しい表情で刑事局長がいった。アスカは警視庁会議室の時計を見た。午前九時をさしている。弁護士の雲井からの呼びだし時刻まで、あと二時間だった。

「展開する三つのチーム、アルファ、ベータ、オメガのうち、オメガがアスカさんの護衛にあたり、アルファとベータがコワルスキーの確保に集中します。どのチームも、ハンを発見しだい無力化せよとの指示をうけています。無力化後はただちにそちらに連絡をとります」

ブルックがいうと、刑事局長は頷いた。

「ハンの遺体は、こちらの特命チームが回収する。その後、別に用意した確保ポイントに配置し、出動したＳＡＴによって再発見という形をとる」

「無力化に際し使用した銃、距離、角度などについては、のちほど詳細なデータを提供します。必要なら、銃器そのものも」

ブルックがいうと、

「お願いする」

と刑事局長は答えた。

「この点について、いろいろと抵抗があるでしょうが、こう考えて下さい。ハンは殺し屋で、しかも特殊部隊の訓練を受けている。ＳＡＴは殺し屋ではなく、警察官です。ハンのような殺し屋には、殺し屋をあてるべきなのです。これがアメリカ本土であっても、おそらく我々は軍隊を使用したでしょう。ハンとの戦いは戦闘なのです。警官の仕事は逮捕ですが、軍隊の仕事は無力化だ。この二つは似ているようで、まったくちがいます」

「奴を殺さずにつかまえる方法はないというわけか」

苦々しげに芦田がつぶやいた。ブルックは芦田を見つめた。

「ハンという人物がなぜこの世界に存在しているかを考えて下さい。彼は、我々が知っているいかなる犯罪者ともちがう。スラムに生まれ劣悪な家庭環境の中で育ち、生きのびるために犯罪を生計の手段としてきたわけではありません。宗教や思想のちがいによって生みだされたテロリストでもない。殺し屋と兵士を合体させ、人工的に作られた怪物なのです。その目的は殺人と破壊工作です。そんな人物をつかまえて、監獄に放りこみ、更生が期待できますか。もちろん不可能だ。おそらくどれほど寛大な裁判官であろうと、ハンに死刑以外の刑を科すことはありえないでしょう。この世界に登場した瞬間から、ハンには、自分が他者を破滅させる以外の存在理由が与えられていなかった」

「ブル、それは――」

アスカはいいかけた。ブルックはアスカに向き直った。

「アスカさん、同じ脳移植者であっても、あなたとハンはまったくちがう。あなたがこの世界に第二の生を受けた理由を思いだして下さい。そしてそれを決定した人物の目的を。芦田さんとソコロフのちがいを。あなたとハンは、この世に互いしかいない特別な関係でありながら、決して共存はできない運命です。この世に秩序をもたらすために生まれたアスカさんと、秩序を破壊するために生まれたハン。天使と悪魔が共存することは不可能です。誰よりもアスカさんがそれを知っている。ちがいますか」

　アスカは目を閉じた。

「そうね。その通りかもしれない」

「非科学的なものの見かたをしていると、皆さんはお考えかもしれない。脳移植手術は、医療技術のひとつで、それによって生みだされた人間に、宿命的な対立などありえない、と。でも、ちがうのです。たとえば今日、ハンを殺すこともできなかったらどうなるか、考えて下さい。ハンの人格、『狼』は、再び、ロシア人の医師の手によって、別の人間の肉体に宿るかもしれない。悪魔が人間から人間に憑依《ひょうい》し悪事をさせるように、まったく別のＤＮＡをもった怪物が再生するのです。法はそれを裁けない。もし、もしですよ。芦田さんの中に、『狼』が宿ったとしましょう。日本の裁判所は、芦田さんを死刑にできますか。できません。ハンは、その頭の中に『狼』が宿っている間に殺さなければならない。それを導くのは、アスカさんの仕事です。なぜなら、ハンはアスカさんを欲している。アスカさんのいるところに、ハンは現われる。アスカさんの使命は、ハンターに『狼』の居どころを教えることです。ハンがアスカさんに執着しなければ、アスカさんが〝天使〟の役を果たす必要はなかった。つまりハンが〝悪魔〟である限り、アスカさんは、〝天使〟にならざるをえないのです」

「ハンがあたしに執着しなければ、あたしたちの運命はまるでちがったものになったということ？」

ブルックは頷《うなず》いた。

「ええ。しかし、妹を失った二人の殺人者がハンというひとりの人間となってよみがえったときから、この運命は避けられなかったでしょう。ハンは、アスカさんを得るために、破壊をつづける。それがハンの最終目的なのです」

「あたしが最終目的……」

「そうです。どちらかが消滅するまで、この対立は終わらない。ハンは、古芳さんも含め、自分とアスカさんのあいだに立ち塞《ふさ》がるすべての存在を排除し、つき進むでしょう。そこに築かれるのは、死者の山だ」

会議室のドアがノックされた。刑事局長の秘書官だった。メモが手渡される。

ブルックの〝演説〟に当惑気味だった刑事局長の表情がかわった。

「コワルスキーが発見された」

「どこです？」

「成田だ。ホテルをチェックアウトし、車で東京方面に向かっている。現在、千葉県警が追尾している」

「成田……」

芦田がつぶやいた。

「本人にまちがいないのですか」

「確認のために、公安部が急行した。警視庁管内に入った時点で、車を停止させ、職質をかける」

「同行者は？」

ブルックが訊《たず》ねた。

「四名、うち二名が白人で、ひとりは女性。一行は大型のバンで移動している」

アスカはブルックを見た。

「ベータチームを動かします。アルファはそのまま待機させます」

携帯電話をとりだした。

「ハンは？」

「それに関する情報はない。コワルスキーは簡単な変装をしていたが、警視庁から配布された手配書を見ていたフロント係が気づいた」

「チェックインしたのはいつです？」

「昨夜遅く、ということだ」

ブルックが英語で喋《しゃべ》り始めた。途中で止め、刑事局長に訊ねる。

「どこで拘束しますか」

「現在の状況では、首都高速湾岸《わんがん》線、舞浜大橋《まいはまおおはし》を渡り、葛西《かさい》ジャンクションに向かう手前のどこかだ。車輛《しゃりょう》通過後、湾岸市川《いちかわ》インターチェンジと千鳥町《ちどりちょう》インターチェンジは共に閉鎖される」

「わかりました。チーム先導用のパトロールカーを用意していただけますか」

「こちら側で確認後、そちらに引き渡すというのでは駄目ですか」

ブルックは首をふった。

「四名の同行者のうち二名は大使館員でしょうが、残りの二名はボディガード役の工作員だと思います。その連中は、万一の場合、コワルスキーを殺せという命令もうけています。つまり拘束する場合、コワルスキーの同行者をただちに排除しなければなりません。大使館員が外交官であることを理由に抵抗する間に、工作員が心臓発作にしか見えないような毒物をコワルスキーに注射して殺害します。それを防ぐには、こちらのチームが必要です」

刑事局長は険しい表情になった。

「わかりました。手配します」

内線電話をとった。

「待って。もしそれでコワルスキー博士を確保した場合、あたしはどうするの？」

「アスカさんは、予定通り、四谷に向かって下さい。コワルスキーとハンは別々の行動をとっています。コワルスキーが確保されたのを知らなければ、ハンは四谷にきます」

「でもコワルスキーが知らせたら？　いっしょにいる大使館員が異常に気づいて、ソコロフに電話をするかもしれない」

「そのためにもベータチームが必要なのです。彼らは強力なジャミング装置をもっている。拘束に向かう前から、コワルスキーたちのもっている携帯電話を使用不能にします。周辺にいる者も同様です。ソコロフが秘《ひそ》かに監視役をつけていても、その連中も連絡手段を失う。それにハンの目的は、アスカさん、あなただ。たとえコワルスキーが確保されても、あなたがくるかもしれないと考えれば、必ず四谷に現われます」

内線電話で話していた刑事局長が受話器をおさえ、いった。

「状況が変化した。問題の車輛は、渋滞を嫌ったのか、湾岸千葉インターで流出した」

「ヘリコプターをだせませんか」

ブルックが訊ねた。

「それも手配している。が、ヘリが上空を旋回すれば、気づかれるのではないか」

「そうか――」

ブルックはつぶやいた。

「最悪の場合、四谷で待っていれば必ず現われるわ」

アスカはいった。

「確かに。しかしそこにはハンも現われます。チームとハンとの間の戦闘にコワルスキーを巻きこみたくないのです」

ブルックはアスカを見返した。

「個人的には、お姫さまを守るナイトの役を最後まで僕は演じたい。しかし職務上は、コワルスキーの確保が優先されるのです。アルファチームも動かします。無用な流血を避けるためには、圧倒的な戦力のちがいが必要です」

携帯電話に向かった。

「先導パトカーをもう一台用意させます」

刑事局長がいった。ブルックは早口の英語の合間に、

「感謝します」

と日本語で答えた。

アスカは立ちあがった。

「どこへ？」

携帯電話をおさえ、驚いたようにブルックが訊ねた。

「準備よ。コワルスキー博士がたどりつこうとつくまいと、あたしはハンと対決するため、四谷にいかなきゃいけない」

ブルックは頷いた。

「そのときまでには、僕もいきます。コワルスキーを確保し、アメリカ大使館に移した

ら、ただちにね」

107

病院への侵入は、拍子抜けするほどたやすい作業だった。病院の周辺には、アンテナを備えたテレビ中継車が何台も止まっており、彼が今着ているのと同じようなスタッフジャンパーを着けた日本人の男たちがうろつき回っている。ソコロフの用意した茶色い髪のカツラとつけヒゲ、そして眼鏡をかけた彼は、その連中と見分けがつかないだろう。

病院は一般の患者にも開放されていて、外来患者用の待合室には簡単に入りこめた。そこには制服の警官がいたが、彼にはまるで注意を払わない。

白い制服を着けた看護師が、あらかじめソコロフから渡されていた病院の地図通りの位置で待っていた。看護師は、彼に、自分と同じような白い制服と首から吊《つ》るすＩＤパスを手渡した。そしてこそこそとあたりを見回すと、胸にさしていたボールペンで、彼のもつ地図にマークをつけた。日本語で何かいっているが、彼は頷くだけで終始無言を通した。

マークされた病室にフルヨシがいるのだろう。

彼はソコロフから預かっていた現金入りの封筒を看護師にさしだした。

看護師は受けとったとたん、目の前にいる彼が透明人間にでもなったかのように変化した。自らの心のやましさのあらわれかもしれないが、それまでの饒舌《じょうぜつ》が嘘のように消え、無言でその場を歩み去ったのだ。

彼はトイレに入り、白い制服に着がえ、つけヒゲをむしりとった。カツラと眼鏡はそのままだ。ＩＤカードに写真は貼られていなかった。

地図によれば、フルヨシのいる病室は、外来患者のくるこのビルとは、三階の渡り廊下でつながった別のビルの五階にある。

彼がそちらのビルに移動してまずしたのは、使われていない車椅子を捜し、確保することだった。フルヨシにはスタンガンを使うが、そのまま担いでくることはできない。車椅子にのせ、裏口へと運ぶ。

車椅子を調達すると彼は五階に向かった。腕時計は、午前十時五分前をさしている。入院病棟は、外来病棟に比べるとひどく静かだった。外来病棟の待合室は、人でごったがえしていた。

彼は誰からも見咎《とが》められることなく、無人の車椅子を押して、病棟の廊下を進んでいった。

フルヨシの病室は、五階のつきあたりにあった。ちょうど廊下を折れ曲がった先にある。手前には、制服を着た警官がひとり、退屈そうに立っている。

彼は顔を伏せ、車椅子を押して、その警官の前を通り過ぎようとした。

「モシモシ――」

その警官がいった。

「ドチラヘイカレマス？」

顔をあげ、警官に笑いかけた。直後に折り曲げた指で警官の喉《のど》もとを強く突いた。声もださず、体を折り曲げた警官のうなじにスタンガンを押しあてる。最高の電圧設定にしたスタンガンが火花を飛ばすと、警官の体がびくんと跳ねた。そのまま倒れかかってくるのを車椅子でうけとめた。それを押し、廊下の角を曲がった。

病室の扉があった。するすると車椅子を押してノックすることなく、扉をくぐった。スタンガンを左手にもちかえ、右手にサイレンサー付のマカロフを握った。フルヨシがいうことを聞かなければ、今度こそ、目玉を抉《えぐ》りだすつもりだった。そのときは、別の体を捜す羽目になるが、生かしてここをひきあげることだけはしない。

ベッドにはカーテンがかかっていた。車椅子を病室の入口に残し、カーテンで囲われたベッドに彼は歩みよった。

銃口をつきだしながら、カーテンをめくった。

彼は凍りついた。ベッドは無人だった。すばやく病室をふりかえる。トイレ付の個室だ。トイレに入っているのか。

トイレのドアに歩みより、ノブを回した。

鍵《かぎ》はかかっておらず、ドアは静かに開いた。洗面台とユニットバスが目に入ったが、そこに人の姿はない。

フルヨシはいなかった。

どこに消えたのだ。彼の頭は混乱した。まず思ったのは、これは何かの罠《わな》ではないかということだった。警官は囮《おとり》で、彼をおびきよせ捕えるのが目的なのだ。

彼はすばやく、病室の外へとすべりでた。だが、廊下には、彼を待ちうける警官隊はいなかった。角の向こうを歩いていく、白衣の看護師の背中が見えただけだ。

再び病室に戻り、息を吐いた。ベッドに歩みよると、シーツに掌《てのひら》をあてた。シーツは冷たかった。つまりフルヨシがベッドを離れたのは、ついさっきのことではないのだ。

病室の窓ぎわにロッカーがあった。彼はロッカーの扉を開けた。床にくしゃくしゃになったガウンが落ちている。

フルヨシはここにあった衣服を着け、病院をでていったのだ。

車椅子にすわりこんでいる警官をふりかえった。この警官なら何か知っているかもしれない。自分の日本語と相手の返事が互いにどこまで通じるかはわからないが、試してみる他なかった。

警官に歩みより、その頬をつかんだ。内側に指をくいこませ、顔を揺さぶった。意識が戻らない。顔色が妙に黒い。

彼は警官の頸《けい》動脈を探って舌打ちした。脈が止まっている。スタンガンの電圧が高すぎたのか。

そのとき気づいた。喉を突いた際に、気管が詰まり、その状態で失神したため、窒息したのだ。

息を吐き、銃とスタンガンを制服の内側にしまった。フルヨシは逃げた。だがどこにいくかはわかっている。

腕時計をのぞくと、彼は病院の裏口に向かった。

108

現地司令本部が設けられた四谷署には、静かな緊張が満ちていた。二個中隊のSATは、報道関係者に見つからぬよう、偽装されたバスの内部で待機している。

本部には、配備された私服刑事からの連絡が続々ともたらされているが、現段階で異常があるという報告はない。

午前十時を二十分ほど過ぎていた。

雲井法律事務所には、古芳のかわりに芦田が同行することになっていた。四谷署からそこまでは、車で十分足らずの距離だ。

コワルスキーを確保したという報告はまだもたらされていなかった。一般道を走行中のバンは、すでに前後を覆面パトカーにはさまれていたが、CIAの特殊作戦チームが到着するまでは、手だしを禁じられている。その特殊チームは、パトカーの先導をうけながら、バンが走行している東京東部に向かっていた。

「たとえコワルスキーが確保されても、我々は雲井のところへ向かう。ハンがやってくる可能性が高い」

　芦田は防弾ベストを上着の内側に着けながらいった。アスカも同じものを、麻薬取締部のスイングトップの下に着けている。今日は拳銃《けんじゅう》を二挺《ちょう》、着装していた。コルト・デテクティブとベレッタM85だ。コルトをウエストに留め、ベレッタはショルダーバッグの中に入れておく。

　アスカの携帯電話が鳴った。

「オメガだ。そちらの準備はいいか」

　英語で訊《たず》ねてきた。

「オーケーよ。そちらは？」

　赤坂でいっしょに食事をした白人を思いだしながらアスカはいった。

「うずうずしている。昨夜から問題のビルの周辺に俺たちは張りこんでいるんだ。『狼』が現われたら、いつでも始末できる」

「そちらのチームは？」

「六人だ。二人ひと組で三チームに分かれて、散開している。狙撃《そげき》に一チーム、遊撃に二チームだ」

「チーム名を教えてちょうだい」

「俺を含む狙撃チームが『X』、遊撃が『Y』と『Z』だ」

「識別方法を」

「カラーだ。ブルーを身に着けている。ブルーのタイ、キャップ、スイングトップだ。ブルーを着けた奴が近くにいたら、それはオメガチームのメンバーだ」

「全員白人？」

「いや、アフリカンとチャイニーズのアメリカ人もいる」

「了解、こちらはあと十分したら出発するわ。アルファとベータから連絡は？」

「ない。まだ渋滞にひっかかっているようだ」

オメガの声は落ちついていた。たとえいきちがいになっても、オメガチームだけですべてに対処できるという自信があるようだ。

そのとき本部の無線オペレータが声をあげた。

「特殊チームが現地に到着しました。つなぎます」

無線がスピーカにつながれた。

『こちらベータチーム、ただ今からジャミングに入る。今後十分間、無線と電話がつながらなくなるのでそのつもりで』

英語が流れでた。

「ヴォリュームを下げて！」

アスカはいったが遅かった。次の瞬間、鼓膜が切り裂かれるような甲高い信号音がスピーカから流れでて、オペレータがイヤフォンをふり捨てた。本部にいた全員が耳をおさえる。スピーカのヴォリュームが下げられ、アスカは芦田を見た。

芦田は無言でアスカを見返した。低くなったノイズの向こうで何が起こっているか、アスカは考えを巡らせていた。

ジャミング開始と同時に、覆面パトカーがバンに停止を命じる。強行突破を封じるために、ベータチームがバンの後輪二本をただちに撃ち抜く。アルファチームはバンの周辺に散開し、乗員が指一本でも動かしたらただちに射殺すると、スピーカで警告する。ベータチームがバンのドアと窓を破壊、内部に突入する。そこまでで、五分もかからない。コワルスキーを確保後、周辺の監視者の有無を確認して、ジャミングは解除される筈《はず》だった。

腕時計を見た。ジャミング開始から四分が経過していた。順調に作戦が遂行されれば、あと数分で無線は復帰する筈だ。十分というのは、長めに設定された予告時間にすぎない。

六分が経過した。まだ無線は復帰しない。

「少しヴォリュームを上げてください」

アスカはいい、オペレータがつまみを回した。不快な信号音が高くなった。

「米軍ヘリより入電！　つなぎます」

別のオペレータが告げた。

『ブルックです。現在、現場上空、ジャミングエリアから少し離れた位置から連絡しています。特殊チームはバンを制圧しました』

　ほっとした空気が本部に流れた。

「ブル、ジャミングがまだ解禁されてない」

　アスカはマイクをとり、告げた。八分が経過している。

『妙ですね。バンの内部で抵抗があったようすは見えません』

　不意に信号音が途絶えた。

『こちらアルファ、本部聞こえるか』

「聞こえるわ」

　アスカは応《こた》えた。

『しくじった。フォックスは囮だった。くり返す。フォックスは囮。バンに乗っていたのは偽者だ』

　本部がどよめいた。

『アスカさん、まだそこにいますか⁉』

　ブルックの声がいった。

「いるわ」

『今のを聞きましたか。ただちにチームをピックアップし、そちらに戻します』

「こちらはそろそろ時間よ。ランデブーポイントに向かうわ」

『了解しました。気をつけて！』

余分なことはいわず、ブルックは交信を終えた。

芦田は深々と息を吸いこんだ。

「ソコロフにやられたな。奴はＣＩＡが待ち伏せるのを予測していたんだ」

アスカは頷《うなず》いた。

「でもコワルスキー博士は必ずきます。いきましょう」

109

メイキャップは驚くほどのものだった。カツラをかぶせられ、ドーランを塗られたコワルスキーは、鏡の中に見たこともない三十代の男がいて、自分を見返していることに驚かされた。

「この含み綿を口に入れて下さい。喋《しゃべ》りづらくなりますが、辛抱して」

ニーナがいって、コワルスキーの口の中に指をさしこんだ。

ボリスはその姿をデジタルカメラで撮影し、国際免許証と保険会社のＩＤカードを偽造した。さらに偽装用の下着の上にスリーサイズ大きいスーツを着けたので、体格もまったくの別人になる。

ボリスとニーナもメイキャップを施した。二人は、どう見ても五十代のカップルに化けた。

「我々は、あなたが勤める保険会社の客です。審査のために、あなたは我々を東京支社に案内するところなのです」

　ボリスは説明した。

　セーフハウスをでたのは、午前七時だった。午前八時二十分、新宿のホテルに三人の乗った車は到着した。そこで時間を過し、十時十分、三人は再び地下駐車場に降りていった。そこに五十代のがっしりとした男が待ちうけていた。彼と同じ、保険会社のＩＤパスを首からさげている。

「やあ、ウィリアムス、しばらく会わないうちにえらく太ったじゃないか」

　男は流暢《りゅうちょう》な英語でいった。

「ウィリアムス？」

　訊《き》き返し、コワルスキーはパスを見おろした。メイキャップを施された彼の写真の下に、「ピーター・ウィリアムス」という名とサインが入っている。

「私の顔を忘れたのか、君の上司の、カルホーンだ。デビッド・カルホーン」

　彼は男の顔を見つめ直し、気づいた。

「ソコロフ大佐か」

「そうとも。今日は君と行動をともにする」

　ソコロフは笑って、彼の肩を叩《たた》いた。

「大切な我が社のスタッフを、ライバルに引き抜かれるわけにはいかないからな」

その言葉を聞いた瞬間、コワルスキーは目に見えない冷たい手が自分の首に巻きつけられたことを知った。

ＳＶＲは、脳移植手術のノウハウがＣＩＡに洩《も》れるのを、何としても防ぐ気なのだ。

「車はこちらだ。運転は君の役目だ」

ソコロフはいって、かたわらのメルセデスをさした。今まで乗っていたのとは別の車だ。

「私が、運転を？」

「そうとも。道は教える」

キィをさしだし、ソコロフはいった。中年夫婦に化けたボリスとニーナが後部席に乗りこみ、ソコロフは助手席にすわった。

「さっ、車をだしたまえ」

いわれるまま、コワルスキーはイグニションキィを回した。シルバーのメルセデスは、静かに動きだし、地下駐車場をすべりでた。

地上にでると、ソコロフが携帯電話を耳にあてた。ロシア語で話しかける。

「私だ。何か変化はあったか」

相手の声に耳を傾けながら、彼に指示を下した。

「ゆっくりでいい、ウィリアムス。この車線をまっすぐだ。二十分もあれば到着する」

いわれるまま、コワルスキーは地上の車の流れに合流した。ソコロフに逆らうことなど思いもよらなかった。

「わかった。何か変化があったら知らせろ」

ソコロフは告げ、電話を切った。

「いいぞ、ウィリアムス。その調子だ。ここから百メートルいったところに検問がある。日本人との会話は私に任せておけ」

言葉通り車を走らせていくと、ひどい渋滞にぶつかった。その先に赤いライトを手にした制服警官の姿がある。彼の心臓ははねあがった。

渋滞をのろのろと進み、メルセデスは四名の警官に囲まれた。

サイドウインドウをおろしたソコロフは、陽気な口調で話しかけた。日本語ではなく英語で喋り、ＩＤカードを見せびらかした。とまどったようすの日本人の警官はだが車内をのぞきこみ、彼に、

「ライセンス・プリーズ」

と告げた。彼はボリスの作った免許証を手渡した。それをチェックし、警官は頷いた。敬礼する。彼はほっと息を吐き、アクセルを踏みこんだ。

「サンキュー・サー」

ソコロフの電話が鳴った。

「グッドタイミングだ」

ソコロフはつぶやき、電話をとりだした。会話がロシア語にかわる。

「いつだ？　だから何分前だと訊いている？　わかった。で、最後の交信位置は？」

電話を切ると、ボリスをふりかえった。

「囮《おとり》との交信が途絶えた。ここから東に約十二キロ離れた地点だそうだ。アメリカ人が向こうのチームには加わっているようだ」

「なぜわかるんだ？」

彼は訊《たず》ねずにはいられなかった。

「簡単なことだ、ウィリアムス。電波による交信を妨害する設備を、日本の警察はもっていない。それをできるのは、ＣＩＡの特殊チームだけだ」

彼はさっとソコロフを見た。

「大丈夫だ。特殊チームの連中は、ここから十二キロ離れた地点にいる。東京の交通事情は、ニューヨーク並みでね。奴らが戻ってくる前に、我々はアスカとの接触を終えている」

ソコロフの指示通りに車を走らせ、十時五十二分、彼はメルセデスを指示されたビルの地下駐車場にすべりこませた。高さが二十階ほどあるオフィスビルだ。

駐車場の内部に警官が張りこんでいるようすはなかった。青いオーバーオールを着た清掃員とスーツ姿の白人が、止められた車の一台の横で何か話しこんでいる。清掃員はモップを手にしており、白人はジュラルミンのアタッシェケースを足もとにおいていた。

四人はメルセデスを降りたった。立ち話をしている二人は目を向けてもこない。

エレベータホールに歩みよると、地下駐車場に新たな車が二台、進入してきた。二台はエレベータホールの前で急停止し、六人の男たちを吐きだした。

コワルスキーは緊張で胃が固くなるのを感じた。大柄で、スーツを着ているが、どこか無気味な雰囲気の男たちだった。六人はじろじろと四人を見つめた。

エレベータは二基あった。降りてきて扉を開いた左側の箱に十人は連れだって乗りこんだ。

エレベータの内部に一人の日本人がいた。警官か警備員に見えるような制服を着けている。

ソコロフが、十八階のボタンを押した。あとから乗ってきた六人の日本人のうちのひとりが、十五階のボタンを押す。エレベータは上昇した。

十五階で六人が降りた。十八階でエレベータが止まると、四人は降りた。制服の男を乗せたまま、エレベータは上昇していった。

そこは保険会社のフロアだった。受付に二人の日本人の女がすわっている。かたわらに二人、スーツを着た日本人の男が立っていた。四人をじっと見つめている。

刑事にちがいない。コワルスキーはぞっとした。

ソコロフは受付に向かって歩きだした。だが数歩進んだところで上着の胸をおさえ、舌打ちした。

「しまった。書類を車に忘れてきてしまった。申しわけない。ウィリアムス君、お二人と先に審査室にいってくれないか」

英語でいった。コワルスキーはぎょっとして、ソコロフを見た。

「そういえば――」

ニーナがいった。

「わたしも薬を忘れてきてしまったみたい。審査するお医者さまに、いつも飲んでいる薬をもってくるように、といわれていたのに。どうしましょう」

ソコロフは受付とニーナを交互に見やり、肩をすくめた。

「どうやら出直すしかないようだ」

ウインクしていった。受付の女は英語がわかるのか、微笑している。

エレベータのボタンをソコロフは押した。さっきとは別の警備員の乗った右側の箱が下りてきて扉を開いた。四人は乗りこみ、ソコロフが十五階のボタンを押した。それを見て警備員が四人をふり返った。

「書類が必要なんだ。保険会社てのは、どうしてこう、いろんな書類にサインをさせたがるのだろう」

ソコロフは英語で警備員にいった。意味がわかったのかどうか、日本人の警備員は無表情だった。

十五階でエレベータが停止した。青いキャップをま深にかぶった作業員が二人、エレベータの扉が開くと立っていた。ひとりは黒い肌をしている。二人とも工具箱を手にしていた。

四人が降りたつと、入れかわりに二人はエレベータに乗りこんだ。黒人の作業員が、操作パネルを開き、中のスイッチを操作した。もうひとりが工具箱からだしたプラスチック板をエレベータの開いた扉の下に吊《つ》るした。日本語と英語で「点検中」と記されている。

それをふりかえって見ていたソコロフは意味深な笑みを浮かべた。

「ぎりぎりで間に合ったな」

廊下を歩きだし、作業員たちから遠ざかると、コワルスキーは小声でボリスに訊ねた。

「日本には、黒人の作業員がいるのか」

「イラン人は多いが、黒人は見たことがありませんね」

ボリスが答えると、ソコロフがいった。

「CIAの連中だ。ブルックはチームをひとつ残しておいたらしい」

彼は喘《あえ》いだ。

「大丈夫なのか」

ソコロフは腕時計をのぞいた。

「帰りにはいなくなっているさ」

気軽な口調でいった。

十五階は、いくつかの会社が共同でオフィスを借りているフロアのようだった。四人は廊下を進んだ。

いい争う声が聞こえた。日本語だ。見ると、さっきエレベータを十五階で降りた六人の男たちを、スーツ姿の日本人八人がとり囲んでいた。

ソコロフが手をあげ、立ち止まった。囲んでいる日本人のうちのひとりが、無線で交信していた。応援を呼ぶ気らしい。

囲まれていたひとりが、大声をあげ、暴れるそぶりを見せた。とたんに囲んでいる男たちが何人かで襲いかかり、床に押し倒した。手錠がその男にかけられる。

そのとき、廊下に面しているオフィスの扉が開いた。髪をオールバックにし、スリーピースを着て、胸にバッジを光らせた男が顔をのぞかせた。

鋭い口調で何かをいい、床に押し倒された男がはめられた手錠を指さした。どうやら囲んでいたのは、日本の刑事のようだ。

「ミスター・クモイ！」

ボリスが陽気に叫んだ。オールバックの男はボリスを見た。刑事たちがいっせいにコワルスキーの方をふりかえった。

オールバックの男は重々しく頷《うなず》き、

「ウェルカム」

といい、自分のでてきた扉を大きく開いた。その場にいる男たちを無視するように、

「カムイン」

告げた。

「ウエイト！」

刑事のひとりが立ち塞《ふさ》がろうとした。オールバックの男は刑事を見すえ、日本語で何ごとかを告げた。その間に押し倒されていた男の手首から手錠が外された。

刑事があまり上手ではない英語でコワルスキーたちに訊ねた。

「何か身分を証明するものをおもちですか」

ソコロフが頷いた。

「私は十八階の保険会社の人間だ。クライアントの遺言書を作るために、ミスター・クモイのオフィスを訪ねたところだ」

首から吊るしたＩＤカードをさしだす。

「ハニー」

ボリスがニーナをうながした。コワルスキーにも目配せする。刑事がソコロフのＩＤをチェックする間に、三人は弁護士が開いた扉の内側に入りこんでいた。

弁護士がカードを見ている刑事をにらんでいた。刑事はしかたないというように、カードをソコロフに返した。

「サンキュー」

ソコロフはいい、扉をくぐり内部に入った。法律事務所の扉が閉じられ鍵《かぎ》をおろされた。そこは待合室になっていて、先に到着した二人の人間がすわっていた。

アスカとアシダだった。

アスカは一瞬彼を見やり、視線を外した。が、すぐに再び彼に目を戻した。

「ドクター・コワルスキー――」

アシダが驚いたようにふり仰いだ。

「ミズ・カンザキ」

ソコロフが英語でいった。携帯電話をアシダがとりだそうとする。クモイがそれを押しとどめ、英語で告げた。

「ここは私の事務所で、コワルスキー氏は私の依頼人だ。不当に私の依頼人の権利を侵害することは許さない」

「コワルスキー氏には、出入国管理法違反容疑の逮捕状がでている」

アスカに比べると、ひどく下手な英語でアシダはいった。

「であるとしても、彼に逃亡の意志があると判断できるかね。私は彼に助言を与える立場だ。当事務所内で彼を拘束することは許可できない」

「わかっている。私はただ、周辺の警備を固めさせたかっただけだ」

「警備ですか？　博士をその意志とは関係なく、アメリカへ連行しようというＣＩＡの人間を呼びたかったのではなくて？」

笑みを浮かべながらソコロフが訊《たず》ねた。アスカがその顔を見つめた。

「ソコロフね」

ソコロフは息を吐いた。

「顔はかえられても、声はかえられない」

「ハンはどこにいるの？」

アスカは訊ねた。ソコロフは首をふった。

「それは私にもわからない。私たちはロシア政府の人間として、コワルスキー博士の権利を守るため同行しているだけですから」

アスカとアシダは見つめあった。

「ミズ・カンザキ、『アフター・バーナー』の化学構造式はおもちですか」

「もっている」

アスカが答えたので、コワルスキーは驚いた。ソコロフが彼を見た。

「それをこちらに渡してもらいたい。『アフター・バーナー』があれば、多くの人間が救われる」

彼はいった。

「そうでしょうか、博士。確かに博士は、ある意味で、あたしの命の恩人です。けれど、博士が作りだしたもうひとりの人物は、数えきれないほど多くの命を奪っている」

彼は動揺をおさえた。

「何のことかね」

「とぼけないで。『ヴォールク』よ。アレクサンドル・ハンの外見をもったあの男が、博士の第二の患者なのでしょう」

「その件を話し合うのには、ここは適切な場とはいえないようです」

ソコロフが割って入った。

「あたしはコワルスキー博士に自首を勧めます。あれだけの殺人を犯した人間の動機の解明に、博士は協力する義務がある」

ソコロフに目を移し、アスカはいった。

「あなたも、ね」

険しい声だった。ソコロフは首をふった。

「博士にそんな義務はない。むろん、私にもです。ハンという男との関係を、ロシア政府につながる人間として、私は否定する。それより『アフター・バーナー』の化学構造式を渡していただきたい」

アスカは無視した。コワルスキーを見つめ、告げた。

「博士、自首して下さい」

「断わる。私はＣＩＡの拷問を受ける気はない」

アスカは息を吸いこんだ。

「確かにＣＩＡは、博士から情報を得ようとしています。日本政府にもそれに協力するよう圧力がかかっている。けれどもそういう事態を招いたのは、博士、あなた自身です」

「なぜだ。なぜ、そんなことをいうのかね、アスカ」

「博士の二番目の手術は、患者の生命を救うのが目的ではなかった。『ヴォールク』の脳をもった別の人間、殺人機械のような怪物を作りだすためにおこなわれた。博士自身もそのことを知っていた筈《はず》です。なのにあなたは、自分の技術を試したいという誘惑に勝てなかった。あたしはとても悲しんでいます。自分のうけた手術が、自分自身の経験が、新しい医療技術の進歩に役立つかもしれない、と思っていたのに、博士は、それを悪魔を作りだす実験にかえてしまった――」

アスカの目に涙が浮かんでいた。

「あたしがどんな思いで、この体と折り合いをつけ、二度目の人生を歩んできたか。その苦しみや忍耐もすべて、博士は悪魔の実験に利用することしか考えなかった」

「ミズ・カンザキ、あなたの個人的な事情と、人類にとって画期的な医療技術の発見とのあいだには何の関係もない。あなたの事情には同情するが、博士はあくまで新たな技術の開発のために手術をおこなったのだ」

ソコロフがいった。コワルスキーは頷いた。

「そうだ、アスカ。科学者とはそういうものなのだ」

アスカの目に怒りが浮かんだ。

「そう。だったらあたしはすべての科学者に協力を拒否する」

「化学構造式も渡せない、というわけですか」

「もちろんよ」

ソロコフが拳銃《けんじゅう》をとりだした。

「君、ここは法律事務所だ。そんなものをだすのじゃない！」

やりとりを見守っていたクモイが叫んだ。

「静かに。ミズ・カンザキ、私はクモイ弁護士の生命とひきかえに、化学構造式を要求する」

「ここを無事にでられると思っているの？」

冷ややかにアスカがいった。

「ソコロフ大佐。あなたは外交官じゃない。今、拳銃をだし、私に化学構造式を要求した時点で、あなたは複数の日本の法律を犯したことになる。あなたに不逮捕特権は適用されない。あなたを逮捕します」

ソコロフは一瞬あっけにとられたようにアスカを見つめた。そして大きく息を吐き、笑みを浮かべた。

「驚いた、ミズ・カンザキ。あなたはそのために化学構造式をもっていることを認めたのか。私を逮捕するのが目的で、私にこうして銃を抜かせようとした」

「銃をすてろ」

アシダが告げた。

「この建物には多くの警察官がいる。たとえこの部屋をでられたとしても、そこから先はどこへもいくことはできない」

ソコロフは深々と息を吸いこんだ。

「いいのかね？　私を逮捕すれば、フルヨシ刑事の生命は保証されない結果になるが」

アスカの表情がかわった。

「何ですって!?」

「コワルスキー博士の希望で、第三の手術に必要なドナーを我々は用意した。それがフルヨシ刑事だ」

「嘘よっ」

「もしそう思うのなら、病院に確認したまえ」

アスカは携帯電話をとりだした。ボタンを押し、でた相手に日本語で何ごとかを告げている。そしてわずかの間待って、返ってきた答を聞くと蒼白《そうはく》になった。

「ソコロフ大佐――」

「病院にフルヨシ刑事はいたかね？」

勝ち誇ったようにソコロフはいった。

「さあ、化学構造式を渡してもらおう。我々はこれ以上長居する気はない。博士は君をロシアに連れ帰りたかったようだが、残念ながらそれは難しいようだ」

「冗談じゃないわ。化学構造式を渡しても、彼の命が助かるという証拠はどこにもない」

「その通りだ。あんたをいかせるわけにはいかない――」

アシダが上着の中に手をさしいれた。その瞬間、ソコロフが撃った。アシダの右腕に銃弾は命中し、アシダは倒れこんだ。

全員が凍りついた。銃声を聞きつけたのか、ドアの外が騒がしくなった。ノックがつづき、ノブが何度も回される。

ソコロフが銃口をクモイに向けた。

「外の連中に騒ぐなと伝えろ」

コワルスキーは体がすくんでいた。まさか目前でソコロフが人を撃つとは思ってもいなかった。それも日本の刑事を。

クモイが日本語で叫んだ。ノブを回す音がやみ、ドアの向こうが静かになった。

「ソコロフ大佐」

コワルスキーはソコロフを見つめた。

「静かに、博士。あせる必要はない。我々はまだ切り札を握っているのだから」

ソコロフはロシア語でいった。

「あなたは終わりよ、ソコロフ。このビルには特殊部隊が配置されている。射殺されるでしょう」

冷ややかな声でアスカが告げた。アシダにかがみこみ、ハンカチで傷口を押さえている。

「それはどうかな。私にはまだフルヨシがいる。クモイ弁護士、頼みがある」

落ちついた口調でソコロフはいった。

「私を撃っても、君には何の利益もないぞ」

「あなたを傷つける気はない、今は。頼みというのは、窓のブラインドを閉じてほしい。ＣＩＡのスナイパーに狙撃《そげき》されたのではたまらないからな」

　クモイが言葉にしたがうと、ソコロフはボリスとニーナに命じた。

「この二人を武装解除しろ」

　ボリスとニーナは無言で動いた。こうなる事態を想定していたかどうかはわからないが、ソコロフに逆らうことはできないのだ。それに二人には、外交官という身分がある。コワルスキーはパニックにおちいりそうになる自分をけんめいにおさえつけながら、考えていた。

「博士、あなたも殺されるわ」

　アスカがいった。ニーナがアスカの体を探り、リボルバーをウエストからとりあげた。アシダも同じような銃を上着の中にもっていたのを、ボリスが抜きとった。

　ソコロフは首をふった。

「ミズ・カンザキ、このビルに、ブルックの部下が展開していることはわかっている。彼らと警官をひきあげさせるのだ」

「そんな権利はあたしにはない」

「ここにいる全員とさらにフルヨシ刑事の命が失われても、かね」

「日本の警察はひきあげても、ＣＩＡは無理よ。彼らの使命は、博士の身柄の確保、それができなければ暗殺すること」

　コワルスキーは全身が凍りつくのを感じた。やはりＣＩＡは自分を殺そうとしている。

　アスカはコワルスキーを見た。

「博士、あなたが助かる道はひとつしかない。投降することよ」

「その必要はない」

　ソコロフが首をふり、携帯電話をとりだした。

「君らはいったい何の話をしているんだ。テラオカミヤカイから私が聞いていた説明と、まるでちがっている！」

　クモイが英語で叫んだ。

「こうした暴力行為のために、私の事務所を提供することはできない。ただちにでていってもらおう」

　ソコロフはクモイを見た。

「静かに。いった筈《はず》だ。私たちの邪魔をしなければ、あなたに危害は加えない。今は、弁護士としてのあなたの立場より、ロシアとアメリカの、防衛戦略における対立の方が優先されるべき課題なのだ」

「何のことをいっているんだ」

　ソコロフは無視してアスカに向き直った。そのとき、奥の部屋と通じるドアが開かれ、眼鏡をかけた女が顔をのぞかせた。ボリスがひっぱりこみ、女は悲鳴をあげた。クモイの秘書のようだ。

　ニーナとボリスが奥の部屋にいき、さらに二名の日本人の男を連れて戻ってきた。

「これで全員かね」

　ソコロフはクモイに確認した。クモイは頷《うなず》いた。ソコロフは奥の部屋へと移動するよう、命じた。ブラインドを閉じられた、弁護士の執務室にその場にいる全員が移った。

　ソコロフは携帯電話のボタンを押した。耳にあて、相手がでるとロシア語で告げた。

「今どこにいる？　アスカは我々が確保した」

　ハンにちがいない。コワルスキーは恐怖が倍加するのを感じた。ハンがここにやってこようとしている。

「時間はあまりない。病院はどうなった？」

　ソコロフの顔が無表情になった。

「そうか。わかった。次の指示を待て」

　アスカに向き直った。

「ブルックに電話をしてもらおうか。事態の打開のために、彼と直接話しあう必要がある。それと化学構造式を」

　アスカはソコロフをにらみつけながら、バッグをひきよせた。ニーナがそれをおさえた。アスカにゆっくり首をふり、バッグをとりあげると、中からオートマチックをとりだした。

「二挺《にちょう》拳銃とは勇ましい」

ソコロフが微笑んだ。ニーナからうけとったバッグを逆さにし、中身を応接室のテーブルの上にぶちまけた。そこから英語で「NARCOTIC AGENT」と印刷された封筒をとりあげ、中をのぞいた。ソコロフの笑みが大きくなった。ボリスにさしだす。

「これをモスクワにファックスで送れ」

ボリスが動いた。弁護士事務所に備えつけられたファックスにボリスがとりつき、封筒にあった書類をさしこんだ。アスカがくやしげに見つめている。

テーブルの上には二台の携帯電話があった。

「どちらかが、ブルックとのホットラインの筈だ。ちがうかね、ミズ・カンザキ」

アスカは無言で一台に手をのばした。

「ブルックを呼びだせ」

ソコロフはくり返して命じた。

110

アスカは命じられた通りにする他なかった。油断はしていなかった。だが、まさか刑事と特殊部隊に囲まれたこのビルの内部で、ソコロフが強硬な手段にでるとは思いもよらなかった。

ソコロフに対する分析が甘かった。いつも背後に回り、自分は決して現場に立つ危険はおかさない人物だと、アスカは考えていたのだ。それが自ら銃を手に、人を傷つけることをいとわないとは。

芦田の傷は重くはなかった。銃弾は右腕の上膊《じょうはく》部を貫通している。とっさの発砲でそこを狙ったのだとすれば、ソコロフはかなり高い射撃技術を身につけていることになる。

だが古芳が再び狙われたという事実に、アスカの心はすくんでいた。まさかハンが再び古芳を襲うとは、予測もしなかったのだ。

古芳が入院していた病院は、大騒ぎになっていた。病院の警備を担当していた警官の死体が発見されたのだという。古芳の姿はなく、拉致《らち》された可能性が高いことを示唆していた。

アスカはブルックを呼びだした。

「アスカさん――」

着信番号でかけてきた主を悟ったブルックの声が応《こた》えた。

「今どこにいるの？」

事務所の電話が鳴り始めた。外の刑事がかけているのだ。ボリスがコードを外した。

「十分以内で到着可能な場所です。そちらはどうなっていますか」

「ソコロフが銃で制圧している。芦田さんが撃たれたわ」

「そんな――」

「ソコロフがあなたと話したいといっているわ」

ブルックは黙りこんだ。やがていった。

「もし奴が、あなたがたの安全とひきかえに何らかの取引をしようとしているのなら、応じられないといって下さい」

歯をくいしばっている声だった。アスカはソコロフを見た。

「いっさいの取引には応じられないといっているわ」

ソコロフは煙草に火をつけたところだった。うまそうに煙を吹きあげ、いった。

「コワルスキー博士の身柄をひき渡すといっても？」

ボリスからうけとった化学構造式に目を落としていたコワルスキーが驚愕《きょうがく》の表情を浮かべた。

「ソコロフ大佐——」

無視してソコロフはつづけた。

「私と私の部下に安全を保証するなら、コワルスキー博士をＣＩＡに引き渡す」

「私を裏切るのか⁉」

「静かに、博士」

「最初から『アフター・バーナー』の化学構造式を手に入れるのが目的だったのね」

アスカはいった。ソコロフは否定しなかった。アスカは電話に告げた。

「ソコロフは、コワルスキー博士の身柄を渡すといっている。自分とボリス、ニーナの自由とひきかえに」

「何ですって、なぜです」

　ブルックが息を呑《の》んだ。

「ソコロフは、あるものを手に入れたかったの」

「アフター・バーナー」のことは、ブルックには告げていなかった。

「何ですか、あるものとは」

「くわしい説明はあとでするけど、ある薬物の化学構造式で、脳移植者の拒否反応を抑える効果があるらしいの。麻薬取締部にその化学構造式があり、あたしはそれを渡した」

「アスカさん……」

「博士の身柄が欲しければ、特殊部隊を撤退させ、ブルック本人がここまでくるように命じるんだ」

　ソコロフがいった。

「ソコロフは、あなた本人にここにこいといってる」

伝えてからアスカはソコロフにいった。

「わざわざ人質になるような真似をブルがする筈ないわ」

「特殊部隊を撤退させたら、ボディガードを連れてくるのを許そう。二名までなら」

「――聞こえましたよ」

　ブルックがいった。

「信用できるかどうかはわからないわ」

「アスカさん、ソコロフがコワルスキーを渡すと申しでたことは、ロシア側はすでに脳移植手術のノウハウを手に入れているのを意味します。つまり技術は、ロシア人科学者たちにひきつがれているのです。そうなったら、我々は何としても、コワルスキーの身柄が必要になります。技術をロシアだけに独占させるわけにはいかないのです」

　真剣な声だった。

「じゃあ、応じるの」

「そうする他ないでしょう。ハンについて何かいいましたか」

「いいえ。でもこの近くにいる」

「撤退させたチームには、奴の無力化を優先させます」

「待って。ハンは、仁王を人質にしているの」

「えっ」

「仁王の病院が襲われた。警備の警官が殺されて、仁王の姿がない」

「何てことだ」

　ブルックは呻《うめ》いた。

「もしハンがひとりならいいけど、仁王もいっしょだったら……」

　アスカはソコロフをにらみながらいった。ソコロフの計画性を、さらに自分は読みちがえていた。まるでチェスのトッププレイヤーのように、次の手、次の手を、ソコロフは先読みし、打ってきている。

「大丈夫です。連中もプロだ。それはよく伝えておきます。ソコロフに代わって下さい」

ブルックはいった。

アスカは携帯電話をさしだした。

「あなたと直接話すそうよ」

ソコロフは満足げに頷《うなず》き、うけとった。

「ミスター・ブルック。お話しできて光栄だ。あなたが今回の作戦の管理官であることを、私は早くから知っていましたが、こうやってお話しする機会があるとは思わなかった」

ブルックが何と答えたか、想像がついた。一度はハンを使って〝排除〟しようとしたのだ。罵《ののし》り声が聞こえるようだった。

ソコロフは笑い声をあげ、デスクのひとつに尻《しり》をのせた。おかれていたクリスタルの灰皿に煙草をつきたてる。

「条件は、ミズ・カンザキが伝えた通りです。あなたには二名のボディガードが許される。ただしこの建物から二百メートル以上、すべての特殊部隊及び日本人警官を後退させること。周辺に配置したスナイパーもどうようです。おわかりだろうが、私はともかく、私とともにいる二名はれっきとしたロシア政府の外交官です。彼らに危害が及んだということになればアメリカとロシアは、再び冷戦時代に関係を戻すことになる」

　ブルックの返事に耳を傾けた。

「もちろん。偶発的な事故をのぞけば、ここにいる何者も傷つけられる心配はない」

　やがていった。

「けっこうだ。時間は？」

　アスカに目を向けた。

「三十分後。了解。待っていますよ」

111

　ソコロフから二度めの電話があったとき、彼は用意されたデリバリィバンの後部席にいた。窓のないバンで、天井近くまで、段ボール箱が積みあげられている。バンは、ソコロフとアスカがいる建物からわずか五十メートルの位置に駐車していた。ソコロフが雇ったロシアマフィアは、運送会社の車と日本人の運転手を用意していた。バンのうしろを走ってきたロシア人たちの車は検問で止められたが、彼が隠れた配達用の車輛《しゃりょう》は、簡単なチェックだけで通過を許された。

「三十分後にＣＩＡのブルックがビルに到着する。それまでにビル内に配置された特殊部隊と警官が撤退する筈《はず》だ。それをお前に確認してもらいたい」

　ソコロフはいった。

「了解した」

彼は答え、体を起こした。運転手は車を止めたあと、どこかへ消えていた。彼には運送会社の制服が渡されていた。

制服に着がえ、彼はバンの後部ハッチから車外へと降りた。アスカたちのいるビルの出入口が見えた。

段ボールの配送票を確認するふりをしながら、ビルの出入口を監視した。やがて黒人を含む、作業衣の男たちが、ビルから姿を現わした。クリーム色のバンが横づけされ、スライドドアから乗りこんでいく。

ＣＩＡは約束を守ったようだ。

バンが走りだしてしばらくすると、今度は続々と人間たちがビルの外へと溢《あふ》れでてきた。先導しているのは、ネクタイをしめた日本人だ。おそらく私服刑事だろうと彼は思った。彼らの移動を助けるために、いつのまにかパトロールカーが現われ、制服警官も整理に加わっている。

何百人という人間たちがビルをでていった。そして見ている前で交通が遮断され始めた。彼はバンの後部から段ボール箱を抱えこんだ。早足でビルに向かう。

ビルからでる人波に逆らうようにして、入口に進んだ。整理の警官が日本語で何ごとかを叫んだが、とりあわなかった。警官もそれ以上追ってくるような真似はしなかった。退避の命令は絶対で、しかも迅速におこなうよう指示が下されていたようだ。

電話から十五分後、彼は廃墟《はいきょ》のようにがらんとしたビルの一階フロアに立っていた。人の姿はない。ビルの内部にいた人間は、まるで沈没しかけた船から逃げだすネズミのようにここをでていったのだ。

段ボール箱を開いた。そこにはソコロフが改めて調達した武器が入っていた。それらを身につけ、彼はビルの非常階段を登った。

二階にでると、通路の窓から外を眺めた。警官の姿は消えていた。ビルの前の道は通行を止められ、人影がない。

彼は電話をとりだした。ソコロフに連絡をとろうとしたとき、かすかな物音に気づいた。身をひるがえし、手近のドアにとびこんだ。通路にそって並んだ、オフィスのひとつだ。ドアを細めに開け、外をうかがった。

完全武装の特殊部隊員二名が、通路を進んでくるのが見えた。目出し帽をかぶり、黒の戦闘服の上にボディアーマーをつけ、Ｍ４Ａ１カービンを手にしている。カービンは赤外線レーザーポインターが装着された、最新モデルだ。

シンジュクで戦った警察の特殊部隊とは明らかに装備がちがう。ボディアーマーのレベルも高い。アメリカ軍の特殊部隊に近い装備だ。

二名の隊員は、バックアップを互いにおこないながら、ひと部屋ずつ、チェックをおこなっている。低い声でクリア、と囁《ささや》くのが聞こえてきた。

彼はオフィスの奥へと進んだ。並んでいるデスクのひとつの下に隠れる。彼のいる部屋のドアが開かれた。

マカロフをひきつけ、待った。サイレンサーを装着したマカロフオートマチック弾は弾速が衰えるため、連中が着ているボディアーマーを貫通できない。逆にＭ４Ａ１の五・五六ミリ弾は貫通力の高い超高速弾で、室内にあっては何を遮蔽《しゃへい》物にしようと、簡単に撃ち抜かれる。

だが二人のもつ装備は彼には魅力だった。目出し帽をかぶっているのも都合がいい。できれば殺して、その装備を奪いたいところだ。

厚いコマンドブーツの底が、オフィスの床を踏みしめる、キュッキュッという音が、彼のいるデスクに近づいてきた。彼はそっとマカロフの安全装置を外した。

そのときだった。

「ヘイ！」

鋭い声が隊員のひとりの口から発せられた。彼はびくりとした。

「誰かが通った」

英語でいう声が聞こえた。

「外の廊下だ」

「チェックしよう」

相棒が答え、小走りの足音が遠ざかった。ドアが閉まり、静寂が無人のオフィスを包んだ。どうやら逃げ遅れたビジネスマンがいたようだ。

彼はゆっくりとデスクの下から這《は》いだした。特殊部隊員の姿は消えていた。

ソコロフに連絡をとった。

「俺だ。警官はいないが、アメリカの特殊部隊が内部をチェックしている。最新装備をした奴らだ」

「わかった。連中を今から外へだす」

「そっちはどうなっている」

「十五階にいる」

「アスカもいるのだな」

「お前を待っている」

「俺を殺そうとしたんだ。まちがいを思い知らせてやる」

「あわてるな。あと十分ほどで、ブルックがここにやってくる。ボディガードは二人」

「殺《や》るのか」

「いや。お前の仕事は我々が脱出したあとだ。コワルスキーが残る。コワルスキーを消せ。そのあとはアスカを好きにしていい」

「俺はどうやってここをでるんだ？」

「迎えをよこす。心配するな。ブルックとそのボディガード以外は、この建物からいなくなるんだ。三人くらい、簡単に片づけられるだろうが」

彼はそっと息を吐いた。ソコロフは彼を見殺しにする気だ。自分が脱出したあとは、狼にエサを投げ与えるように、特殊部隊の前に彼を放りだし、その混乱を利用するつもりなのだろう。

そうはさせない。どちらが本当の「狼」か、ソコロフに教えてやる。

「わかった。連絡を待ってる」

彼はいって、電話を切った。

112

待合室にひとりで電話をかけにいっていたソコロフは、戻ってくるなり首をふって拳《けん》銃《じゅう》を抜いた。

「ミズ・カンザキ、残念だがブルックは、私の申し出を真剣にうけとめてはいないようだ。このビルの内部に彼の部下がいることが判明した」

銃口をアスカに向けた。

「タイムリミットは三十分よ。逃げ遅れた人がいないか、確認しているのかもしれない」

アスカは答えた。

「あるいは、コワルスキー博士を手に入れたのち、我々全員を殲滅《せんめつ》する気なのか。ブルックに連絡したまえ」

アスカは電話を耳にあてた。ブルックにつながると告げた。

「ソコロフは、建物内にチームの人間がいるといっているわ」

「警官を撤退させるにあたって、警視庁が我々に要求してきた条件です。逃げ遅れた市民がいないかを、警官にかわってチェックするように、という」

ブルックは答えた。

「それが気にいらないみたい」

「あと五分、待って下さい。五分あれば、十五階をのぞくすべてのフロアのチェックが完了します」

アスカはソコロフを見た。

「逃げ遅れた市民がいないかのチェックよ。あと五分待ってほしいといっている」

ソコロフは腕時計をのぞいた。

「五分後にもし、我々以外の誰かがこの建物内にいたら、クモイ弁護士を射殺する」

アスカは唇をかんだ。

「五分たっても誰かがいたら、人質を射殺するといっているわ」

「わかりました。チームに連絡をとります。私はもう、すぐ近くまできています」

ブルックは電話を切った。アスカはソコロフを見つめた。

「ＣＩＡは了解した。でも、どうやってここから逃げだすつもりなの？」

「ＣＩＡに手配させる。ブルックには、我々といっしょに空港までいってもらう。ＣＩＡは、日本の警察の干渉を排除する権限をもつ筈《はず》だ。あるいは圧力を」

アスカは怒りがふくらむのを感じた。ソコロフは、日本政府の弱点を知り、それを利用しようとしている。CIAは、コワルスキーの身柄を手に入れるためなら、ソコロフと二人の外交官の国外逃亡には目をつぶるよう、日本政府に働きかける。そしてそれに逆らうことはできない。すでに現場指揮の権限をCIAにゆだねる警視庁は、それに反発したとしても、逮捕行動にあたるための情報が決定的に不足していることを思い知るだろう。

ハンという獲物のために、CIAと取引した報いがこれだ。

「ハンはどうする？　あの人殺しも連れて帰るわけ」

「ハン？」

ソコロフは初めて聞く名のようにくり返した。

「ハンはハンで切り札を握っている。あなたのパートナーだ。その切り札をどう使うかは、ハンの自由だ」

「フルヨシがもし殺されたら、あなたの脱出を決して許さない」

ソコロフは首をふった。

「誤解があるようだ。フルヨシを憎んでいるのは、ハンであって私ではない。これはすべて、ミズ・カンザキ、あなたとハンの問題だ」

「そうするように仕向けたのはあなたでしょう。アレクサンドル・ハンとセルゲイ・レドフスキーの二人がもつ、妹に関する記憶を利用して」

「私は警告したんだ！」

　不意にコワルスキーが叫んだ。

「危険だと。レドフスキーには特に、ワーニャという妹に関するトラウマがあった。それがアスカ、君という引き金によって、激しい暴力行動につながる可能性があった。奴は初めて君の存在を知ったときから、君をワーニャになぞらえていた」

　ソコロフは首をふった。

「偶然だ。何もかもが偶然にすぎない。アレクサンドル・ハンの妹のことも、ワーニャのことも」

「それが怪物を作りだしたことに気づかないの⁉」

　アスカは叫んだ。

「怪物？　ミズ・カンザキ、もしハンが怪物なら、あなたもまたそうだ」

　アスカは首をふった。

「あたしは人を殺さない」

「人を殺すから怪物なのか。ならば戦場の兵士はすべて怪物だ。あるいは、君のパートナーであるフルヨシも。彼も人を殺している」

　ソコロフは冷たくいった。

「ちがう！　誰かを守るために殺すのと、楽しむために殺すのではちがう」

　ソコロフは首をふった。

「その言葉に説得力はない。殺人はすべて同じだ。平和主義者が、いかなる戦争であろうと、すべての戦争を悪だと断じるように、いかなる殺人も、法のもとにおいては、悪なのだ。たまたまフルヨシは、法の執行者の側にあるというだけで許されたにすぎない」

アスカはかっと血が逆流するのを感じた。

「アスカ、ソコロフの挑発にのるな。奴はお前を混乱させようとしているんだ」

芦田が日本語でいった。

「その問題について、お前と古芳はとうに結論をだしている筈だ。お前は、お前のその苦悩を無駄にしないために、法の執行者の側にとどまったのじゃなかったのか」

アスカははっとした。その通りだ。怪物である自分と、そのために流された多くの血をあがなうために、自分は麻薬取締官という職業についたのだ。警視庁警察官をやめざるをえないとしても、自分の経験と決意を、法のために生かすことを願って。

アスカの携帯電話が鳴った。ブルックだった。

「すべてのチームをビル外に撤退させました。これから我々が向かいます。ボディガードは、アルファと、アルファの部下です」

アスカはソコロフを見た。怒りはしずまり、冷静さが戻っていた。

「ＣＩＡがくるわ」

アスカはいった。

113

彼は非常階段を使って十五階まで登っていた。途中、特殊部隊員がビルの非常口からでていくのを、踊り場の窓から見ていた。

十五階に達すると、開いているドアの内側にすべりこんだ。エレベータホールに近いオフィスのひとつだった。呼吸を整え、気配を殺して待った。

やがて静けさに包まれたビルの内部をエレベータが上昇するヒューンという音が聞こえた。ＣＩＡがやってきたのだ。

ドアのすきまに目をあてた。

エレベータが開いた。小柄で太ったスーツ姿の白人と完全装備の黒人二名が降りたった。黒人二人はさっきの特殊部隊員と同じ武装だが、目出し帽はかぶっていない。

白人は片手に携帯電話、片手に小型の無線機をもっている。

エレベータホールに展開した黒人二人が安全を確認すると、三人は廊下を進み始めた。今回は、各部屋を確認することはせず、まっすぐに奥をめざしている。三人が廊下の角を曲がると、彼はドアの内側から抜けだした。

ノックの音が聞こえた。ブルックだ、と名乗る英語の声もする。

角まで達して、そっと奥をのぞいた。黒人の兵士をひとり廊下に残し、ドアが閉まるところだった。

　好都合だ。残った兵士は見張りだろう。Ｍ４Ａ１をかまえているが、ビル内が無人だという情報をすでにうけとっているのか、緊張はあまりない。

　彼はサイレンサー付マカロフをもちあげ、廊下の角の内側から狙いをつけた。この距離なら、頭を外さない。

114

「やっと会うことができた」

　スーツ姿の太った白人がいった。少し離れた位置に黒人の屈強な兵士が立ち、アサルトライフルの銃口を床から少し上に向けてかまえている。

「まったくだ。これが我々どちらかの国だったら、これほどの手間はかからなかった」

　ソコロフが答えた。

「私の国なら、あなた方はとうに捕えられている。特にハンは、生きてこの世にいない」

　白人の表情は険しかった。奥の部屋に見張りのボリスを残し、コワルスキーとソコロフ、ニーナは待合室でアメリカ人と向かいあっていた。

「この国であっても同様ではないのかね。ハンとコワルスキー博士の身柄を確保するため、アメリカは日本との安全保障条約を最大限に解釈しているように見えるが」

ソコロフは黒人兵士に目を向け、いった。

「コワルスキー博士は合衆国民だ。すべての国民に対する保護を我々は義務と考えている」

「おためごかしはやめたまえ。君らが保護したいのは、博士の技術であって安全ではない。だからこそ、君らはここにいる」

太った白人は息を吐いた。

「いいだろう、ソコロフ大佐。あなたがビジネスライクに話を進めたいというのなら、我々もそれに沿った対応をとる」

白人のかすかな合図をうけ、黒人兵士が一歩踏みだした。ニーナのかたわらに立つコワルスキーに向かっている。

「待ちたまえ。今ここで博士を渡すとはいっていない」

ソコロフが止めた。コワルスキーは怒りに任せて叫んだ。

「私の意思はどうなるんだ!?　君らは私の意思を無視するのか」

白人がコワルスキーを見やった。

「あなたに選択の自由はない。なぜならあなたは、合衆国と、今いる日本の、両方の法律を犯した。あなたはまず犯罪者として我々に逮捕されることになる。もしそうでない扱いをうけたいと願うのなら、合衆国に協力的にふるまうことだ。この事件ではあまりに多くの血が流されている。その責任の一端があなたにあるとわかれば、日本国政府は、あなたに対し厳しい法的責任の追及をするだろう」

「私を犯罪者扱いするのか」

「ロシアではともかく、あなたがしたことは、合衆国では違法だ」

「私はアメリカに戻る気などない。ロシアが私を見離すというのなら、第三国への亡命を希望する」

　憤然とコワルスキーはいった。この頭脳を高く評価する国はまだまだある筈《はず》だ。

「それはうけいれられない。あなたは現在すでに拘束された状態にある」

　コワルスキーはソコロフに向き直った。

「私はここからでていく。誰にも止めることはできない」

　ソコロフが首をふった。

「それは困る、博士。あなたがここを離れようとするなら、私はあなたを撃たざるをえない。もし撃てば、あそこにいる兵士が私を撃つだろう。結果、ここにいる人間の大半が死ぬことになる」

　コワルスキーは恐怖にかられた。

「本気でいっているのか」

　ソコロフは頷《うなず》いた。

「博士、今のあなたは、ロシアとアメリカの取引の材料だ。あなたに意思はない」

　まず唇が、そして全身が震えだした。体を支えようと、かたわらのデスクに手をつき、それでも支えきれず、キャスター付の椅子にすわりこんだ。頭を抱えこんだ。絶望がのしかかった。

誰も、彼に声をかけようとしない。

やがてソコロフが口を開いた。

「我々の提案を聞いてもらいたい」

「いいだろう」

白人が答えた。

「私とここにいるロシアの外交官二人、そしてコワルスキー博士を一台の車に乗せ、ナリタまでパトロールカーの先導をつけて走らせてもらいたい。そこに君が同乗するのはかまわない。また我々は車に乗った時点で、すべての武装を解除する。ナリタに到着したら、最も早い、モスクワ、あるいはペキンいきの民間旅客機に乗りこませてもらう。コワルスキー博士の解放は、我々が出国審査をうける直前だ。また、日本政府及びアメリカ合衆国が我々に対し、今後二十四時間、あらゆる法的責任の追及を停止することも要求する。この二点が了承された場合のみ、コワルスキー博士は君らのものだ」

「二十四時間……」

「その通り。難しい条件ではない筈だ」

「ハンはどうするのだ？」

「君らのものだ。あるいは日本政府の」

「せっかく育てた兵士なのに？」

「兵士ではない。ハンはただの犯罪者であって、ロシア政府とは何のかかわりもない人間だ」

「なるほどな」

突如、銃弾が扉を切り裂いた。背を向けて立っていた白人と黒人兵士の体が血煙をあげた。コワルスキーの頭上を銃弾が通過し、胸を打ち抜かれたニーナが目の前に倒れこんだ。みひらかれた青い瞳《ひとみ》にもはや生気はなく、それを見たとき、彼は吐きそうになった。

扉の残骸《ざんがい》が押し破られた。そこから、彼が最も会うのを恐れていたもの、殺戮《さつりく》の狂気にとりつかれた怪物が姿を現わした。

思わず口をおさえた。喉《のど》の奥で恐怖の叫びを押し殺した。

ハンは無表情に室内を見渡した。白人は即死していたが、ボディアーマーに体を守られていた黒人兵士にはまだ息があった。その頭に手にしているアサルトライフルの銃口を向けた。

「ハン！」

銃声とともに兵士は動きを止めた。

ソコロフが叫んだ。扉から最も遠くに立っていたソコロフは、コワルスキーと同様、奇跡的に被弾をまぬがれていた。手に拳銃《けんじゅう》を握っている。

　ハンのアサルトライフルが火を噴いた。短い連射で、ソコロフの銃を握った右肘《ひじ》から下が吹きとばされた。

　ソコロフは呻《うめ》き声をあげ、膝《ひざ》をついた。

「何をする、ハン……」

「『狼』だ。『狼』と呼べ」

　ハンはロシア語でいった。

「『狼』を飼いならすことなど誰にもできない。教わらなかったのか」

「『ヴォールク』……」

　つぶやき、ソコロフは失神した。ハンはコワルスキーに目を向けた。破壊された扉の向こうに、もう一名の兵士が横たわっているのが見えた。

「よせ、よせっ、『ヴォールク』」

　逃れようと椅子をひき、すべって椅子ごとコワルスキーは尻《しり》もちをついた。

「アスカはどこにいる」

「奥だ、奥にいる」

　コワルスキーは奥の扉を目で示した。ハンの目は、モスクワで別れたときと明らかにちがっていた。異様な輝きと曇りが、まるで点滅するネオンのように現われては消えている。

　ハンはゆっくりと扉に近づいた。ノブに手をのばしかけ、コワルスキーをふりかえった。

「お前が先だ」

「何？」

「お前がこのドアを開けろ」

コワルスキーは首をふった。

「忘れたのか、『ヴォールク』、私だ。君を手術したコワルスキーだ」

「ポーランド人」

ハンはつぶやいた。不意に頭を横にふった。目が曇った。

「注射」

ハンはいった。

「そうだ。注射をすることを教えたろう。私は医者だ。君を助けた」

ハンの目の輝きが戻った。

「注射はしていない。必要ない。俺は調子がいい。大丈夫だ」

アサルトライフルをふり、立て、と彼に指示を与えた。

コワルスキーは銃弾で切り裂かれた破片が散らばった床から、デスクを支えに立ちあがった。膝が壊れた機械のように震えている。恐怖による反応で、これは生存したいという本能的な欲求に基づいている。危機に際し、生存本能は、瞬間的な退避行動をとらせ、その後は運動停止を肉体に命じる。この震えは、それだ。

「駄目だ……」

コワルスキーは首をふった。

「立てない。足が震えて……」

それが正解なのだ。今は動いてはいけないときだ。

ハンが発砲した。天井を撃ち砕き、白い漆喰《しっくい》がとび散った。

コワルスキーの足が動いた。ぴょんと、まるで実習生の頃、電流を通したカエルの足のように跳ね、立ちあがった。

ハンが銃で扉を示した。

「ワーニャ」

目が曇った。

「アスカ」

目が輝いた。

「いけ」

命じた。

115

ボリスの命令で、アスカと芦田は、弁護士の雲井やその部下とともに床に伏せていた。

両手を頭のうしろで組み、腹這《ば》いになることを要求されたのだ。

ブルックが現われた時点で、アスカも日本政府も交渉力を失った。ソコロフは、ブルック、ＣＩＡとさえ話がつけば、それで充分だと踏み、くやしいがそれは事実だった。

隣の待合室でどのような会話が交わされているかはわからなかった。弁護士事務所にふさわしく、隣室の会話が洩《も》れないような防音構造が壁には施されているのだ。

だが銃声はちがった。激しい銃声と、扉を貫通した銃弾が数発、執務室内にも飛来した。事務員が悲鳴をあげ、

「隠れてっ」

アスカは叫んだ。

何が起こったかはわからない。交渉が決裂し、ＣＩＡとソコロフのあいだで銃撃戦になったのだろうか。

だがもしそうなら圧倒的に火力に勝るＣＩＡに対し、冷静な筈《はず》のソコロフが戦闘を挑んだことになる。

ボリスがはっとしたように身をすくめ、だが手にしている銃を扉に向けた。並んでいるデスクのひとつを遮蔽《しゃへい》物にしている。

雲井や事務員は、われ先に、一番奥のデスクの下に体を押しこんだ。

「——何があった？」

ボリスがアスカを見て、日本語でいった。

「わからない」

「気をつけろ、アスカ。奴かもしれん」

芦田が盾にしたキャビネットの陰でいった。

「ハン――」

「その筈はない。ハンは待機命令をうけている」

ボリスの言葉が終わらないうちに再び銃声が鳴った。連射音で、明らかに拳銃のものではなかった。

「銃を返しなさい」

アスカはボリスにいった。ボリスは首をふった。さらに短い連射があり、アスカは首をすくめた。

「何なの……」

もしアルファとその部下がソコロフを制圧したのなら、何度も発砲がおこなわれる筈はなかった。特殊部隊員は、最初の銃撃で敵を無力化する訓練をうけている。

ボリスがデスクの上でかまえたアスカのリボルバーの撃鉄を起こした。

「やめなさい、無駄よ。特殊部隊に殺されるだけだわ」

ボリスはアスカを見た。緊張と不安に顔がこわばっていた。

「あなたは外交官でしょ。無駄な戦闘をしなくても、国外にでられる」

ボリスは瞬《まばた》きした。

「状況がわからない」

「撃っているのは、アメリカ人よ。銃声を聞けばわかるでしょう」

待合室との境の扉のノブが回った。ボリスは銃の狙いをつけた。

ゆっくりと扉が開いていった。まず見えたのは、血の気を失ったコワルスキーの顔だった。そのかたわら、首のすぐ横からアサルトライフルの銃身がつきでている。コワルスキーを盾にしてつづく者がいる。

「『ヴォールク』！」

アスカは叫んでいた。ボリスが撃ち、アサルトライフルが応射された。ボリスが隠れていた木製のデスクが粉々になり、肉片と化した死体と交じりあった。

銃声が止んだ。コワルスキーがすとんと膝をつき、自分の体を見おろした。ワイシャツの中央部に血が広がっている。ボリスの発射した弾丸が命中したのだ。

コワルスキーの目がアスカを求めた。隠れているアスカと目が合うと、唇が震えた。だが言葉を発することなく、倒れこんだ。

「アスカ」

ハンがいった。どんよりとした目だった。何かがおかしい。アサルトライフルの銃口がアスカに向けられた。

カチリ、という音がした。アスカは息が止まった。アサルトライフルは銃弾を撃ち尽くしていた。

ガシャッという音をたて、ライフルが床に投げだされた。ハンは宅配便の制服の上に特殊部隊のボディアーマーを着けている。その目に不意に輝きが宿った。

「ワーニャ――」

右手がボディアーマーの下から、サイレンサー付のマカロフをつかみだした。今度こそ撃たれる、アスカは覚悟した。

116

「殺せ」

「ワーニャを殺したくない」

「あの女は裏切り者だ。売女《ばいた》なんだ」

「アスカがいる」

「殺せ」

気づくと死んだアメリカ兵からとりあげたＭ４Ａ１を発射していた。

扉の向こうにアスカはいなかった。死んだアメリカ人と死にかけている兵士がいて、その止《とど》めを刺すことにどちらも異議を唱えなかった。

ソコロフがいた。ポーランド人もいた。ソコロフが「ハン」と彼を呼んだ。まちがっている。過ちには罰だ。

ポーランド人が何かをいった。注射のことを彼は思いだした。そういえばずいぶん長い時間、注射をうっていない。

そんなものはどうでもよかった。手足が動き、銃の引き金をひける限り、「狼」は死なない。撃った。

「狼」はワーニャを連れて帰る。

俺は売女を許さない。

頭がどくどくと脈を打っている。

奥の部屋へ。そこにワーニャがいる。ポーランド人を立たせ、奥の部屋へと進んだ。

ポーランド人が扉を開いた瞬間、彼を呼ぶワーニャの声が聞こえ、つづいて銃弾が襲った。ポーランド人の体がびくんと痙攣《けいれん》する。

机の陰に隠れ、拳銃《けんじゅう》を握っているロシア人に、彼はＭ４を撃った。机が粉砕され、ロシア人も机と同じ運命を辿《たど》った。

指が引き金から離れなかった。気づくとＭ４の弾倉は空になっていた。

ポーランド人がゆっくりと前のめりに倒れた。

アスカ——ワーニャがいた。

「アスカ」

彼はつぶやいた。

アスカではない、ワーニャだ。見ろ、恐怖に目を丸くしている。ワーニャを恐がらせてはいけない。

Ｍ４を投げ捨てた。右手が自然に動き、マカロフをつかみだした。

「帰ろう」

彼はいってマカロフを別の机の陰にいた日本人の男に向けた。こいつらは邪魔だ。ワーニャを見つめたまま、ろくに狙いもつけずにマカロフの引き金を絞った。

さらに机の奥へ這いこもうとしていた日本人の背中に銃弾は命中し、悲鳴があがった。

「帰るんだ、ワーニャ」

別の日本人が目に入り、そちらに銃口を向けながら彼はいった。

「イヤヨ！」

ワーニャが叫んだ。日本語でニェットという意味だった。

彼は首をふった。

「ワーニャ、ロシア語で話せ」

ワーニャは目をみひらき、彼を見つめている。

「ワタシハワーニャジャナイ、アスカヨ！」

その口が動いた。アスカという言葉が、彼の頭に白い閃光《せんこう》を走らせた。

アスカ、アスカ、アスカ、アスカ、アスカ。

売女、売女、売女、売女、売女。

――やりたいんだろ、金を払いなよ。そうしたら、あんたにもやらせてあげるうそぶいた若い女の顔が不意に、ワーニャとかぶさった。

許せない。十六のとき、こっそりとのぞいた、お前の美しく白い裸を俺は覚えている。

ずっと、ずっと、大切にしてきた。それを見た奴ら、それをけがした奴らの目を抉《えぐ》りだしてやる。

心臓がどくどくと鳴り、頭の血管がそれに合わせ、ずきずきと痛んだ。

「アスカ……」

許さない。俺を裏切ったお前を許さない。

ちがう、ちがう、ちがう。アスカじゃない、この女はワーニャだ。ワーニャを傷つけては駄目だ。

「ワーニャ、もう俺をがっかりさせないでくれ。帰ろう。俺たちの森に帰ろう」

彼は呼びかけた。ワーニャの目が彼を見つめている。何と美しい、何と悲しい目をしているんだ、ワーニャ。

一瞬の間をおいて、ワーニャが立ちあがった。彼に向かって一歩踏みだした。

撃て、撃て、この売女をハチの巣にしてやれ。マカロフを握った手がまっすぐにのび、ワーニャの顔の中央を狙った。

何をしている。ワーニャが歩みよってきているんだ。撃ってはいけない。

右手をおろそうとした。だが右腕がいうことを聞かない。催眠術にかかったかのように、腕を自分の意志で動かせないのだ。

ワーニャが立ち止まった。銃口から五十センチと離れていない。

「ここをでていくのよ」

英語でいった。

「わたしたち二人で――」

彼の心に喜びがこみあげた。ワーニャはわかってくれたのだ。

だが右腕は微動だにしなかった。

117

胸が苦しい。何かひどく重いものがのしかかり、息をすることができない。目を開くと、血まみれで息絶えたボリスの姿があった。

視界が妙に狭く、黒ずんでいた。誰かの話し声が聞こえた。ロシア語だった。森へ帰ろう、といっている。「狼」だ。「狼」がアスカに語りかけているのだ。

視界を何かがよぎった。パンツスーツの裾《すそ》と踵《かかと》の低いパンプスが彼の目の前で動きを止めた。

アスカの英語が聞こえた。ここをでていこうと、「狼」に語りかけている。

コワルスキーは大きく口を開いた。それはいけない、とアスカに告げようとした。だが言葉のかわりに大量の血が音をたてて吐きだされただけだった。

不思議だ。これほどの怪我を負いながら、息苦しさ以外の苦痛を感じていない。脳の神秘なのだ。痛みを遮断している。

二人で、というアスカの声がした。

アスカの考えがわかった。アスカは、ワーニャを演じ、ここから「狼」を連れだそうとしている。これ以上の犠牲者をださないため、自らを「狼」に投げだそうとしている。

アスカ。何と素晴らしい女性だ。

彼女を作りだした自分に、限りない誇りを感じる。

私のこの天才を、世界はいずれ知ることになる。私の名前は、医学史に永遠にとどめられるだろう。

さらに狭まる視界の中で、息苦しさも忘れ、コワルスキーは幸せにひたった。

118

「さあ――」

アスカは告げた。まっすぐに向けられたマカロフのサイレンサーはじっとアスカの顔を狙っていた。

雲井の呻《うめ》き声と事務員のすすり泣きが聞こえてくる。だが銃口から目をそらし、そちらを見る勇気はなかった。今この場で、「ヴォールク」には、自分とアスカしか存在していない。他人の存在を「ヴォールク」に気づかせてはならない。気づけば、〝排除〟しようと簡単に引き金をひくだろう。

芦田が息を呑《の》み、こちらを見つめていた。

その手がじりじりと、ボリスの落とした銃へのびている。流れ弾を浴びたのか右膝《ひざ》が血に染まっていた。

「いきましょう」

日本語よりも英語の方が、まだ「ヴォールク」には理解できるだろうと考えたのだ。

「ヴォールク」の中で何かが起きている。「タンゴ」で初めて会い、六本木で戦ったときと、明らかにそのようすはちがった。

壊れかけている。

その言葉が浮かび、アスカはぞっとした。自分も、このように壊れていくのだろうか。

だが今はそんなことを考えているときではない。一分一秒でも早く、この部屋から「ヴォールク」を連れだすのだ。外にでれば、特殊チームが待ちうけている筈《はず》だ。

「ヴォールク」が動いた。

銃口をアスカに向けたまま、一歩退いたのだ。アスカは前にでた。

一拍の間をおき、さらに「ヴォールク」が退《さが》った。まるでアスカとこれ以上距離を詰めるのを恐れているかのような動きだ。

アスカは進んだ。

再び間をおいて「ヴォールク」が退った。壊れかけたロボットのようだ。中枢部からの指令がただちに足に伝わらず、伝達に時間がかかっている。

「ヴォールク」の目はアスカを見すえ、マカロフの筒先は顔から外されていない。だがアスカが前へでるごとに、「ヴォールク」の足はぎこちなくうしろへ退っていく。

恐怖は消えていた。アスカも今は「ヴォールク」と二人だけの世界にいるような気がしていた。奇妙なダンスを踊るカップルのように、前へうしろへと互いにステップを踏んでいる。

二人は手前の待合室へと入った。その惨状が目に入り、さすがにアスカも息を呑んだ。ブルックとアルファが死んでいる。ニーナも胸を撃たれ、人形のように血だまりに横たわっていた。

アスカは目だけを動かし、室内を見渡した。ソコロフの姿がない。銃弾で引き裂かれた扉は、まるで巨大な怪物が外から押し破ったように内側に倒れこんでいる。廊下にも、アルファの部下と覚しい兵士の死体があった。

「ヴォールク」はその兵士からアサルトライフルとボディアーマーを奪ったのだ。

アスカが動きを止めたのに合わせ、「ヴォールク」も立ち止まっていた。

「ひどい……」

思わず言葉が洩《も》れた。うつぶせに倒れたブルックは複数の銃弾を受け、即死したようだった。床に無線機が転がっている。

「ヴォールク」の目がわずかに動いた。アスカははっとした。今ある二人の世界を崩してはならない。このまま外へと「ヴォールク」を誘導していくのだ。

「いきましょ」

顎《あご》をあげ、固唾《かたず》を呑んで、アスカは「ヴォールク」に告げた。一歩踏みだす。

銃口が額から数センチの距離になった。

「ヴォールク」は動かなかった。じっとアスカを見つめている。

「さあ——」

アスカは低い声でうながした。だが「ヴォールク」は身じろぎもしない。まるで石像のようにそこを動かず、銃を向けていた。

そのときだった。押し破られた扉の向こうに、のっそりと現われた者がいた。

古芳だった。血によごれた衣服を着け、右腕を吊《つ》り、だらりとさげた左手にニューナンブを握りしめている。

アスカは目をみひらいた。その表情の変化に「ヴォールク」が気づいた。くるりと体が一回転し、背後の古芳に向き直る。古芳が左手の拳銃《けんじゅう》をかまえようとして躊躇《ちゅうちょ》した。アスカに当てるのを恐れたのだ。瞬間、「ヴォールク」が撃った。

「仁王！」

古芳の胸に弾丸は命中した。古芳が廊下の奥に倒れた。さらに弾丸を浴びせようとする「ヴォールク」の腕をアスカはうしろから蹴《け》りあげた。

マカロフが天井に向け銃弾を吐きだした。

アスカは両手を腰にひきつけた。おろした右足を軸に、今度は左足を「ヴォールク」の側頭部めがけ叩《たた》きこんだ。

がつんという衝撃が左足に伝わった。「ヴォールク」の右腕がアスカの足をブロックしていた。その動きに気をとられた瞬間、「ヴォールク」が体を沈め、のばした足で、アスカの軸足である右足を払った。

バランスを失いアスカは床に倒れこんだ。

受け身を反射的にとった。床で一回転して立ちあがる、筈だった。だができなかった。

「ヴォールク」の前蹴りがアスカの胸に命中し、仰向けに倒れこんだ。

恐ろしいほどの戦闘能力だった。アスカの足を払った右足を縮めると同時に軸足に切りかえ、今度は左の蹴りをだしてきたのだ。

肋骨《ろっこつ》が折れたのがはっきりとわかった。息が詰まり、一瞬気を失いそうになる。だが床に落ちた衝撃で我にかえった。

無表情のまま、「ヴォールク」はアスカを見おろしていた。

「アスカ」

その口が動き、マカロフの銃口がアスカを狙った。

銃声が轟《とどろ》き、「ヴォールク」の体が揺れた。古芳が戸口の向こうから姿をのぞかせ、ニューナンブを撃っていた。

何発もの銃弾が「ヴォールク」のボディアーマーに命中して体の向きをかえさせた。アスカははっとした。古芳も上着の下に防弾チョッキを着けていたのだ。

さらに古芳は「ヴォールク」の頭を狙った。だが慣れない左手での銃撃が狙いを狂わせた。弾丸は「ヴォールク」の頬をかすめ、耳を切り裂いた。血がとび散った。カチリ、とニューナンブが空になった音がした。

「フルヨシ……」

「ヴォールク」が、くいしばった歯の間でつぶやいた。マカロフを向けようとする。アスカは仰向けに倒れたまま、「ヴォールク」の足を蹴った。

マカロフの狙いがそれた。古芳が雄叫《おたけ》びのような叫び声をあげ、扉の向こうから「ヴォールク」にとびかかった。

古芳の体重をうけ、さすがの「ヴォールク」も床に倒れこんだ。二人がもつれあい、次の瞬間、ぱっと離れた。マカロフが落ちた。

古芳が前蹴りを放つ。「ヴォールク」が体を斜めにしてかわすと右肘《ひじ》を古芳のこめかみに打ちこんだ。

古芳の体がぐらりと揺れた。そこへ「ヴォールク」は左の拳《こぶし》を打ちこんだ。古芳が吊るした右腕で受けとめた。古芳の顔が苦痛にゆがむ。

アスカははね起きた。「ヴォールク」の背中、ボディアーマーの上から脾臓《ひぞう》を狙って蹴りを叩きこんだ。

だがあっさりと左肘でブロックされた。まるで背中に目があるような動きだった。アスカは右手の指を畳み、「ヴォールク」の喉《のど》を狙った。

今度は決まった。「ヴォールク」がわずかに体を打った。古芳が左の掌底を「ヴォールク」の顔面に見舞った。

血で「ヴォールク」の顔が染まった。「ヴォールク」は唸《うな》り声をたて、後退した。

「アスカ！」

「大丈夫！」

アスカは答えた。古芳と肩を並べ、「ヴォールク」と向かいあう。

「ヴォールク」が叫び声をあげ、床を蹴った。恐ろしい速さの二段蹴りが古芳を襲った。古芳の体があっさりと弾《はじ》き飛ばされた。アスカは蹴りを放とうとして失敗し、唇をかんだ。

ボディアーマーのせいで、胴体部への攻撃は衝撃が吸収されてしまう。だが頭部や喉を狙うには身長差があり、不利だった。

「ヴォールク」がアスカに向き直った。

「アスカ……」

喉の奥から洩れるような囁《ささや》きだった。首を打たれ、うまく言葉が喋《しゃべ》れないのだ。だがその目を見れば意思は明白だった。迷いはない。アスカを殺そうとしている。

「きなさいよ」

　アスカの口が動いていた。日本語だった。

「あたしはあんたを許さない。あたしはあんたの妹でもなければ、仲間でもない。あんたは人殺しの怪物で、あんたのいく先は地獄しかない」

　獲物に襲いかかる毒蛇のような素早さで「ヴォールク」の手がのびた。アスカの喉をつかもうとする。だがそれより早く、アスカは身をかがめた。「ヴォールク」の膝めがけ、踵《かかと》を叩きこんだ。

「ヴォールク」の体が揺れた。次の瞬間、バックハンドがアスカの額に命中し、目がくらむ。

　髪をつかまれた。砕けそうになる膝とはかかわりなく、体をひきずり起こされる。ぶちぶちと髪の抜ける激痛を味わった。

「ヴォールク」はアスカをひきよせた。その鼻とアスカの額がぶつかるほど近くまでひきずり寄せる。

　アスカの目をのぞきこんだ。

「ワーニャ」

「ちがう」

　アスカはつかまれた髪にあらがって首をふった。痛みで涙がにじんだ。

「ゴーバック、ワーニャ」

「ちがう！　あたしはワーニャじゃない!!」

「ヴォールク」の背後によろめきながら古芳が立った。

古芳が背後から「ヴォールク」の首の下に左腕をさしこんだ。痛みに顔を歪《ゆが》めながらも、吊るした右肘の内側で左手首をロックし、「ヴォールク」を絞めあげる。

「ヴォールク」の目が広がった。アスカの髪から手が離れた。ボディアーマーの下に右手がのび、そこからナイフの柄が現われた。

アスカは目を閉じた。思いきり首を反らすと、額を「ヴォールク」の顔面に叩きつけた。

衝撃と、「ヴォールク」の鼻骨が砕ける感触が頭蓋骨《とうがいこつ》全体に伝わった。

やってはいけないこと――頭部への強い衝撃――安野先生の言葉がよみがえった。だがこれしかなかった。

呻《うめ》き声が、自分のなのか、「ヴォールク」のものなのか、わからなかった。

目を開くと、顔面をまっ赤に染め、気を失いかけている「ヴォールク」がいた。口を開き、舌をつきだして暴れている。

古芳が、まるで断末魔にも聞こえる唸り声をたて、渾身《こんしん》の力で「ヴォールク」を絞めあげていた。

視界がかすみ、立っていられなくなってアスカは尻《しり》もちをついた。

「ヴォールク」の手がだらりと垂れた。コンバットナイフが床に落ちた。開いた口から白く濁った唾液《だえき》がこぼれでた。

古芳の目は宙をにらみ、歯が折れそうなほどかたくいしばった口元は、頰と顎《あご》がまっ赤にふくらんでいる。

「ヴォールク」の目が裏返った。体全体が痙攣《けいれん》し、足が一度、二度と床を蹴ってぐったりとした。

それでも古芳は絞めあげる力をゆるめなかった。狭まっていく視界の中でアスカは古芳の顔を見つめた。狼を倒すために、自分を救うために、血みどろになって闘う、男の顔を一瞬でも長く、目の奥に焼きつけておきたいと願った。

床が迫ってきた。どうすることもできず、頰を床に打ちつけ、アスカは倒れこんだ。それでも目だけは、古芳から離さずにいた。

「アスカっ」

古芳が叫ぶと同時に腕をほどいた。「ヴォールク」の体が床に転がった。

「アスカ、アスカ！」

視界が暗転すると同時に、アスカは激しい痙攣が、今度は自分の体を襲うのを感じていた。

119

目を開いた。

だがそれだけだった。全身を固定されたかのように、首ひとつ動かすことができなかった。

白っぽい天井と、薬品の匂いだけが、アスカの五感でうけとめられる情報のすべてだった。

病院にいる。

助かったのだ。体を動かせないのは、たぶん薬のせい。

アスカは目を閉じた。何もかもが、濃密な白い闇の中に沈みこんでいった。

次に目を開いたとき、古芳と芦田がいた。ベッドのかたわらに立ち、アスカをのぞきこんでいた。

仁王、そういおうとした。だが口が動かせなかった。まるで子猫が鳴くような声が喉のどこかから洩《も》れただけだ。

古芳の目が広がった。

「アスカ……」

瞬《まばた》きをした。古芳の目が濡《ぬ》れていた。

「気づいたのか。俺のことがわかるのか？」

何を馬鹿なことをいっているの、そう笑おうとした。だが口が動かない。

体を起こそうとした。愕然《がくぜん》とした。何も動かない。指一本、動かすことができない。

「無理をするな」

そのようすに気づいたのか、芦田がいった。松葉杖《づえ》で体を支えている。

「瞬きでいい。俺のいうことがわかるなら、ゆっくり瞬きしてくれ」

古芳がいった。

何をいっているのだ。喋れなければ、書くことだってできる。この体を固定している器具さえ、外してくれるなら……。

そうではなかった。

どこも固定されていなかった。何本かのチューブが、体にはつながれている。だがそれ以外、自分の体をベッドに固定するものは何もないことにアスカは気づいた。

嘘。

古芳がアスカの目を見つめた。ただならぬ覚悟のこもった視線をアスカは受けとめた。

「お前は、俺を助けた。奴にナイフを使わせないために……」

その言葉が途切れた。古芳の目から涙が滴り落ちた。

「だがそのせいで……、お前……お前の体は……」

壊れた。

心に先に答が浮かんだ。

あたしの体は壊れた。

心と体をつないでいた何かが切れてしまった。脳の命ずるままに体を動かすことができなくなってしまった。

「――先生は、リハビリで戻すことができるといってる。つらいだろうが、指を一本ずつでいいから動かす努力をつづけろ、と。そうすればいずれまた動かせるようになる……」

古芳が喋っていた。

目をみひらいた。涙がゆっくりと湧いてきて、白い天井をぼやけさせた。

不意に古芳が動いた。アスカの右手を握り、もちあげたのだった。

「俺はずっといる。お前が、元のお前に戻るまで、ずっとお前のそばを離れない」

古芳を見つめた。四谷の、あの部屋で、最後の瞬間まで古芳を見続けたのが、遠い昔のことのようだった。

仁王、もう一度いおうとした。

「いいぞ、舌はまだ動く。大丈夫だ。きっと、きっと、元に戻る」

馬鹿な仁王。たった今、あたしは真実を知ったばかりなのに。

目を閉じた。

眠らせて。

これは夢。きっと次に目を覚ましたとき、あたしは元に戻っている。

120

古芳と安野医師がいた。

「――ソコロフは見つかっていない。ロシア大使館に逃げこんだようすもない。だが出血の跡から見ても、相当な深手を負っているはずだ。おそらくロシアマフィアに救いを求め、潜伏しているのだろう」

古芳が喋《しゃべ》るのを、アスカはただ黙って聞いていた。

「ヴォールク」は死んだ。怪物は地獄へと帰ったのだ。あの世に地獄と天国があるのなら、「ヴォールク」はそこでも妹を捜し求める羽目になるだろう。ワーニャは地獄には決していない。

「きょう、ブルックの遺体をアメリカに送り返した。亡くなった特殊部隊の兵士もいっしょだ」

これは天罰なのだろうか。ＣＩＡと警視庁を天秤《てんびん》にかけ、利用した、自分に与えられた天罰なのだろうか。

ブルを死なせた責任は、自分にもある。アルファとその部下に対する責任も。

「ロシア政府は、ソコロフが公金を横領していたとして、ＳＶＲからの追放を発表した。今回の日本における事件とＳＶＲには、何ら関係がなく、すべてはソコロフが私欲のためにおこなったものだというのが、公式のステートメントだ。現場で死亡した二名の大使館員は、ソコロフの策謀にのせられ、公務と信じて活動していたということだ」

事実がどうであろうと、ロシア政府はそう発表する他ない筈《はず》だ。

「コワルスキー博士に関して、ロシアに入国、滞在した事実はない、というのが奴らのいいぶんだ」

アスカは目を閉じた。

「コワルスキーの遺体は、ひきとり手がなく、日本で無縁仏として埋葬されるだろう」

化学構造式。アスカは舌を動かした。「か」という言葉だけをかろうじて発音できた。

それでも古芳には通じた。

「雲井の事務所のファックスにかけられていた化学構造式なら回収した。大林さんに渡して、鑑定してもらった結果、あれが通常の覚醒《かくせい》剤の構造式だってことがわかった。取締部のコンピュータを使って、お前が偽造したのだろう。大林さん、見舞にきたがってた。もう少しリハビリが進んでからにしてくれ、といっといた」

目を開いた。

「警視庁はすれすれのところで面目を保った。ＣＩＡのいうなりにならずにすんで、総監以下ほっとしている。いずれ、お前と俺にも、こっそり感謝を形で表わしてくれるそうだ。どうでもいいことだが……」

ちがうよ、仁王。あんたにとってはとても大切なことだ。あんたは警察官でいるしかない人間なんだから。

壊れちゃったあたしとはちがって、あんたはまだまだ闘っていける。

「まずはお前だ。お前なしで、俺はどこにもいかない」

馬鹿な仁王。こんなあたしと何をしようっていうの。

121

半年間も過ぎると、さすがに警備は手薄になる。もっとも、彼にとってもこの半年は必要な時間だったが。

銃弾によって利き腕を失い、その痛みが癒《い》え、さらに左腕だけで身の回りのことをおこなえるようになるためには、半年が必要だった。北海道の端にある、ロシア人船員を相手にする小さな外科病院で、彼は過してきたのだった。

ふた月前に義手を手に入れた。ずたずたになった神経と義手をつなぐ手術はうまくいかず、今あるものは、ただ洋服の右袖《そで》をふくらませる用にしかならない。

だがそれでもこの病院にいる女よりはましだろう。秘《ひそ》かに得た情報では、女は寝たきりで、指一本動かすことすらかなわず、ＣＩＡもアメリカ国防総省も、女がかつてうけた手術に関する事情聴取をあきらめたという。

かつての彼の職場は、彼が苦労して入手した、あの手術に関するデータをすべて破棄したということだ。愚かしい真似だ。クレムリンの腰抜けどもは、ロシアの誇りを失い、星条旗の追従者になるつもりでいる。

回収された偽ドルが、この半年間の治療費にあてられた。残った金で、新たな人生を作る計画もできている。母国が彼を捨てるなら、彼も母国を捨てるまでだ。そして回収されそこなった財産は、彼のものになる。

だがその前にしておくべきことがあった。

ワーニャを、その兄のもとに帰すのだ。愚かな怪物で、彼の右腕を奪った張本人ではあったが、神に召された今、その求めていた女だけがこの世にあるのは許し難い。

病院への潜入は容易だった。脳外科病棟は静かで、警備の人間も見あたらない。前もって、女の病室がどこであるかを、ロシアマフィアが探りだしていた。あとは、義手にしこんだナイフを使うだけだ。

彼は音もなく廊下を進んだ。捜しあてた病室の扉に耳をあてる。何も聞こえない。当然だ。口すらきくことがかなわないという話なのだ。

病室の扉をそっと押し開いた。カーテンのかかったベッドが見えた。右腕の義手を外すと、ベッドサイドにおかれた椅子にのせた。細身のナイフをとりだして口にくわえ、左手でさっとカーテンをひいた。

横たわっているアスカがいた。目を開く。

「やあ、ワーニャ。『狼』の天使」

彼はナイフを手にし、英語で囁《ささや》いた。

「返事はできないだろうが、奴にかわって君を迎えにきた」

アスカは静かに彼を見上げた。そしていった。

「残念ね。それは無理」

彼は凍りついた。そんな馬鹿な。

アスカはぱっと起きあがった。喋れるだけでなく、体も動かせるのか。

「仁王！」

彼はふり返った。巨漢の刑事がいつのまにか、音もなく、病室の入口に立っていた。

驚きに全身が痺《しび》れていた。なぜだ。何があったのだ。

「だまされたのはＣＩＡだけじゃなかったのね、大佐」

アスカを再び見た。

「あたしが動けなかったのは一ヵ月だけなの。そのあとは急速に運動機能が回復した。リハビリもつづけたおかげで、今は、ほらっ」

アスカは軽々とベッドから降り立った。

彼の全身から力が抜けた。ナイフが手を離れ、床に転がった。

「相手が悪かったな」

古芳の手が、彼の左肩にかかった。

アスカの口元に笑みがあった。

謝辞

以下の本を参考にさせていただいた。

『あらかじめ裏切られた革命』　岩上安身著　講談社文庫
『ロシアン・マフィア』　寺谷弘壬著　文藝春秋
『マフィアと官僚』　スティーヴン・ハンデルマン著　柴田裕之訳　白水社
『脳のなかの幽霊』　Ｖ・Ｓ・ラマチャンドラン、サンドラ・ブレイクスリー共著　山下篤子訳　角川書店
『「私」は脳のどこにいるのか』　澤口俊之著　筑摩書房
『ＳＷＡＴテクニック』　毛利元貞著　並木書房

岩上安身氏には貴重なお話を聞かせていただいた。また、「週刊ポスト」連載時と単行本化にあたっては、小学館同誌編集部の西澤潤、高橋健司、両氏に、たいへんお世話になった。記してお礼を申し上げる。
ありがとうございました。

大沢　在昌

解 説

中《なか》野《の》 信《のぶ》子《こ》（脳科学者）

脳を人体から取り出し、別の体に移し替えることは可能か。

脳移植については、検討段階には入っており、２０１８年にはイタリア人医師セルジオ・カナベーロが遺体を対象として頭部移植手術を行ったと宣言している。彼は、遺体ではなく、生きている脳でも移植はもうまもなく可能になると主張して話題になったが、技術的にはいまだ実現は難しいだろうという研究者間のコンセンサスがある。ノースウエスタン大学で教鞭《きょうべん》をとる、リハビリが専門のリチャード・ハーヴェイ医師は、カナベーロ医師が開発した技術について、脳幹と脊髄《せきずい》をつなげても、人間が動き出すということはない、と明言している。もし仮にそのような手術を受けたなら、患者は四肢麻《ま》痺《ひ》に陥り、そこから健常成人として体を動かすことができるようになるまでは、かなりの時間を要するか、不可能であるだろうというのがハーヴェイ医師ばかりではなく、現在の医学界の大方の見方だ。現代医学は、脳移植どころか脊髄損傷の修復すら覚束《おぼつか》ない状態で足踏みをしているのだ。

ただし、脳移植が理論的に実現不可能である、とは考えられていないようでもある。

つまり、解決されるであろうことに異を唱える人ばかりかといえばそうではなく、脳移植の成功は時間の問題で、いつかそういう日が来るだろうということを否定的に見る人が全てではないということだ。近年では、脳実質ではなく、蓄積された情報や活動パターンを取り出して、シリコンの筐体《きょうたい》——すなわち、コンピューターに移し替えようという試みについても報じられるようになった。

　本作は、サイエンスとしてはやや近未来的な世界の内容をスペキュラティブに表現している。女刑事・河野《こうの》明日香《あすか》が脳移植によって生まれ変わり、神崎《かんざき》アスカとして活躍していく物語である。男勝りで肉体的にも精神的にも強靭《きょうじん》であった河野明日香が、美貌《びぼう》の肉体を得て、戦闘能力にはやや劣ってしまうものの、男性からの無条件の好意を自然に得られてしまう神崎アスカとして生きることの葛藤《かっとう》を丹念に追っている。古芳《ふるよし》が美貌のアスカの体を抱けば、明日香を傷つけることになるかもしれないと躊躇《ちゅうちょ》するのも人間味のある感情のやり取りで、抑制された行動の中に見え隠れする二人の絆《きずな》の深さに読者は心地よさを感じるのではないか。

　脳を取り替える、というのは、科学技術の発達した現代ならではの命題のように思われるが、脳という臓器に着目するのでなく、自分と違った肉体への渇望、という意味でなら少なくとも『とりかへばや物語』が成立した平安時代後期にはこうした願望が存在した。爾来《じらい》、千年の長きにわたって繰り返し議論の俎上《そじょう》にのぼってきた。人間は、ないものねだりをする生き物で、自分ではない誰かの人生を生きてみたいという願いを抱える習い性があるようだ。

肉体を取り替えるとまではいかなくても、気に入らない部分をなんとか理想の形に近づけようと、現実に対して抵抗したことのない人はごくまれなのではないか。カツラで薄毛を隠し、たるんだ肉体をすこしでも引き締めようとトレーニングをする。シミだらけの皮膚にメイクをし、血色の悪い唇に紅をさす。糸を入れて皮膚を伸ばし、整形をし、なんとか今の自分とは違った「自分」になろうと足掻《あが》く。多くの場合は、完全に納得できないながらも、今ある自分の体となんとか折り合いをつけて、人々はそれぞれの時を過ごしていく。

本作で描かれる、脳移植によって実現される世界の抱えるテーマの中にはもう一つ重要な、肉体と精神の独立性を巡る議論がある。多くの人は、肉体は単なる器であって、頭脳がこれを支配していると考えているだろう。つまり、意識の座が脳に存在する以上、脳を保持している者がその人格を保持している者となる、という考え方だ。

しかし、近年の研究はかならずしもそういう見方を支持しているとはいえない。

肉体のありようが脳を支配し、認知を変容させていく、といった仮説を支持するデータも少なからず蓄積されてきている。有名なものでは、ハーバード・ビジネス・スクールの心理学者、エイミー・カディの研究が挙げられるだろう。強いポーズを取ったとき、弱いポーズを取らされたときの自己イメージの変化は対照的で、強いポーズのときには実際に人を攻撃的にさせるホルモンの分泌が盛んになり、弱いポーズのときにはストレスホルモンの値が上昇する。人に屈辱を与え、行動を制限しようと思うのなら、外見からまず傷つけ、貶《おとし》めるというのが有効な方法であることが示唆される実験である。

やや古い研究だが、１９６０年代のアメリカにおける調査で、収監されていた囚人に対して整形手術を施した群とそうしなかった群とを比較すると、再犯率に有意に差があったという報告がされている。整形手術をした方が、再犯率が低かったというのだ。要因が複数あり、単純な問題でないためここで変数を一つに絞り切ることはできないが、少なくとも容姿の変化によって認知の変容が起き、実際の行動に違いが生じていったということは間違いなくいえるだろう。

ヒロインである河野明日香は、頑健で戦闘に向いた体軀《たいく》を失い、男性から性的な視線を集める神崎はつみの肉体を得る。このことで、明日香／アスカの認知の中にはどんな変化が生まれていくか。この思考実験は非常に面白い。前述したが、作中では主として古芳との関係性の中でその繊細な移ろいについて記述されていくけれども、肉体の記憶が意識を持つ当人にどれほど影響を及ぼすかという問題は、多くの研究者もいまだに熱い問題として追っている興味深いテーマの一つである。

肉体が徐々に影響を与え、意識の座と思われていた脳は、意外にも意識の入れ物の座であるだけという事実があらわになるという考え方は、魅力的だ。当人の人格は、容器としての体のありようによって大きく影響を受ける……。

本作の中ではさらに高度な問題も示されている。レシピエント（ドナーというべきか、作中でも問われているが）の小脳を残したまま脳を移植したあと、妹の姿があり得ない形で再構築され、認知と行動とに混乱をもたらしていくというエピソードが描かれている。このキャラクターは攻撃能力の極めて高い登場人物であるから、その混乱の与える印象はすさまじい。脳移植というアクロバティックな手術をにわかに敢行すべきではないという抑制的な思考を、本書を手にした医学界の人は無意識に持つのではないか。それほど作家・大沢在昌《おおさわありまさ》の筆には説得力がある。

我々の社会にはいまだにこの技術は存在しないが、それでも、きっかけが訪れるごとに人間は意識と肉体とのギャップに目を向けさせられる。そうした経験のない人はほとんどいないだろう。これは人間の業とも呼べるものだ。肉体の桎梏《しっこく》の中でもがく意識としての存在である私たちは、この先どんな未来を描くのか。ここからの解放はあるのか。壮大な思考実験としての本作を、改めてサイエンスの視点から丹念に読み返し、慄《おのの》くような体験を、読者にも味わってほしいと思う。

本書は、二〇〇三年七月小学館より単行本として、二〇〇五年六月にカッパ・ノベルスとして、二〇〇七年七月に角川文庫として刊行した作品を改版したものです。

天《てん》使《し》の爪《つめ》（下）

新装版《しんそうばん》

大《おお》沢《さわ》在《あり》昌《まさ》

平成19年 7 月25日　初版発行
令和 2 年 10月25日　改版初版発行
令和 6 年 11月25日　改版 7 版発行

発行者●山下直久

発行●株式会社KADOKAWA
〒102-8177　東京都千代田区富士見2-13-3
電話　0570-002-301（ナビダイヤル）

角川文庫 22372

印刷所●株式会社KADOKAWA
製本所●株式会社KADOKAWA

表紙画●和田三造

●お問い合わせ
https://www.kadokawa.co.jp/（「お問い合わせ」へお進みください）
※内容によっては、お答えできない場合があります。
※サポートは日本国内のみとさせていただきます。
※Japanese text only

ISBN 978-4-04-109785-4　C0193

角川文庫発刊に際して

角川源義

第二次世界大戦の敗北は、軍事力の敗北であった以上に、私たちの若い文化力の敗退であった。私たちの文化が戦争に対して如何に無力であり、単なるあだ花に過ぎなかったかを、私たちは身を以て体験し痛感した。西洋近代文化の摂取にとって、明治以後八十年の歳月は決して短かすぎたとは言えない。にもかかわらず、近代文化の伝統を確立し、自由な批判と柔軟な良識に富む文化層として自らを形成することに私たちは失敗して来た。そしてこれは、各層への文化の普及滲透を任務とする出版人の責任でもあった。

一九四五年以来、私たちは再び振出しに戻り、第一歩から踏み出すことを余儀なくされた。これは大きな不幸ではあるが、反面、これまでの混沌・未熟・歪曲の中にあった我が国の文化に秩序と確たる基礎を齎らすためには絶好の機会でもある。角川書店は、このような祖国の文化的危機にあたり、微力をも顧みず再建の礎石たるべき抱負と決意とをもって出発したが、ここに創立以来の念願を果すべく角川文庫を発刊する。これまで刊行されたあらゆる全集叢書文庫類の長所と短所とを検討し、古今東西の不朽の典籍を、良心的編集のもとに、廉価に、そして書架にふさわしい美本として、多くのひとびとに提供しようとする。しかし私たちは徒らに百科全書的な知識のジレッタントを作ることを目的とせず、あくまで祖国の文化に秩序と再建への道を示し、この文庫を角川書店の栄ある事業として、今後永久に継続発展せしめ、学芸と教養との殿堂として大成せんことを期したい。多くの読書子の愛情ある忠言と支持とによって、この希望と抱負とを完遂せしめられんことを願う。

一九四九年五月三日

角川文庫ベストセラー

アルバイト・アイ 毒を解け
大沢在昌

「最強」の親子探偵、冴木隆と涼介親父が活躍する大人気シリーズ！　毒を盛られた涼介親父を救うべく、東京を駆ける隆。残された時間は48時間。調毒師はどこだ？　隆は涼介を救えるのか？

アルバイト・アイ 王女を守れ
大沢在昌

冴木涼介、隆の親子が今回受けたのは、東南アジアの島国ライールの17歳の王女の護衛。王位を巡り命を狙われる王女を守るべく二人はある作戦を立てるが、王女をさらわれてしまい…隆は王女を救えるのか？

アルバイト・アイ 諜報街に挑め
大沢在昌

冴木探偵事務所のアルバイト探偵、隆。車にはねられ気を失った隆は、気付くと見知らぬ町にいた。そこには会ったこともない母と妹まで…！　謎の殺人鬼が徘徊する不思議の町で、隆の決死の闘いが始まる！

アルバイト・アイ 誇りをとりもどせ
大沢在昌

莫大な価値を持つ「あるもの」を巡り、右翼の大物、ネオナチ、モサドの奪い合いが勃発。争いに巻き込まれた隆は拷問に屈し、仲間を危険にさらしてしまう。死の恐怖を越え、自分を取り戻すことはできるのか？

アルバイト・アイ 最終兵器を追え
大沢在昌

伝説の武器商人モーリスの最後の商品、小型核兵器が行方不明に。都心に隠されたという核爆弾を探すために駆り出された冴木探偵事務所の隆と涼介は、東京に裁きの火を下そうとするテロリストと対決する！